MW00873825

Prólogo

Bienvenido al prólogo de En las Cenizas.

Este juego está diseñado para que aprendas las reglas sobre la marcha. En cualquier momento, si tienes dudas, puedes ir a la parte final para consultar reglas específicas. Aunque se ha creado como una experiencia en solitario, nada te impide disfrutarla en grupo. Recuerda que lo único que necesitas es un lápiz o bolígrafo. No necesitas dados (aunque puedes usarlos) ni goma de borrar.

Irás controlando las reglas poco a poco sin darte cuenta (*las verás en cursiva y con fondo gris*).

Tienes un resumen con todas las ***reglas del juego en las páginas 238-239****. No obstante, NO es recomendable consultarlo al principio, ya que las reglas se van introduciendo paulatinamente y no usarás todas las reglas hasta dentro de un tiempo. La primera regla que debes aprender es la siguiente:*

Cuando se te indique que hagas una marca en un símbolo de una página concreta, debes ***abrir ligeramente el lateral de esa página (no verla entera), y hacer una X en el recuadro que acompaña a ese símbolo****. Después, olvídate de esa página y vuelve a la que estabas. Cuando llegues a esa página, si el símbolo está marcado, lee el recuadro correspondiente.*

¡Atención! Te voy a contar un secreto. ***En tres páginas de este libro puedes encontrar las palabras "en las cenizas" de forma natural dentro de la narración****. No valen apariciones dentro de las reglas (fondo gris), ni en títulos, ni en mayúsculas. Simplemente aquellas tres páginas en las que aparece* "en las cenizas" *(sin comillas) de forma natural cuando se está narrando la historia. Si encuentras esas tres páginas, súmalas y divide el resultado entre dos. En ese momento, puedes ir a la página resultante y leer. Pocos consiguen encontrar esta trama oculta dentro del juego.*

Ahora empieza a leer la historia en la página siguiente. No te confíes, pronto empezará la acción.

Sigue en la página 3.

Esta historia, como todas las grandes historias, empieza donde acaba: al borde de un abismo.

No suelo acordarme mucho del pasado, y cuando lo hago, suelo obviar esta parte. No sé dónde nací, pero sí sé que pasé mis primeros años en la isla de Obor. Ese trozo de tierra emergido muy al norte del continente había vivido durante siglos de la pesca, el comercio y la minería, desarrollada en las montañas que se alzaban en cuanto te adentrabas un poco en el interior. Un par de poblaciones que habían vivido tiempos más prósperos, un maloliente pantano y unos escarpados fiordos que caían al mar completaban su orografía.

Recuerdo que vivía en las calles, al igual que otros niños a los que la mar había dejado huérfanos. En los duros inviernos, a algunos de nosotros se nos permitía pasar las noches en cuadras, sótanos y buhardillas. A otros no se los volvía a ver, aunque nos habíamos acostumbrado a no preguntar.

Mi primera memoria vívida fue aquella tarde. Yo tendría unos cinco o seis años, y el deshielo anunciaba que dejábamos atrás un invierno especialmente largo. Llegué a la plaza del mercado cuando las llamas ya estaban encendidas. Los aldeanos habían apresado a una chica que vivía en las granjas de las afueras, junto a aquel frondoso pantano. La habían acusado de hechicería, junto a su padre, y ahora ardía atada a una viga. Ella permanecía en silencio y con los ojos en blanco.

El olor a piel y pelo quemado estallaba en mi nariz. Solo pude acercarme a un par de los fisgones personajes que la miraban. Intentaba escuchar algo de información antes de huir horrorizado.

En la siguiente escena te moverás por la plaza, ***dibujando sobre las casillas del tablero con el lápiz****, y escucharás las conversaciones de los aldeanos que decidas. Para moverte y escuchar deberás seleccionar dos cartas en tu primer turno, y otras dos en tu segundo turno. Recuerda que en este libro no hace falta borrar nada.*

En las primeras escenas, ***simplemente sigue los pasos numerados para aprender a jugar****.* *Pasa ahora a la página 4.*

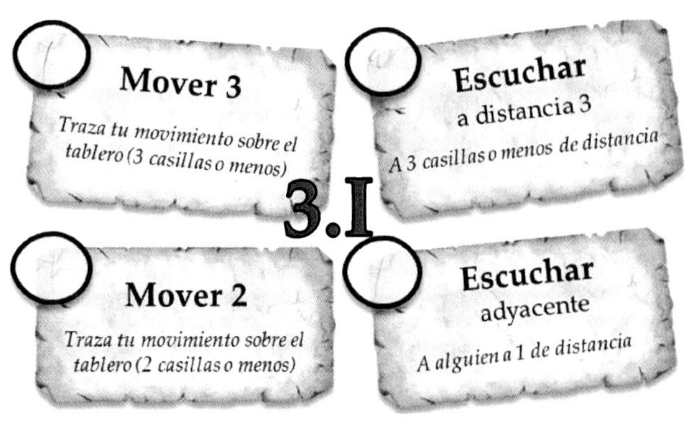

Dicen que puede aprenderse a jugar a "En Las Cenizas" en una sola página. ***Pues bien, ahora estás en esa página****. ¡Saca tu lápiz y sigue este tutorial! Te encuentras en la típica vista de una escena: En la página izquierda, tienes las* ***cartas disponibles*** *para desarrollar tus turnos. En la derecha, una vista del* ***mapa de la escena****, con las posiciones iniciales de cada figura y un panel de* **COMPORTAMIENTO**.

Las partes más importantes de una escena son:

1. *El símbolo "**X0**" marca tu casilla al inicio de la escena. Al mover tu personaje lo harás* ***dibujando su ruta sobre el tablero****. Sólo puedes moverte y contar casillas (para calcular distancias, por ejemplo) por aquellas que están clareadas. No puedes ocupar una casilla* ***ocupada por otra miniatura****. Los personajes/objetos con los que puedes interactuar tienen una letra (en este caso los cuatro aldeanos).*

2. ***Tu objetivo en cada escena está descrito sobre el tablero*** *(página derecha). En este caso tendrás 2 rondas, como marca el panel de* **COMPORTAMIENTO**. *La escena termina cuando acaban las dos rondas, aunque más adelante habrá otras condiciones para terminar (por ejemplo, vencer en combate).*

3. *Una escena se desarrolla en dos o más rondas.* ***En cada ronda****, tú y el resto de las figuras (enemigos o aliados) realizareis vuestros turnos, alternando vuestros movimientos y acciones. En esta escena, no hay enemigos ni aliados, por lo que sólo tú harás tus turnos. En cada ronda,* ***sigue estos tres pasos****:*

- *I.* **ELEGIR:** ***Elige dos cartas de la matriz superior de esta página****. Marca ambas en el círculo de su esquina con un "1" si es la primera ronda; un "2" si es la segunda ronda, etc. La única regla de oro es que* ***no puedes elegir, en cada turno, cartas que compartan fila o columna****. Por ejemplo, no puedes elegir las dos cartas superiores en el mismo turno, ni las dos inferiores. Ni las dos de la izquierda. Ni las dos de la derecha. Como habrás adivinado, con estas cuatro cartas del tutorial lo único que puedes hacer es elegir las cartas que están en las diagonales, en cada turno.* ***Pronto tendrás una matriz mayor con muchas más cartas*** *para hacer poderosas combinaciones, pero* ***la regla de oro sigue estando vigente durante todo el juego****: las cartas elegidas en una ronda no pueden compartir fila ni columna.*
- *II.* **EJECUTAR:** *Ejecuta las acciones de las dos cartas elegidas,* ***en el orden que quieras****. Es decir, si has marcado con un "1" una carta de "**Mover**" y una de "**Escuchar**" en el primer turno, puedes ejecutar esas dos cartas* ***en el orden que quieras*** *según lo que te interese en esta ronda. Tacha las cartas que vayas ejecutando. Lo mismo para la segunda ronda. Cuando muevas tu figura, traza con el lápiz el movimiento sobre el tablero contando casillas.* ***Sólo puedes moverte por casillas clareadas y que no estén ocupadas por otra figura.*** *El número que se indica junto a "**Mover**" indica que puedes moverte ese número de casillas o menos. Una acción "a distancia" puede hacerse a las casillas indicadas (o menos). Cuando acabes el movimiento, escribe "X_1" en la casilla final de tu primer turno. Significa que has acabado tu movimiento y así sabrás dónde empezar la siguiente ronda. Opera igual en cada ronda.* ***Deberás marcar dónde se sitúan al final de cada ronda todas las figuras que se mueven*** *(en esta escena, sólo tú).*
- *III.* **COMPORTAMIENTO**: *Completa lo que pide el panel de* **COMPORTAMIENTO**. ***En esta escena, se trata simplemente de anotar a quién escuchaste****. En la mayoría de las escenas, tendrás que mover a los enemigos, que realicen sus acciones, apuntar estados, etc.*

4. ***En cuanto terminen las dos rondas, has completado la escena****. Lee el desenlace al final.*

2 La Sentencia

Objetivo: Muévete por la escena y escucha a dos personajes (a elegir entre A, B, C y D) antes de que acaben las 2 rondas. Fíjate en el panel de ***Comportamiento*** según a quién escuchaste en la ***Ronda 1*** (filas) y en la ***Ronda 2*** (columnas). La combinación te dará una casilla con la página que marcar. **Ojea (sin abrirla del todo) el lateral de esa página** y haz una marca junto al icono . Vuelve a esta página y lee el desenlace en la parte inferior.

1

3.II

Comportamiento

Ronda 2: ¿A quién escuchaste?

Ronda 1: ¿A quién escuchaste?

3.III

¿página para marcar ?	A	B	C	D	nadie
A	-	*26*	*32*	*11*	-
B	*26*	-	*45*	*74*	-
C	*32*	*45*	-	*35*	-
D	*11*	*74*	*35*	-	-
nadie	-	-	-	-	-

4

*Si escuchaste a **sólo un ciudadano (o a ninguno)** ve a la página 6.*
*Por el contrario, si conseguiste escuchar a **dos ciudadanos**, ve a la página 7.*

*Habrás llegado a esta página sólo si NO has escuchado **a dos ciudadanos**. En ese caso, sigue leyendo.*

No me dio tiempo a escuchar nada de interés, salvo algunos rumores sobre la captura de la chica y su padre. La gente decía que jugaban con fuerzas oscuras y que al atardecer se veían luces extrañas sobre su granja, aunque nunca me lo creí.

Conocía a la chica de verla recoger plantas junto al río y hablar con los animales. El padre, que ya rozaba la demencia, había conseguido escapar entre gritos al pantano que comenzaba más allá de sus tierras. Se llamaba Solmund de las Hierbas y la guarnición apenas había intentado seguirlo.

No pude soportar más la situación y escapé mientras las llamas devoraban a la muchacha.

*Has terminado el **PRÓLOGO**. ¡Enhorabuena! Ahora empieza el **ACTO I**, en la página 8.*

*Habrás llegado a esta página sólo si has escuchado **a dos ciudadanos**. En ese caso, sigue leyendo.*

Me acerqué a algunos de los ciudadanos. A mi izquierda estaba el tabernero, que había salido de su local para no perderse el espectáculo. También vi al cronista, que no sabía escribir sin murmurar en voz alta para ordenar sus pensamientos. Un poco más al fondo se encontraba una silenciosa mercader que venía del continente cada pocos meses para comerciar con especias y telas exóticas.

La joven sentenciada había sido capturada junto a su padre, en la granja donde vivían. Era bien conocido que ambos eran amantes de las plantas y ungüentos que fabricaban con sustancias que se encontraban en el pantano y más allá. Eso, junto a las desapariciones demasiado frecuentes de niños en las últimas semanas del invierno, había propiciado la detención de la familia por brujería.

Un poco más adelante, junto a la hoguera, estaba el alguacil. Lo llamaban Thorval de los Vientos por su juventud de marinero. El resplandor acentuaba su palidez extrema. Con su porte recio y sus ropas caras, era el máximo representante de la ley en aquel lugar. Era admirado y temido a partes iguales por su mano dura a la hora de dirigir su flota de barcos. En este momento, estaba disertando frente a la muchedumbre, disfrutando de su momento de gloria. Recuerdo enormes gotas de saliva saliendo de su boca mientras gritaba a la chica al contraluz de las llamas. La acusaba de brujería, de danzar desnuda con oscuras sombras en las noches de luna llena y de recoger hierbas y raíces con las que confundía a los huérfanos que vivían en las calles. No parecía afectarle la cercanía del fuego. Su único pesar era que el padre de la chica, un tal Solmund de las Hierbas, había escapado hacia la espesura del pantano, arrojando unos polvos a los ojos de los guardias.

La vida en las calles me había enseñado a aprovechar esas oportunidades para conseguir algo de valor que pudiera cambiar más adelante por unos zapatos para el próximo invierno. Antes de irme, aproveché para sustraer algo de los ensimismados aldeanos. La mercader había dejado de vigilar en su mostrador un enorme trébol de cuatro hojas secado. Por su parte, del bolsillo trasero del tabernero asomaba un anillo engarzado con una piedra violeta, sostenido por una cadena oxidada.

*Debes elegir **qué objeto robas y hacer una marca en la página 37**. Si eliges robar a **la mercader, marca** ✤ **. Si** eliges robar al **tabernero, marca** ⊖ . Recuerda no ver esa página, simplemente marcar el lateral. Luego vuelve aquí.*

Abandoné la escena poco después, mientras las llamas consumían a la hija de Solmund.

*Has terminado el **PRÓLOGO**. ¡Enhorabuena! **Ahora empieza el ACTO I**, en la página 8.*

- ACTO I -

EL QUE HABLABA CON LA MAREA

A la derecha tienes el mapa de la isla para el **ACTO I**. *Puedes volver aquí y consultarlo cuando quieras.*

Recuerda que en tres páginas de este libro puedes encontrar las palabras "en las cenizas" *dentro de la narración. Si las encuentras, suma sus páginas y divide el resultado entre dos. Ve a la página resultante y encontrarás un gran secreto.*

Empieza en la página 10.

N
Isla de Obor

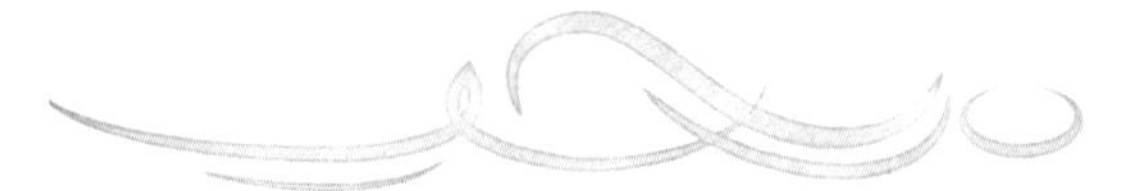

Habían pasado casi veinte años desde la primera y única quema de una supuesta hechicera en la isla. La vergüenza y el pudor entre los vecinos hizo que poco a poco la población de la costa de Obor se fuese olvidando del tema. Desde aquel día, nadie volvió a hablar del incidente.

Me llaman Vestar.

Mi papel en esta extraordinaria historia comienza en el borde de uno de los acantilados que perfilan la zona sur de la isla, junto al pueblo pesquero de Innisfell. No era la primera vez que ascendía hasta el borde, ya que desde niño me había gustado esconderme entre las extrañas formaciones rocosas que había cerca de la cima. Los ancianos del lugar pasaban horas discutiendo sobre si eran un capricho de la naturaleza, o si en realidad habían sido construidas en tiempos pretéritos con alguna oscura intención. A pesar de ello, nadie subía a aquel sombrío rincón salvo los trastornados.

Y allí estaba yo. Tras toda mi vida faenando en la mar a bordo de un pesquero, habíamos parado unos días en el puerto para vender la mercancía antes de volver a pasar otro mes sin ver la costa. En una tarde como otra cualquiera, el sol se acababa de poner y faltaban unos segundos para que se diera el incidente que cambiaría todas nuestras vidas.

Tendrás que conocerme mejor para entender mis motivaciones, pero lo cierto es que en ese momento estaba a punto de saltar al vacío para terminar con aquel dolor que me recorría el cuerpo desde hacía años. Desde pequeño, la humedad y el frío de aquella maldita isla se clavaba en mis huesos provocando un intenso sufrimiento durante día y noche.

Al atardecer, el viento se había parado y una extraña calma impregnaba el ambiente, sólo interrumpida por el rumor de las olas decenas de metros bajo mis pies. A pesar de las punzadas que me atenazaban la espalda, en este idílico entorno sentí paz por primera vez en mucho tiempo.

Y entonces, sucedió.

Pasa a la página 11.

El cielo se tiñó de rojo. Lo que al principio parecía un zumbido se transformó en una explosión en mis oídos, que me dejó aturdido. Instintivamente me agaché, mientras una bola de fuego y ceniza atravesaba el cielo en dirección al interior de la isla.

La tierra tembló un segundo después, cuando el bólido impactó contra las montañas, haciendo que perdiera el equilibrio. El aire se enrareció y una sacudida eléctrica me golpeó en el pecho. Rodé hacia las extrañas formaciones rocosas, alejándome del acantilado y olvidando rápidamente mis intenciones de aquella tarde. Mi curiosidad podía más que mi cansancio.

Recordé algunas historias de miedo que el cronista nos contaba a los huérfanos sobre profecías, malos augurios y sucesos aciagos que sucedían cuando caían cosas del cielo.

Si yo lo había visto, el resto de la supersticiosa población de Innisfell debía haberlo visto también. Me disponía a correr ladera abajo hacia el puerto, del que me separaba menos de un kilómetro. Al darme la vuelta hacia las rocas, un nauseabundo olor me hizo detenerme en seco. Una criatura inmóvil pero latente me cortaba el paso. Había olvidado que estos repugnantes hongos se esconden bajo tierra durante el día y se abren al anochecer para intentar cazar algún pájaro. O, con suerte, alguna liebre o zorro. Pero este era extremadamente grande e iba a intentar cenarme.

A continuación, te enfrentarás a ***la primera escena de combate****, donde aprenderás a elegir (marcar) y ejecutar (tachar) tus cartas para moverte y atacar (bien a distancia, o bien cuerpo a cuerpo). Es muy similar a lo que has hecho antes escuchando conversaciones, pero esta vez debes señalar el daño que haces al enemigo (y él a ti). También aprenderás a* ***ejecutar las acciones del enemigo, dadas por sus cartas en el panel de COMPORTAMIENTO****.*

Saqué el raspador oxidado con el que cortaba el pescado en la lonja y me acerqué. No tenía tiempo que perder con la criatura si quería llegar pronto al puerto.

Si esta es tu primera campaña, ***juega la escena*** *en la página 12. Si es tu segunda campaña, dale la vuelta y lee:*

Acabé rápidamente con aquel bulbo pestilente. Sentí una ligera sensación de que ya había estado en esta situación. Pero me concentré en bajar hacia el pueblo. *Continúa leyendo en la página 14.*

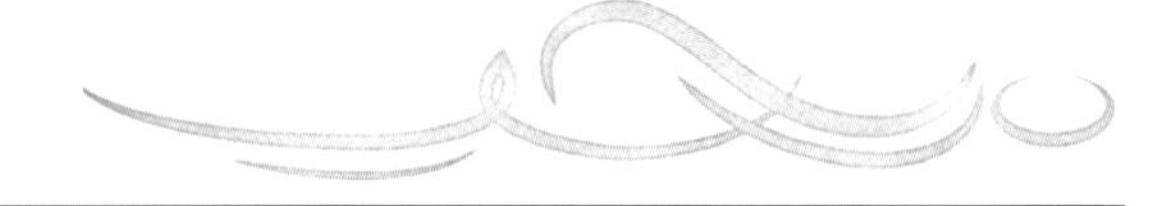

*Lee siempre los puntos 1, 2, etc. en color rojo para saber cómo jugar. También estudia el **OBJETIVO** y las aclaraciones a las reglas (sobre el tablero).*

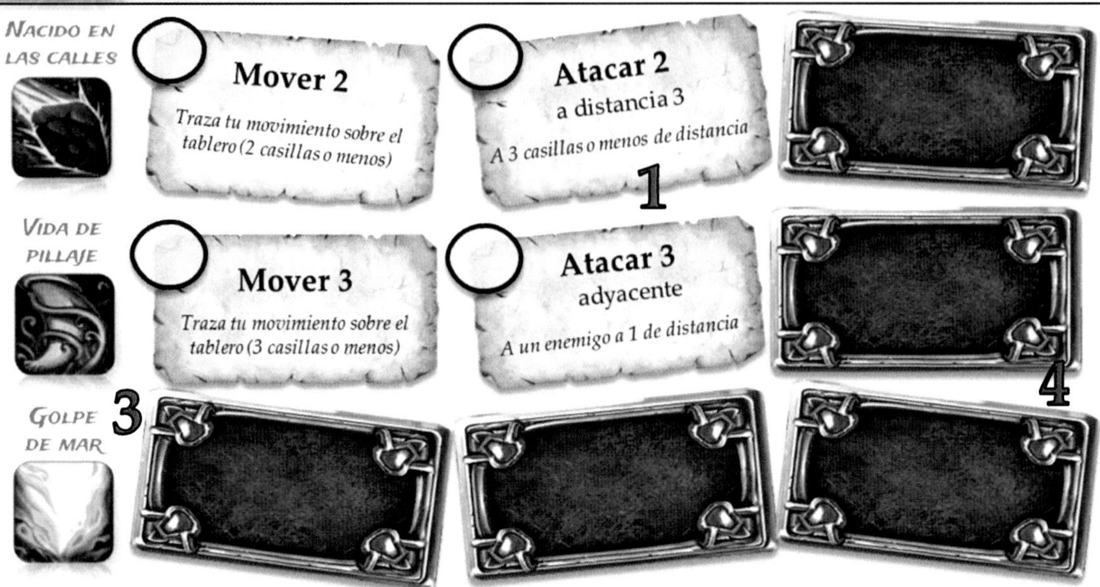

Esta es la segunda escena a la que te enfrentas. Poco a poco iremos añadiendo más elementos al juego hasta llegar a su complejidad natural. En esta escena puedes ver algunos elementos adicionales:

1. *Tienes una acción nueva:* **Atacar** *(adyacente o a distancia). Esta acción hace daño al enemigo, rellenando tantos corazones como el número que se indique. Cuando un enemigo te ataque, haz lo propio con tus corazones.*
2. *Tu retrato y tu vida.* ***Cada vez que recibas un punto de daño, deberás colorear uno de estos corazones****. Cuando estén todos rellenos, eres derrotado y deberás hacer lo que se te indica al final de la página de la derecha.* ***En general, la salud no se puede recuperar durante la escena (no se borra)****, pero la recuperas completamente al finalizar la escena. Es decir, no te lleves los corazones rellenos de una escena a otra.*
3. *Las filas de tu matriz de cartas tienen nombre.* ***Este nombre está inspirado en lo que puedes hacer con las cartas de esa fila****. Cuando avances en tus aventuras, desbloquearás nuevas filas que te dotarán de poderosas habilidades, especializadas en determinadas artes que deberás elegir cuidadosamente. En esta sencilla escena, la tercera fila tiene sus cartas boca abajo y no se pueden usar. En la siguiente escena las conocerás.*
4. ***Cada una de tus líneas de habilidad tiene 3 cartas****. En esta escena introductoria, sólo verás 2 de ellas para que aprendas a jugar convenientemente. En la siguiente escena ya tendrás tus 9 cartas disponibles. Recuerda la regla de oro que vale durante toda tu aventura: en una ronda, no puedes elegir una carta que comparta fila o columna con otras cartas elegidas esa misma ronda.*
5. *En el panel de* **COMPORTAMIENTO***, se explica qué hace el enemigo (puedes mirarlo siempre que quieras):*
   - **I.** *Este enemigo no se mueve. A la izquierda, la letra que representa al enemigo en el tablero (en este caso, A). También su retrato y su vida.* ***Deberás rellenar 1 corazón cada vez que le hagas 1 daño****. Rellena corazones en orden, siguiendo la línea que los conecta, empezando por el extremo que quieras. Pero una vez empezada la secuencia, siempre debes seguir rellenando en el mismo sentido.*
   - **II.** *A la derecha, su comportamiento en cada ronda. Los comportamientos se juegan como una línea temporal, de izquierda a derecha. En la 1ª ronda, el símbolo (X_1) significa que* ***te toca actuar primero*** *(ejecuta tus cartas). Rellena ese símbolo para indicar que ya has actuado.* ***Luego se ejecuta la carta del enemigo (táchala) para acabar la ronda****. Lo mismo sucede en la 2ª ronda. El azar y la incertidumbre llegarán en escenas posteriores.*

El Hongo entre las Rocas

Objetivo: Derrota al hongo (rellena todos sus corazones) antes de que terminen las dos rondas.

Todas las escenas se dividen en varias* Rondas*. En cada una de ellas, sigue estos pasos: *Al empezar: elige tus cartas (pon el número de ronda en su círculo), cuidando que no repitas fila o columna. En tu turno: ejecuta tus cartas elegidas **en el orden que quieras**. Ve tachándolas cuando lo hagas. Dibuja tu movimiento en el tablero y señala dónde te paras al acabar tu turno (X_1, X_2). En el turno enemigo: ejecuta su carta y táchala. Su información siempre es visible.*

Hay varias formas de no salir victorioso de una escena. Las más comunes son: **(I)** *Ser derrotado, que sucede cuando se colorean todos tus corazones.* **(II)** *Que no logres cumplir el* **Objetivo** *antes de que acaben las rondas indicadas.*

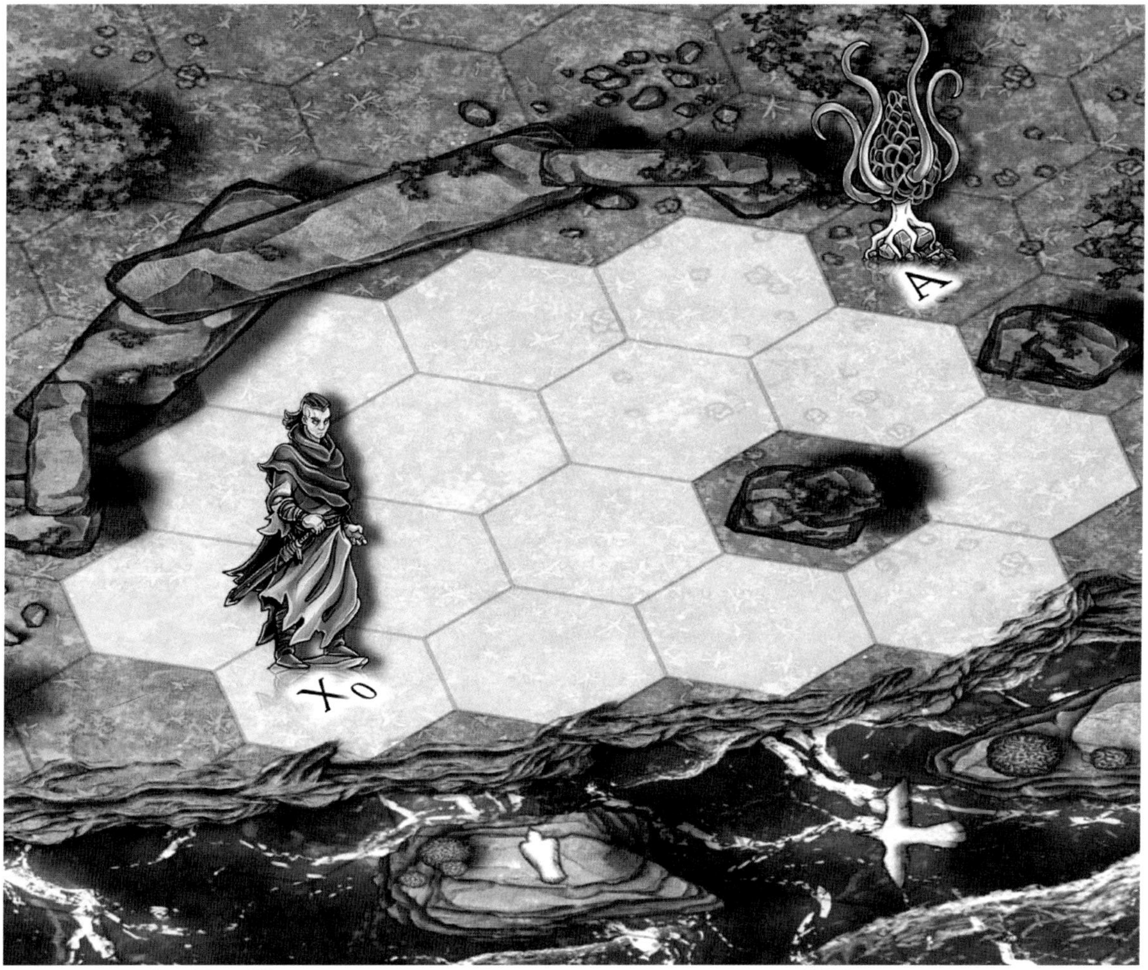

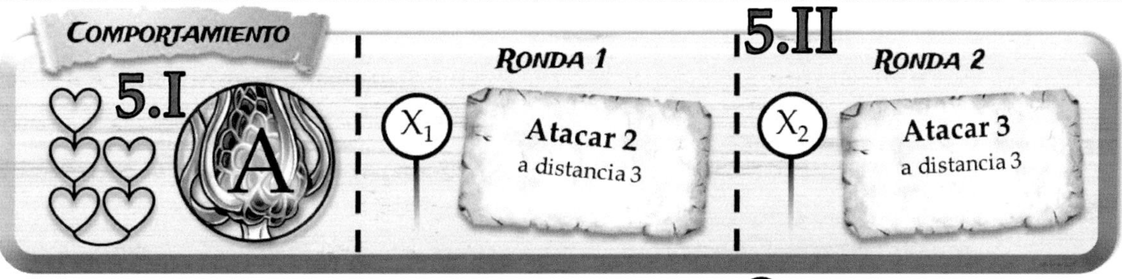

Si te derrotan o acaban las dos rondas ***sin cumplir el objetivo****, marca* **Torpe** *en la página 30 (ojea sólo el lateral).*

Después, ***tanto si has cumplido el objetivo como si no****, ve a la página 14.*

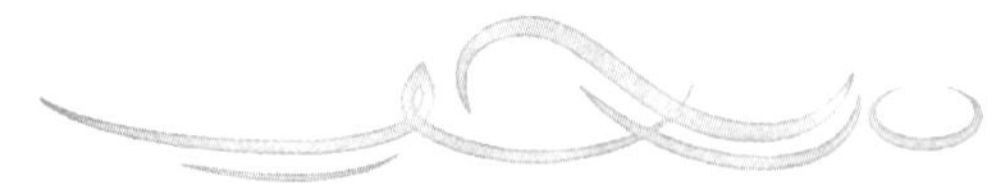

¡Enhorabuena! Acabas de superar tu primera escena de acción. Las escenas se irán complicando con más cartas, nuevas habilidades, objetos, enemigos múltiples, combates con varias fases, comportamientos más complejos, y mucho más.

*Si ves un **número oculto en el tablero de una escena**, ve inmediatamente a esa página indicada y lee el apartado correspondiente a la página de la que vienes (por ejemplo, lee el apartado "Si vienes de 14 ..." si vienes de la página 14).*

*Recuerda que **recuperas toda tu vida tras cada escena** (por eso no tienes que apuntarla entre escenas).*

Finalmente, ignora (por ahora) los dados que ves en la esquina de cada página. Se te explicarán muy pronto.

El sol ya casi se había puesto cuando llegué jadeando al puerto. Se trataba de una serie de muelles naturales formado por los caprichosos dibujos de la piedra en la ensenada, junto a una serie de edificios de madera levantado sobre la roca más prominente. La gente se arremolinaba en corrillos con nerviosismo, levantando la cabeza y trazando con su dedo la trayectoria imaginaria del objeto.

Subí a la cubierta y hablé con el resto de la tripulación. Estábamos emocionados por el evento, contando cómo lo habíamos vivido. Por supuesto, omití que había vuelto a subir hasta el acantilado con la intención de que fuese la última vez. Me enteré de algo interesante: en esos momentos, la gente más influyente de Innisfell se dirigía hacia la taberna del puerto para comentar el incidente y quién sabe si organizar una expedición al lugar del impacto, con el objetivo de poner el pie en las cenizas del cráter. Se hablaba de extrañas luces en el horizonte y de un olor metálico en el aire.

Y ahí fue cuando apareció Kann, a mi espalda. Todos mis compañeros guardaron silencio. El patrón del barco era un gigantón de más de dos metros de altura, con ningún talento para la navegación ni para la pesca. Su único mérito era haber actuado como guardaespaldas personal del alguacil, Thorval de los Vientos, durante la última década. Su falta de pelo en todo el cuerpo la compensaba con una extensa red de tatuajes. De una patada me tiró al suelo y me espetó que llevaba todo el día sin trabajar. Le encantaba saber que mi dolor de huesos crónico se intensificaba con la tensión.

Me ordenó encargarme inmediatamente de un asunto desagradable. Había un par de ratas abisales en la proa, con muy mal carácter y el pelo de un color enfermizo. Una de ellas era enorme como un barril de vino, y otra especialmente escurridiza. La decisión era mía. Después, se despidió tras escupir junto a mis pies. Parecía que mis anhelos de exploración y aventura tendrían que esperar.

*Si te encargas de la **rata cebada**, ve a la página 18. Si te encargas de la **rata escurridiza**, ve a la página 16.*

De no ser por el encuentro que describiré a continuación, mi vida hubiese seguido siendo aburrida y anodina. Al menos durante unas semanas hasta que volviese a subir al acantilado. Pero todo cambió. La tarde siguiente se me acercó un marinero, visiblemente nervioso. Era Seraph, otro de los capitanes de la flota de Thorval. A diferencia de Kann, mi capataz, en Seraph sí se podía confiar. Fue el primero que me sacó de las calles y estuve un par de años bajo su mando.

—Vestar, escúchame con atención —me dijo, llevándome a un rincón—. Tienes que hacernos un gran favor a todos. La expedición que partió hacia las montañas está cometiendo un grave error.

—Cuenta conmigo, Seraph. ¿Para qué me necesitas? —respondí con seriedad.

—No puedo darte detalles, pero tienes que llevar un importante objeto hasta la expedición. El problema es que se encuentra en el despacho de Thorval, y como imaginas no es fácil entrar allí —explicó—. Se trata de un cilindro de ébano que guarda dentro de una caja en su escritorio.

—¿Thorval sabe esto? —Hice la pregunta que correspondía, para asegurarme dónde me estaba metiendo. Él negó con la cabeza y miró a su alrededor, preocupado. Suspiró y bajó la voz.

—Las cosas son más complejas de lo que piensas, Vestar —dijo humedeciéndose los labios —. Debes confiar en mí. Cuando entregues el cilindro de ébano a la cazadora, todo se aclarará.

Sus palabras me preocuparon. Acepté, y él me puso la mano en el hombro como lo haría un padre orgulloso. Supe que confiaba en mí. Ya era de noche cuando pasé corriendo por el muelle de carga. Thorval vivía en el Faro de Luna, una construcción coronada por una piedra cristalina que reflejaba y amplificaba la luz de los astros para ayudar a los navíos a llegar a puerto con seguridad.

*Si entras por el **tejado** lee el párrafo antes de la imagen. Si vas por las **cloacas**, lee el de después de la imagen:*

Había decidido entrar en el edificio desde una construcción a medio derruir en el lateral. De ahí salté a una terraza, pero desafortunadamente resbalé con una placa de hielo y unas tejas cayeron sobre el balcón. Quieto como una estatua, aguanté la respiración en silencio. Dos guardias que estaban medio dormidos se alertaron y subieron a ver qué sucedía. *Juega la escena en la página 22.*

Había decidido entrar en la vivienda por las cloacas, un laberinto maloliente de barro y algas en el que había pasado más de un frío invierno resguardado en mi juventud. Me encontraba tenso porque sabía que esos corredores eran el hogar de agresivas criaturas anfibias cuando caía la noche. Su olor me alertó demasiado tarde. Al entrar en una sala lúgubre, me topé de bruces con un par de noóticos intentando abrir unas almejas contra las rocas. *Juega la escena en la página 24.*

*Lee siempre los puntos 1, 2, etc. en color rojo para saber cómo jugar. También estudia el **Objetivo** y las aclaraciones a las reglas (sobre el tablero).*

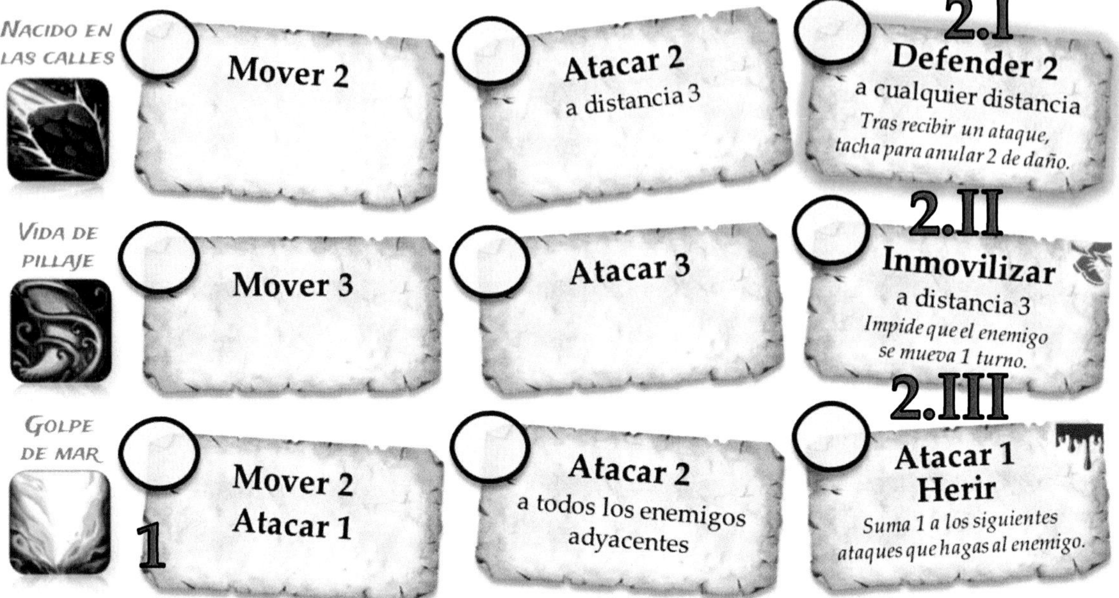

*En esta escena, **por primera vez tienes tu matriz completa de 3x3 habilidades**. Hay muchas novedades:*

1. *Tienes una tercera línea de habilidad. A partir de ahora y durante todo el juego, **en cada ronda jugarás 3 cartas, cumpliendo siempre la regla de oro: no repetir línea o columna entre las 3 cartas que eliges para esa ronda**. Marca las 3 elegidas con el **número de la ronda** en la que estás. **Táchalas cuando se ejecuten**. <u>No puedes elegir cartas que ya has marcado en rondas anteriores</u>. A continuación, verás algunos ejemplos de selección:*

2. *Si una carta tiene varias acciones, **se ejecutan secuencialmente, de arriba abajo,** una tras otra al usar esa carta. **Las cartas de la columna derecha tienen acciones que no conoces**. Las describimos a continuación:*

- **I.** *<u>Defender 2</u>: esta acción es <u>reactiva</u> (por eso tiene un resplandor verde). **Una carta reactiva se marca (resigue su perímetro) en tu turno, pero la ejecutas (tachas) en un momento posterior como reacción a algo que suceda.** En concreto, puedes ejecutar (tachar)* **Defender 2** *cuando te ataquen (si quieres) para **restar 2 al daño recibido**. Una vez ejecutada, **deja de tener efecto** para siguientes ataques (ya se ha gastado para esta escena).*
- **II.** *<u>Inmovilizar</u>: en el panel de **Comportamiento** del enemigo, marca la casilla **inmóvil** inmediatamente posterior al turno en el que estés. **Cuando le toque a ese enemigo, no se podrá mover durante ese turno**. Sólo dura un turno (en su siguiente activación tras haberlo inmovilizado).*
- **III.** *<u>Herir</u>: en el panel de **Comportamiento**, marca la casilla **herido** junto al enemigo objetivo (debe estar adyacente). **Este estado dura toda la escena**. Un enemigo herido sufre **1 daño adicional cuando recibe un ataque de tu parte**. Se suma a cualquier ataque que hagas esta escena (adyacente o a distancia).*

3. *Este enemigo corre mucho, y por tanto juega su turno <u>antes de ti</u>, en todas las rondas. Esto puedes verlo porque, en cada ronda, el símbolo (X_1) está **después de la carta enemiga**. Debes estar <u>atento a esto en las escenas</u>.*

UNA RATA ESCURRIDIZA

OBJETIVO: Derrota a la rata escurridiza (rellena sus corazones) antes de que acaben las tres rondas.

*Cuando un enemigo se mueve, lo hace por el **camino más corto** posible, buscando quedar **adyacente al objetivo**.*
Si no pone un objetivo bajo la acción de mover **Mover**, *por defecto tú eres el objetivo.*
*Al igual que haces con tu movimiento, marca A_1, A_2, A_3 en las casillas donde el enemigo **acabe su movimiento**.*
Si durante un turno este enemigo no se mueve, no hace falta escribir nada adicional en la casilla en la que se queda.

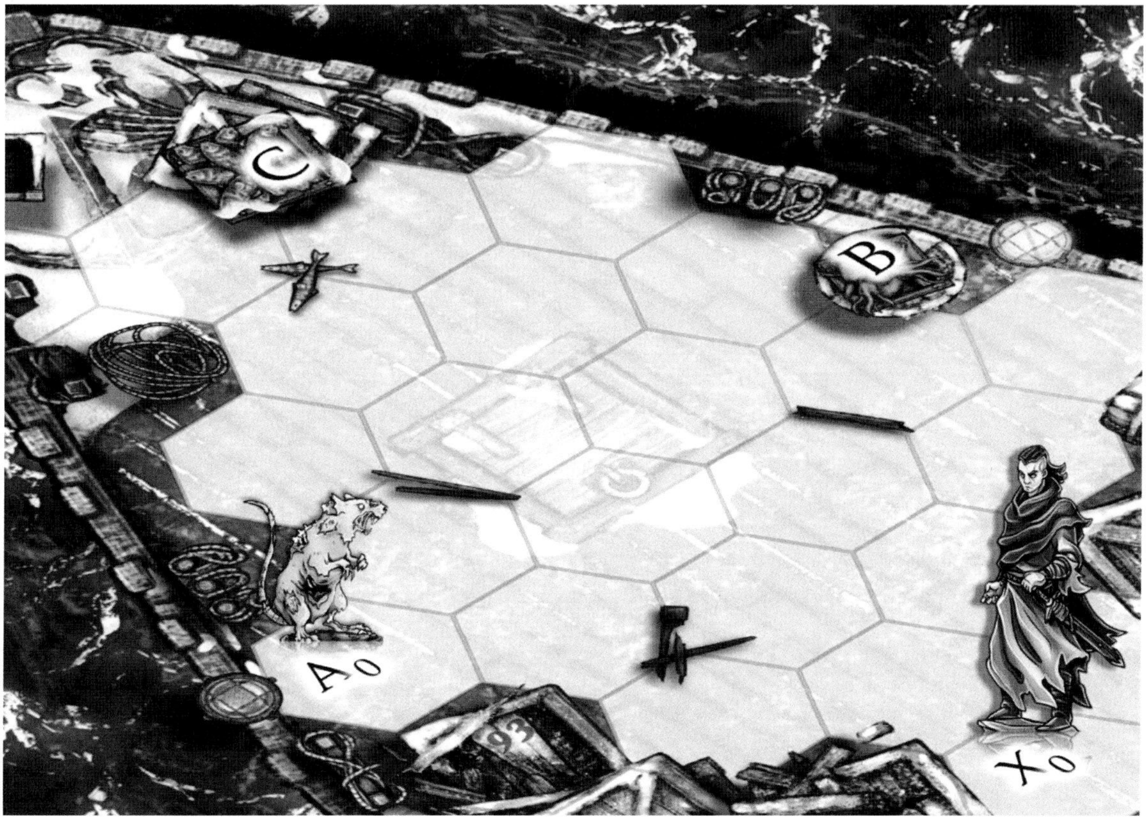

*Si **cumples el objetivo**, marca* **VELOZ** *en la página 30 (recuerda no ojearla) y luego ve a la página 20.*
*Si acaban las rondas **sin haber cumplido el objetivo (o eres derrotado)**, dale la vuelta a la página y sigue leyendo.*

Me encontraba tan cansado que la dejé escapar, o quizás en mi estado yo no era rival para aquella alimaña. Había sido un largo día y estaba tiritando de frío ahí en la cubierta. Necesitaba una comida caliente y aclarar mis ideas, así que ya sabía a dónde dirigirme. *Ve a la página 20.*

*Lee siempre los puntos 1, 2, etc. en color rojo para saber cómo jugar. También estudia el **Objetivo** y las aclaraciones a las reglas (sobre el tablero).*

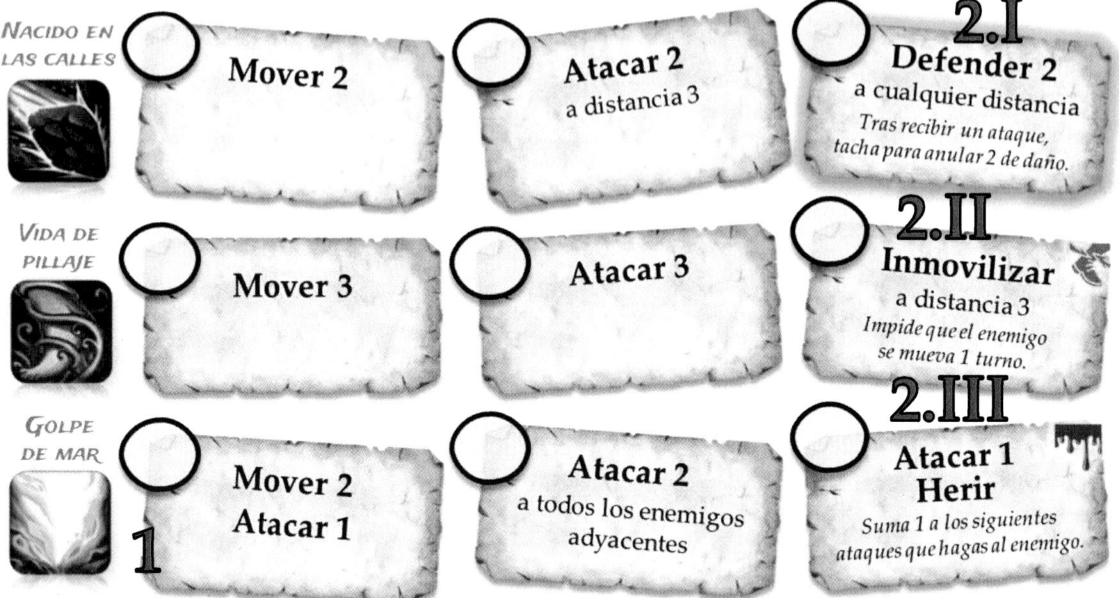

*En esta escena, **por primera vez tienes tu matriz completa de 3x3 habilidades**. Hay muchas novedades:*

1. *Tienes una tercera línea de habilidad. A partir de ahora y durante todo el juego, **en cada ronda jugarás 3 cartas, cumpliendo siempre la regla de oro: no repetir línea o columna entre las 3 cartas que eliges para esa ronda**. Marca las 3 elegidas con el **número de la ronda** en la que estás. **Táchalas cuando se ejecuten**. No puedes elegir cartas que ya has marcado en rondas anteriores. A continuación, verás algunos ejemplos de selección:*

2. *Si una carta tiene varias acciones, **se ejecutan secuencialmente, de arriba abajo,** una tras otra al usar esa carta. **Las cartas de la columna derecha tienen acciones que no conoces**. Las describimos a continuación:*

- ***I.*** **Defender 2**: *esta acción es reactiva (por eso tiene un resplandor verde). **Una carta reactiva se marca (resigue su perímetro) en tu turno, pero la ejecutas (tachas) en un momento posterior como reacción a algo que suceda.** En concreto, puedes ejecutar (tachar)* **Defender 2** *cuando te ataquen (si quieres) para **restar 2 al daño recibido**. Una vez ejecutada, **deja de tener efecto** para siguientes ataques (ya se ha gastado para esta escena).*
- ***II.*** **Inmovilizar**: *en el panel de **Comportamiento** del enemigo, marca la casilla **inmóvil** inmediatamente posterior al turno en el que estés. **Cuando le toque a ese enemigo, no se podrá mover durante ese turno**. Sólo dura un turno (en su siguiente activación tras haberlo inmovilizado).*
- ***III.*** **Herir**: *en el panel de **Comportamiento**, marca la casilla **herido** junto al enemigo objetivo (debe estar adyacente). **Este estado dura toda la escena**. Un enemigo herido sufre **1 daño adicional cuando recibe un ataque de tu parte**. Se suma a cualquier ataque que hagas esta escena (adyacente o a distancia).*

3. *Este enemigo no es demasiado astuto, y por tanto juega su turno después de ti, en todas las rondas. Esto puedes verlo porque, en cada ronda, el símbolo* (X_1) *está **antes de la carta enemiga**.*

Una Rata Cebada

Objetivo: Derrota a la rata cebada (rellena sus corazones) antes de que acaben las tres rondas.

*Cuando un enemigo se mueve, lo hace por el **camino más corto** posible, buscando quedar **adyacente al objetivo**.*

Si no pone un objetivo bajo la acción de mover **Mover**, *por defecto tú eres el objetivo.*

*Al igual que haces con tu movimiento marca A_1, A_2, A_3 en las casillas donde el enemigo **acabe su movimiento**.*

Si durante un turno este enemigo no se mueve, no hace falta escribir nada adicional en la casilla en la que se queda.

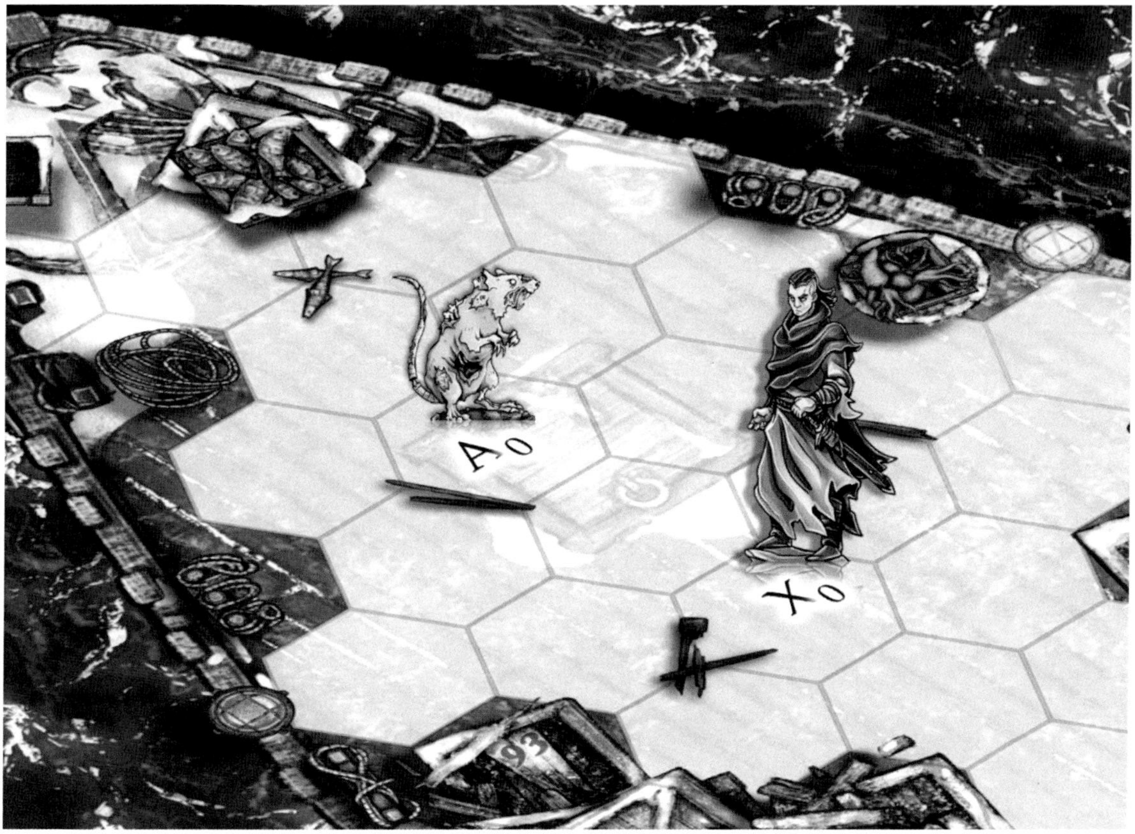

*Si **cumples el objetivo**, marca* **FUERTE** *en la página 30 (recuerda no ojearla) y luego ve a la página 20.*

*Si acaban las rondas **sin haber cumplido el objetivo (o eres derrotado)**, dale la vuelta a la página y sigue leyendo.*

Me encontraba tan cansado que la dejé escapar, o quizás en mi estado yo no era rival para aquella alimaña. Había sido un largo día y estaba tiritando de frío ahí en la cubierta. Necesitaba una comida caliente y aclarar mis ideas, así que ya sabía a dónde dirigirme. *Ve a la página 20.*

En esa noche con luna, las estrellas estaban en todo lo alto mientras las gaviotas devoraban un bulto peludo sobre las piedras. Cogí mis cosas y me dirigí hacia la taberna del puerto, que gobernaba toda la ensenada desde su posición privilegiada. Se trataba de una edificación de varios pisos de madera, construida a partir de trozos de barcos que se habían desmembrado contra las rocas.

Me gustaba estar allí. Dentro olía a cerveza, a salazón y a pescado con especias. Un extraño resplandor emergía de las montañas desde el incidente. Cambiaba de color a los tonos más lisérgicos imaginables, probablemente provocado por los gases del incendio. Los personajes más influyentes de la ciudad estaban organizando una expedición. Sólo eché en falta a Thorval, el ladino alguacil que regentaba la flota de pesqueros. Decían que estaba ocupado con cierto viaje al continente.

La expedición estaría liderada por "Loco" Graybash, un excéntrico explorador cuyo abuelo le había contado todo sobre su juventud en las montañas. Le acompañaría el cronista del pueblo para dar parte de la noticia, junto con una docena de guardias, una trampera y ocho porteadores. Cerraba el grupo una extraña cazadora que estaba de paso en la isla y cuya puntería se presumía legendaria.

Esa noche no dormí, sobresaltado por las grotescas imágenes que poblaban mis pesadillas. *Elige:*

Si soñaste con una ***estatuilla de madera con curvas femeninas siendo quemada****, marca* (símbolo) *en la página 153.*

Si soñaste con ***un anciano barbudo gritándote debajo del agua****, marca* (símbolo) *en la página 50.*

Pasé el día siguiente cortando pescado en la lonja con mi viejo raspador, mientras mis pensamientos estaban muy lejos de allí. Volaban al otro lado del pantano, dentro de las minas y más allá de las montañas donde hacía décadas que nadie se aventuraba. En el interior de la isla habitaban animales salvajes y se decía que humanoides semidesnudos soportaban el frío gracias a favores de oscuras fuerzas paganas. También se hablaba de siniestras criaturas inteligentes entre la leyenda y la realidad, tan grandes como una casa y más letales que los tiburones del arrecife.

La expedición había partido esa mañana para instalar un campamento más allá del pantano. Sentí como nunca la llamada de lo ignoto. Desgraciadamente, dos días después tenía que zarpar a faenar en la mar y descarté unirme a los porteadores. Además, conocía mis limitaciones físicas y mentales. Cada vez que tenía que llevar mi cuerpo al límite, mi dolor crónico de huesos se multiplicaba.

Ahora continúa en la página 15.

El combate me había dejado magullado, con una molesta línea de sangre en el labio y contusiones en la rodilla. Obviamente, yo no era un luchador nato. Pero estaba decidido a ayudar a la buena gente de esta isla de cualquier amenaza que se estuviese cerniendo sobre ella. A través de una sucia escalera, accedí a la zona noble del Faro de Luna. Caminé con sigilo por los pasillos hacia donde el sentido común me decía que Thorval tenía su despacho. La ilusión era más fuerte que el miedo.

Por primera vez, tenía un propósito. Maldiciendo cada crujido de mis pies en la madera, alcancé el despacho del alguacil. Era una estancia clásica, lujosamente ornamentada. Me imaginé a Thorval cerrando negocios junto a la chimenea. Junto a una pared estaba su escritorio, donde rápidamente identifiqué la caja y en su interior el estuche de ébano cilíndrico que me había encargado Seraph. ¿De verdad me había metido en este lío por algo tan trivial?

Lo agité con precaución. Tenía algo líquido en su interior, pero estaba bien cerrado herméticamente por un mecanismo sencillo. Sabiendo que debía llevarlo intacto hasta la cazadora, lo guardé dentro de mi ropa. Junto a la caja, llamó mi atención un gran mapa de la isla. Me sorprendió que el trazo de la región interior era casi tan preciso como el de la costa. Tenía entendido que no se conocía qué había más allá de las minas. Me entusiasmé con la idea de un viaje.

Ese entusiasmo fue mi gran error. Estaba tan absorto con las anotaciones del mapa que no me di cuenta de aquella mole que entraba en la habitación hasta que cerró la puerta con llave tras de sí. Con el corazón encogido, me di la vuelta para encontrarme a Kann, el lugarteniente del alguacil. Cogió lentamente la enorme hacha que decoraba señorialmente la pared junto a la entrada. Su cráneo brillaba frente a la luz de la luna que entraba por las ventanas.

—Vaya, vaya, ¿Qué tenemos aquí? Sabía que eras estúpido, pero no tanto —dijo con voz ronca antes de soltar una risotada. Sin la mitad de sus dientes, mostraba la misma sonrisa que cada vez que me pegaba en el barco, algo que sucedía prácticamente desde que tenía memoria.

Pero esta vez era distinto. El terror que me provocaba seguía ahí. La sumisión, había desaparecido.

*Esta escena es un **boss** y se desarrolla en **dos fases**. Juégala en la página 28* (ignora el * en tu primera campaña).*

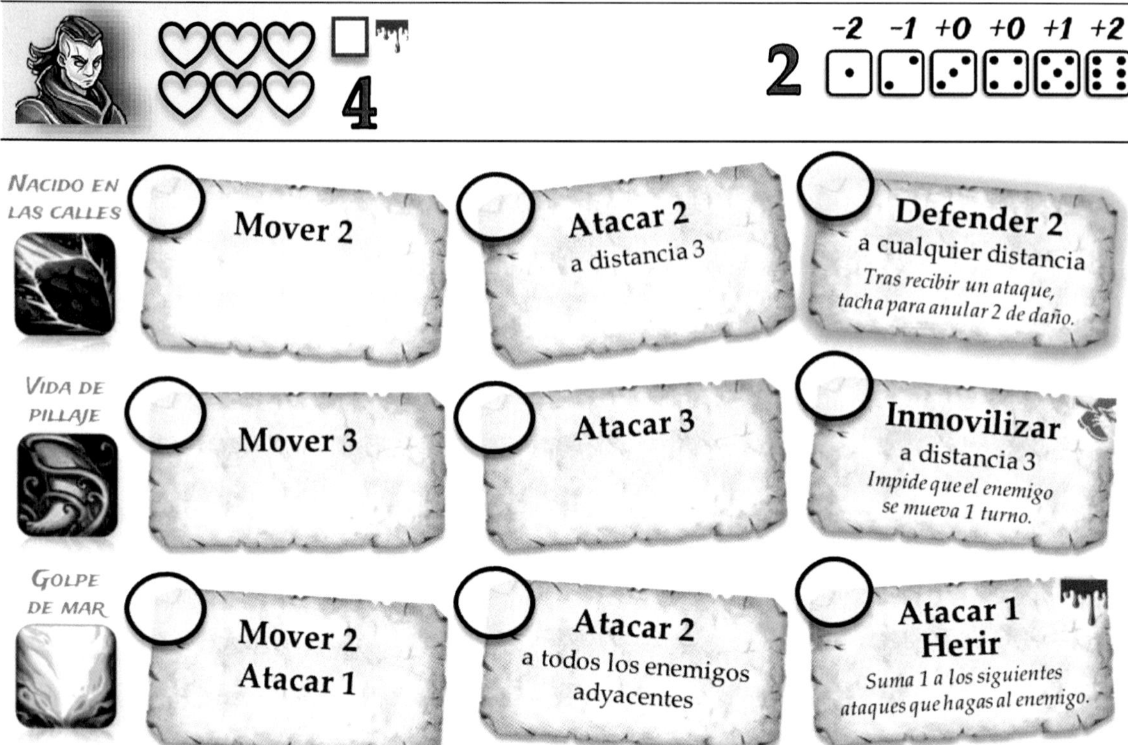

En esta escena tienes prácticamente todo tu panel completo de personaje. Veamos las novedades:

1. *En la parte inferior de esta página tienes un panel de equipo. Al comienzo de cada escena,* ***marca la esquina superior izquierda de tu objeto equipado*** *(tacha la casilla, como se ejemplifica aquí en azul). A estas alturas, sólo dispondrás del* **RASPADOR DE PESCADO**. *Durante cada escena, sólo existen los objetos que tienes equipados (el resto debes ignorarlos). Cuando consigas más equipamiento, en las escenas posteriores podrás cambiar a esos nuevos objetos.* ***Elige bien cuando se te ofrezcan nuevos objetos*** *durante tus aventuras, porque una vez decidas cogerlo, no puedes volver a equipo anterior (se considera que lo tiras para aligerar la carga).* ***Entre escenas, debes recordar qué objeto tienes equipado de cada tipo****. Es lo primero a marcar en una nueva escena (y ese es buen momento para descansar del juego). Aunque no es necesario, de manera opcional tienes una hoja de apoyo para "guardar y retomar la partida" en la página 231, en caso de que no quieras tener que recordar qué objetos llevas entre escenas.*
2. *En la parte superior tienes tus modificadores para tus ataques, según salga la fuente de azar. Cuando hagas un ataque, "tira un dado" y suma el modificador que obtengas. Ojo,* ***"Tira un dado" no es literal: en este juego no necesitas dados físicos. Simplemente abre una página al azar, y utiliza como resultado el dado que te aparezca en la esquina superior****. No obstante, aquellos amantes de los dados pueden tirar un dado real de 6 caras.*
3. ***Los enemigos también tienen sus modificadores de azar para cada uno de sus ataques*** *(dados negros en la página de la derecha). Cuando ellos ataquen, utiliza su fuente de azar para saber qué modificador aplicar.*
4. ***Los enemigos también pueden infligirte estados a ti****. Márcalo junto a tu vida y ve con cuidado.*

5. *Algunos enemigos, entre sus corazones, tienen escudos. Cuando estés rellenando corazones siguiendo una secuencia,* ***debes detenerte al encontrar un escudo****. Todo el daño que te quede por aplicar termina rellenando ese escudo (se rompe el escudo).* ***El resto de daño que te quedase por aplicar se pierde****. Por tanto, elige bien por qué lado empiezas a rellenar una secuencia de vida.*
6. *Los objetos de tu equipo actual permiten potenciar tus acciones.* ***Para ello, aplica la bonificación que se indica en el cuadro correspondiente****. Una vez tachado, no puedes usarlo en esta escena (lo tendrás disponible en otras escenas).*

-1 -1 +0 +0 +1 +1

3 La Terraza en la Noche

Objetivo: Derrota ambos guardias (rellena todos sus corazones) antes de que terminen las tres rondas.

*Recuerda que, en tu turno, ejecutas tus cartas elegidas **en el orden que quieras**. En cada ronda, los enemigos ejecutan **su comportamiento secuencialmente, de arriba a abajo**. Los estados iguales no se acumulan. No puedes moverte (ni contar distancia a través de ellas) por casillas que no están clareadas.*

***Si un enemigo muere, tacha su retrato**: No actuará en el resto de la escena (si quieres, traza una línea horizontal a lo largo de sus cartas). Su figura **ya no ocupa casilla** (táchala). Ver las páginas 236-237 para detalles de acciones.*

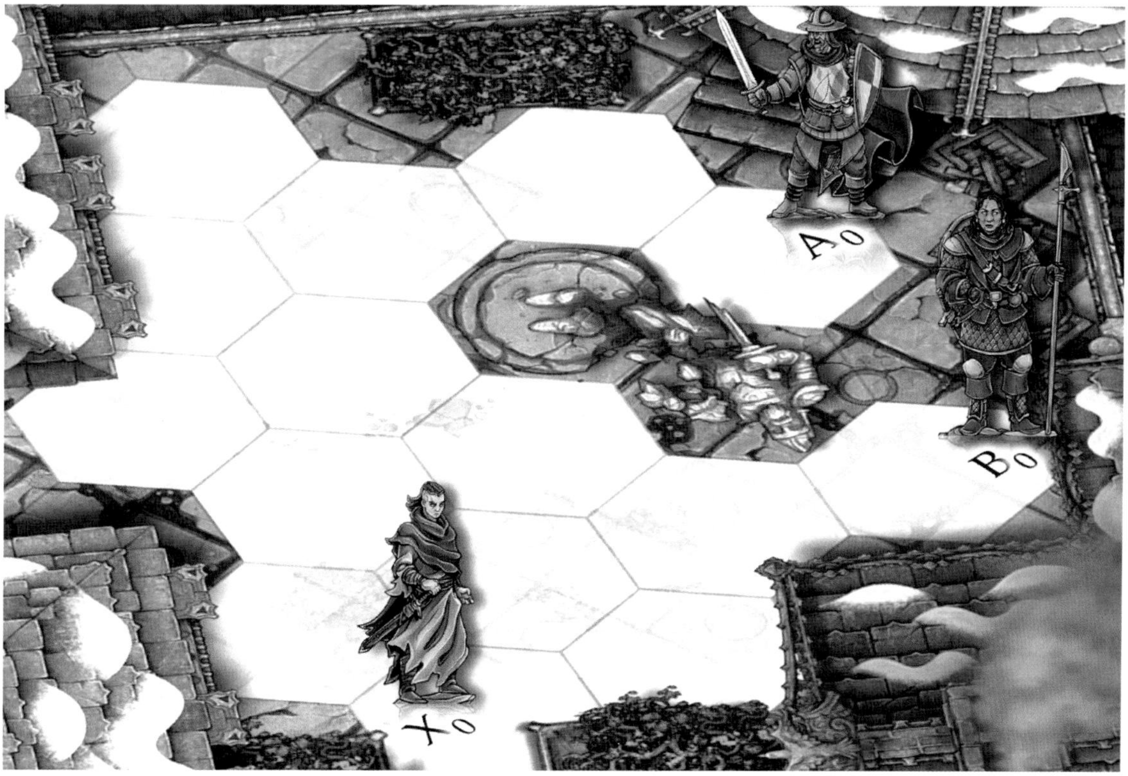

A
B
X

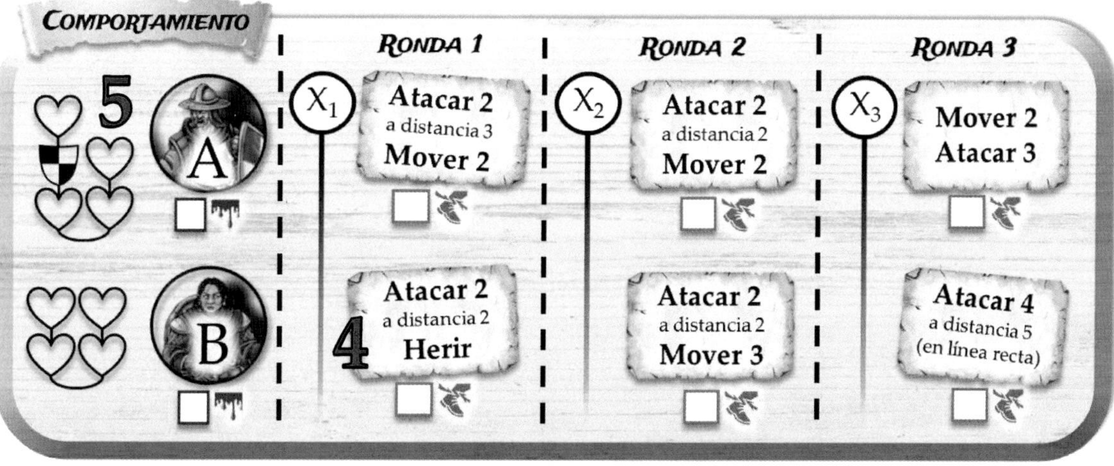

Si no cumples el objetivo, ve a la página 26.

Si cumples el objetivo, marca **DESTREZA CONTRA HUMANOS** *en las páginas 35 y 51. Luego ve a la 21.*

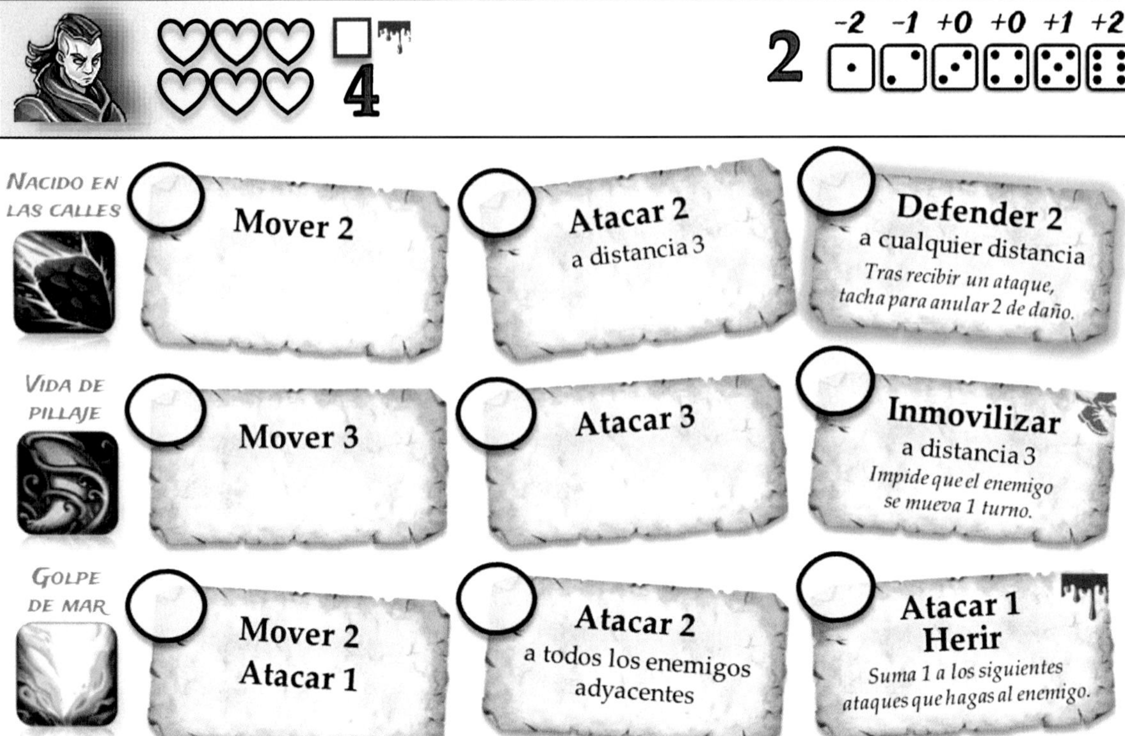

En esta escena tienes prácticamente todo tu panel completo de personaje. Veamos las novedades:

1. *En la parte inferior de esta página tienes un panel de equipo. <u>Al comienzo de cada escena</u>,* ***marca la esquina superior izquierda de tu objeto equipado*** *(tacha la casilla, como se ejemplifica aquí en azul). A estas alturas, sólo dispondrás del* **RASPADOR DE PESCADO**. *Durante cada escena, sólo existen los objetos que tienes equipados (el resto debes ignorarlos). Cuando consigas más equipamiento, en las escenas posteriores podrás cambiar a esos nuevos objetos.* ***Elige bien cuando se te ofrezcan nuevos objetos*** *durante tus aventuras, porque una vez decidas cogerlo, <u>no puedes volver a equipo anterior</u> (se considera que lo tiras para aligerar la carga).* ***Entre escenas, debes recordar qué objeto tienes equipado de cada tipo****. Es lo primero a marcar en una nueva escena (y ese es buen momento para descansar del juego). Aunque no es necesario, de manera opcional tienes una hoja de apoyo para "guardar y retomar la partida" en la página 231, en caso de que no quieras tener que recordar qué objetos llevas entre escenas.*
2. *En la parte superior tienes tus modificadores para tus ataques, según salga la fuente de azar. Cuando hagas un ataque, "tira un dado" y suma el modificador que obtengas. Ojo,* ***"Tira un dado" no es literal: en este juego no necesitas dados físicos. Simplemente abre una página al azar, y utiliza como resultado el dado que te aparezca en la esquina superior****. No obstante, aquellos amantes de los dados pueden tirar un dado real de 6 caras.*
3. ***Los enemigos también tienen sus modificadores de azar para cada uno de sus ataques*** *(dados negros en la página de la derecha). Cuando ellos ataquen, utiliza su fuente de azar para saber qué modificador aplicar.*
4. ***Los enemigos también pueden infligirte estados a ti****. Márcalo junto a tu vida y ve con cuidado.*

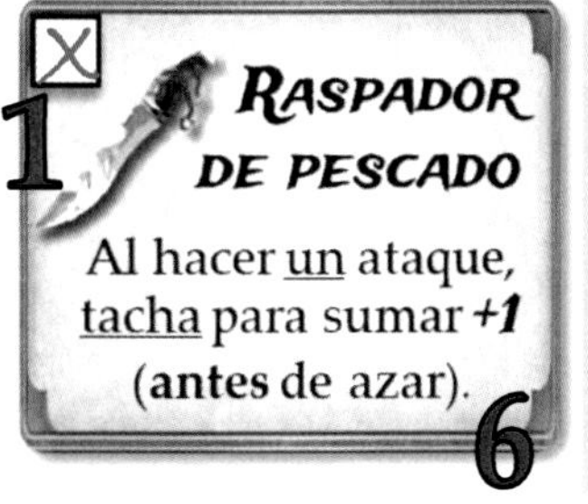

5. *Algunos enemigos, entre sus corazones, tienen <u>escudos</u>. Cuando estés rellenando corazones siguiendo una secuencia,* ***debes detenerte al encontrar un escudo****. <u>Todo el daño que te quede por aplicar termina rellenando ese escudo</u> (se rompe el escudo).* ***El resto de daño que te quedase por aplicar se pierde****. Por tanto, elige bien por qué lado empiezas a rellenar una secuencia de vida.*
6. *Los objetos de tu equipo actual permiten potenciar tus acciones.* ***Para ello, aplica la bonificación que se indica en el cuadro correspondiente****. Una vez tachado, no puedes usarlo en esta escena (lo tendrás disponible en otras escenas).*

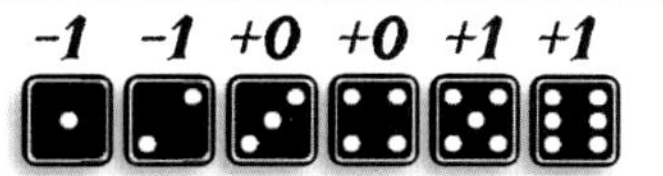

-1 -1 +0 +0 +1 +1

3 Criaturas de las Cloacas

Objetivo: Derrota ambos noóticos (rellena todos sus corazones) antes de que terminen las tres rondas.

Recuerda que, en tu turno, ejecutas tus cartas elegidas ***en el orden que quieras****. En cada ronda, los enemigos ejecutan* ***su comportamiento secuencialmente, de arriba a abajo****. Los estados iguales no se acumulan. No puedes moverte (ni contar distancia a través de ellas) por casillas que no están clareadas.*

Si un enemigo muere, tacha su retrato*: No actuará en el resto de la escena (si quieres, traza una línea horizontal a lo largo de sus cartas). Su figura* ***ya no ocupa casilla*** *(táchala). Ver las páginas 236-237 para detalles de acciones.*

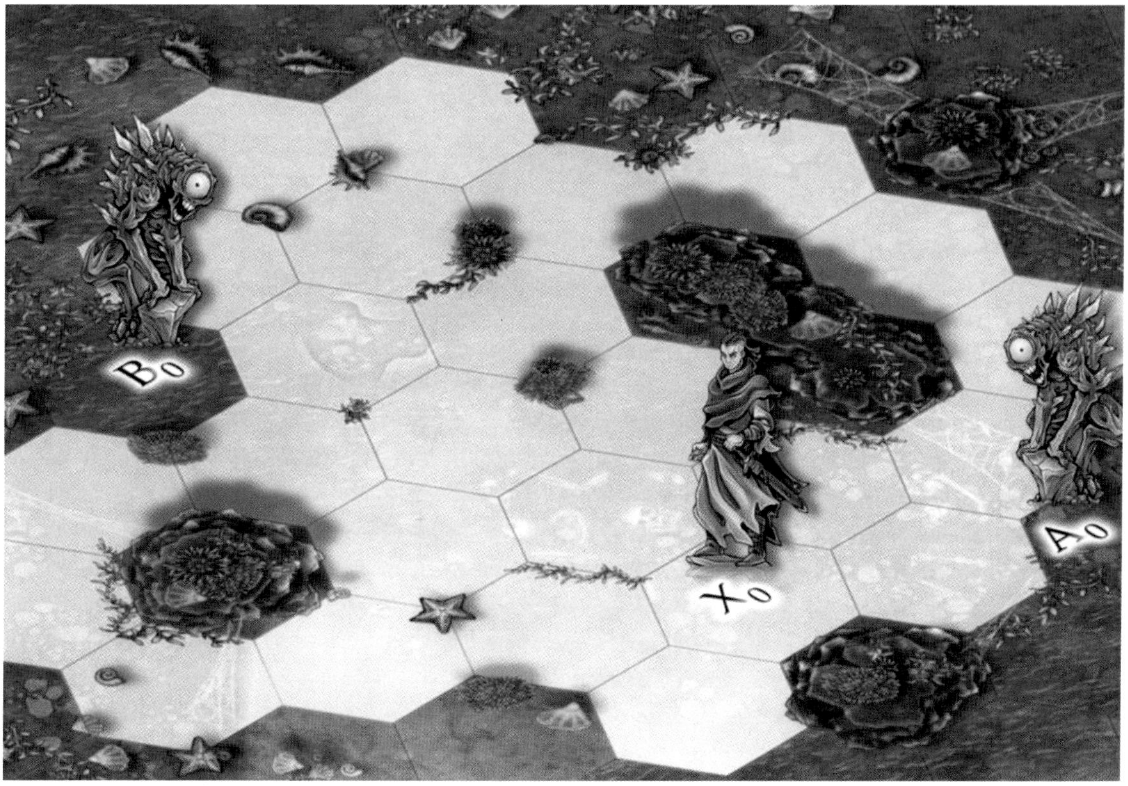

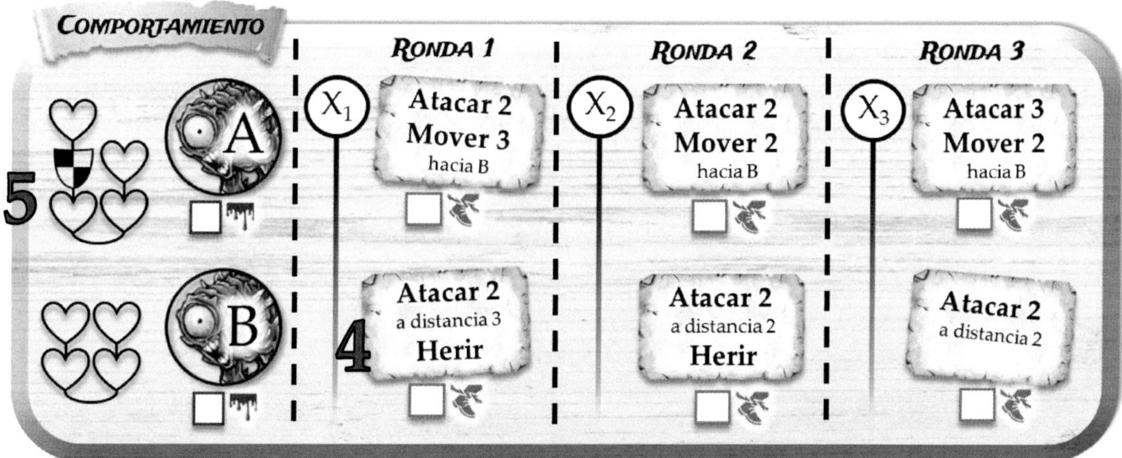

Comportamiento

		Ronda 1 (X_1)	Ronda 2 (X_2)	Ronda 3 (X_3)
5	A	Atacar 2 Mover 3 hacia B	Atacar 2 Mover 2 hacia B	Atacar 3 Mover 2 hacia B
	B	4 Atacar 2 a distancia 3 Herir	Atacar 2 a distancia 2 Herir	Atacar 2 a distancia 2

Si no cumples el objetivo*, ve a la página 26.*

Si cumples el objetivo*, marca* **DESTREZA CONTRA ANFIBIOS** *en las páginas 52 y 56. Luego ve a la 21.*

Me desperté con secuelas, probablemente horas después del sangriento combate. Me encontraba en una fría celda, por lo que deduje que los guardas del Faro de Luna deberían haberme capturado tras mi fallido intento de entrada. No se me ocurría por qué había una estancia tan siniestra como esta en un edificio que se suponía tenía otras funciones, pero lo cierto es que en esos momentos me encontraba con cosas más importantes de las que ocuparme.

Marca **TORPE** *en la página 30 (si no está ya marcado) y* ***vuelve aquí*** *para seguir leyendo.*

Mi viejo raspador para el pescado se encontraba unos metros más allá de la celda, en una mesa con un candil que iluminaba tenuemente la sala. Intenté doblar los barrotes, oxidados y mohosos.

Repentinamente, un ladrillo cedió. Esto me permitió forzar aún más la estructura, que con un lastimoso crujido dejó la suficiente abertura como para que un delgaducho como yo pudiese salir. No podía creer mi suerte cuando escuché unos pasos. Cogí el arma y me agaché.

Recordé el miedo que me infundía Thorval, pues de todos era conocida su mano dura con los marineros. Quién sabe qué atrocidades llevaría a cabo en aquellas húmedas celdas.

Un guardia con una jarra de vino apareció por el pasillo y se acercó a la celda. Había tan poca luz que tardaría unos segundos en darse cuenta de lo que había sucedido. Escondido tras unos barriles, esperé a que un guardia se acercara.

—Pero ¿qué? ¡oye, tú! —dijo acercándose a la oscuridad de la celda y entrecerrando los ojos. Dio un sorbo al brebaje que sostenía. Sólo hubo silencio, roto por mi respiración a su espalda.

Para cuando se hubo dado cuenta, ya era demasiado tarde. Salté sobre él y forcejeamos, cayendo ambos al suelo. Me dio un codazo en la cara, pero antes de que pudiera gritar le golpeé en la nuca con el mango de mi arma. El vino se derramó por el suelo, empapándonos a los dos mientras mi atacante se desplomaba, inconsciente. Esperaba no haberlo matado. No sentí ninguna culpa, ya que de no haberlo hecho sería yo el que yacería en el suelo sobre un charco. Pero algo profundo dentro de mí se revolvió. Me sentí más poderoso.

Ahora pasa a la página 21.

Instantes después de recibir mi último golpe, Kann puso los ojos en blanco y una baba espumosa comenzó a brotar de su boca. Con un sonoro estruendo se desplomó, y un reguero de sangre que salía de su nariz manchó la alfombra. Ya no abusaría de ningún otro marinero.

El mundo era un lugar mejor sin Kann en nuestra isla. A pesar de que no habían acudido refuerzos, habíamos hecho suficiente ruido en nuestro baile como para tener que salir de allí cuanto antes. Eché un último vistazo para memorizar el mapa. Después, mis ojos se fijaron en una espectacular **DAGA CURVA** que había caído al suelo al romperse su vitrina.

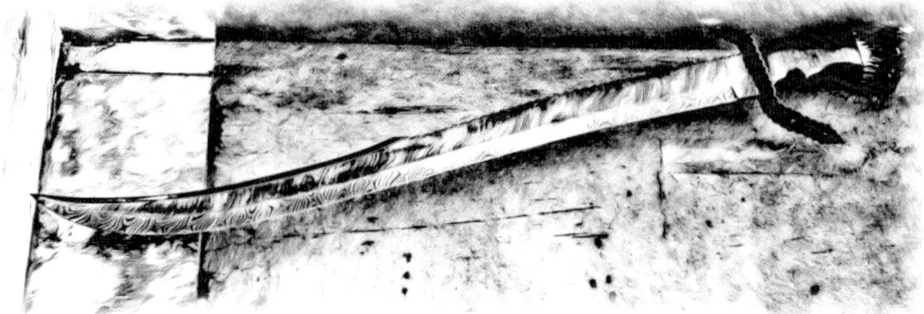

La admiré entre mis manos. Una hoja tan afilada podría ser muy útil allá a donde me dirigía.

Has encontrado un nuevo objeto. Debes decidir si sigues con tu raspador de pescado, o bien si esta daga pasa a ser tu nueva arma. Si es así, ***a partir de ahora en la fila inferior del panel de equipo debes elegir la DAGA CURVA*** *(hasta que encuentres otra). Si la aceptas, nunca podrás volver a utilizar las armas que has desechado: el resto de los objetos de la fila inferior no existen. Entre escenas, el equipo que llevas no se anota en ningún sitio, a menos que de manera* ***opcional*** *quieras usar la tabla de la página 231.*

Salí a un pequeño tejado desde una de las ventanas laterales. Los colores espectaculares del alba me reconfortaron y me dieron una referencia para saber cuánto tiempo había durado mi incursión.

Algo más poderoso que el temor me llamaba hacia el interior de las montañas. A pesar del cansancio de la noche y las numerosas heridas, me sentía renovado. Más sabio y más poderoso. Extrañamente, al calor del alba, me pareció que mi piel se tornaba más pálida de lo habitual.

Ahora, ve a la página 36 para elegir tu ***ESPECIALIZACIÓN.***

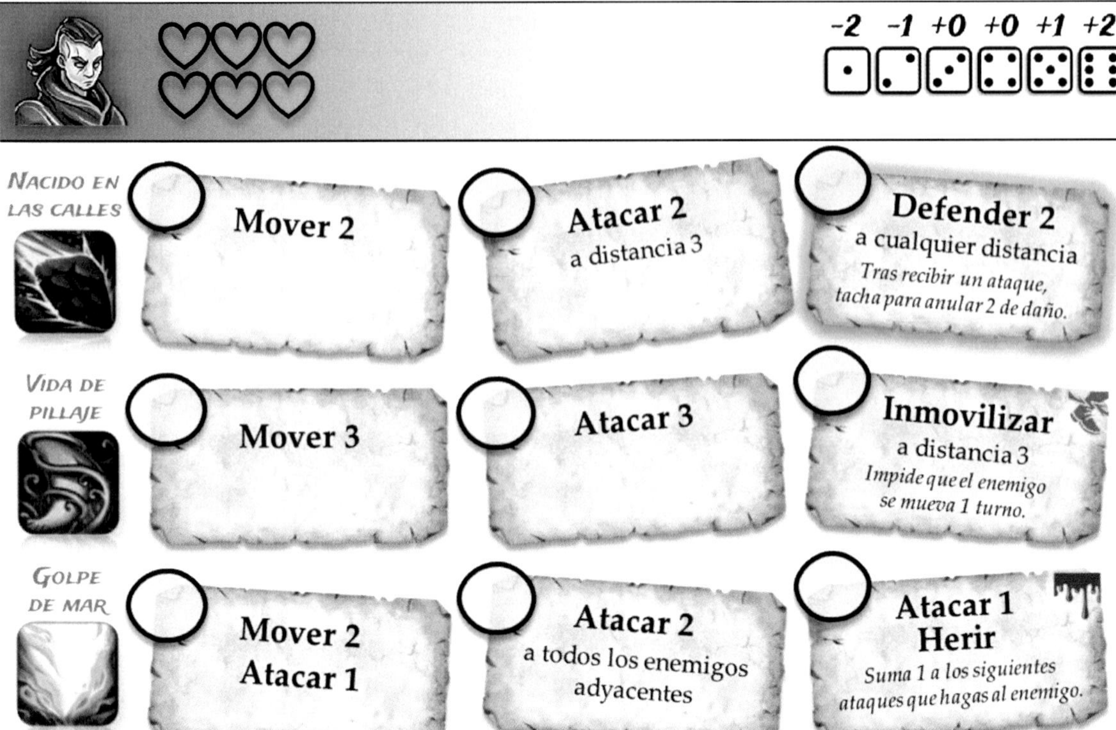

En esta escena te enfrentas a un boss: un enemigo especialmente difícil que transcurre en dos fases. En las páginas 28-29 jugarás la primera fase. Al final de la página 29 se te dirá qué hacer en función del desarrollo de esta fase.

1. *Recuerda que, al entrar en una nueva escena,* ***lo primero que debes hacer es seleccionar objeto equipado****, marcando su esquina superior izquierda. Por ahora sólo tienes un objeto.*
2. *Este boss tiene varias secuencias de vida: la normal (corazones y escudos con borde negro), una verde y una azul. Si aparece un* ***candado cerrado (🔒) junto a la secuencia normal,*** *significa que para poder rellenarla* ***debes antes terminar por completo las secuencias de color****. Cuando lo consigas, tacha el candado para indicarlo. Recuerda que puedes iniciar cada secuencia por el extremo que quieras, pero una vez iniciada debes continuar en ese sentido (no puedes seguir por el otro extremo ni por el medio). Puedes cambiar de secuencia en cualquier momento,* ***pero al volver a una secuencia ya iniciada, debes continuar coloreando en el sentido en el que ya estabas****.*
3. *Cuando termines una secuencia de color, desbloqueas una ventaja contra este enemigo:* ***tacha el cuadro correspondiente al color de la secuencia terminada*** *en la parte inferior del panel.*
4. *Frente a algunos enemigos, no puedes predecir su comportamiento.* ***Si ves dados negros al comenzar una ronda****, significa que debes "tirar un dado" (abriendo una página al azar y consultando la esquina superior) al empezar la ronda, justo* ***después*** *de elegir tus 3 cartas. Durante el turno del enemigo en esa ronda (antes o después de ti), tendrá el comportamiento a la altura (zona de arriba/abajo) del dado que haya salido.* ***Tacha con una gran X la carta a la altura que no ha salido para esa ronda****, para recordar que esa acción no existe.*
5. *Al cambiar de fase (dentro de la misma escena),* ***NO debes copiar el estado completo*** *de la escena a la nueva fase:*

   I. *Olvida todos los* ***estados*** *que habéis adquirido (tú y los enemigos). Olvida los números señalados en tu* ***matriz*** *de cartas y las* ***reactivas*** *marcadas. Olvida las* ***ventajas desbloqueadas*** *al completar secuencias. Olvida si has usado* ***objetos****.*

   II. *Mantén el* ***estado de tu vida (corazones rellenos), excepto el último****: Copia todos los corazones rellenos a la siguiente página, excepto el último corazón. Haz lo mismo con la* ***secuencia de vida normal (no las de colores) de los enemigos:*** *lleva a la siguiente fase todos sus corazones o escudos rellenos, menos el último.*

KANN, EL DESPIADADO (I)

OBJETIVO: Debilita todo lo posible (rellena todos los corazones que puedas) a Kann.

RESUMEN DE CADA RONDA: **(I)** *Elige tus 3 cartas.* **(II)** *Si hay dados negros al comienzo de esa ronda, deberás usar la fuente de azar para determinar el comportamiento enemigo. Tacha la carta con acciones que* **NO** ***vaya a hacer el enemigo*** *(esa carta deja de existir).* **(III)** *Según quién vaya primero, ejecuta tus 3 acciones (en el orden que quieras) o las del enemigo.*

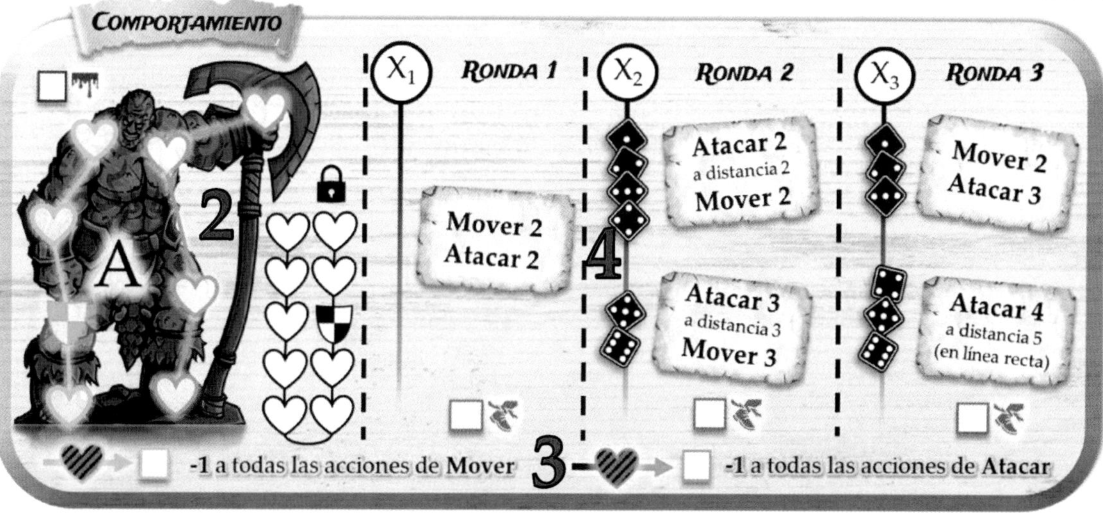

5

Si caes derrotado (todos tus corazones rellenos), ve a la página 33 y lee *después de la imagen.*

En caso contrario, *pasa a la* ***FASE II*** *de esta escena en la página 30.*

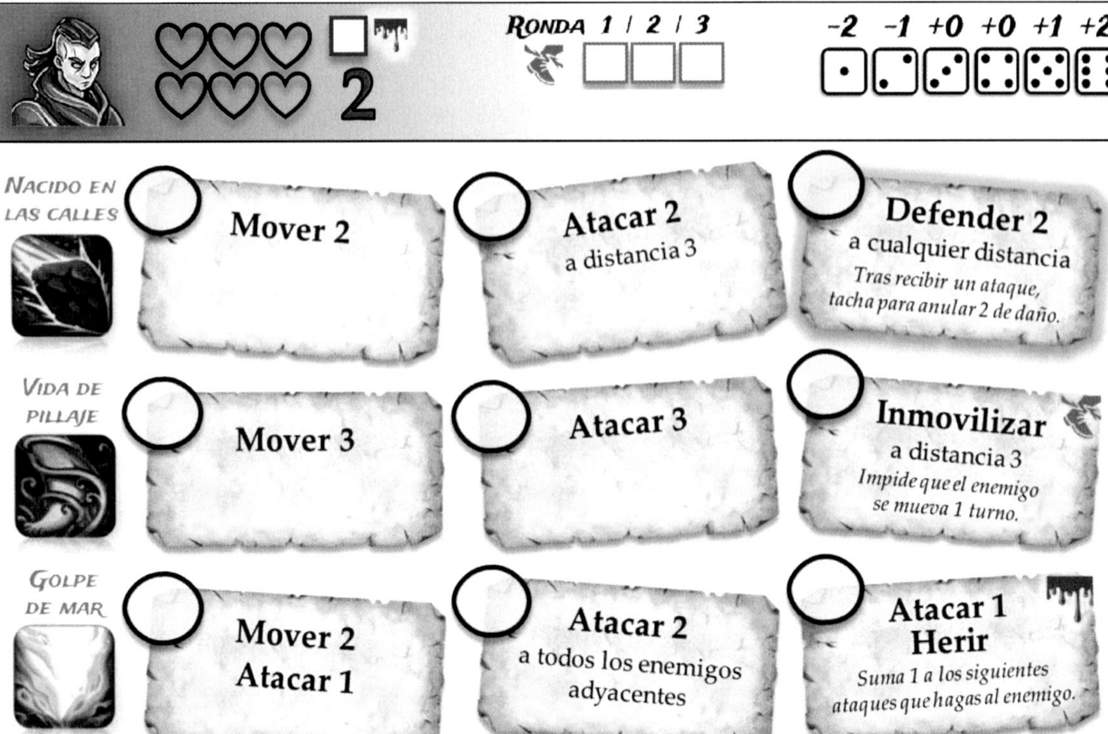

Esta es la segunda fase de la escena del boss. Al final de la página 31 sabrás la resolución de la escena.

1. *Empieza seleccionando **tu objeto equipado**, marcando su esquina superior izquierda.*
2. ***Copia a esta FASE II los corazones rellenos de la FASE I anterior, excepto el último**, ya que habéis tenido tiempo de tomar aliento. Tanto para ti, como para la secuencia normal de los enemigos (corazones y escudos con borde negro). No copies estados (tuyos o enemigos), ni objetos usados, ni nada que esté en tu matriz de cartas.*
3. *Ahora el **candado de la secuencia normal** del enemigo está abierto ( ). Significa que puedes rellenar sus corazones (o escudos) **aunque las otras secuencias de colores estén incompletas**.*
4. *El símbolo **&** entre dos acciones enemigas indica que **la distancia** que pone bajo ellas se aplica a ambas.*
5. *Tus acciones pasadas definen tu futuro. **Si marcaste alguno de estos símbolos** por sucesos anteriores, ahora tendrán consecuencias tanto en la trama como en las escenas. Aprovéchalas o súfrelas.*
6. *Puedes **consultar** las reglas del juego en las páginas 238-239. Así como los detalles de acciones en las 236-237.*

Tacha esta línea para aplicar ***-1*** a uno de los ataques enemigos esta fase. 5

Tacha esta línea para aplicar ***+1*** a uno de tus ataques esta fase.

Al seleccionar tus habilidades, **no puedes** formar la diagonal  .

1 Al hacer un ataque, tacha para sumar ***+1*** (**antes** de azar).

7. *Las secuencias de colores **siempre son nuevas al cambiar de fase**, y desbloquean nuevas ventajas. En este caso la ventaja es un poderoso multiplicador x2 a todos tus ataques. **Este x2 se aplica al final del todo**, y por tanto es después de bonificadores de objetos, estados, fuente de azar (dado), etc.*
8. *Lee el **texto de ambientación** y las **aclaraciones** a las reglas.*
9. *Lee las **distintas formas de terminar** la escena para plantear tu estrategia.*

KANN, EL DESPIADADO (II)

OBJETIVO: derrota a Kann, o huye (permanece en la casilla b, quieto durante toda la **RONDA 3**).

*Las figuras sí pueden entrar y salir de las casillas con **letra minúscula** (como la casilla b).* 8

Kann sangraba abundantemente, pero todavía tenía mucho que pelear. No podría decirse que yo estuviera mejor. Valoré mis opciones. Si mis cálculos eran correctos, podía saltar a través de la ventana junto al piano. Caer a las gélidas aguas del fiordo quizás me diera una oportunidad.

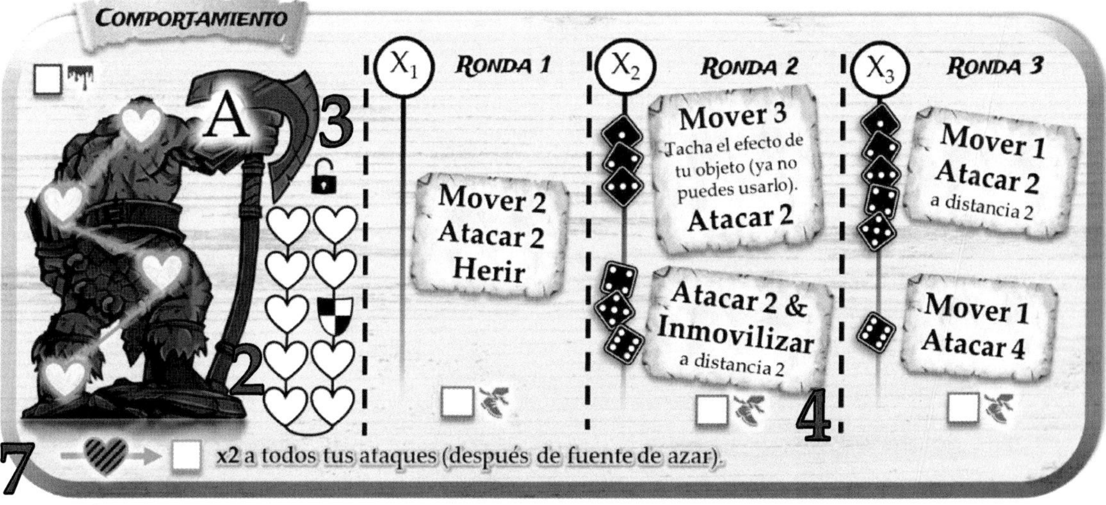

9 *Si derrotas a Kann (todos sus corazones rellenos), ve a la página 27.*
*Si permaneces durante **la RONDA 3 quieto en la casilla b, <u>huyes</u>.** Ve a la página 33 y lee <u>antes de la imagen</u>.*
*Si **caes derrotado o termina la RONDA 3** sin los resultados anteriores, ve a la página 33 y <u>lee tras la imagen</u>.*

Los movimientos de estos encapuchados estaban a medio camino entre la danza y el combate. Con cada giro, lanzaban ráfagas de energía que abrían mi carne como si fuese mantequilla. Viendo mi incapacidad para lidiar con su poderosa magia, salí corriendo horrorizado hacia el pantano sin mirar atrás. Hui durante varias horas por el bosque, ocultándome entre la vegetación.

Amanecía. Intenté recuperar de mi memoria lo poco que creía saber de la magia. Había observado a los buhoneros en la plaza hacer algunos trucos sencillos. También una vez nos visitó una mujer de piel oscura que decían podía maldecir o bendecir usando un puñado de dientes de oveja y una pasta hecha de tripas de pájaro. Pero lo que había visto durante el combate era algo atávico, ancestral, y hasta donde llegaba mi conocimiento, también prohibido.

La mañana transcurrió sin sobresaltos, avanzando muy lentamente por el pantano donde prácticamente nadie se aventuraba debido a las complicaciones del terreno y a la peligrosidad de animales salvajes. Hasta ahora lo único que me incomodaba eran los mosquitos. Sin embargo, durante buena parte del trayecto sentí que algo más amenazante me observaba. La leyenda decía que Solmund de las Hierbas seguía vagando por el pantano llorando a su hija y buscando venganza. Era prácticamente imposible que siguiera vivo, pero la idea de encontrarme con aquello en lo que se hubiese convertido aquel hombre dos décadas después me provocaba escalofríos.

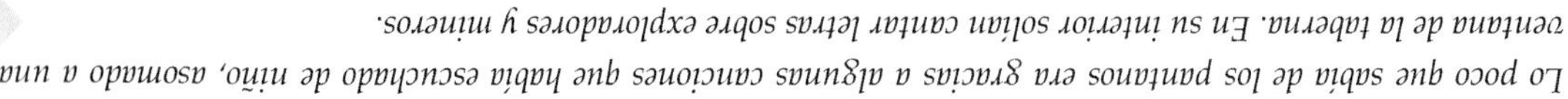

Me detuve a beber y a asearme junto a un pequeño lago. Los días no eran tan fríos como la semana pasada. El agua me llegaba por los tobillos y estaba rodeado de pozas más profundas. Entonces, escuché un ruido a mi espalda, justo para girarme y ver algo que se sumergía. El canto de los pájaros había cesado. Otro chapoteo a mi derecha. Nada, salvo ondulaciones en el agua. El pánico se apoderó de mí cuando algo fuerte y húmedo agarró mi pierna y me arrastró hacia una de las pozas. Dando una patada conseguí soltarme, pero mi arma había quedado atrás.

La proxima escena es un boss. Juégala en la página que se indica según tu **ESPECIALIZACIÓN:**

 ***Duelista:*** 52  ***Pendenciero:*** 56

*Si **escapaste por la ventana**, lee el párrafo antes de la imagen (dale la vuelta). En caso contrario, lee el párrafo de después.*

Conseguí abrir la ventana y subirme a la cornisa. La gélida noche me golpeó, contrastando con el confortable calor de la sala que dejaba atrás. Eché una mirada a mi espalda mientras saltaba.

La figura de Kann, enloquecida por la adrenalina, se alejaba arriba en la ventana a la misma velocidad a la que las gaviotas se lanzan a pescar en la bahía durante el verano. En la noche, me pareció ver que sonreía cuando todo se volvió negro. El impacto contra el agua fue como recibir un mordisco helado que me dejó aturdido. Salí a la superficie y vi que muchas luces se habían encendido en el Faro de Luna. Sabía que las cosas nunca volverían a ser como antes.

Llegué fatigado a la orilla y tomé aire. ¿En qué me había metido? *Lee el **párrafo final** de esta página.*

*Dale la vuelta y lee el siguiente párrafo sólo **si caíste derrotado o no conseguiste el objetivo** de la escena anterior.*

No debería estar vivo. Abrí los ojos en una helada playa al este de Inisfell. Ya era de día y el sol calentaba mi cuerpo. algunas costillas fracturadas, cortes en los brazos y, al menos, un dedo roto.

¿Cómo había llegado hasta aquí? No tenía ni idea. Cabía la posibilidad de que me hubiesen dado por muerto, aunque mi intuición me decía que había algo más que se me escapaba. Algo siniestro. Un escozor en la parte interior de la muñeca me reveló algo perturbador. Alguien había grabado un extraño símbolo en mi piel, probablemente con un punzón al rojo vivo. Me dejó desconcertado ¿Qué significaba? ¿Quién lo había hecho? Tenía demasiadas preguntas, y ni tiempo ni recursos para conseguir las respuestas.

*Marca [símbolo] en las páginas 60 y 75 y **vuelve aquí para leer el párrafo final**.*

*Tanto si escapaste como si no cumpliste el objetivo, lee el **párrafo a continuación**.*

Algo más poderoso que el temor me llamaba hacia el interior de las montañas. A pesar del cansancio de la noche y las numerosas heridas, me sentía renovado. El dolor de la espalda palpitaba al ritmo de cada uno de mis latidos, y a la luz de la luna me pareció que mi piel se tornaba más pálida.

*Ahora, ve a la página 36 para elegir tu **ESPECIALIZACIÓN**.*

Con paciencia, y aprovechando el abrazo de la oscuridad, conseguí pasar desapercibido. Ese encuentro con aquellos encapuchados me dejaba más preguntas que respuestas. Aunque lo más escalofriante era que acababa de presenciar magia en su estado más natural e incuestionable. Una vez nos visitó una mujer de piel oscura que decía bendecir con un puñado de dientes de oveja, pero nada como esto. Lo que había visto hoy con mis ojos era diferente. Algo atávico, ancestral y, hasta donde llegaba mi conocimiento, también prohibido. De pronto, algo llamó mi atención en el suelo. Una **FLOR LATENTE** que cambiaba de color siguiendo una cadencia periódica, como si palpitase. ¿Sería eso lo que buscaban allí aquellas figuras siniestras? En cualquier caso, ahora era mía.

Ahora puedes equiparte un nuevo objeto del tipo **ABALORIO** *en tu equipo superior. Una vez elegido, no puedes volver a elegir tu objeto anterior de ese tipo. Entre escenas recuerda tus objetos, aunque* ***opcionalmente*** *puedes apuntarlo en la página 231.*

Eché un último vistazo a la forma en que las plantas brillaban en las cercanías de aquellas figuras. El palpitar de diversos tonos de color era inquietante. Después, corrí hasta que aguantaron mis pulmones, adentrándome en el pantano mientras amanecía. El resto de la mañana transcurrió sin sobresaltos, avanzando muy lentamente por los manglares donde prácticamente nadie se aventuraba.

Hasta ahora lo único que me incomodaba eran los mosquitos. Sin embargo, durante buena parte del trayecto sentí que algo más amenazante me observaba. La leyenda decía que Solmund de las Hierbas seguía vagando por el pantano llorando a su hija y buscando venganza.

Me detuve a beber y a asearme junto a un pequeño lago. Los días no eran tan fríos como la semana pasada. Con el agua por los tobillos y rodeado de pozas más profundas, las capas altas de los árboles impedían la entrada de una buena cantidad de luz. Entonces escuché un ruido a mi espalda, justo para girarme y ver algo que se sumergía. El canto de los pájaros había cesado. Otro chapoteo a mi derecha. Nada salvo ondulaciones en el agua. El pánico se apoderó de mí cuando algo fuerte y húmedo agarró mi pierna y me arrastró hacia una de las pozas. Dando una patada conseguí soltarme, pero mi arma había quedado atrás.

La proxima escena es un boss. Juégala en la página que se indica según tu **ESPECIALIZACIÓN**:

DUELISTA: 52

PENDENCIERO: 56

Esperé a la tarde para cruzar el fiordo. Aproveché para descansar en un bosque cercano donde sabía que nadie me molestaría. Tenía que atravesar una serie de puentes que iban directos hacia los pantanos. Estos antiguos caminos se utilizaban para transportar hierro y metales preciosos desde las minas hasta el mar, muchas décadas atrás. Ahora ese uso había desaparecido, pero todavía se empleaban para conectar Innisfell con otros pueblos de la costa salvando las marismas.

Recordé algunas historias que Astrid, la mercader del continente, contaba a sus clientes cuando hacía negocios. Decía que las minas de Obor tenían algo especial, pues bajaban a una profundidad inusitada para estar en una isla.

Comí algunas frutas de un arbusto cercano, solo aquellas que sabía que no me sentarían mal. Al caer la noche, me sentía recuperado y dispuesto a cruzar el puente principal. El río llevaba poca agua en aquellas semanas, aunque la estructura tenía una altura preparada para las grandes crecidas con el deshielo de la primavera. Como esperaba, allí se encontraban dos individuos patrullando el puente, iluminados por una fila de antorchas. Mi mejor opción era evitar cruzarme con ellos vadeando el río por su punto menos profundo, aunque eso implicase sumergirme hasta la barriga en agua gélida. Maldije mi suerte. No quería sumar muertes a mis espaldas, si podía evitarlo.

En esos pensamientos andaba yo, intentando bajar a la orilla, cuando descubrí con consternación que aquellos transeúntes no eran guardias. Dos funestas figuras encapuchadas discutían sobre las maderas, buscando algo que entendí que se les había caído mientras cruzaban el puente. Lo más perturbador era que no hablaban mi idioma, pero sus voces resonaban extremadamente graves y profundas, como una letanía gutural. Uno de ellos salió corriendo y se perdió en la oscuridad, como obedeciendo una orden imperiosa del otro.

De pronto, el encapuchado que quedaba hizo una pequeña danza, haciendo girar manos y pies, y desde la oscuridad pareció que unas volutas radiantes de color carmesí acompañaban el movimiento. La sorpresa me hizo pisar unas ramas, y el desconocido se volvió en mi dirección.

En la siguiente escena, los enemigos empiezan con 1 corazón ya relleno.

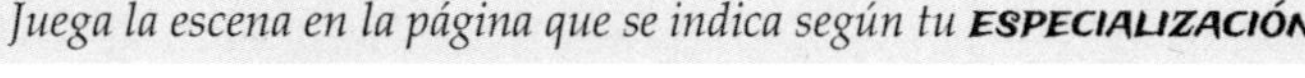

Juega la escena en la página que se indica según tu ***ESPECIALIZACIÓN:***

DUELISTA: 46 **PENDENCIERO:** 48

Si has llegado a este punto, ya sabes jugar a En Las Cenizas. A partir de aquí, en futuras escenas conocerás algunos nuevos detalles que añadirán toques interesantes al juego, pero ***ya conoces las mecánicas principales****.*
Tienes un ***resumen de todas las reglas del juego en las páginas 238-239****. Puedes consultarlo cuando quieras.*
En la página ***230 puedes ver cómo aumentar o disminuir la dificultad*** *(puedes cambiarla en cualquier momento).*

Vestar ha crecido como aventurero. Esto impacta de dos formas distintas en sus escenas:

1) Ahora tienes ***1 corazón adicional*** *en tu barra de vida superior. Es decir, puedes sufrir más daño antes de caer derrotado. Las escenas posteriores ya tienen en cuenta esto.*

2) Tus artes de combate han mejorado tras los acontecimientos recientes. Se abren ante ti dos opciones que añadirán ***una nueva fila de tres cartas a tu matriz*** *durante las escenas. Esta matriz ahora será de 4x3 cartas, pero sigue estando vigente la regla de oro: al elegir tus 3 cartas para una ronda, nunca deben repetir fila o columna.*

A la derecha de estas líneas, se adjunta tu matriz original de 3x3 cartas por si te ayuda a tomar esta difícil decisión. A continuación, ***podrás elegir aquella especialización que vaya más con tu personalidad a la hora de resolver las escenas.*** *No será la última vez que añades nuevas habilidades, especializándote más y más hasta convertirte en un experto único en tu estilo.*

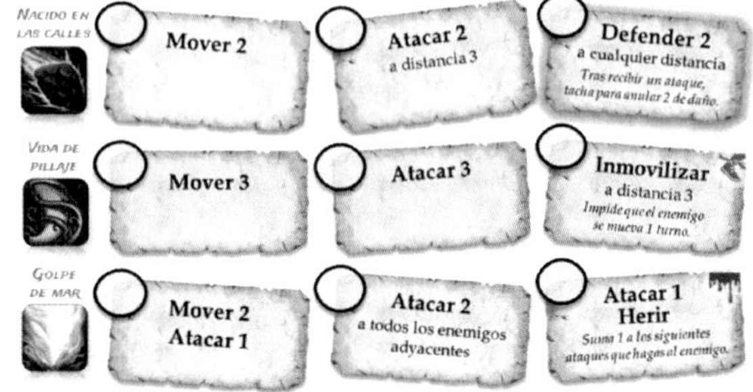

DUELISTA *es la primera especialización, e introduce tres cartas nuevas para tu matriz. Esta nueva línea incluye una carta con tres pequeños ataques consecutivos, para usar cuando creas conveniente. Recuerda aplicar la fuente de azar en cada uno de ellos. También permite* **Desarmar** *a los enemigos adyacentes, evitando que te ataquen durante un turno. En el cuadro de* **COMPORTAMIENTO***, marca el cuadro de* DESARMADO *del turno enemigo inmediatamente siguiente. Finalmente, cuenta con un movimiento que hace* ***menos azarosos tus ataques posteriores*** *(a partir de que la uses), para cuando no quieras tener sorpresas.*

CAPARAZÓN QUEBRADO

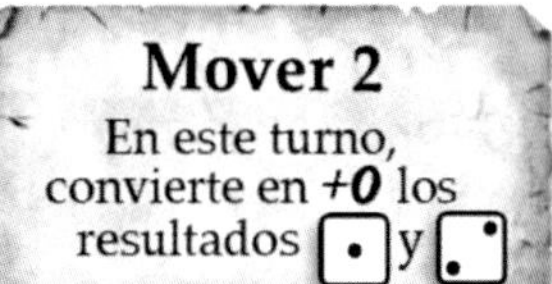

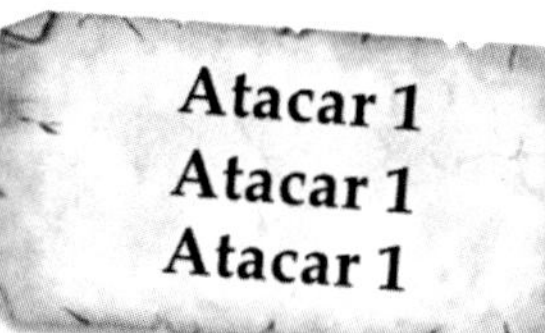

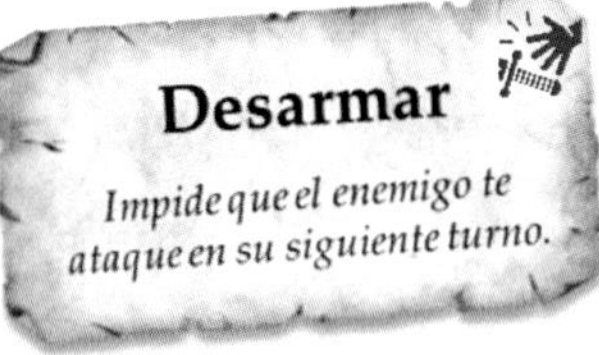

PENDENCIERO *es la segunda especialización y también introduce tres cartas nuevas para tu matriz. Su principal ventaja es que tiene* ***un ataque bastante poderoso*** *en la tercera columna, así como una nueva carta reactiva que provoca tu venganza cuando te ataquen. Una carta con* **Venganza 1** *se marca en tu turno, pero se activa cuando un enemigo (a cualquier distancia) te ataca. Táchala para provocar 1 daño directo a ese enemigo que te ataque. Este daño directo no es un ataque, así que no puedes aplicar ninguna ventaja correspondiente a un ataque (objetos, por ejemplo) ni usar fuente de azar. Finalmente tiene un* ***movimiento en la segunda columna****, ideal para combinar con otros movimientos cuando necesites desplazarte mucho en un turno.*

MAREA CRECIENTE

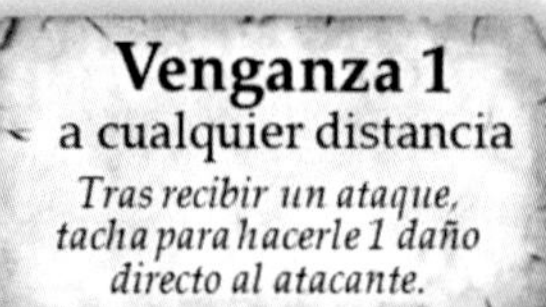

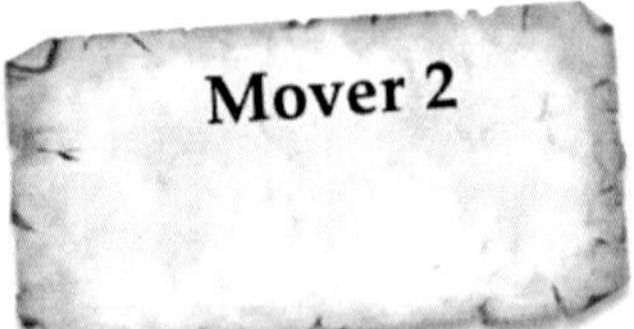

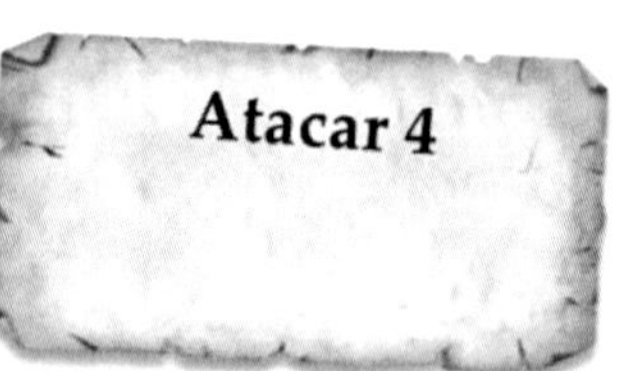

Te toca elegir **ESPECIALIZACIÓN***. Esto no se apunta en ningún sitio: debes recordarlo (aunque puedes anotarlo si opcionalmente quieres guardar tu progreso en la página 231). A la hora de jugar las próximas escenas,* ***ve a la página que se indique concretamente para tu* ESPECIALIZACIÓN***. Ahora, sigue en la página 37.*

Desde el otro lado del fiordo, eché una última mirada a Innisfell, el pueblo donde había pasado toda mi vida mientras no estaba en la mar. Probablemente tras los incidentes de aquella noche no pudiese volver nunca a aparecer por allí. Tristemente, encontré que tampoco me importaba demasiado.

Me acerqué a las afueras, hasta un cobertizo abandonado donde escondía mis únicas pertenencias. Una muda de ropa vieja, algo de pan duro y queso, y aquel extraño abalorio que había encontrado en la plaza el infame día en el que Thorval de los Vientos quemó a la chica acusada de brujería.

A partir de ahora tienes tu panel de equipo completo, con sus dos filas: Para tu **ABALORIO** *(superior), y para tu* **CUCHILLO** *(inferior).* ***Sólo puedes marcar un objeto de cada fila:*** *al encontrar un nuevo objeto de un tipo,* ***debes decidir si te lo quedas o sigues con el anterior****. Prueba ahora a marcar en estos cuadros.*

Puedes equiparte el **ANILLO DE FASE**.

Puedes equiparte el **TRÉBOL DE LA SUERTE**.

Alguno de los objetos del panel ***no los habrás encontrado****. Y otros sí, pero los habrás desechado. Para ti, sólo existen aquellos marcados. Entre escenas, debes recordar tus 2 objetos equipados (opcionalmente, puedes anotarlos en la 231).*

Mi siguiente decisión era sencilla: ir directamente hacia el pantano cruzando el puente que salía del fiordo, o dar un rodeo por las granjas abandonadas donde no habría vigilancia.

Si huyes por los ***puentes****, ve a la página 35. Si das un rodeo por las* ***granjas****, ve a la página 51.*

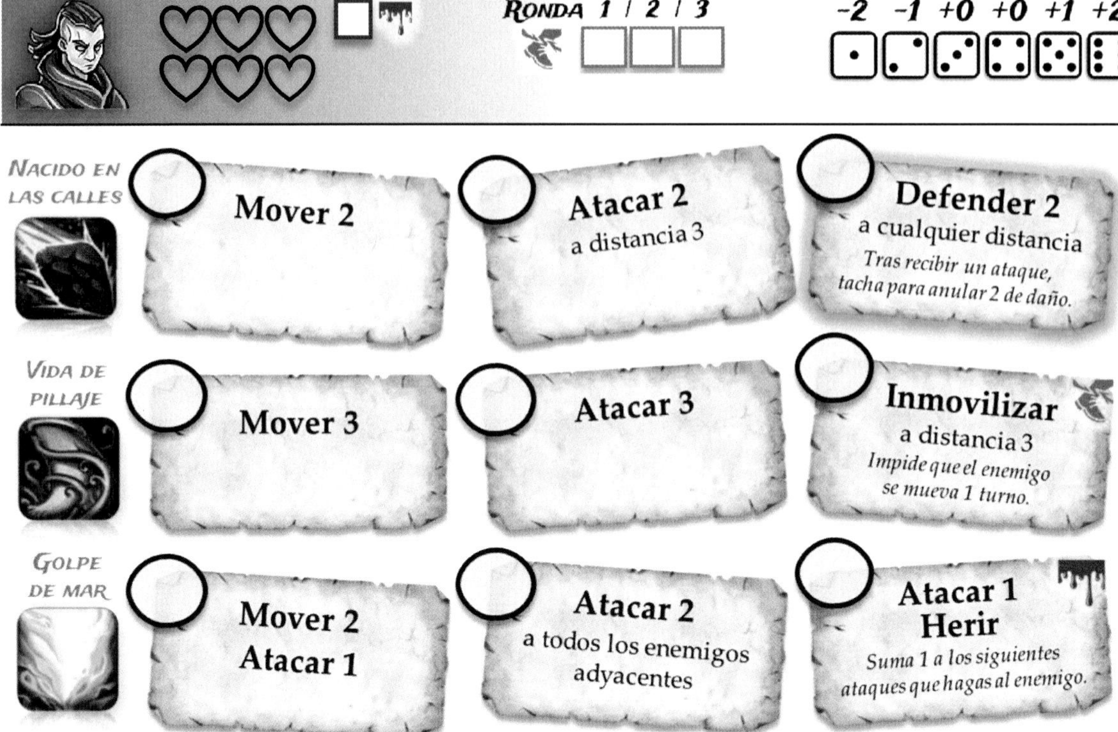

Este boss sólo tiene una fase. Al final de la página 39 sabrás la resolución de la escena.

1. *Empieza seleccionando* ***tu objeto equipado****, marcando su esquina superior izquierda.*
2. *El* ***candado de la secuencia normal*** *del enemigo está abierto (🔓). Significa que puedes rellenar sus corazones (o escudos)* ***aunque las otras secuencias de colores estén incompletas****. En las páginas 236-239 tienes las reglas.*
3. *El símbolo* **&** *entre dos acciones enemigas indica que* ***la distancia*** *que pone bajo ellas se aplica a ambas.*

RASPADOR DE PESCADO

1 Al hacer un ataque, tacha para sumar ***+1*** (**antes** de azar).

4. *Las secuencias de colores desbloquean ventajas. En este caso la ventaja un poderoso multiplicador x2 a todos tus ataques.* ***Este x2 se aplica al final del todo****, y por tanto es después d bonificadores, estados, fuente de azar (dado), etc.*
5. *Lee el* ***texto de ambientación*** *y las* ***aclaraciones*** *a las reglas.*
6. *Lee las* ***distintas formas de terminar*** *la escena para plantear tu estrategia.*

* Kann, el Despiadado

Objetivo: derrota a Kann, o huye (permanece en la casilla b, quieto durante toda la **Ronda 3**).

*Las figuras sí pueden entrar y salir de las casillas con **letra minúscula** (como la casilla b).* 5

Tras unos minutos de refriega, tanto Kann como yo sangrábamos abundantemente. Valoré mis opciones. Si mis cálculos eran correctos, podía saltar a través de la ventana junto al piano. Caer a las gélidas aguas del fiordo quizás me diera una oportunidad.

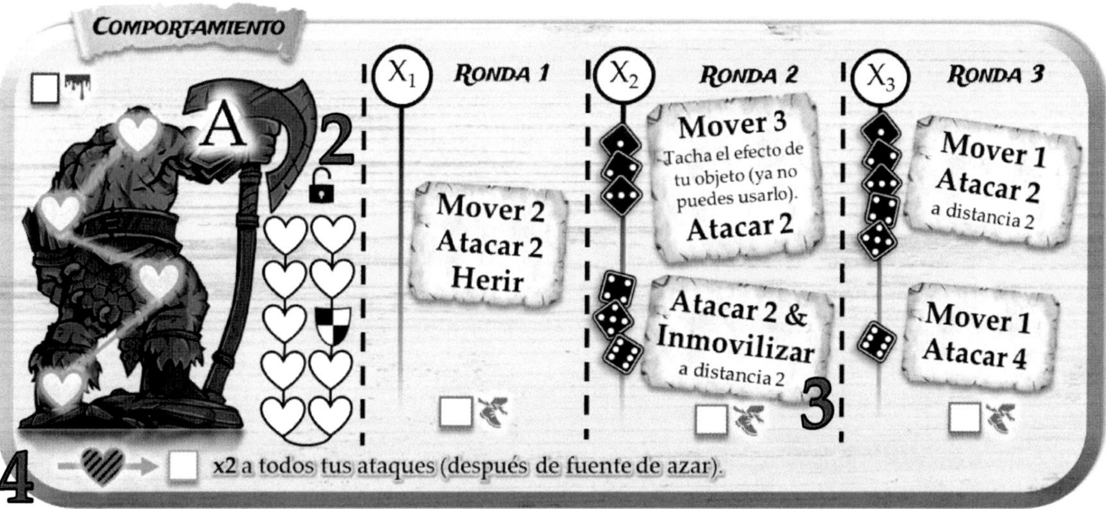

6

***Si derrotas a Kann** (todos sus corazones rellenos), ve a la página 27.*

*Si permaneces durante **la Ronda 3 quieto en la casilla b, huyes.** Ve a la página 33 y lee antes de la imagen.*

*Si **caes derrotado o termina la Ronda 3** sin los resultados anteriores, ve a la página 33 y lee tras la imagen.*

⚃

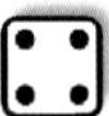

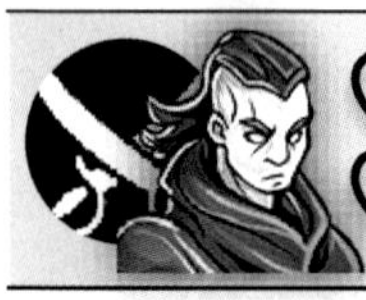

♡♡♡♡♡♡♡

2

⚀	⚁	⚂	⚃	⚄	⚅
-2	-1	+0	+0	+1	+2

NACIDO EN LAS CALLES 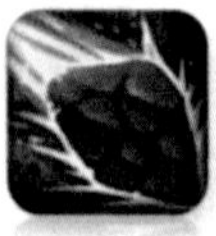	**Mover 2**	**Atacar 2** a distancia 3	**Defender 2** a cualquier distancia *Tras recibir un ataque, tacha para anular 2 de daño.*
VIDA DE PILLAJE 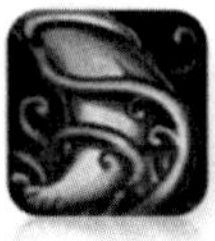	**Mover 3**	**Atacar 3**	**Inmovilizar** a distancia 3 *Impide que el enemigo se mueva 1 turno.*
GOLPE DE MAR 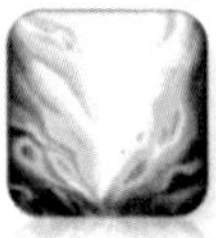	**Mover 2** **Atacar 1**	**Atacar 2** a todos los enemigos adyacentes	**Atacar 1** **Herir** *Suma 1 a los siguientes ataques que hagas al enemigo.*
CAPARAZÓN QUEBRADO 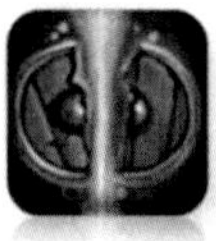	4 **Mover 2** En este turno, convierte en ***+0*** los resultados ⚀ y ⚁	**Atacar 1** **Atacar 1** **Atacar 1**	**Desarmar** *Impide que el enemigo te ataque en su siguiente turno.*

1. ***Marca en el panel inferior*** *tu equipo actual (un objeto en cada fila). Debes marcar, en cada fila (**ABALORIO** en la superior, **CUCHILLO** en la inferior), el objeto **que decidiste quedarte de cada tipo** (si es que lo encontraste).*
2. *Los objetos y habilidades pueden modificar tu fuente de azar. **Tienes la zona sobre los dados para poner los nuevos valores** (si los hubiera). Bajo los dados tienes su valor por defecto como referencia.*
3. *En las casillas con el símbolo ⅄ no se puede entrar, pero sí puedes contar a través de ellas cuando calcules distancias.*
4. *Tienes 12 cartas, pero **la regla de oro es la misma**: en cada ronda elige 3 cartas que no compartan fila ni columna.*

☐ **TRÉBOL DE LA SUERTE** Tacha para repetir una tirada de azar. 1	☐ **ANILLO DE FASE** Tacha para sumar ***+1*** a un movimiento.	**?**	**?**
☐ **RASPADOR DE PESCADO** Al hacer un ataque, tacha para sumar ***+1*** (**antes** de azar).	☐ **DAGA CURVA** En todos tus ataques, convierte los ⚂ ó ⚃ en ***+1***.	**?**	**?**

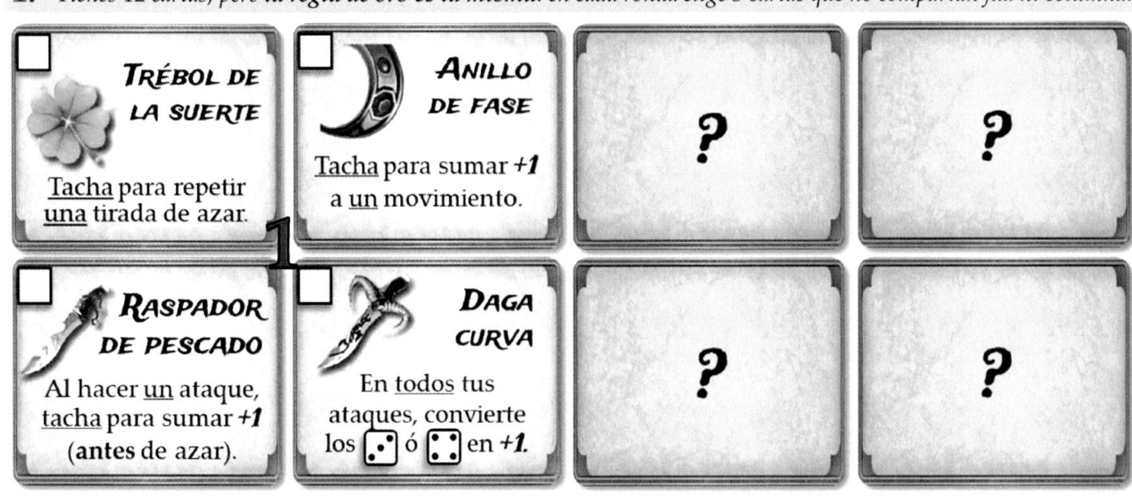

⚀	⚁	⚂	⚃	⚄	⚅
-2	+0	+0	+0	+0	+2

Sombras Encapuchadas

Objetivo: **Apaga** los tres bulbos (ataca las casillas C, D y E para rellenar los 6 corazones) **sin dañar** a los enemigos antes de que los recolecten (rellenen los 6 triángulos ▽ junto a C, D y E), **o bien** mata los enemigos.

*Algunas acciones enemigas **sólo se ejecutan si se cumple cierta condición** (<u>subrayada en su carta</u>). Si no, las acciones bajo la condición no existen. Cuando pone "si A recibió daño", se refiere a <u>hasta ese momento</u>, no sólo en la ronda actual.*

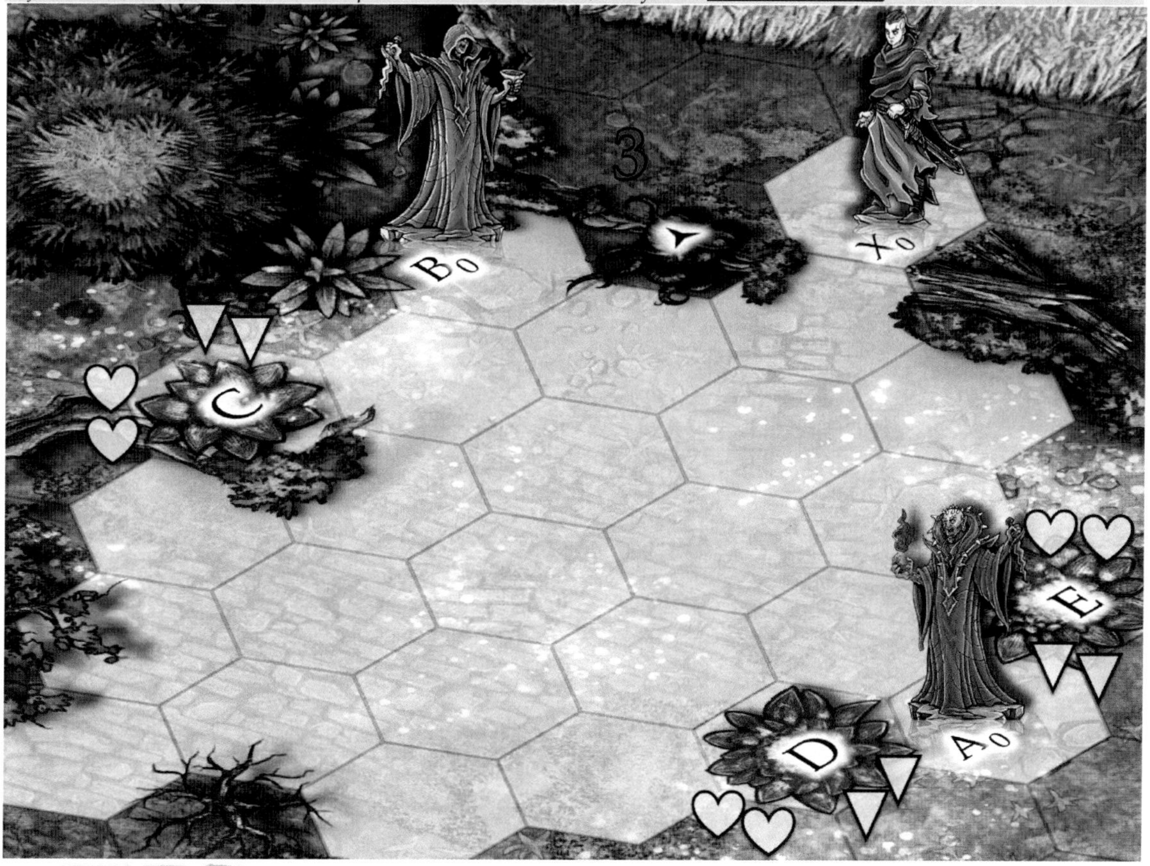

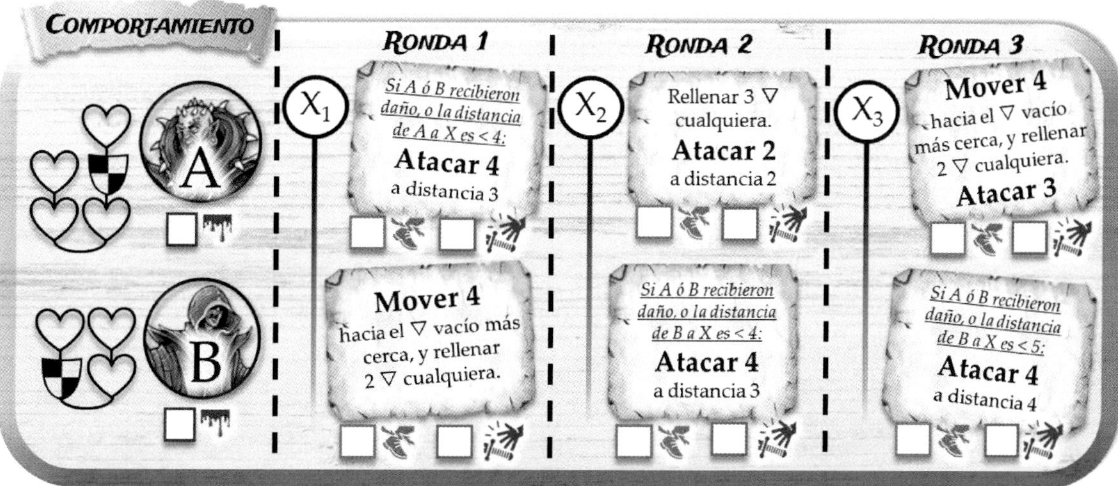

*Si <u>**no**</u> **cumples** el objetivo, ve a la página 32. Si cumples el objetivo <u>**matando**</u> **a los enemigos**, ve a la página 44. Si cumples el objetivo <u>**apagando**</u> los bulbos sin dañar a los **enemigos**, ve a la página 34.*

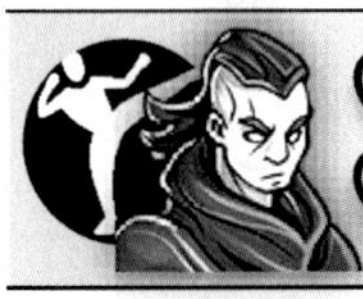

2

⚀	⚁	⚂	⚃	⚄	⚅
-2	-1	+0	+0	+1	+2

Nacido en las calles	**Mover 2**	**Atacar 2** a distancia 3	**Defender 2** a cualquier distancia *Tras recibir un ataque, tacha para anular 2 de daño.*
Vida de pillaje	**Mover 3**	**Atacar 3**	**Inmovilizar** a distancia 3 *Impide que el enemigo se mueva 1 turno.*
Golpe de mar	**Mover 2 Atacar 1**	**Atacar 2** a todos los enemigos adyacentes	**Atacar 1 Herir** *Suma 1 a los siguientes ataques que hagas al enemigo.*
Marea creciente	4 **Venganza 1** a cualquier distancia *Tras recibir un ataque, tacha para hacerle 1 daño directo al atacante.*	**Mover 2**	**Atacar 4**

1. ***Marca en el panel inferior** tu equipo actual (un objeto en cada fila). Debes marcar, en cada fila (**Abalorio** en la superior, **Cuchillo** en la inferior), el objeto **que decidiste quedarte de cada tipo** (si es que lo encontraste).*
2. *Los objetos y habilidades pueden modificar tu fuente de azar. **Tienes la zona sobre los dados para poner los nuevos valores** (si los hubiera). Bajo los dados tienes su valor por defecto como referencia.*
3. *En las casillas con el símbolo ⅄ no se puede entrar, pero sí puedes contar a través de ellas cuando calcules distancias.*
4. *Tienes 12 cartas, pero **la regla de oro es la misma**: en cada ronda elige 3 cartas que no compartan fila ni columna.*

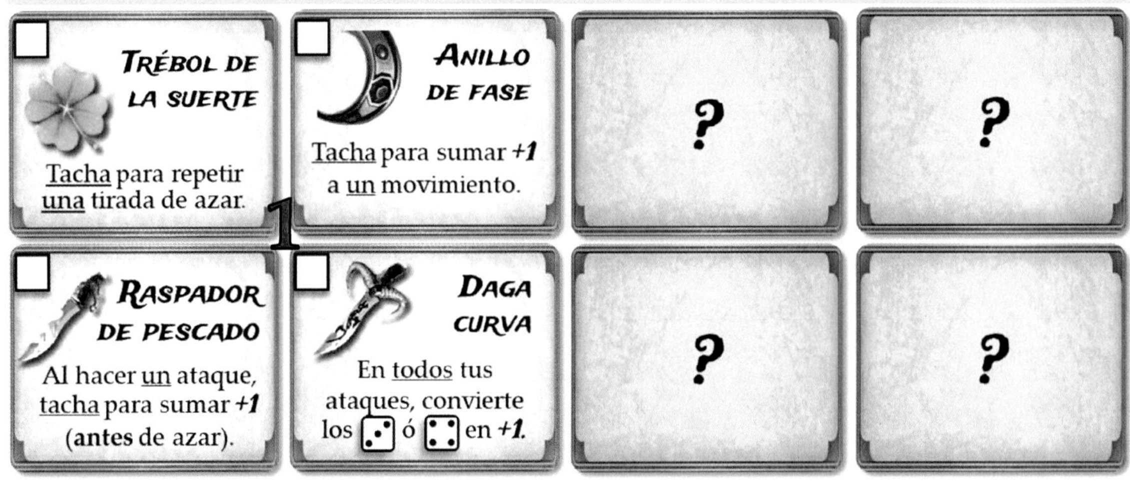

-2 +0 +0 +0 +0 +2

Sombras Encapuchadas

Objetivo: **Apaga** los tres bulbos (ataca las casillas C, D y E para rellenar los 6 corazones) **sin dañar** a los enemigos antes de que los recolecten (rellenen los 6 triángulos junto a C, D y E), **o bien** mata los enemigos.

Algunas acciones enemigas ***sólo se ejecutan si se cumple cierta condición*** *(subrayada en su carta). Si no, las acciones bajo la condición no existen. Cuando pone "si A recibió daño", se refiere a hasta ese momento, no sólo en la ronda actual.*

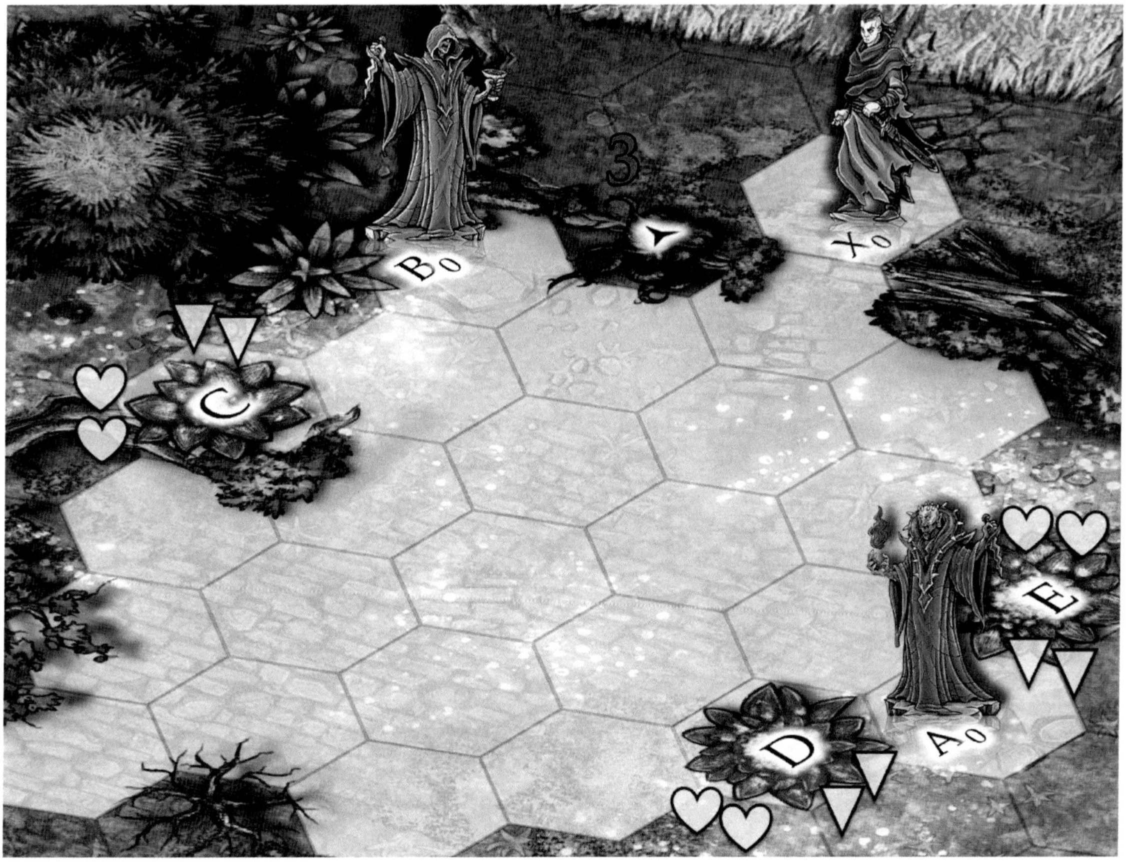

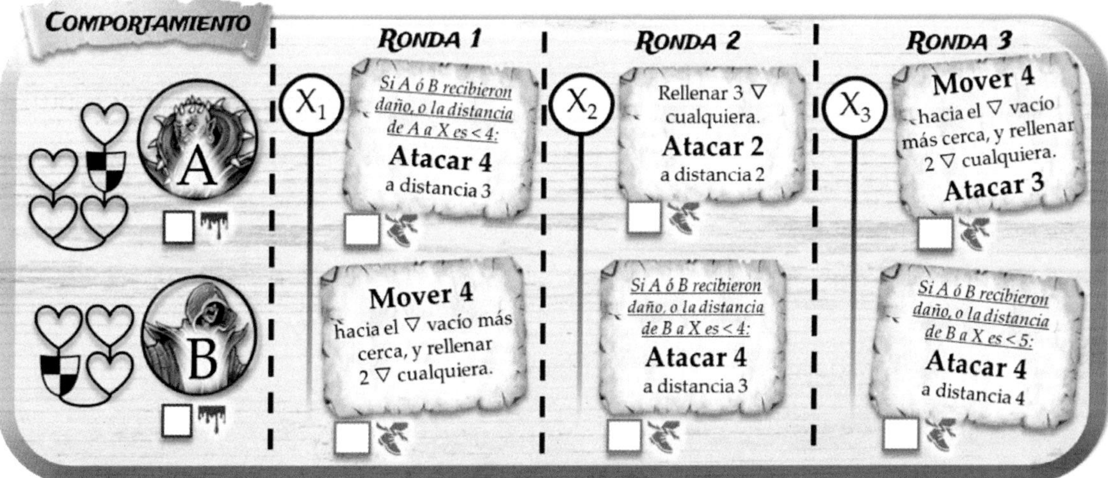

*Si **no cumples** el objetivo, ve a la página 32. Si cumples el objetivo* ***matando a los enemigos,*** *ve a la página 44.*
Si cumples el objetivo apagando *los bulbos sin dañar a los enemigos, ve a la página 34.*

Aunque en el pasado había sido alguien que huía de los problemas para sobrevivir, en este momento de mi vida miraba al peligro de tú a tú. Registré el cadáver del encapuchado que había ejecutado la oscura danza de magia. Tenía la piel muy blanca y llena de tatuajes, y vestía una túnica de calidad con complejos bordados y ornamentos. Me quedé su magistral **DAGA RITUAL**, y luego escondí cualquier evidencia del combate. Fui corriendo hacia el pantano mientras amanecía.

Ahora puedes equiparte un nuevo objeto en las siguientes escenas. Una vez elegido, no puedes volver a elegir tus armas anteriores. ***Entre escenas, recuerda tus objetos equipados*** *(aunque opcionalmente puedes apuntarlo en la página 231).*

Ese encuentro con aquellos encapuchados me dejaba más preguntas que respuestas. Aunque lo más escalofriante era que acababa de presenciar magia en su estado más natural e incuestionable. Yo había visto a los buhoneros en la plaza hacer algunos trucos sencillos, desapareciendo objetos o generando un leve viento. Pero lo que había visto hoy con mis ojos era diferente. Algo atávico, ancestral y prohibido.

La mañana transcurrió sin sobresaltos, avanzando muy lentamente por el manglar donde prácticamente nadie se aventuraba debido a las complicaciones del terreno y a la peligrosidad de animales salvajes. Hasta ahora lo único que me incomodaba eran los mosquitos. Sin embargo, durante buena parte del trayecto sentí que algo más amenazante me observaba.

La leyenda decía que Solmund seguía vagando por el pantano llorando a su hija y buscando venganza. Me detuve a beber y a asearme junto a un lago. Los días no eran tan fríos como la semana pasada. El agua me llegaba por los tobillos y estaba rodeado de pequeñas pozas más profundas.

Entonces escuché un ruido a mi espalda, justo para girarme y ver algo que se sumergía. El canto de los pájaros había cesado. Otro chapoteo a mi derecha. Nada salvo ondulaciones en el agua. El pánico se apoderó de mí cuando algo fuerte y húmedo agarró mi pierna y me arrastró hacia una de las pozas. Dando una patada conseguí soltarme, pero mi arma había quedado atrás.

La proxima escena es un boss. Juégala en la página que se indica ***según tu ESPECIALIZACIÓN:***

 **DUELISTA:** 52  **PENDENCIERO:** 56

Amanecía. Con energía renovadas, desayuné algo de pan mientras el sol calentaba mi piel pálida.

Recordé haber escuchado de historias de borrachos en la taberna, mientras mendigaba un pedazo de queso. La isla estaba plagada de extraños círculos de piedras, donde algunas noches se observaban luces extrañas.

Remonté el río hasta el lugar donde se había planeado el campamento. Allí estaban las tiendas, pero no se oían los ruidos que eran de esperar a media mañana. Algo había salido mal. Aparté las últimas ramas y pasé junto a la primera tienda.

Me cuesta describir el horror que presencié. Tiendas rasgadas, carros destrozados y cuerpos mutilados por todas partes. Sangre y restos tiñendo por igual bártulos y suministros. Aunque la mayor parte de los integrantes de la expedición no aparecían por ningún lado. ¿Habrían conseguido huir? ¿Qué clase de bestia había hecho eso?

Había signos de quemaduras, probablemente de explosiones por lanzamiento de algún proyectil. ¿Habría intentado defenderse la buena gente de Innisfell de alguna visita inesperada? ¿Tenían los encapuchados algo que ver con esto? Pronto lo descubriría.

Escuché un ruido a mi espalda. Me giré, para ver a un extraño que me miraba con ira. Por su vestimenta no formaba parte de la expedición, pues estaba ataviado con una túnica vieja y raída, además de llevar encima huesos, un odre y una extraña máscara. Parecía anciano, y se apoyaba en un cayado de cedro tallado. Me señaló con un dedo firme que sentí cómo taladraba mi pecho.

Agarré mi colgante con fuerza, apretando los dientes. Él empezó a bailar en círculos lentamente sin mediar palabra. Eso me puso alerta, y dirigí mi mano a mi cintura para coger mi arma. Ya conocía los estragos que podían producir aquellos bailes perversos. De pronto, al girar durante su danza sacó algo de uno de los pliegues de su túnica y lo lanzó al suelo. Una seta surgió del polvo y comenzó a exudar una extraña niebla turquesa. Repitió el gesto y otra seta de color carmesí apareció, esta vez mucho más cerca de mí. Desenvainé. Aquel extraño iba a pagar por lo que había hecho.

*Juega la escena en la **página que indica a continuación** junto a tu* **CLASE ÉPICA**:

ESTRATEGA: 66

BERSERKER: 68

SOMBRA: 70

ASESINO: 72

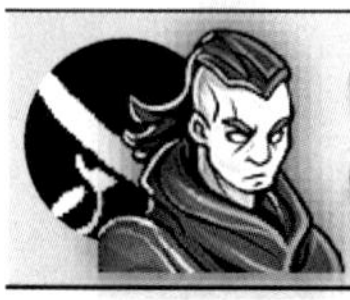

2

⚀	⚁	⚂	⚃	⚄	⚅
-2	-1	+0	+0	+1	+2

Nacido en las calles

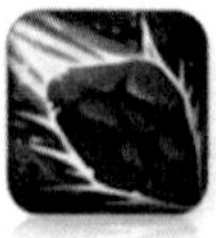

- **Mover 2**
- **Atacar 2** a distancia 3
- **Defender 2** a cualquier distancia. *Tras recibir un ataque, tacha para anular 2 de daño.*

Vida de pillaje

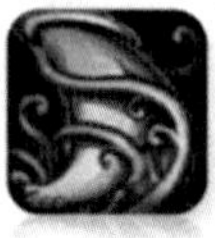

- **Mover 3**
- **Atacar 3**
- **Inmovilizar** a distancia 3. *Impide que el enemigo se mueva 1 turno.*

Golpe de mar

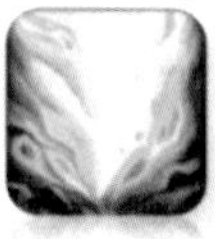

- **Mover 2 Atacar 1**
- **Atacar 2** a todos los enemigos adyacentes
- **Atacar 1 Herir.** *Suma 1 a los siguientes ataques que hagas al enemigo.*

Caparazón quebrado

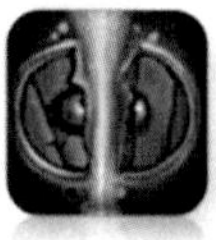

4 **Mover 2** En este turno, convierte en *+0* los resultados ⚀ y ⚁
- **Atacar 1 Atacar 1 Atacar 1**
- **Desarmar.** *Impide que el enemigo te ataque en su siguiente turno.*

1. ***Marca en el panel inferior*** *tu equipo actual (un objeto en cada fila). Debes marcar, en cada fila (**Abalorio** en la superior, **Cuchillo** en la inferior), el objeto **que decidiste quedarte de cada tipo** (si es que lo encontraste).*
2. *Los objetos y habilidades pueden modificar tu fuente de azar. **Tienes la zona sobre los dados para poner los nuevos valores** (si los hubiera). Bajo los dados tienes su valor por defecto como referencia.*
3. *En las casillas con el símbolo ⅄ no se puede entrar, pero sí puedes contar a través de ellas cuando calcules distancias.*
4. *Tienes 12 cartas, pero **la regla de oro es la misma**: en cada ronda elige 3 cartas que no compartan fila ni columna.*

-2 +0 +0 +0 +0 +2

Luces sobre el Río

Objetivo: **Alcanza la casilla b o la c**. Mientras estés en una casilla **con borde azul**, transforma cada acción **Mover** en Mover 1. Una acción **Atacar** se *puede* convertir en Mover 1 **a cambio de hacerte 1 daño** a ti mismo.

Algunas acciones enemigas ***sólo se ejecutan si se cumple cierta condición*** *(subrayada en su carta). Si no, las acciones bajo la condición no existen. Cuando se condiciona "si A recibió daño", se refiere a hasta ese momento, no sólo en la ronda actual. Las casillas con letras minúsculas (b y c)* ***sí se pueden pisar*** *por cualquier figura.*

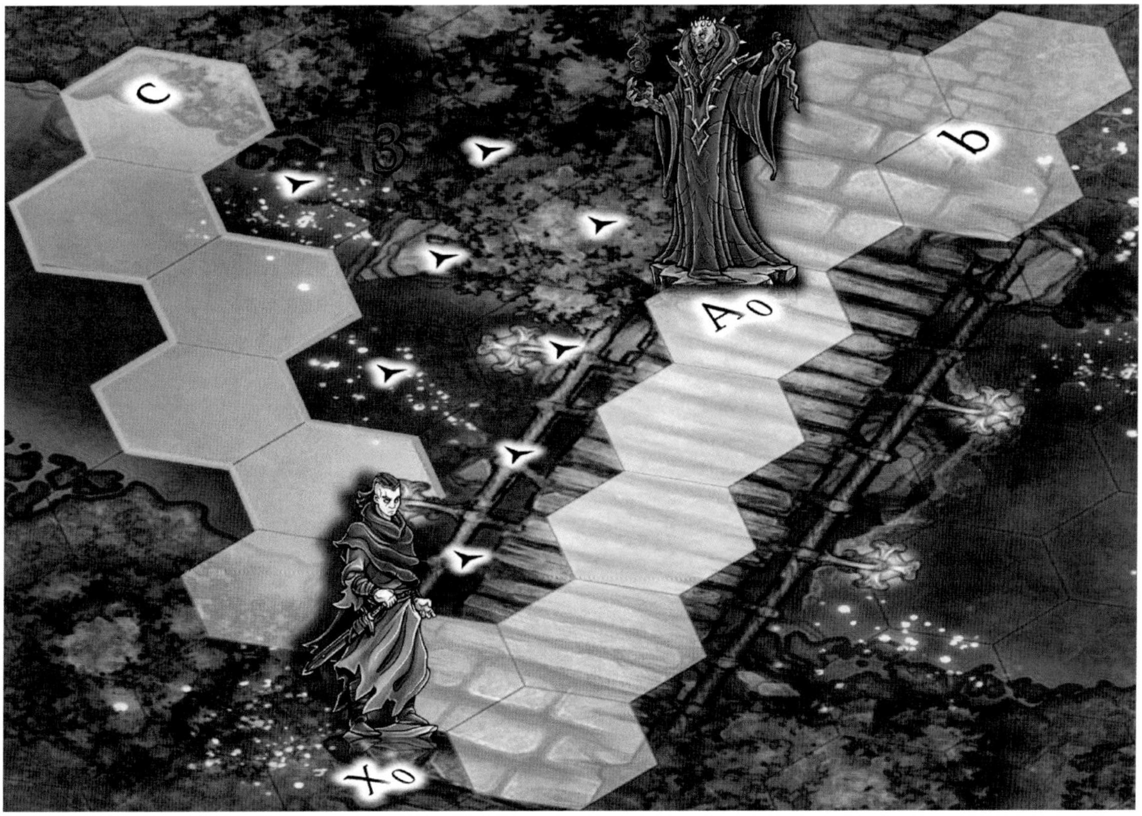

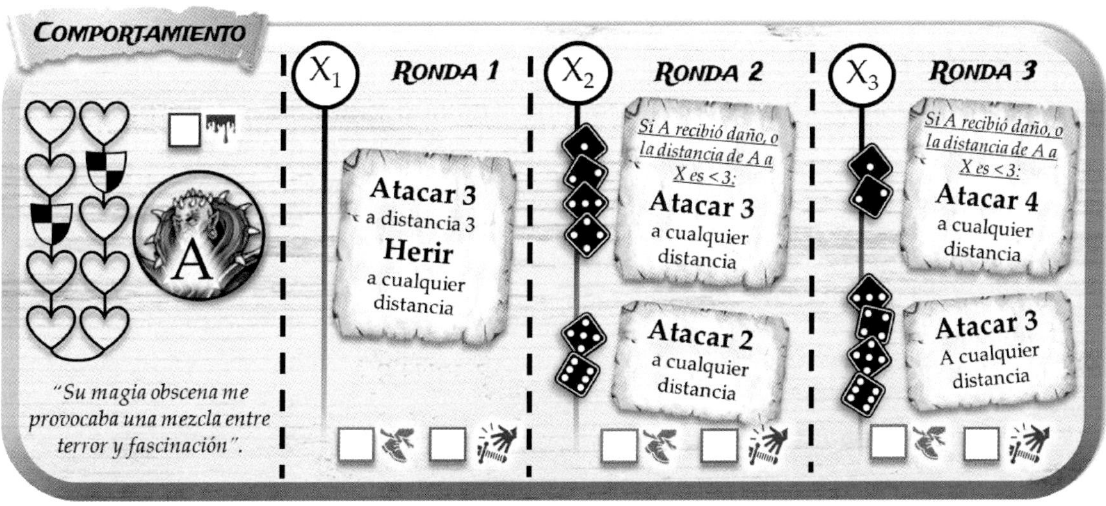

Si ***no cumples*** *el objetivo, ve a la página 32.*

Si llegas a la ***casilla b****, ve a la página 44. Mientras que, si llegas a la* ***casilla c****, ve a la página 34.*

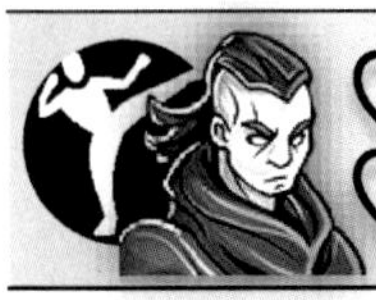

2 -2 -1 +0 +0 +1 +2

Nacido en las calles	**Mover 2**	**Atacar 2** a distancia 3	**Defender 2** a cualquier distancia *Tras recibir un ataque, tacha para anular 2 de daño.*
Vida de pillaje	**Mover 3**	**Atacar 3**	**Inmovilizar** a distancia 3 *Impide que el enemigo se mueva 1 turno.*
Golpe de mar	**Mover 2 Atacar 1**	**Atacar 2** a todos los enemigos adyacentes	**Atacar 1 Herir** *Suma 1 a los siguientes ataques que hagas al enemigo.*
Marea creciente	4 **Venganza 1** a cualquier distancia *Tras recibir un ataque, tacha para hacerle 1 daño directo al atacante.*	**Mover 2**	**Atacar 4**

1. ***Marca en el panel inferior** tu equipo actual (un objeto en cada fila). Debes marcar, en cada fila (**Abalorio** en la superior, **Cuchillo** en la inferior), el objeto **que decidiste quedarte de cada tipo** (si es que lo encontraste).*
2. *Los objetos y habilidades pueden modificar tu fuente de azar. **Tienes la zona sobre los dados para poner los nuevos valores** (si los hubiera). Bajo los dados tienes su valor por defecto como referencia.*
3. *En las casillas con el símbolo ⅄ no se puede entrar, pero sí puedes contar a través de ellas cuando calcules distancias.*
4. *Tienes 12 cartas, pero **la regla de oro es la misma**: en cada ronda elige 3 cartas que no compartan fila ni columna.*

-2 +0 +0 +0 +0 +2

LUCES SOBRE EL RÍO

OBJETIVO: **Alcanza la casilla b o la c**. Mientras estés en una casilla **con borde azul**, transforma cada acción **Mover** en Mover 1. Una acción **Atacar** se *puede* convertir en Mover 1 **a cambio de hacerte 1 daño** a ti mismo.

Algunas acciones enemigas ***sólo se ejecutan si se cumple cierta condición*** *(subrayada en su carta). Si no, las acciones bajo la condición no existen. Cuando se condiciona "si A recibió daño", se refiere a hasta ese momento, no sólo en la ronda actual. Las casillas con letras minúsculas (b y c)* ***sí se pueden pisar*** *por cualquier figura.*

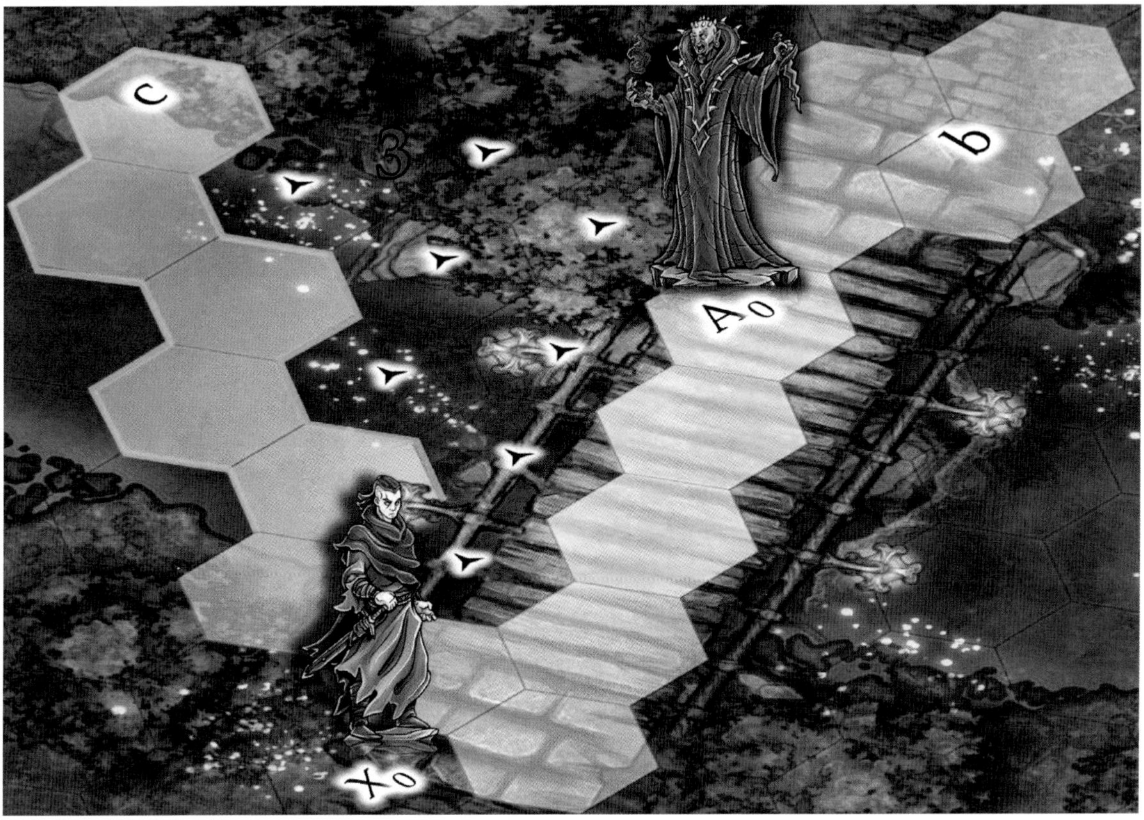

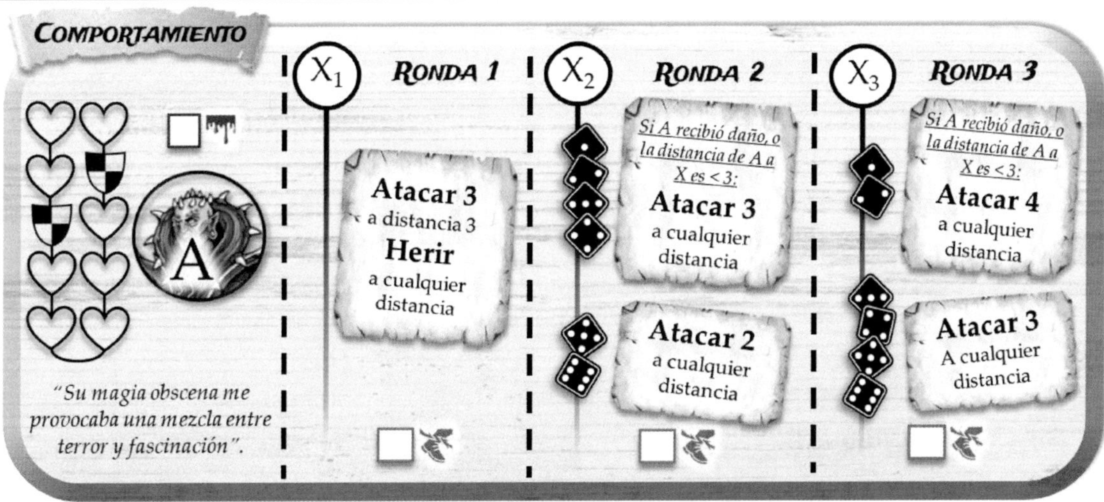

*Si **no** cumples el objetivo, ve a la página 32.*

*Si llegas a la **casilla b**, ve a la página 44. Mientras que, si llegas a la **casilla c**, ve a la página 34.*

Lo último que recuerdo es encontrarme bajo las aguas, rodeado de tentáculos, mientras una mandíbula de varias hileras de dientes cortaba mi carne. Después, todo negro.

*En la página **230 puedes ver cómo aumentar o disminuir la dificultad** (puedes cambiarla en cualquier momento).*

Me desperté al atardecer en el claro de un bosque, en un lecho construido con paja y grandes hojas. Probablemente hubieran pasado varios días desde el combate contra la criatura, pues mis cortes comentaban a cicatrizar y el color de mis contusiones transitaban del morado al amarillo. Alguien había cosido mis heridas más profundas, y había aplicado una especie de ungüento a base de hierbas y barro en las zonas que corrían riesgo de infectarse. ¿Quién había cuidado de mí?

*Dale la vuelta al libro y luego lee el siguiente párrafo. Después, **sigue leyendo** normalmente tras la ilustración.*

Recuerdo a un anciano, con mirada profunda y brazos delgados pero fuertes. Yo gritaba debajo del agua, pero él tiraba de mí para sacarme hacia la orilla desde la poza. La mole de tentáculos y carne yacía muerta, vacía y translúcida. En su interior podía verse un amasijo de huesos, pelos y ramas. El extraño que me había salvado era Solmund de las Hierbas, el granjero que huyó al bosque años atrás tras la quema de su pobre hija en la plaza del pueblo. ¿Lo había soñado, o había sucedido así en realidad? No le encontraba otra explicación al hecho de que ahora no estuviera en el interior de la bestia gelatinosa.

No encontraba a mi salvador, así que abandoné el claro, pues sabía que la primera parada de mi viaje estaba cerca. Al atardecer una zona del bosque emitía un resplandor rojizo, y temí encontrarme con nuevos encapuchados y su danza siniestra. Afortunadamente, sólo era una colonia de enormes setas que brillaban con distintos tonos color cereza, rubí y carmesí.

*Marca **UNA AYUDA INESPERADA***  *en la página 92 y **vuelve aquí** para seguir leyendo.*

Estaba seguro de que me encontraba a unas pocas horas del campamento, según el mapa que había conseguido memorizar en el Faro de Luna antes de mi huida precipitada. Los accidentes geográficos habían coincidido con lo esbozado, y mi pericia guiándome por las estrellas durante las travesías me ayudaban a no perder la referencia.

*Ha llegado el momento de elegir tu **CLASE ÉPICA**. Ahora pasa a la página que se indica **según tu ESPECIALIZACIÓN:***

 **DUELISTA:** 61  **PENDENCIERO:** 62

A mediodía emprendí el camino hacia las granjas, donde solo dos o tres familias seguían cultivando la tierra como antaño se hacía. Allí podría descansar tranquilamente durante la tarde, a salvo de perseguidores y miradas indiscretas. Sí, era un camino mucho más largo hacia el campamento avanzado que atravesar los puentes, pero también más seguro.

El olor a trigo me dio la bienvenida un par de horas después. Observé con pena el estado casi abandonado de las granjas, que en otros tiempos habían surtido de cereales a la isla. Tras la huida de Solmund de las Hierbas y la ejecución de su hija hace veinte años, muchos vecinos fueron dejando poco a poco la zona por considerarla maldita.

Precisamente me encontraba ante su casa. No era la primera vez que me acercaba, pues los niños de la calle veníamos en verano a robar pequeñas estatuillas de madera tallada para venderlas en la plaza. Las ruinas del granero podridas resultaban siniestras al atardecer.

No sé en qué momento me quedé dormido, pero me desperté en mitad de la noche, con mucho frío. Había estado durmiendo durante horas y la luna entraba por el hueco de una ventana rota. No estaba solo: unos ruidos en el terreno trasero de la finca indicaban la presencia de unas sombras sospechosas. ¿Habían llegado tan lejos las batidas de guardias en mi búsqueda?

Me asomé a la entrada. Aquellos visitantes no eran guardias. Dos funestas figuras encapuchadas discutían sobre el terreno, como buscando algo. No les importaba hacer ruido, pues probablemente se creían aislados y a muchos kilómetros del alma más cercana. No parecían hablar mi idioma, pero sus voces resonaban extremadamente graves y profundas, como una letanía gutural que hacía vibrar suavemente tanto el suelo como mi pecho.

De pronto, el más alto de ellos ejecutó una pequeña danza, haciendo girar manos y pies, y desde la oscuridad me pareció que unas volutas radiantes de color carmesí acompañaban el movimiento. Tres bulbos cercanos se encendieron con el mismo tono rojizo, iluminando la escena. Sacaron sus puñales y empezaron a recoger muestras de las enormes flores de luz palpitante. Maldije mi suerte. Si me quedaba por allí más tiempo del necesario, estaba claro que acabarían por encontrarme y no tenían pinta de estar buscando nuevos amigos. Debía huir evitando el resplandor.

En la siguiente escena, los enemigos empiezan con 1 corazón ya relleno.

*Juega la escena en la página que se indica **según tu ESPECIALIZACIÓN**:*

DUELISTA: 40 **PENDENCIERO:** 42

RONDA 1 / 2 / 3

2

1

-2 -1 +0 +0 +1 +2

NACIDO EN LAS CALLES	**Mover 2**	**Atacar 2** a distancia 3	**Defender 2** a cualquier distancia *Tras recibir un ataque, tacha para anular 2 de daño.*
VIDA DE PILLAJE	**Mover 3**	**Atacar 3**	**Inmovilizar** a distancia 3 *Impide que el enemigo se mueva 1 turno.*
GOLPE DE MAR	**Mover 2 Atacar 1**	**Atacar 2** a todos los enemigos adyacentes	**Atacar 1 Herir** *Suma 1 a los siguientes ataques que hagas al enemigo.*
CAPARAZÓN QUEBRADO	**Mover 2** En este turno, convierte en *+0* los resultados ⚀ y ⚁	**Atacar 1 Atacar 1 Atacar 1**	**Desarmar** *Impide que el enemigo te ataque en su siguiente turno.*

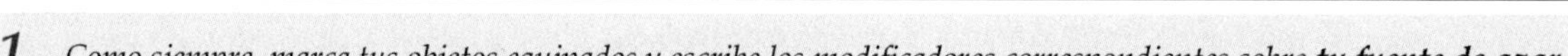
Al recibir los 2 primeros puntos de daño, rellena estos corazones en lugar de tu vida:

1. *Como siempre, marca tus objetos equipados y escribe los modificadores correspondientes sobre* ***tu fuente de azar****.*
2. *Ahora puedes recibir* ***estados transitorios*** *(duran sólo el turno siguiente al que lo recibes). Se marcan en el cuadro superior de la página izquierda, junto a tu vida y a tus estados permanentes (que duran toda la fase).*
3. *Algunas escenas tienen anotaciones y marcas* ***dentro del propio tablero****. Préstales atención antes de empezar.*

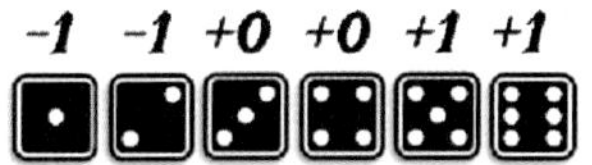

SOBRE Y BAJO LAS AGUAS (I)

OBJETIVO: Mata tantos tentáculos (A, B, C) como puedas. Tu arma está lejos (D), por lo que al comienzo todas tus acciones **Atacar** se convierten en **Atacar 1. Marca el cuadro junto a D en cuanto estés adyacente a D.**

*Esta vez, los enemigos empiezan actuando **antes que tú**, como se indica **en el panel de Comportamiento.***

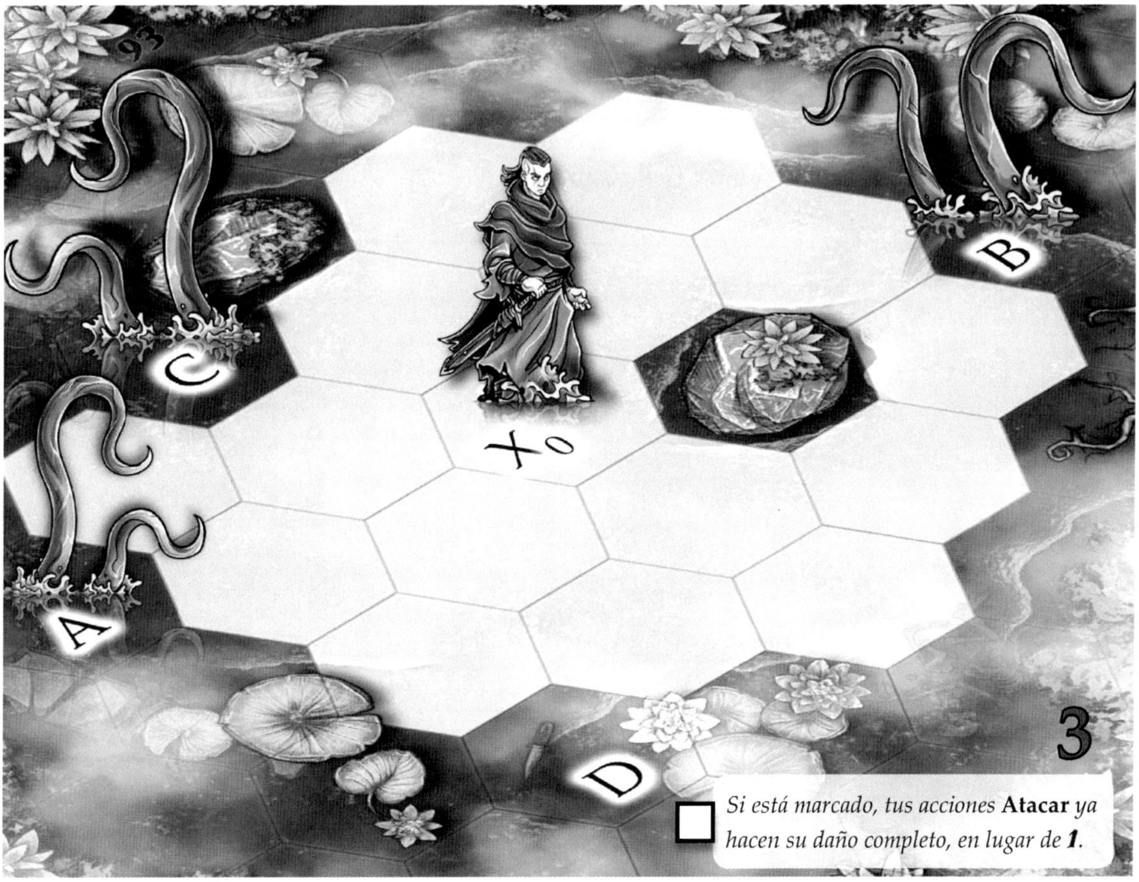

C

B

X_0

A

D

3

☐ *Si está marcado, tus acciones **Atacar** ya hacen su daño completo, en lugar de **1**.*

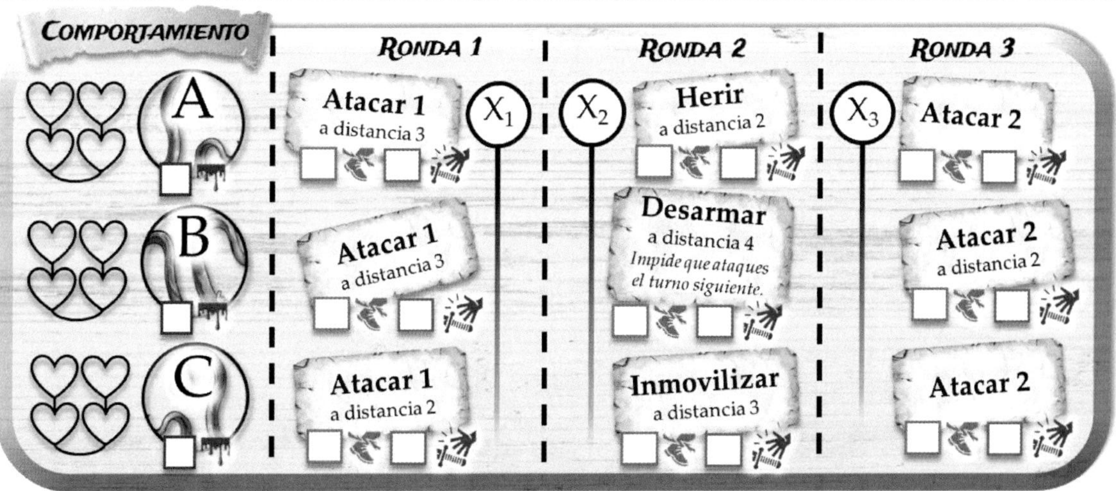

Si <u>caes derrotado</u>, ve a la página 50.

*En caso contrario, **al final de la RONDA 3** <u>recuerda cuántos tentáculos has matado</u> y ve a **FASE II** en la página 54.*

RONDA 1 / 2 / 3

-2 -1 +0 +0 +1 +2

NACIDO EN LAS CALLES	Mover 2	Atacar 2 a distancia 3	Defender 2 a cualquier distancia *Tras recibir un ataque, tacha para anular 2 de daño.*
VIDA DE PILLAJE	Mover 3	Atacar 3	Inmovilizar a distancia 3 *Impide que el enemigo se mueva 1 turno.*
GOLPE DE MAR	Mover 2 Atacar 1	Atacar 2 a todos los enemigos adyacentes	Atacar 1 Herir *Suma 1 a los siguientes ataques que hagas al enemigo.*
CAPARAZÓN QUEBRADO	Mover 2 En este turno, convierte en **+0** los resultados ⚀ y ⚁	Atacar 1 Atacar 1 Atacar 1	Desarmar *Impide que el enemigo te ataque en su siguiente turno.*

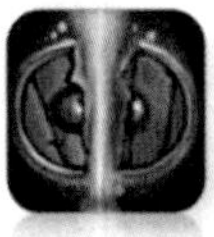

1. ***Copia tus corazones rellenos (excepto uno)*** *en tu barra de vida. Olvida los estados, objetos y habilidades usadas.*
2. *Como siempre,* ***fíjate en el orden de los turnos****. Hacia el final de la escena esta bestia actuará 2 veces seguidas.*
3. *Los dados negros (fuente de azar) para decidir el comportamiento enemigo se lanzan* ***al principio de cada ronda****, pero después de que tú hayas elegido tus 3 cartas.*
4. ***Lee el objetivo*** *para saber cómo afecta la* ***FASE I*** *a la* ***FASE II****. También el texto de* ***ambientación****.*
5. *Recuerda siempre mirar a fondo el tablero en cada escena. Ya que, si encuentras un número escondido, puedes ir inmediatamente a esa página y leer el apartado correspondiente.*

TRÉBOL DE LA SUERTE Tacha para repetir una tirada de azar.	**ANILLO DE FASE** Tacha para sumar **+1** a un movimiento.	**FLOR LATENTE** Tacha para sumar **+1** distancia en un ataque a distancia.	?
RASPADOR DE PESCADO Al hacer un ataque, tacha para sumar **+1** (**antes** de azar).	**DAGA CURVA** En todos tus ataques, convierte los ⚂ ó ⚃ en **+1**.	**DAGA RITUAL** Al hacer un ataque, tacha para sumar **+1** (**después** de azar).	?

-2 -1 +0 +0 +1 +2

SOBRE Y BAJO LAS AGUAS (II)

4 ***OBJETIVO:*** **Mata a la criatura**. Antes de empezar, rellena tantos corazones de la secuencia azul (empezando por uno de sus extremos) **como tentáculos hayas matado en la *FASE I***.

Una mole fétida surgió de la poza más profunda. Toneladas de tentáculos, carne y hueso se abalanzaron sobre mí. Jamás había visto una bestia semejante. Si me daba la vuelta e intentaba huir, caería presa de sus mandíbulas. Para sobrevivir, debía buscar algún punto débil en su dura piel.

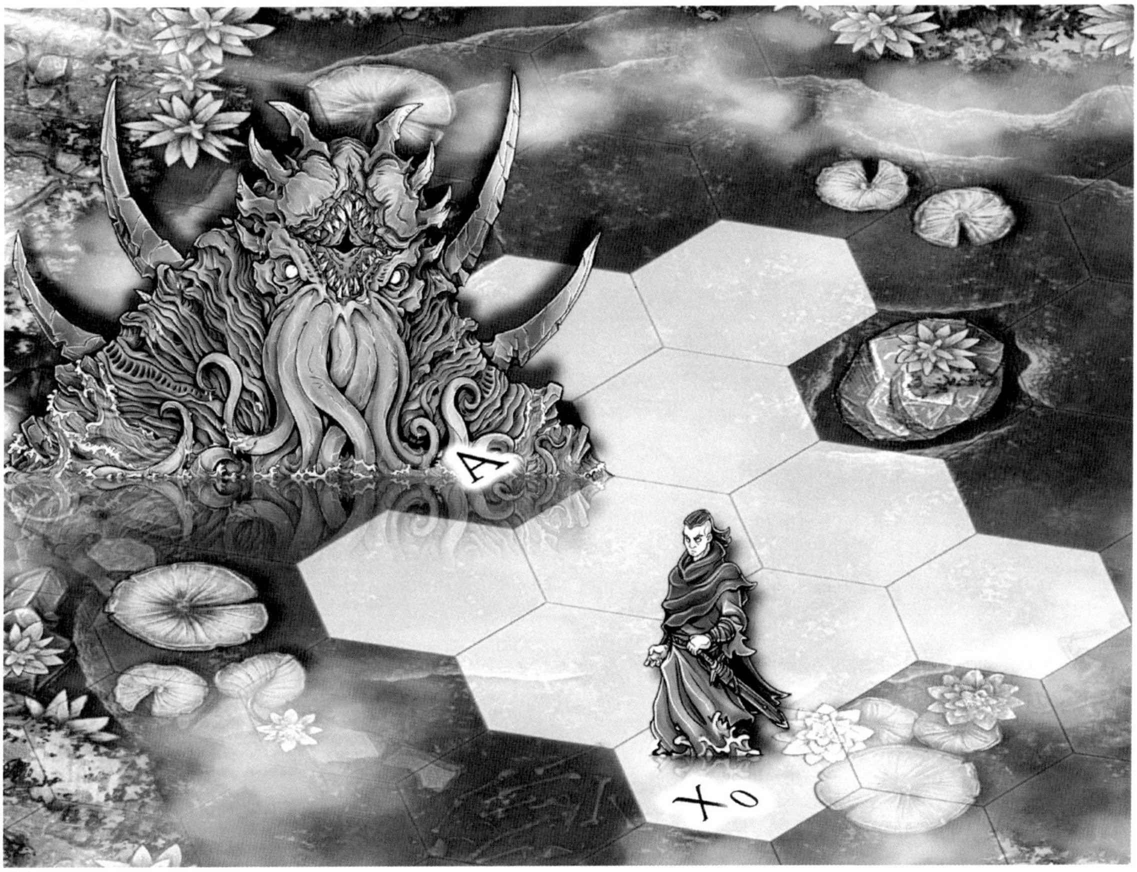

Si caes derrotado o no cumples el objetivo, ve a la página 50. Si consigues matar a la criatura, ve a la página 74.

RONDA 1 / 2 / 3

2

1

-2 -1 +0 +0 +1 +2

NACIDO EN LAS CALLES	Mover 2	Atacar 2 a distancia 3	Defender 2 a cualquier distancia *Tras recibir un ataque, tacha para anular 2 de daño.*
VIDA DE PILLAJE	Mover 3	Atacar 3	Inmovilizar a distancia 3 *Impide que el enemigo se mueva 1 turno.*
GOLPE DE MAR	Mover 2 Atacar 1	Atacar 2 a todos los enemigos adyacentes	Atacar 1 Herir *Suma 1 a los siguientes ataques que hagas al enemigo.*
MAREA CRECIENTE	Venganza 1 a cualquier distancia *Tras recibir un ataque, tacha para hacerle 1 daño directo al atacante.*	Mover 2	Atacar 4

1. *Como siempre, marca tus objetos equipados y escribe los modificadores correspondientes sobre **tu fuente de azar**.*
2. *Ahora puedes recibir **estados transitorios** (duran sólo el turno siguiente al que lo recibes). Se marcan en el cuadro superior de la página izquierda, junto a tu vida y a tus estados permanentes (que duran toda la fase).*
3. *Algunas escenas tienen anotaciones y marcas **dentro del propio tablero**. Préstales atención antes de empezar.*

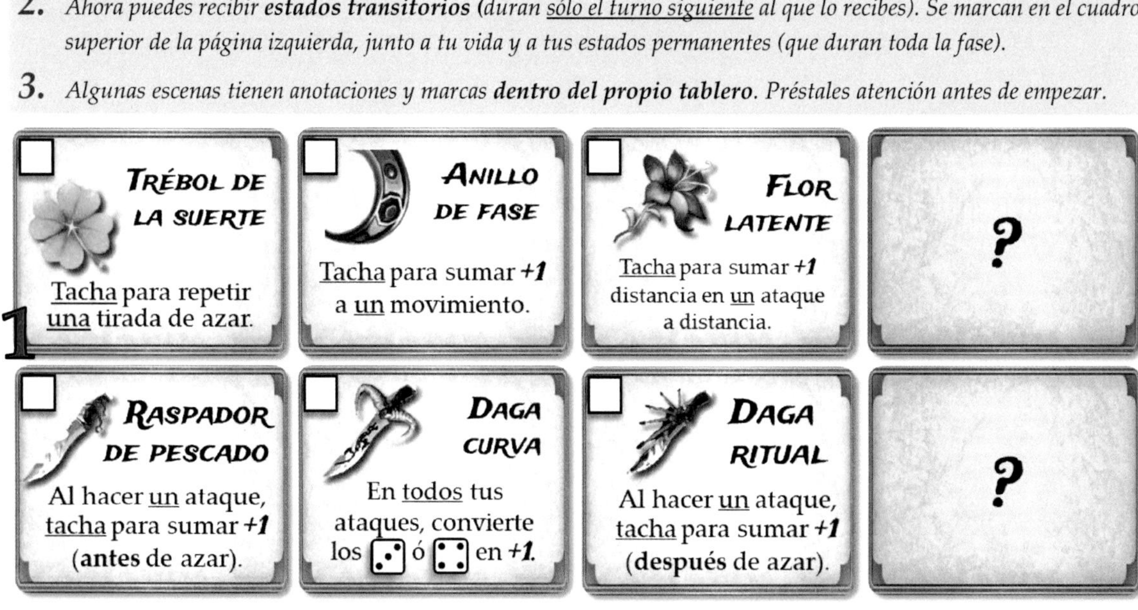

-1 -1 +0 +0 +1 +1

SOBRE Y BAJO LAS AGUAS (I)

OBJETIVO: Mata tantos tentáculos (A, B, C) como puedas. Tu arma está lejos (D), por lo que al comienzo todas tus acciones **Atacar** se convierten en **Atacar 1. Marca el cuadro junto a D en cuanto estés adyacente a D.**

*Esta vez, los enemigos empiezan actuando **antes que tú**, como se indica **en el panel de Comportamiento**.*

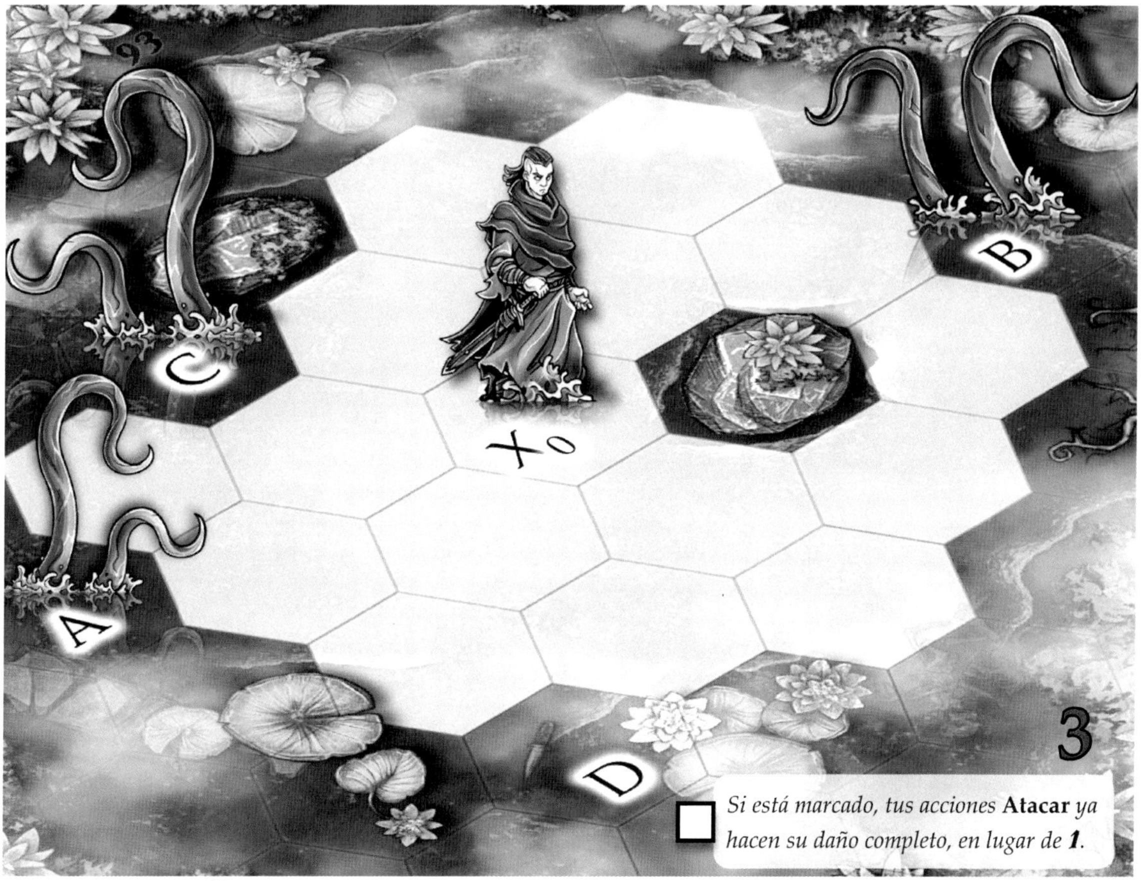

A B C D X0

3

☐ *Si está marcado, tus acciones **Atacar** ya hacen su daño completo, en lugar de **1**.*

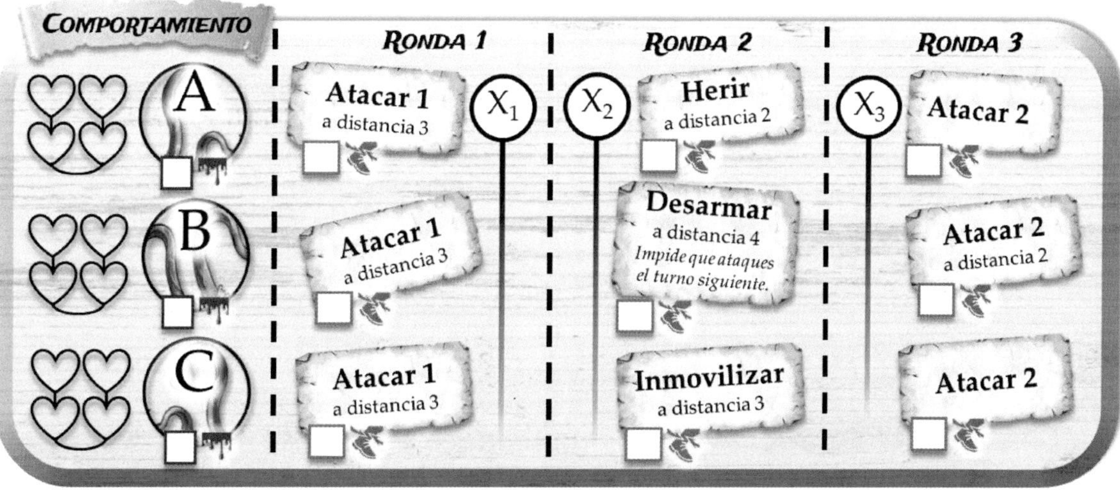

Si caes derrotado, ve a la página 50.
*En caso contrario, **al final de la RONDA 3** recuerda cuántos tentáculos has matado y ve a **FASE II** en la página 58.*

❤❤❤❤ 1
❤❤❤ ☐

RONDA 1 / 2 / 3

-2	-1	+0	+0	+1	+2

NACIDO EN LAS CALLES	**Mover 2**	**Atacar 2** a distancia 3	**Defender 2** a cualquier distancia *Tras recibir un ataque, tacha para anular 2 de daño.*
VIDA DE PILLAJE	**Mover 3**	**Atacar 3**	**Inmovilizar** a distancia 3 *Impide que el enemigo se mueva 1 turno.*
GOLPE DE MAR	**Mover 2** **Atacar 1**	**Atacar 2** a todos los enemigos adyacentes	**Atacar 1** **Herir** *Suma 1 a los siguientes ataques que hagas al enemigo.*
MAREA CRECIENTE	**Venganza 1** a cualquier distancia *Tras recibir un ataque, tacha para hacerle 1 daño directo al atacante.*	**Mover 2**	**Atacar 4**

1. ***Copia tus corazones rellenos (excepto uno)*** *en tu barra de vida. Olvida los estados, objetos y habilidades usadas.*
2. *Como siempre,* ***fíjate en el orden de los turnos****. Hacia el final de la escena esta bestia actuará 2 veces seguidas.*
3. *Los dados negros (fuente de azar) para decidir el comportamiento enemigo se lanzan* ***al principio de cada ronda****, pero después de que tú hayas elegido tus 3 cartas.*
4. ***Lee el objetivo*** *para saber cómo afecta la* ***FASE I*** *a la* ***FASE II****. También el texto de* ***ambientación****.*
5. *Recuerda siempre mirar a fondo el tablero en cada escena. Ya que, si encuentras un número escondido, puedes ir inmediatamente a esa página y leer el apartado correspondiente.*

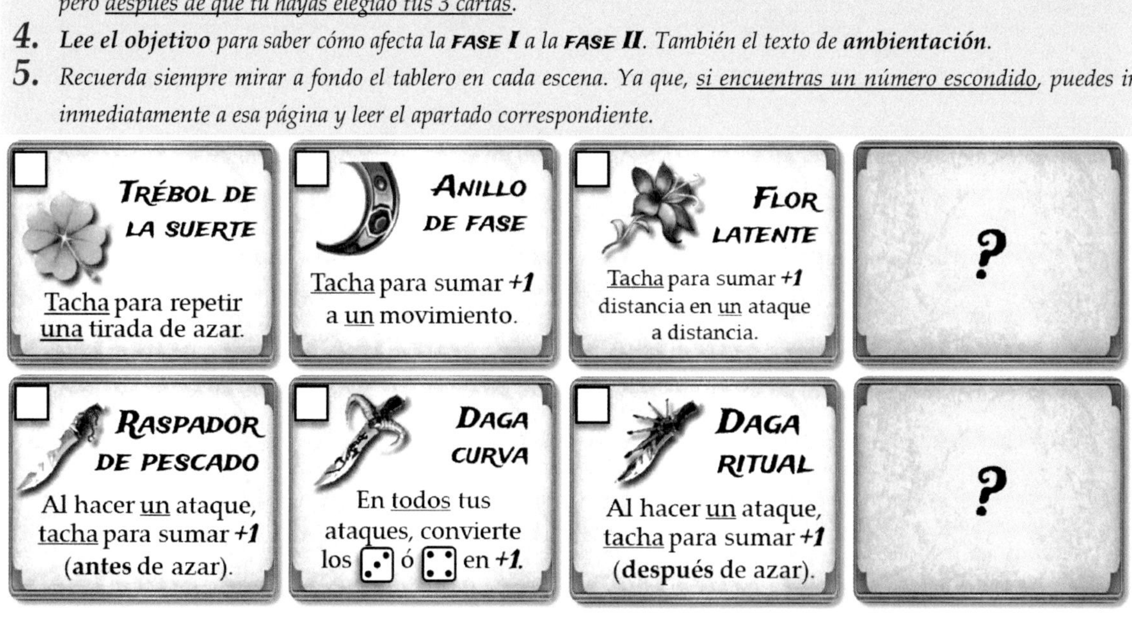

-2 -1 +0 +0 +1 +2

SOBRE Y BAJO LAS AGUAS (II)

4 ***OBJETIVO:*** **Mata a la criatura**. Antes de empezar, rellena tantos corazones de la secuencia azul (empezando por uno de sus extremos) **como tentáculos hayas matado en la *FASE I***.

Una mole fétida surgió de la poza más profunda. Toneladas de tentáculos, carne y hueso se abalanzaron sobre mí. Jamás había visto una bestia semejante. Si me daba la vuelta e intentaba huir, caería presa de sus mandíbulas. Para sobrevivir, debía buscar algún punto débil en su dura piel.

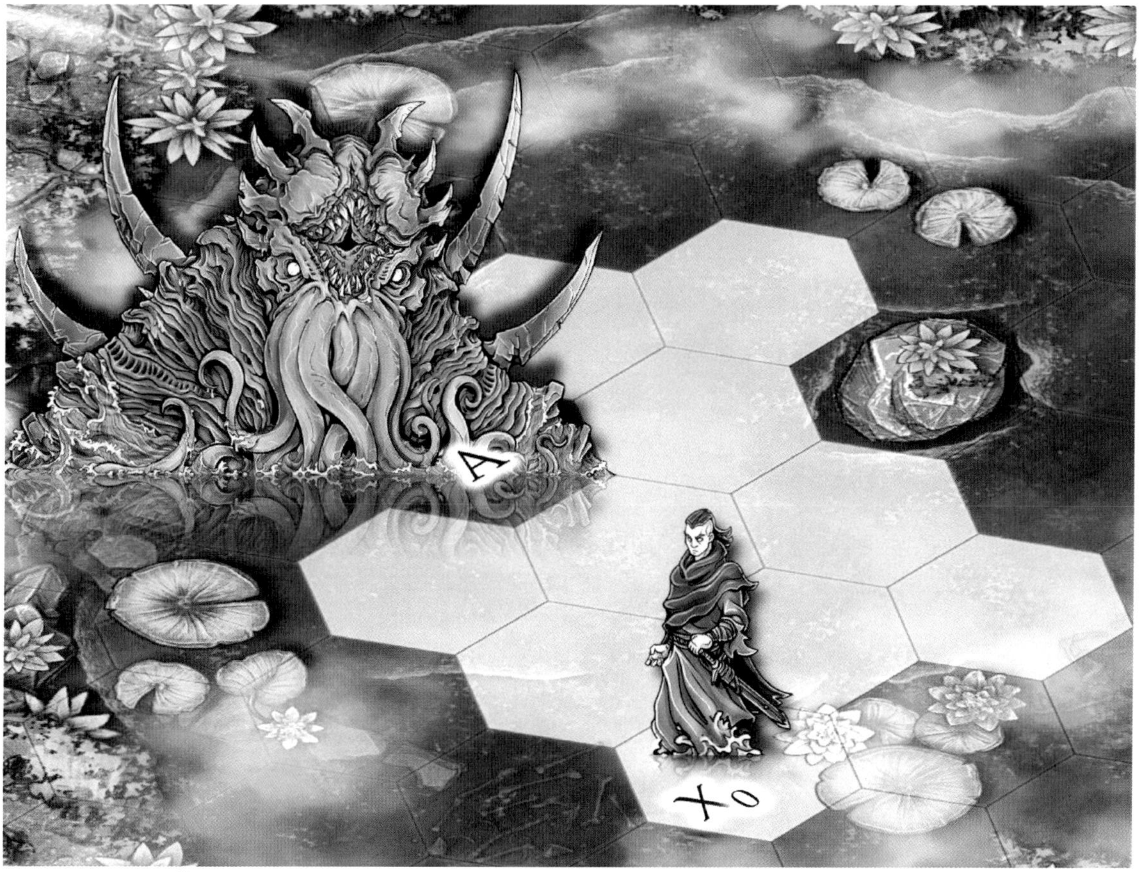

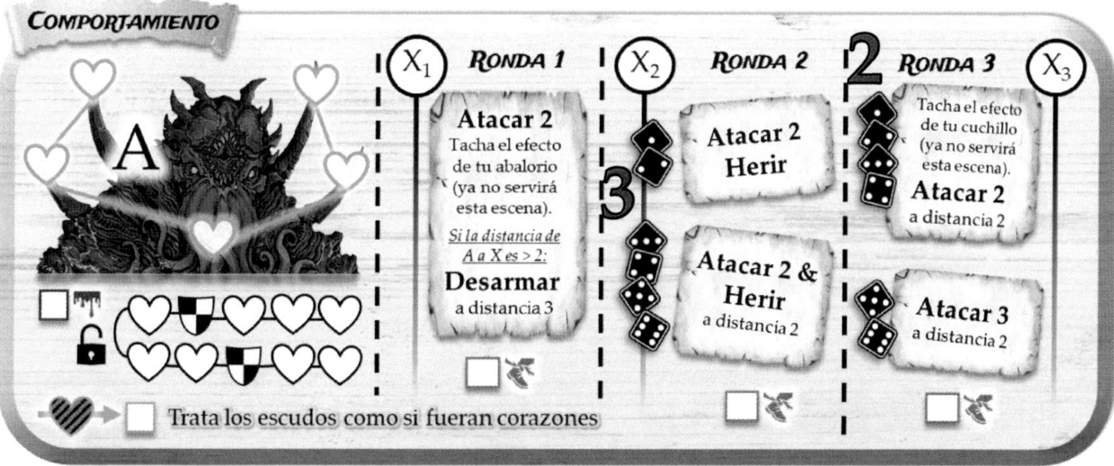

Si caes derrotado o no cumples el objetivo, ve a la página 50. Si consigues matar a la criatura, ve a la página 74.

Había conseguido hacer bastante daño a la hechicera, que cayó al suelo con mi último impacto. Tenía experiencia suficiente de los últimos días como para saber que mi mejor opción era correr.

De pronto, media docena de encapuchados entró entre los pedazos de roca que quedaban del círculo. Obviamente, el grupo se trataba de una secta, y la mujer a la que me había enfrentado formaba una parte importante en su jerarquía. Para entonces yo ya estaba corriendo en dirección a la espesura, con la esperanza de poder perderlos de vista entre la vegetación.

Dale la vuelta al libro y luego lee el siguiente párrafo. Después, ***sigue leyendo*** *normalmente tras la ilustración.*

La hechicera levantó la vista mientras yo corría. Reparó la marca sobre mi piel, que llevaba desde mi huida de Innisfell. Ella empezó a reír, con una carcajada siniestra en tono gutural que me heló el alma.

Corrí durante media hora, sin dejar de escuchar los gritos de los sectarios tras mis pasos. Cada vez más cerca. De pronto los árboles dieron paso a arbustos más bajos, y a continuación a una zona despejada. Unos metros más allá, el borde de un acantilado cuyo fondo no alcanzaba a adivinar. Al tocar los pliegues de mi túnica, descubrí con horror que había perdido el cilindro de ébano que había robado del Faro de Luna, y que me había llevado en aquel desgraciado viaje hacia el pantano.

El encapuchado más adelantado salió de la espesura. Ahora yo era un blanco fácil. Con una vuelta girando sobre sí mismo en el aire, dibujó un símbolo y expulsó un rayo de energía. Mi último recuerdo se dirige al momento en el que, unos días atrás, yo bajaba corriendo desde los acantilados hasta Innisfell, con ansia de aventura y la ilusión de explorar lo desconocido.

Alcancé el borde y salté hacia el vacío.

CONTINUARÁ ...

Este es el final de la narración de Vestar, el soñador que hablaba con la marea. Al menos, por ahora. Marca los **OBJETOS** *de Vestar en el margen lateral de la página 195. Marca la* **CLASE ÉPICA** *de Vestar en la* ***parte superior*** *de la página 195. Ahora pasarás a vivir en la piel de otro importante personaje de nuestra historia. Quizás lo conozcas.*

Marca en las páginas 170 y 180. Luego avanza al ***ACTO II*** *en la página 94.*

A pesar de que mi piel palidecía y mi pelo cada vez se volvía más canoso, sentía un vigor insólito. Mi dolor de huesos crónico ya era sólo un mal recuerdo y esa noche pude descansar tranquilamente. Tendría muchas explicaciones que dar en el campamento.

Recuerda que tienes un ***resumen de las reglas en las páginas 238-239.*** *Y de las acciones en las páginas 236-237.*

Vestar acaba de sufrir una epifanía debida a las experiencias traumáticas de los últimos días:

1) Ahora tienes ***otro corazón adicional*** *en tu barra superior. Es decir, puedes rellenar hasta 8 corazones antes de caer derrotado. Vestar ha desplegado todo su potencial, pero también está a punto de enfrentarse a sus máximos desafíos.*

2) Tus artes de combate también serán llevadas al límite. Se abren ante ti dos nuevas opciones que añadirán ***una última fila de tres cartas a tu matriz*** *durante las escenas. Esta matriz ahora será de 5x3 cartas, pero sigue estando vigente la* <u>*regla de oro*</u>*: al elegir tus 3 cartas para una ronda, nunca deben repetir fila o columna.*

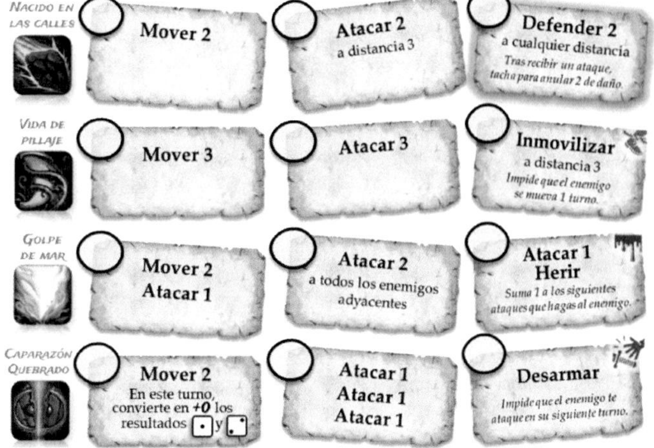

Sobre estas líneas, se adjunta tu matriz anterior de 4x3 cartas, por si te ayuda a tomar esta difícil decisión. A continuación, ***podrás elegir aquella CLASE ÉPICA que vaya más con tu personalidad.***

<u>ESTRATEGA</u> *es la primera clase épica, e introduce tus tres últimas cartas. Dispones de una nueva carta reactiva que provoca tu venganza cuando te ataquen. Una carta con* **Venganza 2** *se marca en tu turno, pero se activa cuando un enemigo te ataca. Funciona a cualquier distancia.* <u>*Táchala para provocar 2 daño directo a ese enemigo que te ataque*</u>*. Este daño directo no es un ataque, así que no puedes aplicar ninguna ventaja correspondiente a un ataque (objetos, por ejemplo) ni usar fuente de azar. También tienes una carta muy versátil que te permite acercarte a un enemigo, ejecutar otra carta elegida ese turno, y luego replegarte. Finalmente, en tu última carta hay un ataque a mucha distancia.*

SIEMPRE ALERTA

Venganza 2
a cualquier distancia
Tras recibir un ataque, tacha para hacerle 2 de daño directo al atacante.

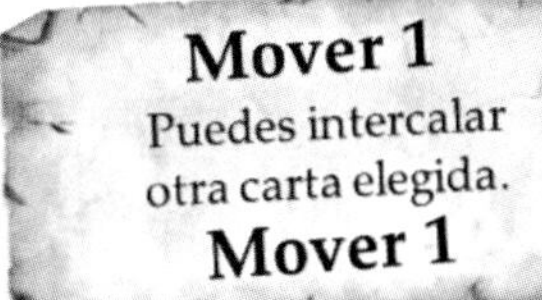

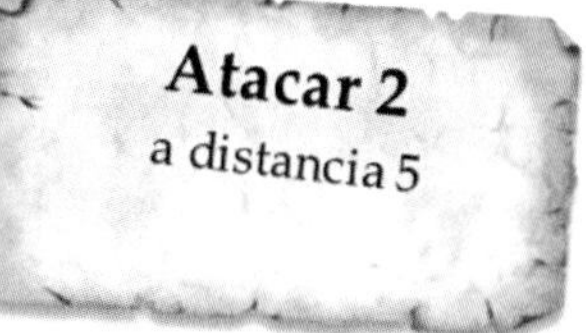

<u>BERSERKER</u> *es la segunda clase épica y también introduce tres cartas finales.* ***Cuanto peor estés, más poderosas son tus cartas****. En primer lugar, puedes hacer un movimiento muy largo (a costa de hacerte daño). En la segunda columna puedes desatar un ataque muy potente cuando estás débil. Finalmente, tu última carta aprovecha los estados que estás sufriendo para potenciar tus ataques del turno en el que la elijas.*

FURIA ANCESTRAL

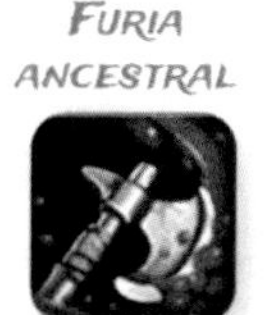

Mover X
(tú eliges cuánto).
Luego, hazte X-2 de daño a ti mismo (mínimo 1).

Si tienes 3 o más corazones rellenos,
Atacar 6-X
donde X es la vida que te queda

Suma +1 (por cada estado que tengas) a los ataques que hagas este turno.

Llegados aquí, te toca elegir si quieres ser ***ESTRATEGA*** *o* ***BERSERKER****.* <u>*Esto no se apunta en ningún sitio*</u>*: debes recordarlo (aunque* <u>*opcionalmente*</u> *se guarda cuando anotas tu progreso en la página 231). A la hora de jugar las próximas escenas,* ***ve a la página que se indique junto a tu CLASE ÉPICA****. Ahora, sigue en la página 45.*

A pesar de que mi piel palidecía y mi pelo cada vez se volvía más canoso, sentía un vigor insólito. Mi dolor de huesos crónico ya era sólo un mal recuerdo y esa noche pude descansar tranquilamente. Tendría muchas explicaciones que dar en el campamento.

Recuerda que tienes un ***resumen de las reglas en las páginas 238-239.*** *Y de las acciones en las páginas 236-237.*

Vestar acaba de sufrir una epifanía debida a las experiencias traumáticas de los últimos días:

1) Ahora tienes ***otro corazón adicional*** *en tu barra superior. Es decir, puedes rellenar hasta 8 corazones antes de caer derrotado. Vestar ha desplegado todo su potencial, pero también está a punto de enfrentarse a sus máximos desafíos.*

2) Tus artes de combate también serán llevadas al límite. Se abren ante ti dos nuevas opciones que añadirán ***una última fila de tres cartas a tu matriz*** *durante las escenas. Esta matriz ahora será de 5x3 cartas, pero sigue estando vigente la regla de oro: al elegir tus 3 cartas para una ronda, nunca deben repetir fila o columna.*

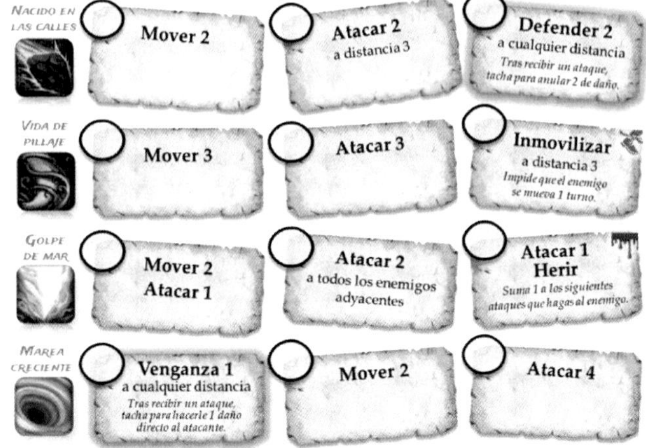

Sobre estas líneas se adjunta tu matriz anterior de 4x3 cartas, por si te ayuda a tomar esta difícil decisión. A continuación, ***podrás elegir aquella CLASE ÉPICA que vaya más con tu personalidad.***

SOMBRA *es la primera clase épica, e introduce tus tres últimas cartas. Dispones de una nueva carta reactiva que provoca tu defensa cuando te ataquen. Funciona a cualquier distancia. Una carta con* **Defender 3** *se marca en tu turno, pero se activa cuando un enemigo adyacente te ataca. Táchala para anular 3 de daño en ese ataque. A cambio, después adquieres el estado* ***HERIDO*** *(si no lo tienes ya). También dispones de una carta que, estando adyacente a un enemigo,* ***te transporta instantáneamente*** *a cualquier otra casilla adyacente a ese enemigo. La figura a la derecha de este párrafo ilustra un ejemplo de esta jugada. Finalmente, tu última carta* ***garantiza un gran modificador*** *en los ataques que hagas este turno.*

Soy la noche

Estando adyacente a un enemigo, transpórtate a cualquier otra casilla adyacente a ese enemigo (no se considera acción de Mover).

Defender 3
a cualquier distancia
Tras recibir un ataque, tacha para anular 3 de daño.
Después, quedas **HERIDO**.

En este turno, considera que tu fuente de azar siempre sale: ⚅

ASESINO *es la segunda clase épica y también introduce tres cartas finales. Tiene un movimiento que puedes apurar con tu fuente de azar, por si necesitas algunos pasos extra (pero cuidado, pues te puedes quedar corto). También cuenta con un potente ataque a distancia. Para terminar, la tercera columna tiene el potencial de* ***convertir tu ataque ese turno en una carnicería****: duplica el daño inmediatamente antes de aplicar la fuente de azar.*

Eviscerar

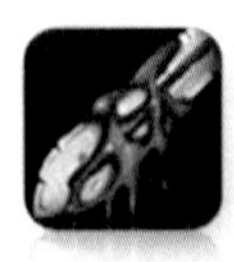

Mover 2
Lanza fuente de azar y añade al movimiento el modificador que salga.

Atacar 3
a distancia 2

Multiplica x2 (antes de aplicar objetos y azar) tu siguiente ataque este turno.

Llegados aquí, te toca elegir si quieres ser ***SOMBRA*** *o* ***ASESINO****. Esto no se apunta en ningún sitio: debes recordarlo (aunque opcionalmente se guarda cuando anotas tu progreso en la página 231). A la hora de jugar las próximas escenas,* ***ve a la página que se indique junto a tu CLASE ÉPICA****.* *Ahora, sigue en la página 45.*

Aquel extraño anciano jadeaba y sangraba más que yo. Sus setas venenosas se marchitaban mientras él vigilaba alrededor, más preocupado por amenazas externas que por nuestro combate.

—En cualquier momento pueden llegar, mientras tú y yo seguimos bailando —soltó cuando hubo recuperado el aliento. Me di cuenta de que no se trataba de uno de los tenebrosos encapuchados que había encontrado en mi huida del pueblo. Quizás podría obtener valiosas respuestas.

—¿Eres Solmund? ¿Solmund de las Hierbas? —le pregunté, jadeando.

El extraño me evaluó de arriba abajo, como dudando de si podía fiarse de mí. Luego cerró los ojos con amargura y se giró para mirar al bosque.

—Solmund murió la misma tarde que ejecutaron a su hija —indicó—. Ya no queda nada de él.

Me contó que venía siguiéndome en la distancia desde hacía unos días, tras el encuentro con la criatura en el pantano. Por lo visto, él llevaba años huyendo de partidas de cazadores esporádicas que salían en su búsqueda y me había confundido con uno de sus perseguidores.

—¿Qué ha pasado aquí? ¿Esta carnicería es obra tuya? —El extraño negó con la cabeza.

—Hay un círculo de piedras al noreste. Allí reside un antiguo poder. Tus desventurados compañeros tuvieron la mala suerte de plantar su campamento a poca distancia de ese lugar siniestro. —Puso una mueca de resignación—. Ahora, la mitad de ellos yace aquí, descuartizados.

—¿Y el resto de la expedición? —Probé suerte.

Ninguno me da lástima: llevan intentando darme caza varios años —sentenció, con un gesto de indiferencia—. El resto huyó en desbandada. A donde van les vendría bien algo como esto.

Para mi sorpresa, me mostró un **COLGANTE DE ÓPALO**. Con desconfianza acepté el obsequio cuando me contó que podía protegerme de las artes arcanas. Fue su forma de agradecerme el hecho de perdonarle la vida.

Ahora puedes equiparte un nuevo objeto. Una vez elegido, no puedes volver a elegir tu **ABALORIO** *anterior.* ***Entre escenas, recuerda tus objetos equipados*** *(aunque opcionalmente puedes apuntarlo en la página 231). Ahora pasa a la página 65.*

Había perdido demasiada sangre como para poder salir de allí con vida. Nadie me echaría de menos, pero hasta el último momento me abrazó la sensación de que podría haber jugado un papel importante en esta historia. Después de todo, me gustaría que esto hubiese acabado de otra forma.

Mi último recuerdo se dirige al momento en el que, hace tan sólo unos días, bajaba corriendo desde los acantilados hasta Innisfell, con el ansia de aventura y la ilusión de explorar lo desconocido.

Si NO está marcado, ***dale la vuelta*** *y lee. En cambio, si está marcado,* ***sigue leyendo tras la imagen.***

Tienes la oportunidad de jugar de nuevo, empezando en el momento en el que elegiste clase épica. A cambio, deberás ***tomar elecciones de página distintas a las que has elegido hasta ahora.*** *Por ejemplo, deberás elegir la* **CLASE ÉPICA** *que NO habías elegido en tu intento anterior, aunque tu* **ESPECIALIZACIÓN** *será la misma.*

Ahora marca  *en* ***esta misma página*** *y vuelve a la que se indica abajo según tu* ***antigua*** **ESPECIALIZACIÓN:**

 ***DUELISTA:*** 61  ***PENDENCIERO:*** 62

Demasiadas oportunidades. Demasiadas decisiones desafortunadas. Demasiada mala suerte. Mi papel en esta aventura termina aquí. Con la mayoría de las piedras destruidas por las explosiones, mi cuerpo expuesto reventó con una de las descargas de energía que lanzaba mi misteriosa contrincante. Al menos, el dolor de mis huesos remitía. Estuve cerca de descubrir la verdad.

¿ FIN ?

Este es el final de Vestar, el soñador que hablaba con la marea. Pero tu aventura no ha hecho más que empezar. Ahora pasarás a vivir en la piel de otro importante personaje de nuestra historia. Quizás lo conozcas.

Marca 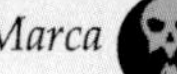  *en la página 170, y luego avanza al* ***ACTO II*** *en la página 94.*

—Iré al círculo de piedra. Allí encontraremos las respuestas —concluí con decisión. Los supervivientes debían estar por los alrededores y necesitarían apoyo.

El extraño tensó el cuello y mostró su dentadura torcida. Levantó un dedo con firmeza. Me di la vuelta para mirar en la dirección en la que estaba el círculo. No recordaba nada así en el mapa.

—Tienes mucha suerte de estar vivo después de atravesar el bosque. Pero en ese lugar de horror, ni la fortuna podrá ayudarte. —Parecía escupir las palabras a mis espaldas.

Al darme la vuelta, ya no estaba. El extraño no tenía pinta de ser alguien que trabaja en equipo. Tras recoger algunas provisiones del campamento, dirigí mis pasos hacia el círculo de piedra. Palpé dentro de mi ropa el cilindro de ébano que había sustraído del despacho de Thorval. Allí seguía.

Había visto el día anterior, en la lejanía, algunas formaciones rocosas que podrían coincidir con la descripción. De ser así, tardaría menos de una hora en llegar. A la vuelta del círculo, daría sepultura a los cadáveres antes de que se acercasen animales carroñeros. También debía decidir si volver a Innisfell y avisar, si es que alguien quería escucharme.

Cuando llegué al claro del bosque, supe que ese era el lugar. Con el sol todavía bastante alto, no se veía un sitio tan siniestro como había exagerado el extraño. Además, parecía haber alguien de la expedición a quien podría socorrer. Juntos, podríamos encontrar al resto y hacer frente a la amenaza.

Una mujer alta y delgada estaba en el centro del círculo. Sus brazos y su ropa parecían fusionarse con el entorno natural, incluyendo en su extraña indumentaria hojas, ramas, hueso y barro. ¿Sería la legendaria cazadora que había llegado del continente y formaba parte de la expedición?

—Tenemos un superviviente —dijo para sí, sin darse la vuelta. Su voz era grave y profunda.

Ni siquiera necesitó iniciar una danza para que yo sintiese un poder arcano más allá de todo lo conocido. Me había metido en la boca del lobo, y estaba jugando con fuerzas que escapaban a mi comprensión. Ya era demasiado tarde para echarse atrás, y nadie iba a venir a ayudarme.

Esta escena es un boss. Juega la escena en la ***página que indica a continuación*** *junto a tu* ***CLASE ÉPICA:***

 **ESTRATEGA:** 76  **BERSERKER:** 80  **SOMBRA:** 84  **ASESINO:** 88

Dado	1	2	3	4	5	6
Modificador	-2	-1	+0	+0	+1	+2

Nacido en las calles	**Mover 2**	**Atacar 2** a distancia 3	**Defender 2** a cualquier distancia *Tras recibir un ataque, tacha para anular 2 de daño.*
Vida de pillaje	**Mover 3**	**Atacar 3**	**Inmovilizar** a distancia 3 *Impide que el enemigo se mueva 1 turno.*
Golpe de mar	**Mover 2** **Atacar 1**	**Atacar 2** a todos los enemigos adyacentes	**Atacar 1** **Herir** *Suma 1 a los siguientes ataques que hagas al enemigo.*
Caparazón quebrado	**Mover 2** En este turno, convierte en ***+0*** los resultados ⚀ y ⚁	**Atacar 1** **Atacar 1** **Atacar 1**	**Desarmar** *Impide que el enemigo te ataque en su siguiente turno.*
Siempre alerta	**Venganza 2** a cualquier distancia *Tras recibir un ataque, tacha para hacerle 2 de daño directo al atacante.*	**Mover 1** Puedes intercalar otra carta elegida. **Mover 1**	**Atacar 2** a distancia 5

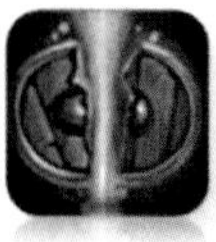

Como siempre, lo primero es marcar tus objetos equipados y escribir los modificadores sobre ***tu fuente de azar****.*

-1 +0 +0 +1 +1 +2

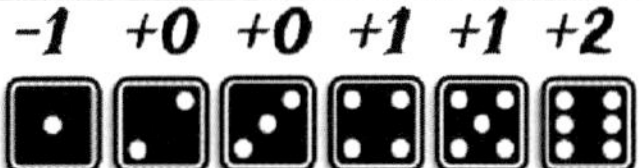

El Extraño

Objetivo: **Derrota al extraño (A).** Las setas b y c producen efectos en su casilla (y sus adyacentes).

Las casillas con el símbolo ⅄ ***no se pueden pisar****, pero sí puedes calcular distancias a través de ellas.* ***Las casillas con setas (b y c) sí se pueden pisar****, ya que tiene letras minúsculas en casillas clareadas. Las setas* *no pueden sufrir estados.*

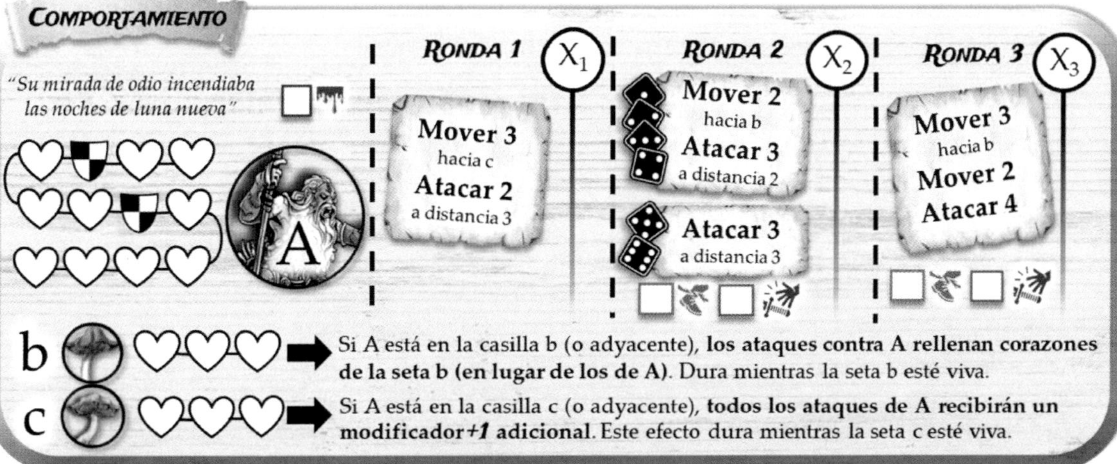

Comportamiento

"Su mirada de odio incendiaba las noches de luna nueva"

A

Ronda 1 (X_1)

Mover 3
hacia c
Atacar 2
a distancia 3

Ronda 2 (X_2)

Mover 2
hacia b
Atacar 3
a distancia 2

Atacar 3
a distancia 3

Ronda 3 (X_3)

Mover 3
hacia b
Mover 2
Atacar 4

b → Si A está en la casilla b (o adyacente), **los ataques contra A rellenan corazones de la seta b (en lugar de los de A).** Dura mientras la seta b esté viva.

c → Si A está en la casilla c (o adyacente), **todos los ataques de A recibirán un modificador *+1* adicional.** Este efecto dura mientras la seta c esté viva.

Si ***no*** ***cumples el objetivo,*** *ve a la página 92.* ***Si cumples el objetivo,*** *ve a la página 63.*

-2 -1 +0 +0 +1 +2

Nacido en las calles	**Mover 2**	**Atacar 2** a distancia 3	**Defender 2** a cualquier distancia *Tras recibir un ataque, tacha para anular 2 de daño.*
Vida de pillaje	**Mover 3**	**Atacar 3**	**Inmovilizar** a distancia 3 *Impide que el enemigo se mueva 1 turno.*
Golpe de mar	**Mover 2** **Atacar 1**	**Atacar 2** a todos los enemigos adyacentes	**Atacar 1** **Herir** *Suma 1 a los siguientes ataques que hagas al enemigo.*
Caparazón quebrado	**Mover 2** En este turno, convierte en ***+0*** los resultados ⚀ y ⚁	**Atacar 1** **Atacar 1** **Atacar 1**	**Desarmar** *Impide que el enemigo te ataque en su siguiente turno.*
Furia ancestral	**Mover X** (tú eliges cuánto). Luego, hazte X-2 de daño a ti mismo (mínimo 1).	Si tienes 3 o más corazones rellenos, **Atacar 6-X** donde X es la vida que te queda	Suma +1 (por cada estado que tengas) a los ataques que hagas este turno.

Como siempre, lo primero es marcar tus objetos equipados y escribir los modificadores sobre ***tu fuente de azar.***

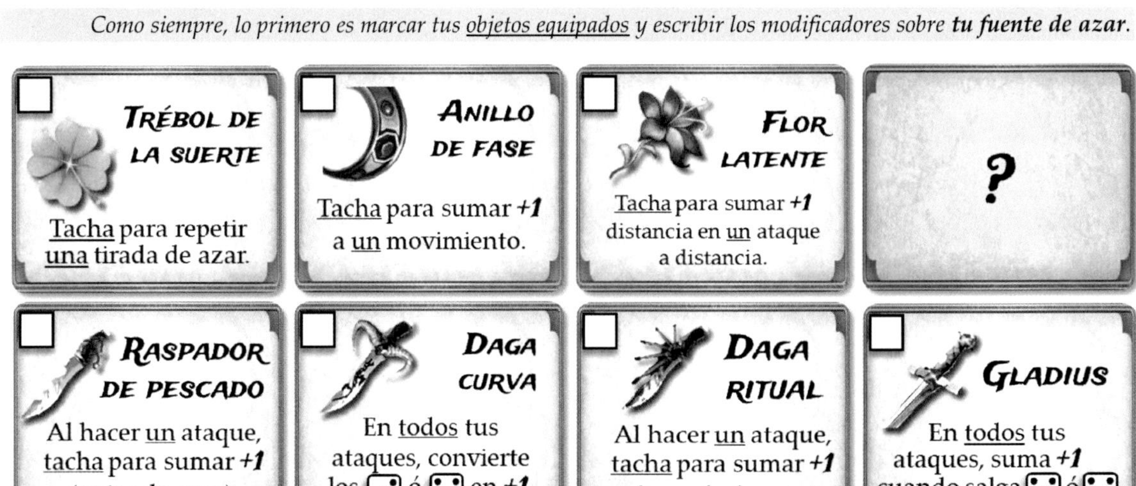

-1 +0 +0 +1 +1 +2

El Extraño

Objetivo: **Derrota al extraño (A)**. Las setas b y c producen efectos en su casilla (y sus adyacentes).

*Las casillas con el símbolo ⅄ **no se pueden pisar**, pero sí puedes calcular distancias a través de ellas. **Las casillas con setas (b y c) sí se pueden pisar**, ya que tiene letras minúsculas en casillas clareadas. Las setas no pueden sufrir estados.*

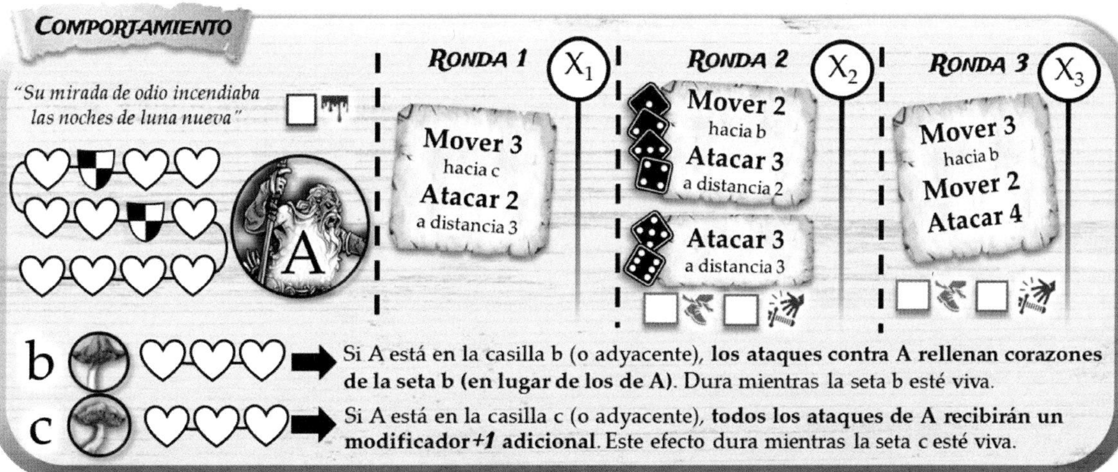

Comportamiento

"Su mirada de odio incendiaba las noches de luna nueva"

A

Ronda 1 (X_1)	Ronda 2 (X_2)	Ronda 3 (X_3)
Mover 3 hacia c **Atacar 2** a distancia 3	**Mover 2** hacia b **Atacar 3** a distancia 2 / **Atacar 3** a distancia 3	**Mover 3** hacia b **Mover 2** **Atacar 4**

b ➡ Si A está en la casilla b (o adyacente), **los ataques contra A rellenan corazones de la seta b (en lugar de los de A)**. Dura mientras la seta b esté viva.

c ➡ Si A está en la casilla c (o adyacente), **todos los ataques de A recibirán un modificador *+1* adicional**. Este efecto dura mientras la seta c esté viva.

Si no cumples el objetivo, ve a la página 92. Si cumples el objetivo, ve a la página 63.

-2 -1 +0 +0 +1 +2

Nacido en las calles

Mover 2	Atacar 2 a distancia 3	Defender 2 a cualquier distancia *Tras recibir un ataque, tacha para anular 2 de daño.*

Vida de pillaje

Mover 3	Atacar 3	Inmovilizar a distancia 3 *Impide que el enemigo se mueva 1 turno.*

Golpe de mar

Mover 2 Atacar 1	Atacar 2 a todos los enemigos adyacentes	Atacar 1 Herir *Suma 1 a los siguientes ataques que hagas al enemigo.*

Marea creciente

Venganza 1 a cualquier distancia *Tras recibir un ataque, tacha para hacerle 1 daño directo al atacante.*	Mover 2	Atacar 4

Soy la noche

Estando adyacente a un enemigo, transpórtate a cualquier otra casilla adyacente a ese enemigo (no se considera acción de Mover).	Defender 3 a cualquier distancia *Tras recibir un ataque, tacha para anular 3 de daño.* Después, quedas ***HERIDO***.	En este turno, considera que tu fuente de azar siempre sale: ⚅

*Como siempre, lo primero es marcar tus objetos equipados y escribir los modificadores sobre **tu fuente de azar**.*

Trébol de la suerte

Tacha para repetir una tirada de azar.

Anillo de fase

Tacha para sumar *+1* a un movimiento.

Flor latente

Tacha para sumar *+1* distancia en un ataque a distancia.

?

Raspador de pescado

Al hacer un ataque, tacha para sumar *+1* (**antes** de azar).

Daga curva

En todos tus ataques, convierte los ⚂ ó ⚃ en *+1*.

Daga ritual

Al hacer un ataque, tacha para sumar *+1* (**después** de azar).

Gladius

En todos tus ataques, suma *+1* cuando salga ⚄ ó ⚅

-1 +0 +0 +1 +1 +2

El Extraño

Objetivo: **Derrota al extraño (A)**. Las setas b y c producen efectos en su casilla (y sus adyacentes).

*Las casillas con el símbolo ⅄ **no se pueden pisar**, pero sí puedes calcular distancias a través de ellas. **Las casillas con setas (b y c) sí se pueden pisar**, ya que tiene letras minúsculas en casillas clareadas. Las setas no pueden sufrir estados.*

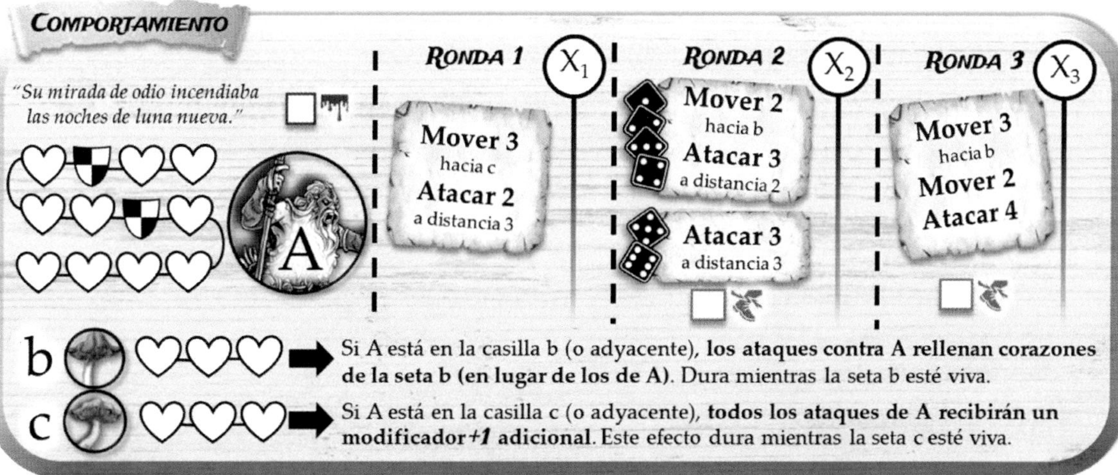

***Si no cumples el objetivo,** ve a la página 92. **Si cumples el objetivo,** ve a la página 63.*

-2 -1 +0 +0 +1 +2

Nacido en las calles	**Mover 2**	**Atacar 2** a distancia 3	**Defender 2** a cualquier distancia *Tras recibir un ataque, tacha para anular 2 de daño.*
Vida de pillaje	**Mover 3**	**Atacar 3**	**Inmovilizar** a distancia 3 *Impide que el enemigo se mueva 1 turno.*
Golpe de mar	**Mover 2 Atacar 1**	**Atacar 2** a todos los enemigos adyacentes	**Atacar 1 Herir** *Suma 1 a los siguientes ataques que hagas al enemigo.*
Marea creciente	**Venganza 1** a cualquier distancia *Tras recibir un ataque, tacha para hacerle 1 daño directo al atacante.*	**Mover 2**	**Atacar 4**
Eviscerar	**Mover 2** Lanza fuente de azar y añade al movimiento el modificador que salga.	**Atacar 3** a distancia 2	Multiplica x2 (antes de aplicar objetos y azar) tu siguiente ataque este turno.

Como siempre, lo primero es marcar tus objetos equipados y escribir los modificadores sobre ***tu fuente de azar.***

Trébol de la suerte
Tacha para repetir una tirada de azar.

Anillo de fase
Tacha para sumar ***+1*** a un movimiento.

Flor latente
Tacha para sumar ***+1*** distancia en un ataque a distancia.

Raspador de pescado

Al hacer un ataque, tacha para sumar ***+1*** (**antes** de azar).

Daga curva
En todos tus ataques, convierte los ⚂ ó ⚃ en ***+1***.

Daga ritual
Al hacer un ataque, tacha para sumar ***+1*** (**después** de azar).

Gladius
En todos tus ataques, suma ***+1*** cuando salga ⚄ ó ⚅

-1 +0 +0 +1 +1 +2

El Extraño

Objetivo: **Derrota al extraño (A)**. Las setas b y c producen efectos en su casilla (y sus adyacentes).

*Las casillas con el símbolo ⅄ **no se pueden pisar**, pero sí puedes calcular distancias a través de ellas. **Las casillas con setas (b y c) sí se pueden pisar**, ya que tiene letras minúsculas en casillas clareadas. Las setas <u>no pueden sufrir estados</u>.*

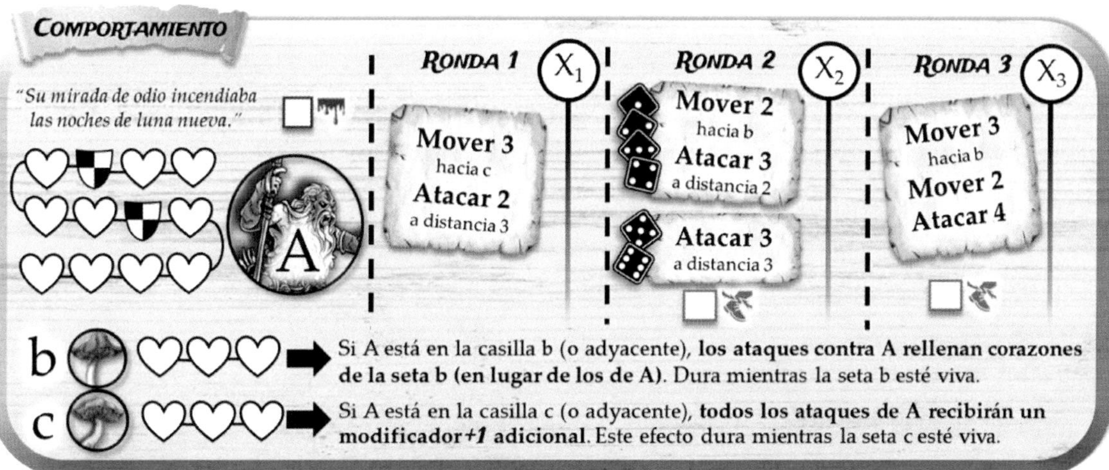

Comportamiento

"Su mirada de odio incendiaba las noches de luna nueva."

A

Ronda 1 (X_1)

Mover 3
hacia c
Atacar 2
a distancia 3

Ronda 2 (X_2)

Mover 2
hacia b
Atacar 3
a distancia 2

Atacar 3
a distancia 3

Ronda 3 (X_3)

Mover 3
hacia b
Mover 2
Atacar 4

b ➡ Si A está en la casilla b (o adyacente), **los ataques contra A rellenan corazones de la seta b (en lugar de los de A)**. Dura mientras la seta b esté viva.

c ➡ Si A está en la casilla c (o adyacente), **todos los ataques de A recibirán un modificador *+1* adicional**. Este efecto dura mientras la seta c esté viva.

***Si no cumples el objetivo,** ve a la página 92. **Si cumples el objetivo,** ve a la página 63.*

Una vez cercenados sus tentáculos y con su defensa rota, la bestia se volvió vulnerable. Hundiendo mi daga en uno de sus ojos, conseguí que exhalase un último bramido. Sin vida, su carcasa se desinfló como aquellas medusas que la marea lleva inertes a la orilla. Su piel se volvió translúcida y formó una masa flotante de gelatina, huesos de animales, restos de pelo y ramas. Entre todo ese espectáculo había algo manufacturado por el hombre que sin duda me sería de utilidad. Se trataba de una pequeña espada, una formidable **GLADIUS** sin apenas oxidar, de esas que solían utilizar los soldados en el continente. Probablemente hubiera pertenecido a algún antiguo explorador.

Ahora puedes equiparte un nuevo objeto en las siguientes escenas. ***Una vez elegido, no puedes volver a elegir tus armas anteriores.*** *Entre escenas, debes recordar tu columna de equipo (aunque opcionalmente puedes apuntarlo en la página 231).*

Pasaron un par de días sin sobresaltos desde aquel encuentro que casi me costó la vida. A partir de entonces, me cuidaba mucho de acercarme a pozas y zonas profundas del río, y siempre bebía agua corriente de alguna pequeña cascada. En el atardecer de la quinta jornada desde mi partida de Innisfell, pasé cerca de una zona de grandes setas en varios tonos de color cereza, rubí y carmesí.

Recuerdo que los capitanes de la flota de Thorval solían mascar setas de color anaranjado cuando estaban en alta mar. Decían que les ayudaba a concentrarse. Una vez las probé y estuve todo el día vomitando por la borda.

Las setas parecían respirar en sincronía, lanzando pequeñas espirales de vapor de diversos colores en las inmediaciones de la colonia que formaban. Había aprendido a cuidarme de cualquier sorpresa que pudiera darme el pantano, así que rodeé la zona vigilando las nubes hediondas de gas que se propagaban por los alrededores.

Estaba seguro de que me encontraba a unas pocas horas del campamento, según el mapa que había conseguido memorizar en el Faro de Luna antes de mi huida precipitada. Los accidentes geográficos habían coincidido con lo esbozado, y mi pericia guiándome por las estrellas durante las travesías me ayudaban a no perder la referencia.

Ha llegado el momento de elegir tu **CLASE ÉPICA**. *Ahora ve a la página que se indica* ***según tu* ESPECIALIZACIÓN:**

DUELISTA: 61

PENDENCIERO: 62

Incapaz de amedrentar a la misteriosa hechicera, y aturdido por las explosiones, caí de rodillas al suelo. Esperando el golpe definitivo. Cerré los ojos y tomé aire. Tras unos segundos, volví a abrirlos. Habían llegado refuerzos por su parte.

A pleno día, media docena de encapuchados entró entre los pedazos de roca que quedaban del círculo. Obviamente, el grupo se trataba de una secta, y la mujer a la que me había enfrentado formaba una parte importante en su jerarquía. Uno de los invitados me pegó una patada en el estómago que me hizo vomitar sangre. Quedé medio inconsciente, pero sentía como me arrastraban por el polvo, colina abajo. La mujer dio algunas órdenes y desapareció de mi vista.

Dale la vuelta al libro y luego lee el siguiente párrafo. Después, ***sigue leyendo*** *normalmente tras la ilustración.*

Uno de los sectarios reparó en la marca tatuada que llevaba en la piel, desde mi huida de Innisfell. Se pusieron nerviosos, gritaron y me señalaron. Empezaron a imitar a algún personaje, haciendo fuerza con los brazos, andando pesadamente y pasándose la mano por la cabeza como mofándose de alguien calvo. ¿Estaban imitando a Kann? Finalmente rieron y siguieron con la marcha.

Llegamos hasta lo que parecía una orilla de un río tranquilo. Oía el crujir de cabos y maderas, un sonido reconfortante para un marinero como yo tierra adentro. ¿Un barco fluvial?

Mi último recuerdo se dirige al momento en el que, unos días atrás, bajaba corriendo desde los acantilados hasta Innisfell, con ansia de aventura y la ilusión de explorar lo desconocido.

Me golpearon en la nuca, y todo se volvió negro.

CONTINUARÁ ...

Este es el final de la narración de Vestar, el soñador que hablaba con la marea. Al menos, por ahora. Marca la **CLASE ÉPICA** *de Vestar en la* ***parte superior de la página 195****. Tu aventura no ha hecho más que empezar. Ahora pasarás a vivir en la piel de otro importante personaje de nuestra historia. Quizás lo conozcas.*

Marca  *en las páginas 170 y 180, y luego avanza al* ***ACTO II*** *en la 94.*

Ronda 1 / 2 / 3

-2 -1 +0 +0 +1 +2

Nacido en las calles	**Mover 2**	**Atacar 2** a distancia 3	**Defender 2** a cualquier distancia *Tras recibir un ataque, tacha para anular 2 de daño.*
Vida de pillaje	**Mover 3**	**Atacar 3**	**Inmovilizar** a distancia 3 *Impide que el enemigo se mueva 1 turno.*
Golpe de mar	**Mover 2** **Atacar 1**	**Atacar 2** a todos los enemigos adyacentes	**Atacar 1** **Herir** *Suma 1 a los siguientes ataques que hagas al enemigo.*
Caparazón quebrado	**Mover 2** En este turno, convierte en *+0* los resultados ⚀ y ⚁	**Atacar 1** **Atacar 1** **Atacar 1**	**Atacar 1** a distancia 2 **Mover 1**
Siempre alerta	**Venganza 2** a cualquier distancia *Tras recibir un ataque, tacha para hacerle 2 de daño directo al atacante.*	**Mover 1** Puedes intercalar otra carta elegida. **Mover 1**	**Atacar 2** a distancia 5

*En ciertas escenas, **algunas de tus cartas mutan** (son de color más vivo) y tienen otras acciones distintas a lo normal.*

Trébol de la suerte

Tacha para repetir una tirada de azar.

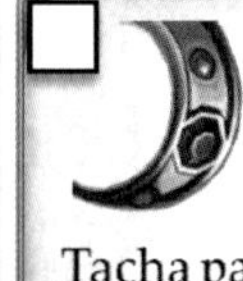

Anillo de fase

Tacha para sumar *+1* a un movimiento.

Flor latente

Tacha para sumar *+1* distancia en un ataque a distancia.

Colgante de ópalo

Tacha para ignorar un estado que te inflijan.

Raspador de pescado

Al hacer un ataque, tacha para sumar *+1* (**antes** de azar).

Daga curva

En todos tus ataques, convierte los ⚂ ó ⚃ en *+1*.

Daga ritual

Al hacer un ataque, tacha para sumar *+1* (**después** de azar).

Gladius

En todos tus ataques, suma *+1* cuando salga ⚄ ó ⚅

El Círculo de Poder (I)

Objetivo: Termina la fase **lo más cerca posible a la casilla b.** También **intenta hacer daño al enemigo.**

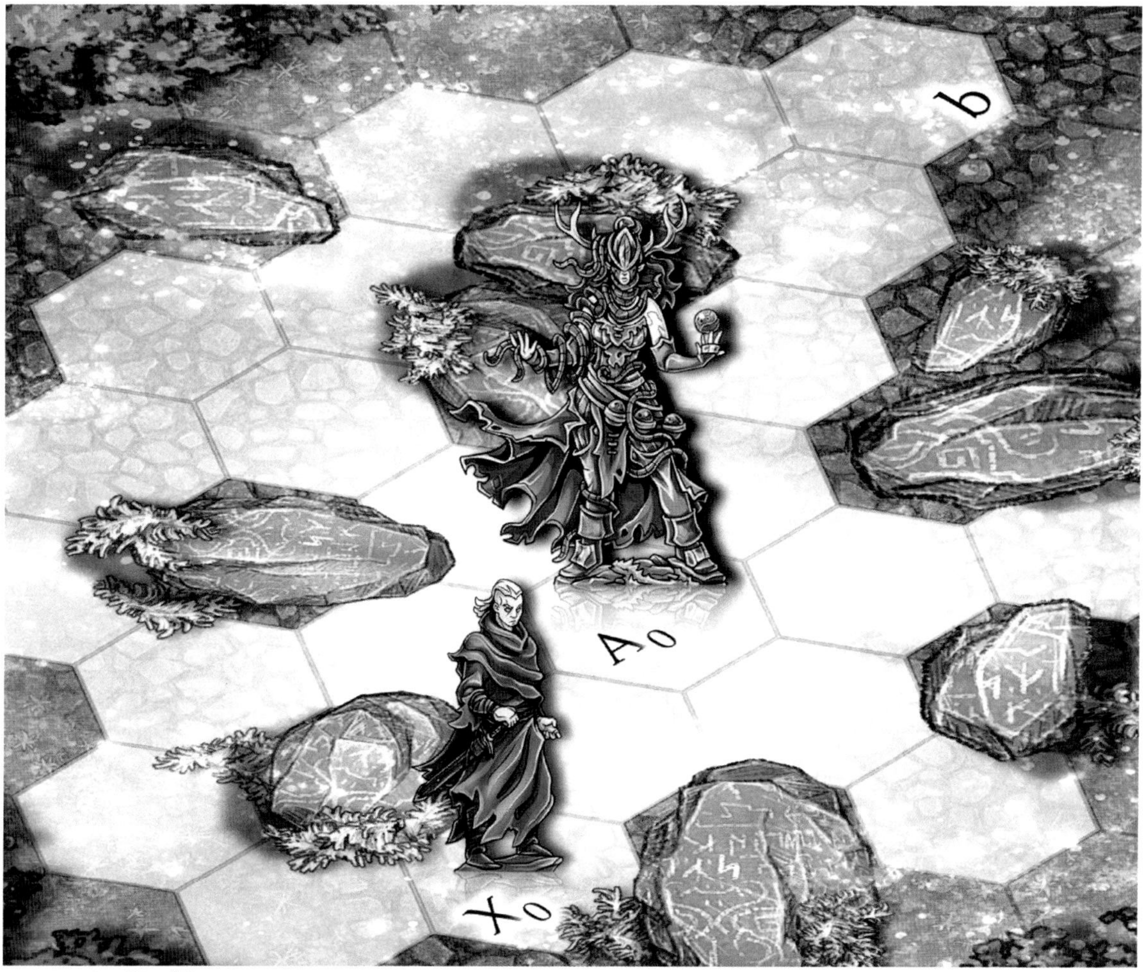

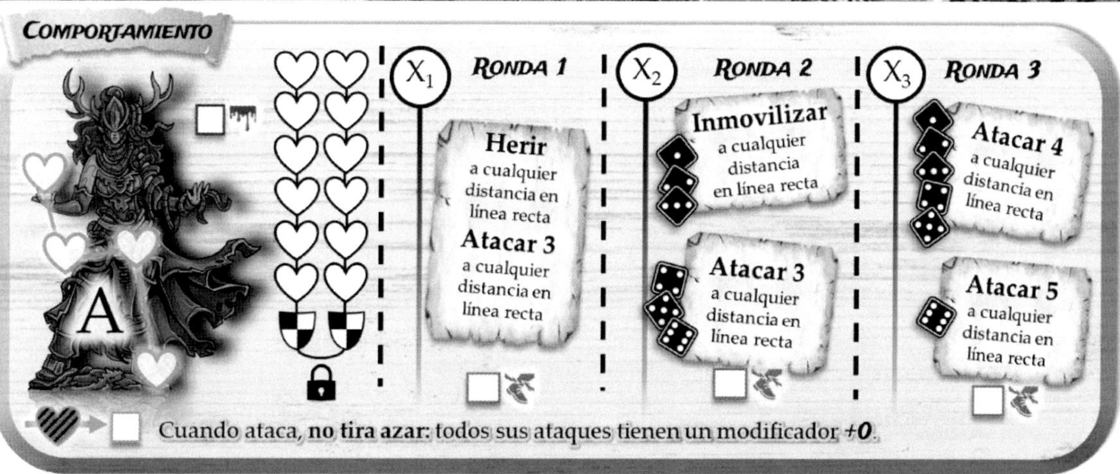

Si eres derrotado pasa a la página 64. Pero si antes tú derrotaste al enemigo, pasa a la 60.
*En caso contrario, recuerda **a qué distancia te quedaste de la casilla b** y pasa a la **FASE II** en la página 78.*

RONDA 1 / 2 / 3

-2 -1 +0 +0 +1 +2

NACIDO EN LAS CALLES	**Mover 2**	**Atacar 2** a distancia 3	**Defender 2** a cualquier distancia *Tras recibir un ataque, tacha para anular 2 de daño.*
VIDA DE PILLAJE	**Mover 3**	**Atacar 3**	**Inmovilizar** a distancia 3 *Impide que el enemigo se mueva 1 turno.*
GOLPE DE MAR	**Mover 2** **Atacar 1**	**Atacar 2** a todos los enemigos adyacentes	**Atacar 1** **Herir** *Suma 1 a los siguientes ataques que hagas al enemigo.*
CAPARAZÓN QUEBRADO	**Mover 2** En este turno, convierte en ***+0*** los resultados ⚀ y ⚁	**Atacar 1** **Atacar 1** **Atacar 1**	**Desarmar** *Impide que el enemigo te ataque en su siguiente turno.*
SIEMPRE ALERTA	**Venganza 2** a cualquier distancia *Tras recibir un ataque, tacha para hacerle 2 de daño directo al atacante.*	**Mover 1** Puedes intercalar otra carta elegida. **Mover 1**	**Atacar 2** a distancia 5

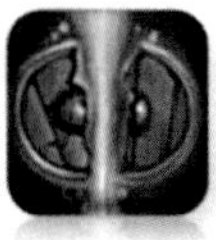

Vuelves a tener todas tus cartas habituales disponibles. No te olvides de leer el texto de ambientación (bajo el objetivo).

TRÉBOL DE LA SUERTE

Tacha para repetir una tirada de azar.

ANILLO DE FASE

Tacha para sumar *+1* a un movimiento.

FLOR LATENTE

Tacha para sumar *+1* distancia en un ataque a distancia.

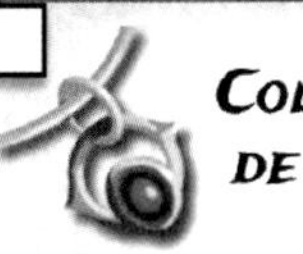

COLGANTE DE ÓPALO

Tacha para ignorar un estado que te inflijan.

RASPADOR DE PESCADO

Al hacer un ataque, tacha para sumar *+1* (**antes** de azar).

DAGA CURVA

En todos tus ataques, convierte los ⚂ ó ⚃ en *+1*.

DAGA RITUAL

Al hacer un ataque, tacha para sumar *+1* (**después** de azar).

GLADIUS

En todos tus ataques, suma *+1* cuando salga ⚄ ó ⚅

+0 +0 +0 +0 +0 +0

El Círculo de Poder (II)

Objetivo: **Derrota a la misteriosa mujer**. Antes de que empiece el combate, puedes moverte 3-Y casillas, donde Y es el número de casillas que **contaste al final de la *fase I*** (las que te separaban de b).

Tras destrozar los alrededores con su magia explosiva, ninguno de los dos teníamos donde escondernos. Empezó a recitar una extraña letanía con profundos sonidos de garganta. Sabía que no podía acercarme mucho sin sufrir su tremendo poder, pero no me quedaba otra opción que intentar acabar con ella para escapar. En campo abierto, sería presa fácil de sus hechizos.

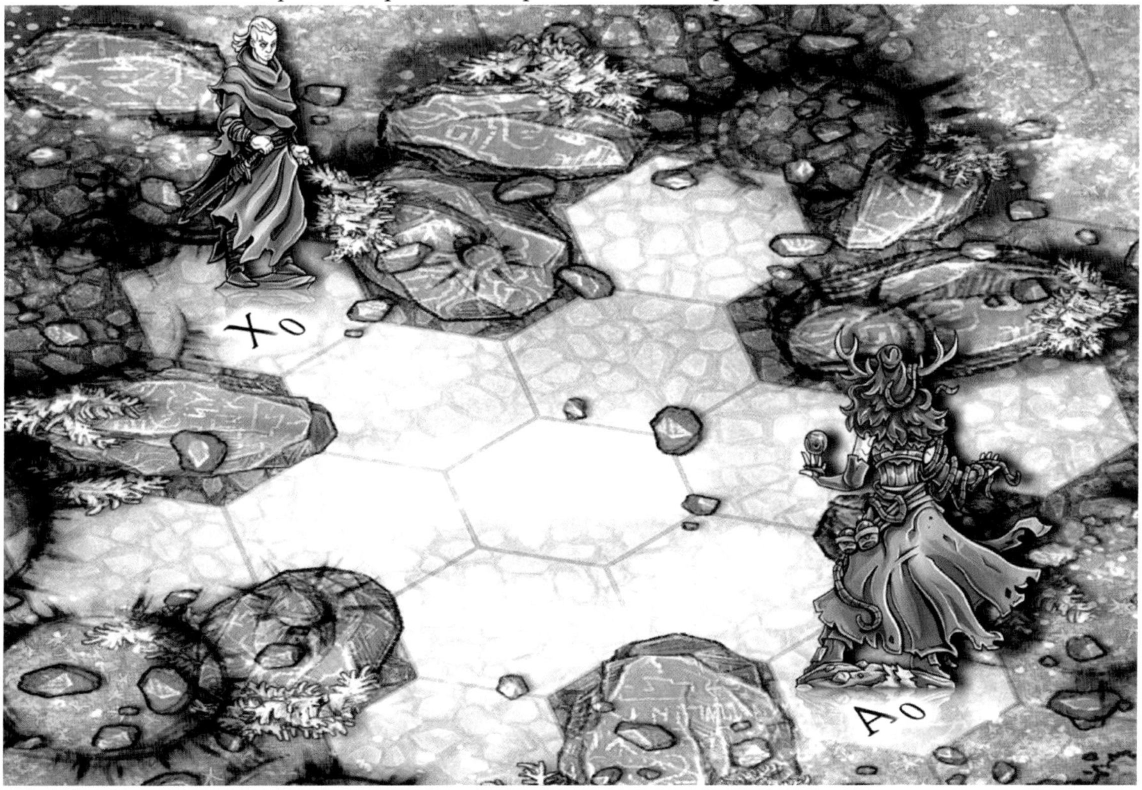

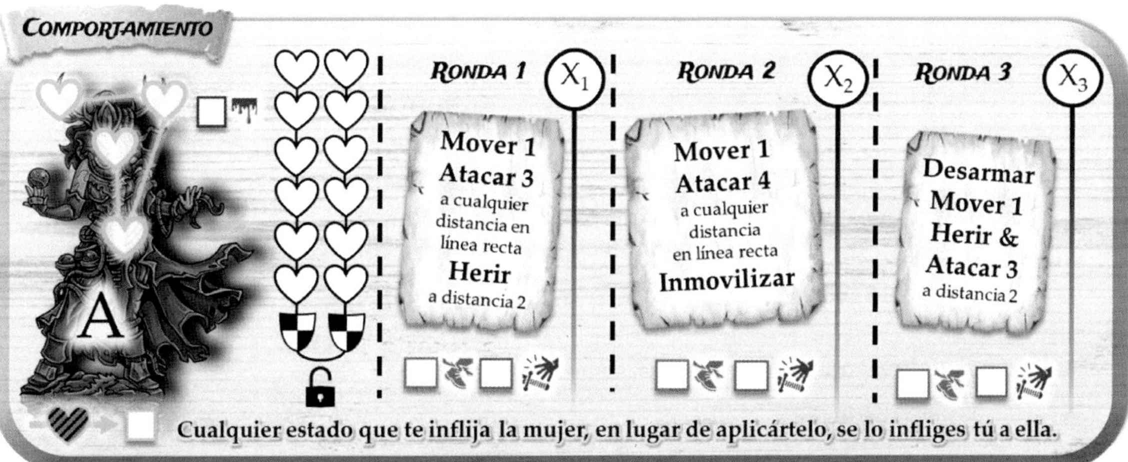

Si eres derrotado pasa a la página 64. Si se acaba la ***Ronda 3*** *sin cumplir el objetivo, pasa a la página 75.*

Si consigues cumplir el objetivo, pasa a la página 60.

⚀

RONDA 1 / 2 / 3

⚀	⚁	⚂	⚃	⚄	⚅
-2	-1	+0	+0	+1	+2

NACIDO EN LAS CALLES

- **Mover 2**
- **Atacar 2** a distancia 3
- **Defender 2** a cualquier distancia. *Tras recibir un ataque, tacha para anular 2 de daño.*

VIDA DE PILLAJE

- **Mover 3**
- **Atacar 3**
- **Inmovilizar** a distancia 3. *Impide que el enemigo se mueva 1 turno.*

GOLPE DE MAR

- **Mover 2 Atacar 1**
- **Atacar 2** a todos los enemigos adyacentes
- **Atacar 1 Herir**. *Suma 1 a los siguientes ataques que hagas al enemigo.*

CAPARAZÓN QUEBRADO

- **Mover 2**. En este turno, convierte en ***+0*** los resultados ⚀ y ⚁
- **Atacar 1 Atacar 1 Atacar 1**
- **Atacar 1** a distancia 2 **Mover 1**

FURIA ANCESTRAL

- **Mover X** (tú eliges cuánto). Luego, hazte X-2 de daño a ti mismo (mínimo 1).
- Si tienes 3 o más corazones rellenos, **Atacar 6-X** donde X es la vida que te queda
- Suma +1 (por cada estado que tengas) a los ataques que hagas este turno.

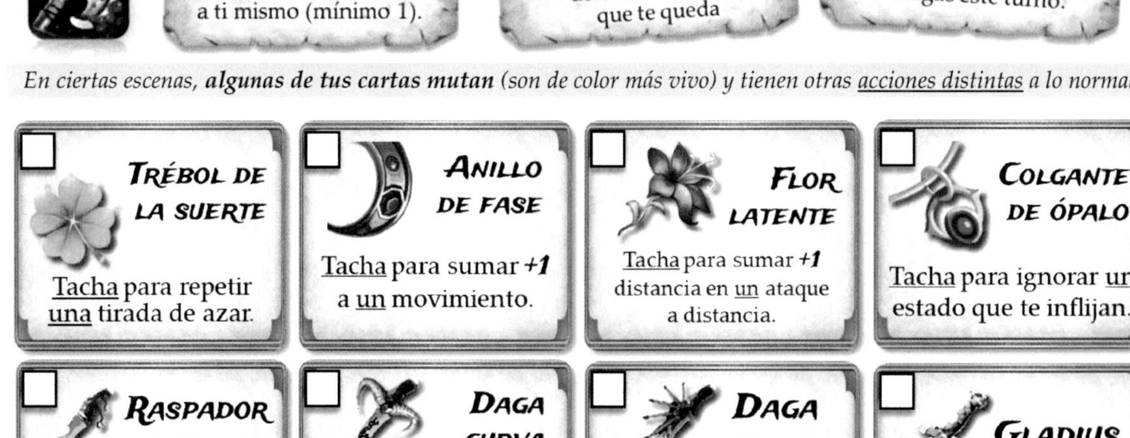

En ciertas escenas, ***algunas de tus cartas mutan*** *(son de color más vivo) y tienen otras acciones distintas a lo normal.*

TRÉBOL DE LA SUERTE
Tacha para repetir una tirada de azar.

ANILLO DE FASE
Tacha para sumar ***+1*** a un movimiento.

FLOR LATENTE
Tacha para sumar ***+1*** distancia en un ataque a distancia.

COLGANTE DE ÓPALO
Tacha para ignorar un estado que te inflijan.

RASPADOR DE PESCADO
Al hacer un ataque, tacha para sumar ***+1*** (**antes** de azar).

DAGA CURVA
En todos tus ataques, convierte los ⚂ ó ⚃ en ***+1***.

DAGA RITUAL
Al hacer un ataque, tacha para sumar ***+1*** (**después** de azar).

GLADIUS
En todos tus ataques, suma ***+1*** cuando salga ⚄ ó ⚅

-3 -2 -1 +1 +2 +3

EL CÍRCULO DE PODER (I)

OBJETIVO: Termina la fase **lo más cerca posible a la casilla b.** También **intenta hacer daño al enemigo.**

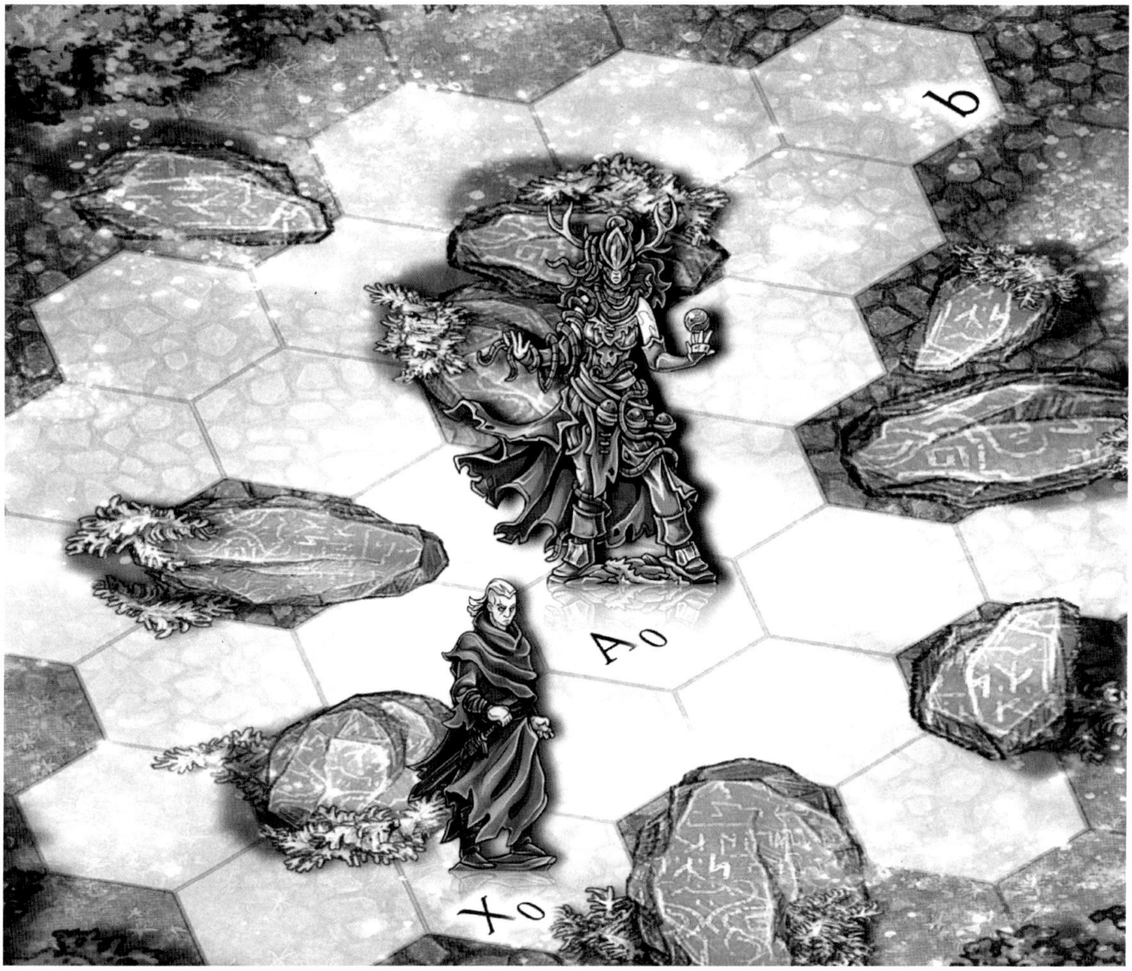

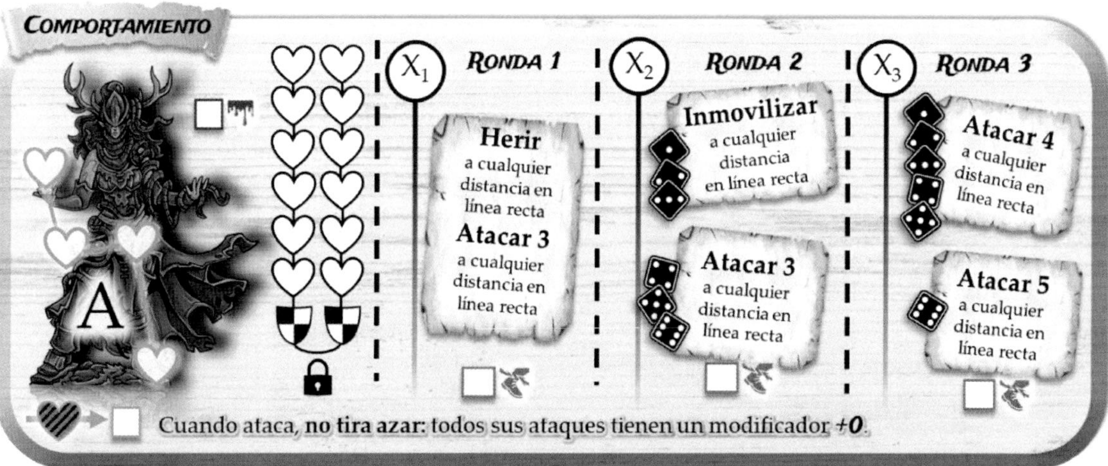

Si eres derrotado pasa a la página 64. Pero si antes tú derrotaste al enemigo, pasa a la 60.

*En caso contrario, recuerda **a qué distancia te quedaste de la casilla b** y pasa a la **FASE II** en la página 82.*

RONDA 1 / 2 / 3

-2 -1 +0 +0 +1 +2

NACIDO EN LAS CALLES	**Mover 2**	**Atacar 2** a distancia 3	**Defender 2** a cualquier distancia *Tras recibir un ataque, tacha para anular 2 de daño.*
VIDA DE PILLAJE	**Mover 3**	**Atacar 3**	**Inmovilizar** a distancia 3 *Impide que el enemigo se mueva 1 turno.*
GOLPE DE MAR	**Mover 2** **Atacar 1**	**Atacar 2** a todos los enemigos adyacentes	**Atacar 1** **Herir** *Suma 1 a los siguientes ataques que hagas al enemigo.*
CAPARAZÓN QUEBRADO	**Mover 2** En este turno, convierte en ***+0*** los resultados ⚀ y ⚁	**Atacar 1** **Atacar 1** **Atacar 1**	**Desarmar** *Impide que el enemigo te ataque en su siguiente turno.*
FURIA ANCESTRAL	**Mover X** (tú eliges cuánto). Luego, hazte X-2 de daño a ti mismo (mínimo 1).	Si tienes 3 o más corazones rellenos, **Atacar 6-X** donde X es la vida que te queda	Suma +1 (por cada estado que tengas) a los ataques que hagas este turno.

Vuelves a tener todas tus cartas habituales disponibles. No te olvides de leer el texto de ambientación (bajo el objetivo).

TRÉBOL DE LA SUERTE

Tacha para repetir una tirada de azar.

ANILLO DE FASE

Tacha para sumar *+1* a un movimiento.

FLOR LATENTE

Tacha para sumar *+1* distancia en un ataque a distancia.

COLGANTE DE ÓPALO

Tacha para ignorar un estado que te inflijan.

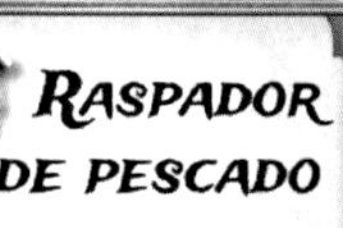

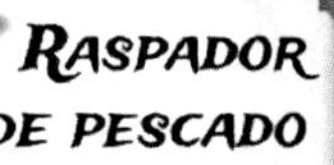

RASPADOR DE PESCADO

Al hacer un ataque, tacha para sumar *+1* (**antes** de azar).

DAGA CURVA

En todos tus ataques, convierte los ⚂ ó ⚃ en *+1*.

DAGA RITUAL

Al hacer un ataque, tacha para sumar *+1* (**después** de azar).

GLADIUS

En todos tus ataques, suma *+1* cuando salga ⚄ ó ⚅

+0 +0 +0 +0 +0 +0

EL CÍRCULO DE PODER (II)

OBJETIVO: **Derrota a la misteriosa mujer**. Antes de que empiece el combate, puedes moverte 3-Y casillas, donde Y es el número de casillas que **contaste al final de la FASE I** (las que te separaban de b).

Tras destrozar los alrededores con su magia explosiva, ninguno de los dos teníamos donde escondernos. Empezó a recitar una extraña letanía con profundos sonidos de garganta. Sabía que no podía acercarme mucho sin sufrir su tremendo poder, pero no me quedaba otra opción que intentar acabar con ella para escapar. En campo abierto, sería presa fácil de sus hechizos.

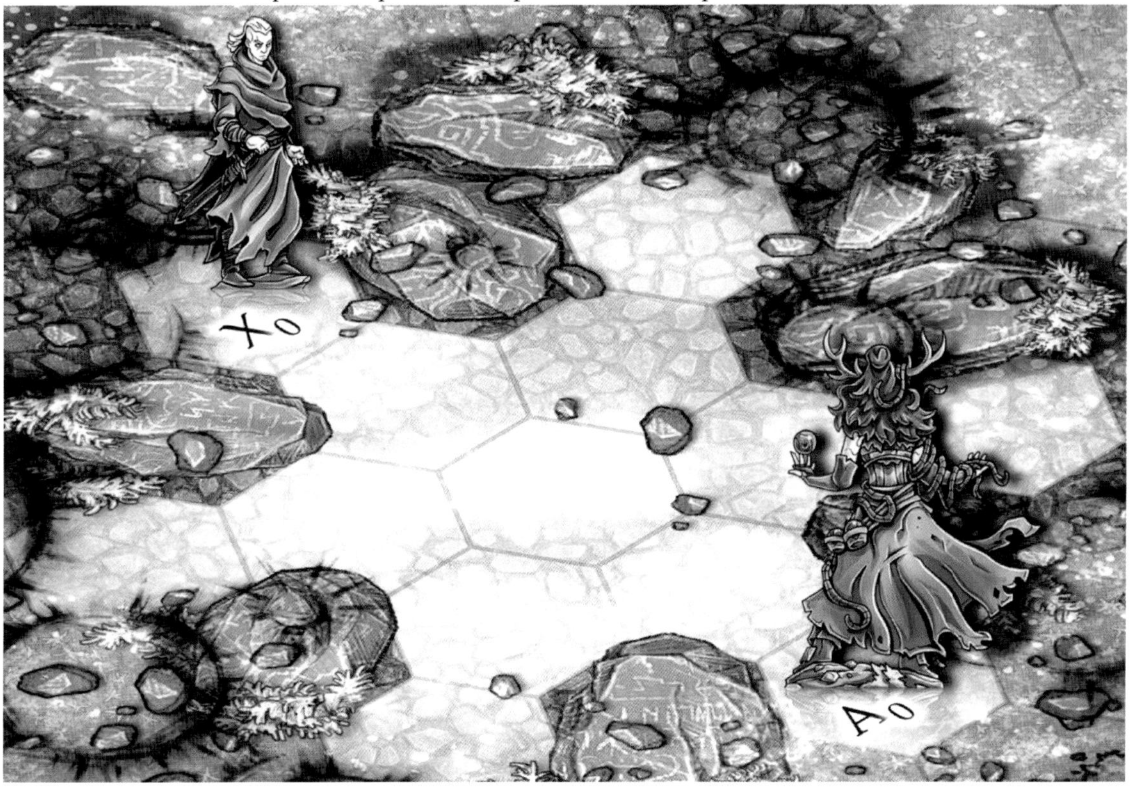

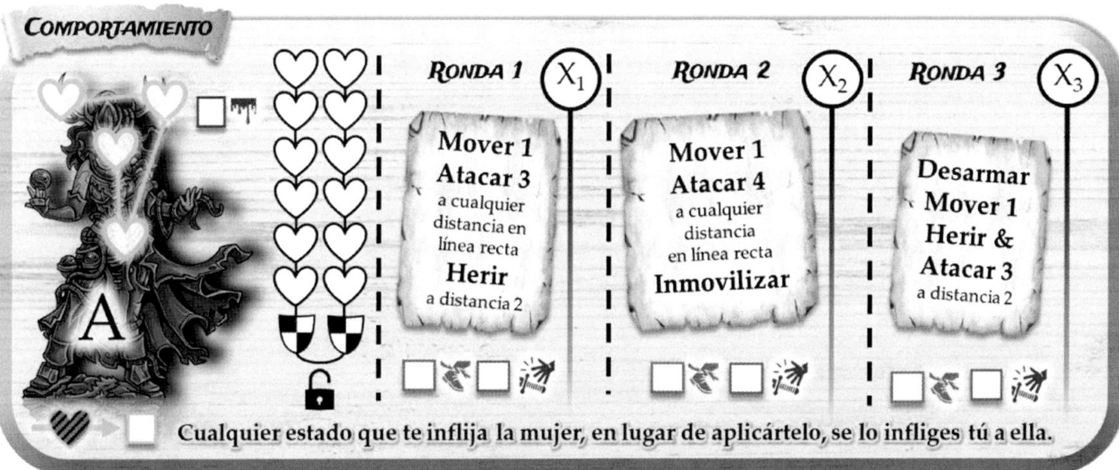

*Si eres derrotado pasa a la página 64. Si se acaba la **RONDA 3** sin cumplir el objetivo, pasa a la página 75.*

Si consigues cumplir el objetivo, pasa a la página 60.

RONDA 1 / 2 / 3

−2 −1 +0 +0 +1 +2

NACIDO EN LAS CALLES

Mover 2	Atacar 2 a distancia 3	Defender 2 a cualquier distancia *Tras recibir un ataque, tacha para anular 2 de daño.*

VIDA DE PILLAJE

Mover 3	Atacar 3	Inmovilizar a distancia 3 *Impide que el enemigo se mueva 1 turno.*

GOLPE DE MAR

Mover 2 Atacar 1	Atacar 2 a todos los enemigos adyacentes	Atacar 1 Herir *Suma 1 a los siguientes ataques que hagas al enemigo.*

MAREA CRECIENTE

Venganza 1 a cualquier distancia *Tras recibir un ataque, tacha para hacerle 1 daño directo al atacante.*	Mover 2	Atacar 1 a distancia 2 Mover 1

SOY LA NOCHE

Estando adyacente a un enemigo, transpórtate a cualquier otra casilla adyacente a ese enemigo (no se considera acción de Mover).	Defender 3 a cualquier distancia *Tras recibir un ataque, tacha para anular 3 de daño.* Después, quedas *HERIDO*.	En este turno, considera que tu fuente de azar siempre sale: ⚅

En ciertas escenas, ***algunas de tus cartas mutan*** *(son de color más vivo) y tienen otras acciones distintas a lo normal.*

TRÉBOL DE LA SUERTE

Tacha para repetir una tirada de azar.

ANILLO DE FASE

Tacha para sumar *+1* a un movimiento.

FLOR LATENTE

Tacha para sumar *+1* distancia en un ataque a distancia.

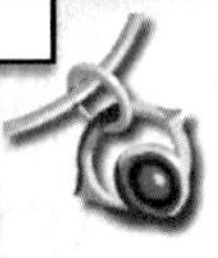

COLGANTE DE ÓPALO

Tacha para ignorar un estado que te inflijan.

RASPADOR DE PESCADO

Al hacer un ataque, tacha para sumar *+1* (**antes** de azar).

DAGA CURVA

En todos tus ataques, convierte los ⚂ ó ⚃ en *+1*.

DAGA RITUAL

Al hacer un ataque, tacha para sumar *+1* (**después** de azar).

GLADIUS

En todos tus ataques, suma *+1* cuando salga ⚄ ó ⚅

-3 -2 -1 +1 +2 +3

El Círculo de Poder (I)

Objetivo: Termina la fase **lo más cerca posible a la casilla b.** También **intenta hacer daño al enemigo.**

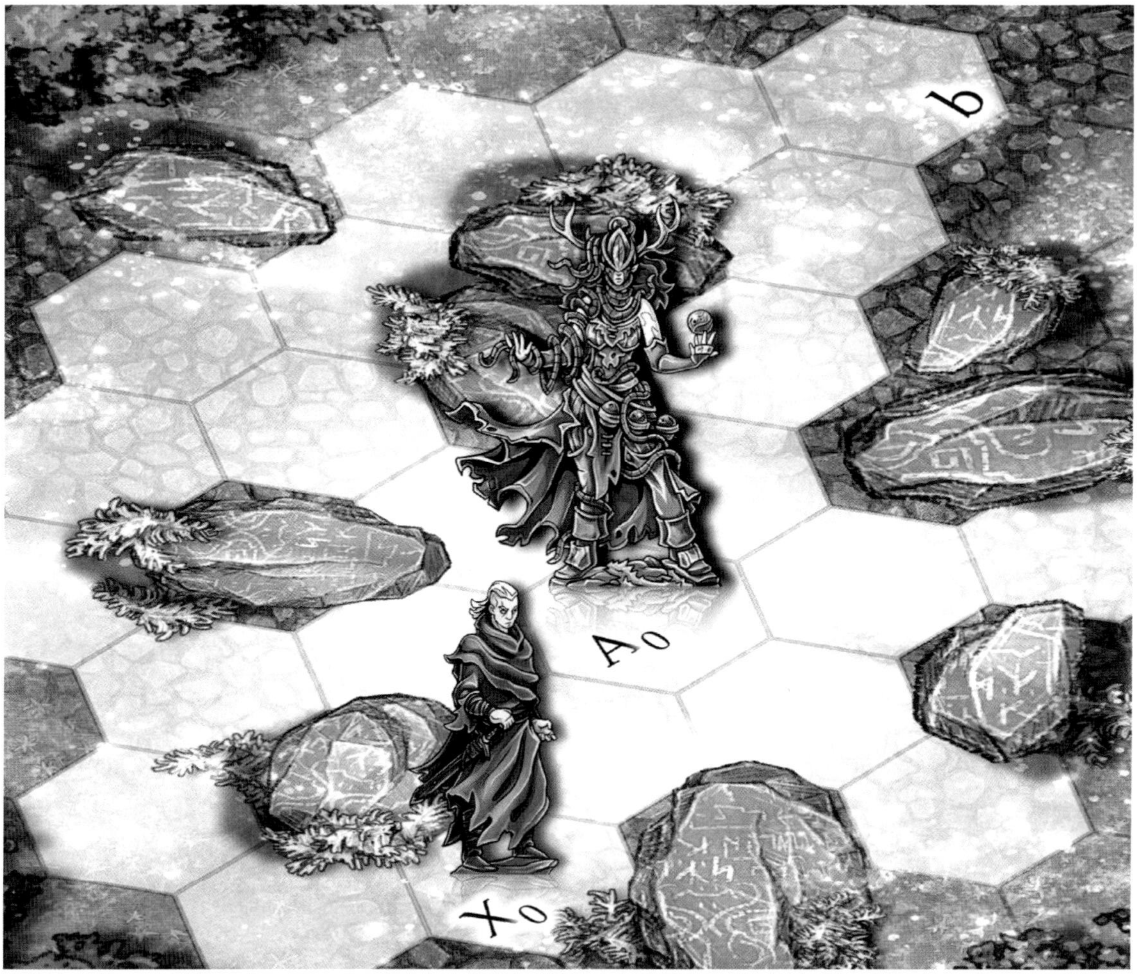

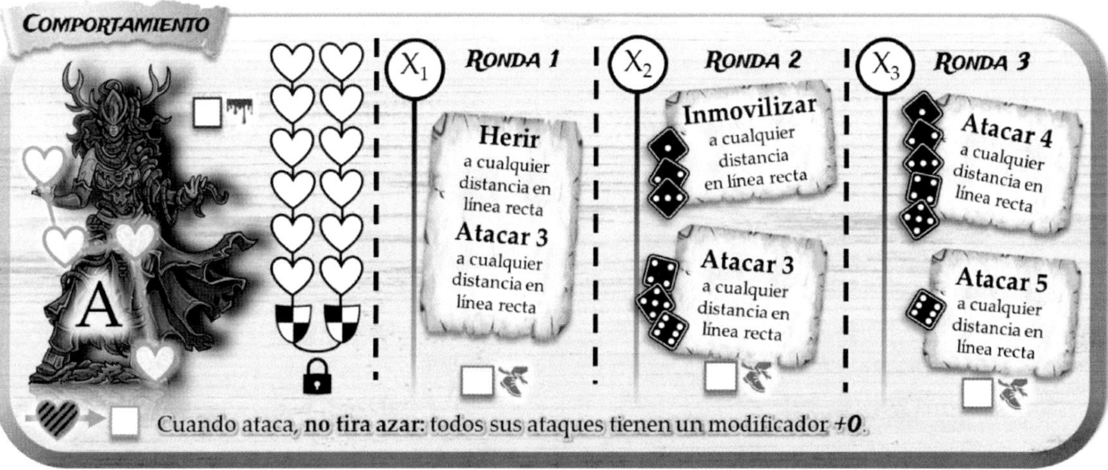

Si eres derrotado pasa a la página 64. Pero si antes tú derrotaste al enemigo, pasa a la 60.

*En caso contrario, recuerda **a qué distancia te quedaste de la casilla b** y pasa a la **FASE II** en la página 86.*

RONDA 1 / 2 / 3

-2 -1 +0 +0 +1 +2

NACIDO EN LAS CALLES	**Mover 2**	**Atacar 2** a distancia 3	**Defender 2** a cualquier distancia *Tras recibir un ataque, tacha para anular 2 de daño.*
VIDA DE PILLAJE	**Mover 3**	**Atacar 3**	**Inmovilizar** a distancia 3 *Impide que el enemigo se mueva 1 turno.*
GOLPE DE MAR	**Mover 2** **Atacar 1**	**Atacar 2** a todos los enemigos adyacentes	**Atacar 1** **Herir** *Suma 1 a los siguientes ataques que hagas al enemigo.*
MAREA CRECIENTE	**Venganza 1** a cualquier distancia *Tras recibir un ataque, tacha para hacerle 1 daño directo al atacante.*	**Mover 2**	**Atacar 4**
SOY LA NOCHE	Estando adyacente a un enemigo, transpórtate a cualquier otra casilla adyacente a ese enemigo (no se considera acción de Mover).	**Defender 3** a cualquier distancia *Tras recibir un ataque, tacha para anular 3 de daño.* Después, quedas HERIDO.	En este turno, considera que tu fuente de azar siempre sale: ⚅

Vuelves a tener todas tus cartas habituales disponibles. No te olvides de leer el texto de ambientación (bajo el objetivo).

TRÉBOL DE LA SUERTE

Tacha para repetir una tirada de azar.

ANILLO DE FASE

Tacha para sumar **+1** a un movimiento.

FLOR LATENTE

Tacha para sumar **+1** distancia en un ataque a distancia.

COLGANTE DE ÓPALO

Tacha para ignorar un estado que te inflijan.

RASPADOR DE PESCADO

Al hacer un ataque, tacha para sumar **+1** (**antes** de azar).

DAGA CURVA

En todos tus ataques, convierte los ⚂ ó ⚃ en **+1**.

DAGA RITUAL

Al hacer un ataque, tacha para sumar **+1** (**después** de azar).

GLADIUS

En todos tus ataques, suma **+1** cuando salga ⚄ ó ⚅

+0 +0 +0 +0 +0 +0

El Círculo de Poder (II)

Objetivo: **Derrota a la misteriosa mujer**. Antes de que empiece el combate, puedes moverte 3-Y casillas, donde Y es el número de casillas que **contaste al final de la *fase I*** (las que te separaban de b).

Tras destrozar los alrededores con su magia explosiva, ninguno de los dos teníamos donde escondernos. Empezó a recitar una extraña letanía con profundos sonidos de garganta. Sabía que no podía acercarme mucho sin sufrir su tremendo poder, pero no me quedaba otra opción que intentar acabar con ella para escapar. En campo abierto, sería presa fácil de sus hechizos.

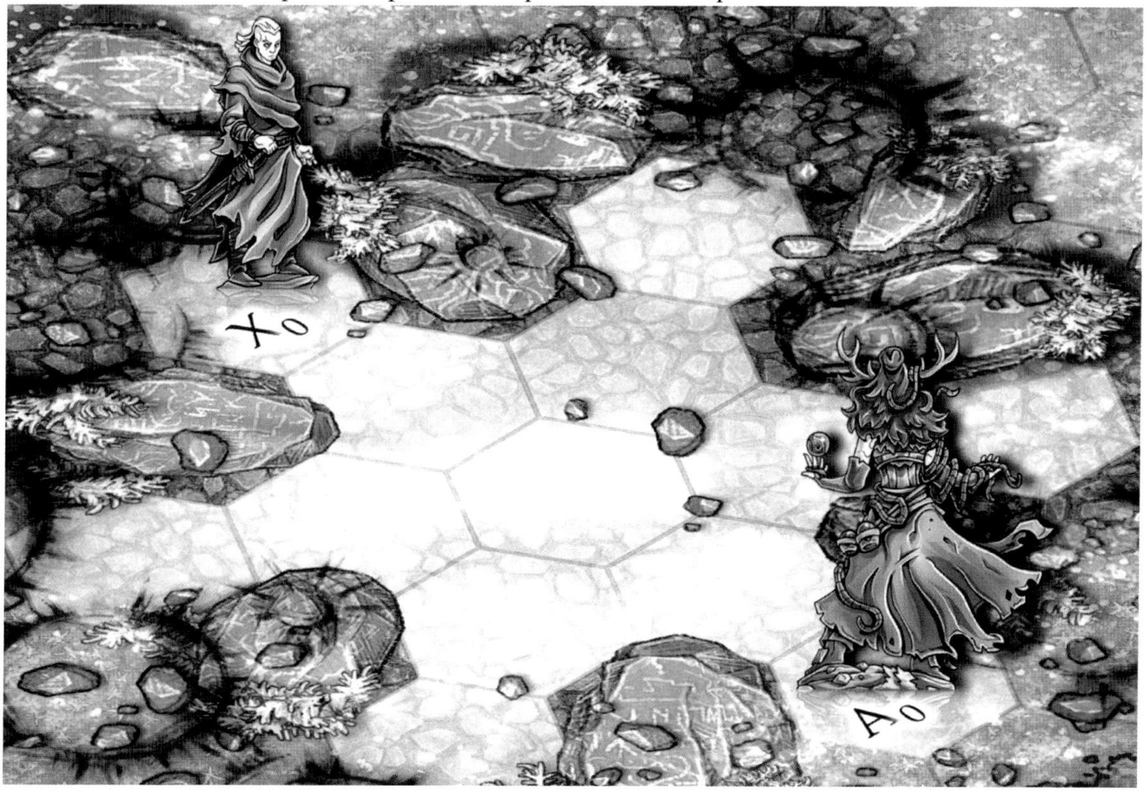

X0

A0

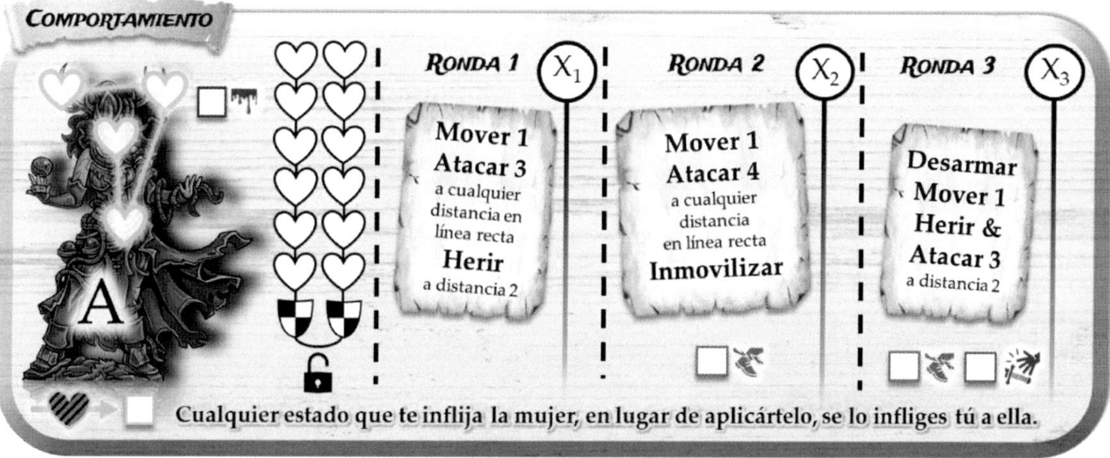

*Si eres derrotado pasa a la página 64. Si se acaba la **Ronda 3** sin cumplir el objetivo, pasa a la página 75.*

Si consigues cumplir el objetivo, pasa a la página 60.

Ronda 1 / 2 / 3

⚀	⚁	⚂	⚃	⚄	⚅
-2	-1	+0	+0	+1	+2

Nacido en las calles	**Mover 2**	**Atacar 2** a distancia 3	**Defender 2** a cualquier distancia *Tras recibir un ataque, tacha para anular 2 de daño.*
Vida de pillaje	**Mover 3**	**Atacar 3**	**Inmovilizar** a distancia 3 *Impide que el enemigo se mueva 1 turno.*
Golpe de mar	**Mover 2** **Atacar 1**	**Atacar 2** a todos los enemigos adyacentes	**Atacar 1** **Herir** *Suma 1 a los siguientes ataques que hagas al enemigo.*
Marea creciente	**Venganza 1** a cualquier distancia *Tras recibir un ataque, tacha para hacerle 1 daño directo al atacante.*	**Mover 2**	**Atacar 1** a distancia 2 **Mover 1**
Eviscerar	**Mover 2** Lanza fuente de azar y añade al movimiento el modificador que salga.	**Atacar 3** a distancia 2	Multiplica x2 (antes de aplicar objetos y azar) tu siguiente ataque este turno.

En ciertas escenas, ***algunas de tus cartas mutan*** *(son de color más vivo) y tienen otras* *<u>acciones distintas</u>* *a lo normal.*

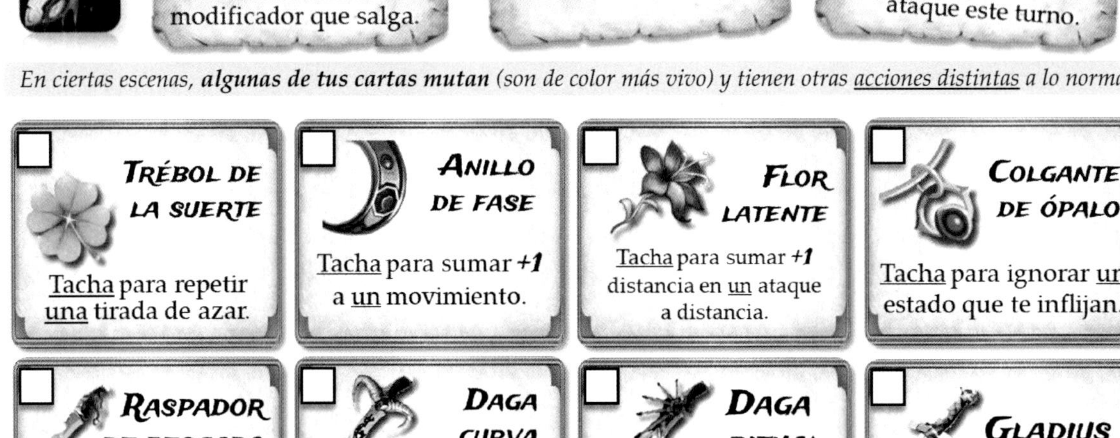

-3 -2 -1 +1 +2 +3

EL CÍRCULO DE PODER (I)

OBJETIVO: Termina la fase **lo más cerca posible a la casilla b.** También **intenta hacer daño al enemigo.**

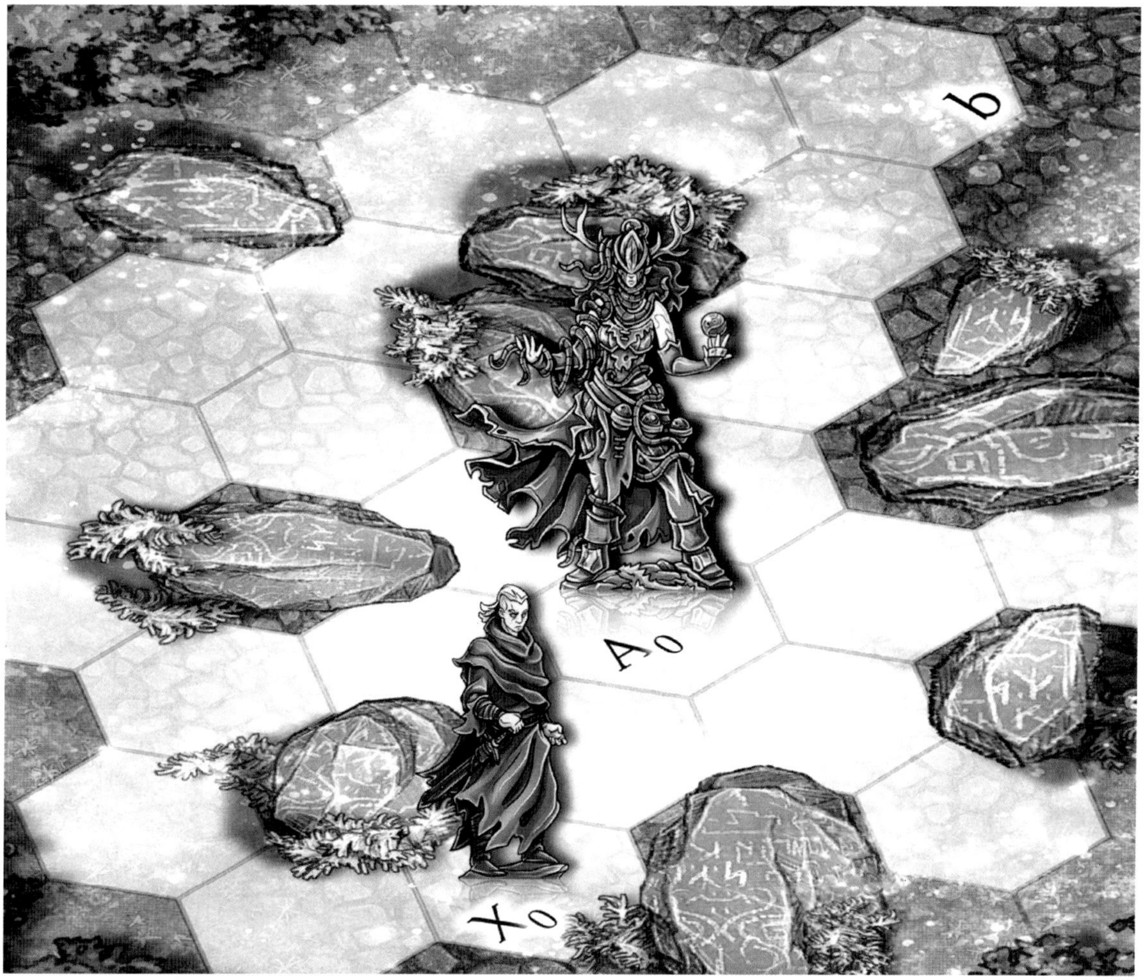

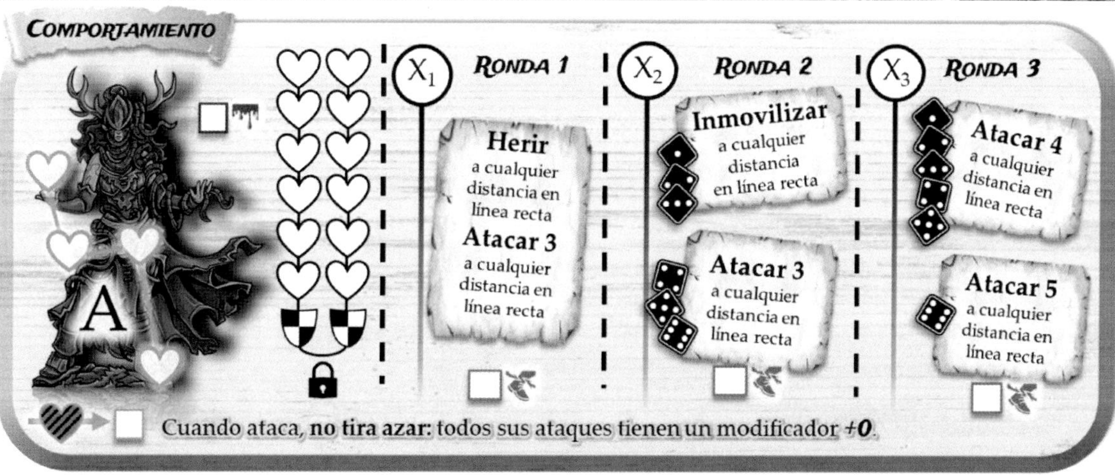

Si eres derrotado pasa a la página 64 Pero si antes tú derrotaste al enemigo, pasa a la 60.

En caso contrario, recuerda ***a qué distancia te quedaste de la casilla B*** *y pasa a la* ***FASE II*** *en la página 90.*

RONDA 1 / 2 / 3

-2 -1 +0 +0 +1 +2

NACIDO EN LAS CALLES	**Mover 2**	**Atacar 2** a distancia 3	**Defender 2** a cualquier distancia *Tras recibir un ataque, tacha para anular 2 de daño.*
VIDA DE PILLAJE	**Mover 3**	**Atacar 3**	**Inmovilizar** a distancia 3 *Impide que el enemigo se mueva 1 turno.*
GOLPE DE MAR	**Mover 2 Atacar 1**	**Atacar 2** a todos los enemigos adyacentes	**Atacar 1 Herir** *Suma 1 a los siguientes ataques que hagas al enemigo.*
MAREA CRECIENTE	**Venganza 1** a cualquier distancia *Tras recibir un ataque, tacha para hacerle 1 daño directo al atacante.*	**Mover 2**	**Atacar 4**
EVISCERAR	**Mover 2** Lanza fuente de azar y añade al movimiento el modificador que salga.	**Atacar 3** a distancia 2	Multiplica x2 (antes de aplicar objetos y azar) tu siguiente ataque este turno.

Vuelves a tener todas tus cartas habituales disponibles. No te olvides de leer el texto de ambientación (bajo el objetivo).

TRÉBOL DE LA SUERTE

Tacha para repetir una tirada de azar.

ANILLO DE FASE

Tacha para sumar *+1* a un movimiento.

FLOR LATENTE

Tacha para sumar *+1* distancia en un ataque a distancia.

COLGANTE DE ÓPALO

Tacha para ignorar un estado que te inflijan.

RASPADOR DE PESCADO

Al hacer un ataque, tacha para sumar *+1* (**antes** de azar).

DAGA CURVA

En todos tus ataques, convierte los ⚂ ó ⚃ en *+1*.

DAGA RITUAL

Al hacer un ataque, tacha para sumar *+1* (**después** de azar).

GLADIUS

En todos tus ataques, suma *+1* cuando salga ⚄ ó ⚅

+0 +0 +0 +0 +0 +0

El Círculo de Poder (II)

Objetivo: **Derrota a la misteriosa mujer**. Antes de que empiece el combate, puedes moverte 3-Y casillas, donde Y es el número de casillas que **contaste al final de la *Fase I*** (las que te separaban de b).

Tras destrozar los alrededores con su magia explosiva, ninguno de los dos teníamos donde escondernos. Empezó a recitar una extraña letanía con profundos sonidos de garganta. Sabía que no podía acercarme mucho sin sufrir su tremendo poder, pero no me quedaba otra opción que intentar acabar con ella para escapar. En campo abierto, sería presa fácil de sus hechizos.

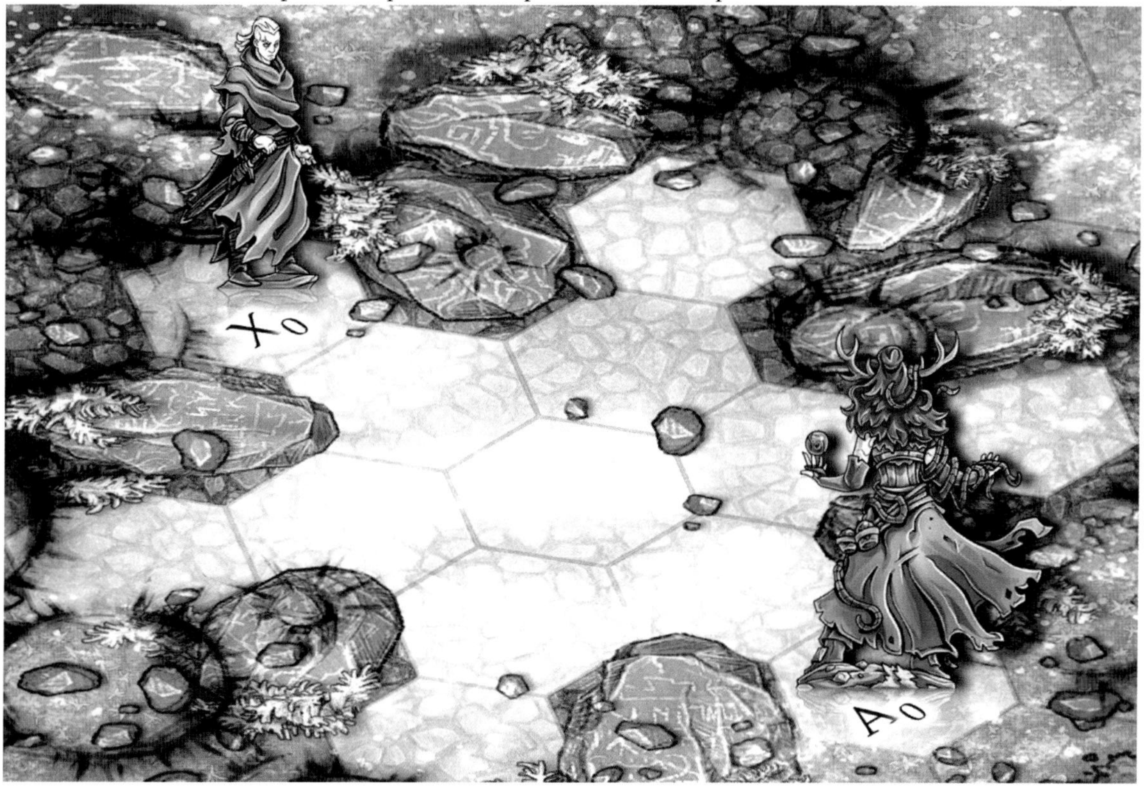

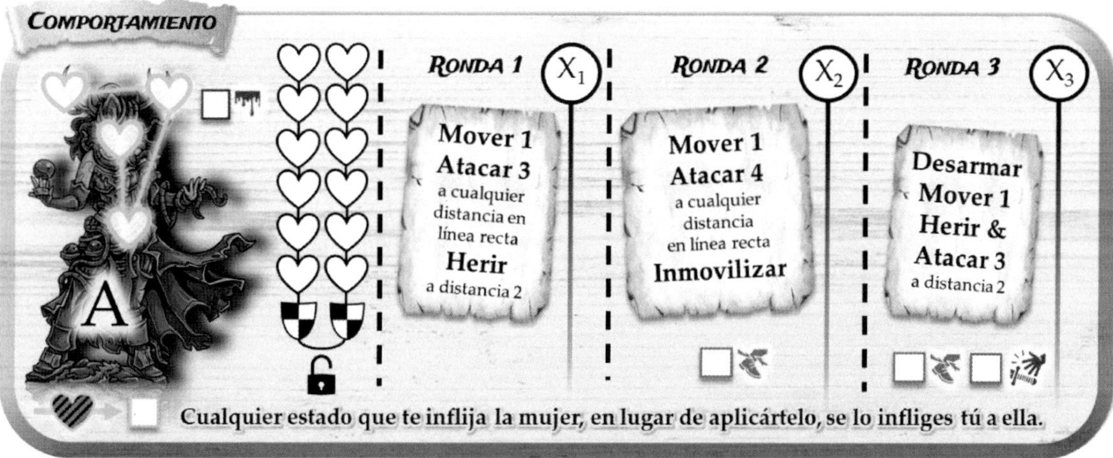

*Si eres derrotado pasa a la página 64. Si se acaba la **Ronda 3** sin cumplir el objetivo, pasa a la página 75.*

Si consigues cumplir el objetivo, pasa a la página 60.

—Tú … tú no eres uno de ellos —dijo el extraño mirándome altivo.

Me encontraba en el suelo, a su merced. Sólo tenía que dibujar alguno de esos signos con sus manos para arrebatarme la vida. Pero por alguna extraña razón, no lo hizo.

—¿Eres Solmund? ¿Solmund de las Hierbas? —le pregunté, jadeando.

El extraño me escudriño con la mirada. Volvió a evaluarme y luego cerró los ojos con amargura.

—Solmund murió la misma tarde que ejecutaron a su hija —indicó, contemplando el infinito—. Ya no queda nada de él. Te vengo siguiendo desde hace unos días, desde que te enfrentaste con aquella criatura en el pantano. Pensaba que eras uno de mis perseguidores, pero ya me he dado cuenta de que no. Tuve que abandonar tu rastro para ocuparme de amenazas más importantes.

Dale la vuelta al libro y luego lee el siguiente párrafo. Después, sigue leyendo normalmente.

—Te rescaté de aquella criatura con tentáculos por una razón: has aparecido en mis sueños recientes, y puede que yo también en los tuyos —confesó—. Mis setas curaron tus heridas. Sólo pretendía interrogarte, obtener respuestas y luego darte una muerte dulce. No podía permitirme que informaras a mis perseguidores de mi posición. Te escapaste mientras estaba investigando un peligro mayor.

—¿Qué puede haber más importante que esta matanza? ¿Estuviste aquí cuando sucedió?

El extraño negó con la cabeza. No parecía tener ninguna razón para mentirme.

—Hay un círculo de piedras al noroeste. Allí reside un antiguo poder. Tus desafortunados compañeros tuvieron la mala suerte de plantar su campamento a poca distancia de ese lugar maldito. —Puso una mueca de resignación—. Ahora, la mitad de ellos yace aquí, descuartizados.

—¿Y el resto de la expedición? —Probé suerte.

La otra mitad huyó en desbandada, probablemente —sentenció, con un gesto de indiferencia—. Ninguno me da lástima: llevan intentando darme caza varios años. Supongo que ya no lo harán.

Ahora pasa a la página 65.

Cuaderno de campo de Xyrxaris

Mis viajes a las islas del norte.

Un siglo antes de los acontecimientos de "En Las Cenizas".

Si vienes de ***17*** *ó* ***19*** → Las ratas abisales son una de las criaturas más nauseabundas que existen. Se alimentan de la basura y desperdicios a las afueras de los núcleos urbanos. Aunque nacen con un pelaje color pardo, lo van perdiendo conforme crecen para mostrar en su madurez una piel verde pálida, llena de llagas y malformaciones.

Vuelve a la escena y resta 1 a la próxima acción de **Mover** *de la rata.*

Si vienes de ***29*** *ó* ***39*** → El Faro de Luna es un lugar acogedor. Durante mi estancia en Innisfell, tuve la oportunidad de pasar una noche en el dormitorio principal, calentado por su lujosa chimenea. Me quedé medio dormido durante unos minutos en el sofá y desperté con los tobillos achicharrados. Cualquiera que acerque demasiado su piel desnuda a la lumbre encendida, sufrirá quemaduras si no muestra cuidado.

Vuelve a la escena y tacha el siguiente corazón (o escudo) de Kann. De la secuencia que tú quieras (de la blanca sólo si ya está desbloqueada).

Si vienes de ***53*** *ó* ***57*** → Durante mis charlas con los granjeros que conocí en la taberna, me advirtieron que no me acercase a las pozas de agua más claras del bosque. Habían visto extrañas ondulaciones en la superficie, y justo después ciervos enteros desaparecer. En caso de necesidad, el fondo rocoso de las pozas permite a alguien avispado huir de cualquier bestia más rápido de lo que podría parecer a primera vista. Supongo que son habladurías de borrachos.

Vuelve a la escena y muévete 1 adicional en tu próxima acción de **Mover**.

- Acto II -

El Extraño del Pantano

A la derecha tienes el mapa de la isla para el ***Acto II****. Puedes volver aquí y consultarlo cuando quieras.*

Recuerda que en tres páginas de este libro puedes encontrar las palabras "en las cenizas" *dentro de la narración. Si las encuentras, suma sus páginas y divide el resultado entre dos. Ve a la página secreta resultante que pocos hallan.*

Procura fijarte en los tableros de las escenas en busca de números de página ocultos. Si encuentras uno, ve a esa página.

En la página 230 puedes ver ***cómo aumentar o disminuir la dificultad*** *(puedes cambiarla en cualquier momento).*

Por último, puedes consultar las reglas en las páginas 238-239, y detalles de acciones en las páginas 236-237.

Ahora empieza en la página 96.

Isla de Obor

Me llamaban Solmund.

Hacía mucho tiempo que no usaba ese nombre. Recuerdo que tuve una familia. Una existencia apacible como granjero en los trigales cerca de la costa. Pero aquel hombre murió esa terrible tarde.

Sé que te lo han contado. Una acusación para acallar los temores de la muchedumbre. Una captura sin posibilidad de defensa alguna. No hubo juicio. Fuego, carne y luego silencio.

¿Qué culpa tenía mi hija, maldita sea? ¿Acaso era pecado tener empatía con los animales del bosque, o entender las dolencias de los árboles cuando los abrazaba? ¿Qué había de siniestro en las pócimas y ungüentos que preparaba para curar los malestares de los niños? ¿Tan terrible era que le gustase bailar a la luz de la luna para potenciar su conexión con la naturaleza?

Desde pequeña tuvo el don, como yo. Unos pequeños movimientos con los dedos, y las zarzas se abrían paso para dejarla atravesar el bosque. Unos pasos bien ejecutados sobre la yerba, y las flores crecían o se marchitaban a su alrededor. Aun así, nuestros poderes no pudieron salvar a su madre cuando la enfermedad se la llevó aquel maldito invierno.

Cuando era cría le enseñé bien a controlar sus impulsos y a no abusar de sus efectos. Por desgracia, no éramos los únicos con el don. Sabía que Thorval, el hombre más poderoso de la isla de Obor, traía con su flota de barcos gente importante del continente para explorar sus capacidades.

Ese perverso Thorval de los Vientos jugaba con fuerzas que no se deben contactar, desde las siniestras salas de su Faro de Luna. ¿Acaso eran normales las terribles tormentas eléctricas que asolaban las inmediaciones del edificio? Estaba claro que no, pero nunca se me hubiera ocurrido meterme en líos con él. Hasta que me arrebató a mi hija aquel día aciago y me obligó a huir a los pantanos. Los primeros años de vida salvaje apenas los recuerdo. Aprendí a qué criaturas del bosque debía ayudar, y a cuáles esquivar.

El dolor por la pérdida era terrible. Pasé semanas enteras llorando hasta que un día, exhausto, me envolvieron unos vapores que emanaban de unos grandes hongos coloridos. Las setas del interior del bosque me reconfortaron, aunque reconozco que abusé de ellas para mitigar mi pesar. Con los años descubrí cuáles podía combinar y cuales eran peligrosas, para mí y para mis enemigos.

Continúa en la página 97.

La gente de Innisfell pensaba que nadie iba al interior de la isla desde hacía décadas. Era cierto, pero sólo en parte. Las expediciones de Thorval se internaban al otro lado de las minas abandonadas al menos una vez al año. Lo sabía porque los había seguido más allá de los límites del pantano. Buscaban algo quizás bajo tierra, o tal vez en las montañas heladas que se alzaban hacia el cielo.

Durante lustros, me acostumbré a que los guardias de Thorval me persiguieran sin piedad. Estos individuos y yo jugábamos al gato y al ratón durante semanas, y yo aprovechaba para mantener entrenadas mis habilidades sobrenaturales. Más de una docena de mercenarios habían dejado atrás su vida o su cordura intentando acabar conmigo. A cambio, yo había perdido la visión en un ojo en una refriega. No obstante, durante el último año mis encuentros habían sido con unos siniestros encapuchados que tenían voces de ultratumba. Estudiándolos con paciencia desde la espesura, aprendí nuevos movimientos de danza que despertaban en mí las fuerzas de la isla. Más agresivas, más potentes que los sencillos juegos de luces que había practicado en mi anterior vida en la granja.

Y volvemos a unas horas después de haber conocido a ese infeliz de Vestar en la masacre del campamento. En su inconsciencia, se había dirigido hacia el terrible círculo de piedras y yo no había vuelto a saber más de él. Intuyendo lo que le aguardaba allí, era imposible que siguiese vivo.

Sabía que tanto los supervivientes del campamento como los sectarios se dirigían hacia las montañas. No podía explicarme por qué ambos grupos, que probablemente estuviesen comandados por el mismo lugarteniente, habían iniciado una guerra sangrienta en su carrera hacia el interior. Algo muy valioso debía esconderse en las cenizas del impacto. No iba a perdérmelo si eso significaba la caída de Thorval de los Vientos y su manto de maldad y tiranía sobre la isla. Me dirigí hacia las estribaciones del bosque, donde empezaban los escarpados desfiladeros hacia el altiplano. Un grupo de mercenarios, huidos del campamento, descansaba allí entre los arbustos. Me escondí.

—De aquí no se va nadie —espetó uno masticando un trozo de carne vieja—. Las instrucciones están claras: acabar con el viejo y encontrarnos con la cazadora en las minas. Será pan comido.

¿Hablaban de mí? Tenía la oportunidad de continuar mi venganza antes de seguir avanzando.

Si atacas de cara para aterrorizarlos, ve a la página 100. Si decides emboscarlos por sorpresa, ve a la página 98.

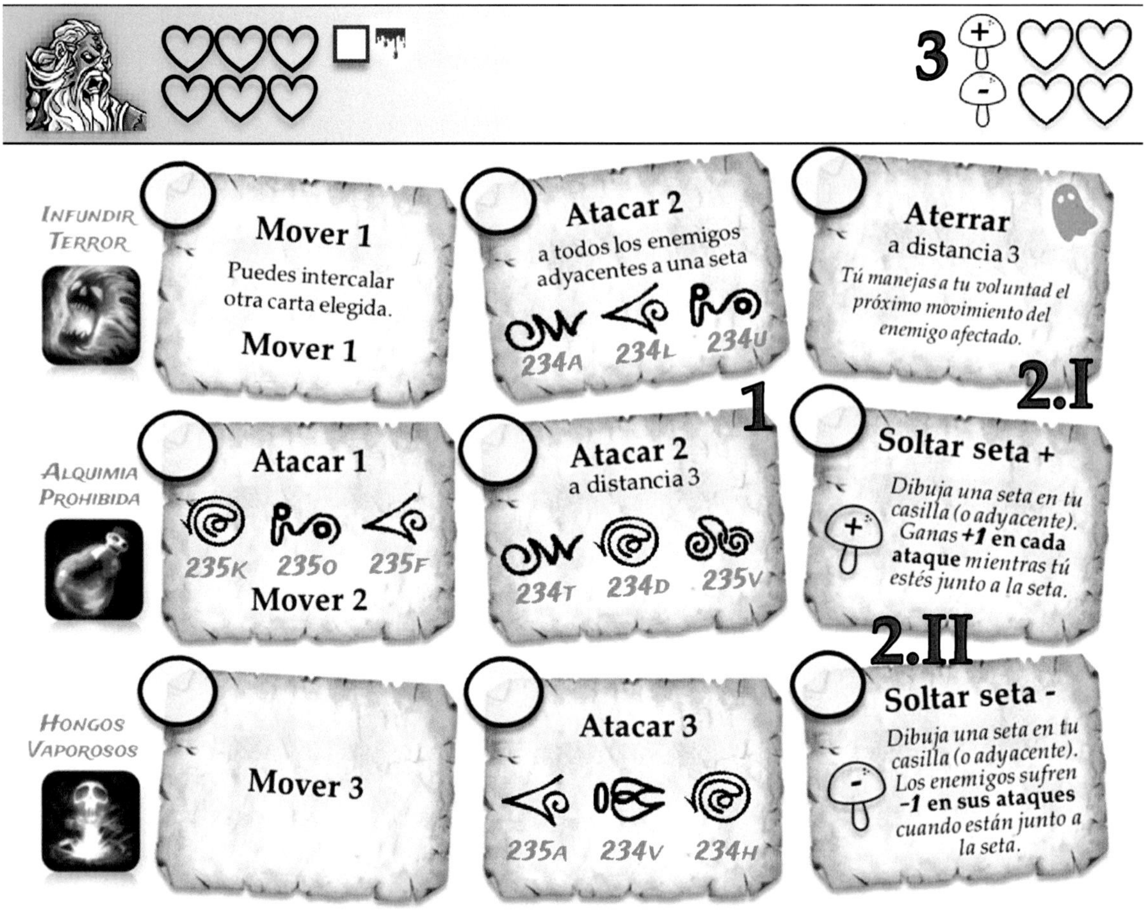

3

Infundir Terror

Mover 1
Puedes intercalar otra carta elegida.
Mover 1

Atacar 2
a todos los enemigos adyacentes a una seta
234A 234L 234U

Aterrar
a distancia 3
Tú manejas a tu voluntad el próximo movimiento del enemigo afectado.

1

2.I

Alquimia Prohibida

Atacar 1
235K 235O 235F
Mover 2

Atacar 2
a distancia 3
234T 234D 235V

Soltar seta +
Dibuja una seta en tu casilla (o adyacente). Ganas ***+1*** **en cada ataque** *mientras tú estés junto a la seta.*

2.II

Hongos Vaporosos

Mover 3

Atacar 3
235A 234V 234H

Soltar seta -
Dibuja una seta en tu casilla (o adyacente). Los enemigos sufren ***-1*** **en sus ataques** *cuando están junto a la seta.*

1. *Solmund no utiliza "dados". En su lugar, para ver qué modificador (-1,+2, etc.) se aplica a un ataque debes* ***fijarte en las tres runas que se te ofrecen bajo cada ataque****. Permiten maximizar tus ataques si las eliges bien, pero puedes meterte en problemas si trazas una runa incorrecta. Una vez elegida la runa para el ataque, mira el número y la letra que aparece bajo la runa. Abre la página correspondiente al número y lee el breve apartado correspondiente a la letra. Después, vuelve a la escena para resolver el ataque y continuar jugando. Llamamos a esta mecánica la "fuente de azar" de Solmund, aunque* ***depende de tu memoria*** *y no de tu suerte.* ***Para saber qué efectos y contraindicaciones tiene cada runa, debes estudiar sus efectos en tu*** **Grimorio** ***de la página 240****, pero sólo puedes repasar esa página cuando NO estás en una escena. Nunca puedes consultarlo mientras estás jugando una escena (salvo en esta primera ocasión),* ***o cuando en la narración*** *te ofrezcan runas. Ahora, ve a la página 240,* ***estudia el efecto de las seis primeras runas*** *e interioriza sus condiciones. Luego vuelve a esta escena y juégala, eligiendo sabiamente qué runas convienen (sin volver a consultar tu grimorio hasta salir de la escena).*

2. *Las habilidades de Solmund que te resultarán más novedosas están en su* ***tercera columna****:*

I. **Aterrar** *provoca el estado* Aterrado *en un enemigo. Márcalo en su panel de* **Comportamiento***. Implica que tú tomes el control de la acción de* **Mover** *de un enemigo durante su siguiente turno.*

II. **Soltar seta** *hace que Solmund arroje una seta en su casilla (o adyacente).* ***Dibújala (pequeña)*** *en la casilla elegida. Tanto los enemigos como tú podéis atacarla. Por ahora tienes a tu disposición dos setas:*

(+) *Mientras la seta no sea destruida,* ***ganas +1 a cada ataque que hagas*** *cuando estés "junto a la seta" (en su casilla o cualquiera de las que la rodean). Los enemigos no disfrutan de esta ventaja en sus ataques.*

(-) *Mientras la seta no sea destruida,* ***los enemigos sufren -1 a cada ataque*** *que hagan cuando están "junto a la seta" (en su casilla o cualquiera de las que la rodean). Tú no sufres esta desventaja a tus ataques.*

3. *En la parte superior tienes la* ***vida de tus setas*** *(si las sueltas). Si mueren, tacha su dibujo sobre el tablero.*

Emboscada entre Hojas

Objetivo: Deja a ambos mercenarios con 1 ó 2 de vida para **interrogarlos**, o bien **acaba con ellos**.

En esta escena, los enemigos ***no tienen fuente de azar****. Como siempre, permanece atento al* ***orden de turnos****.*
Algunas runas de Solmund pueden desencadenar ***efectos que no tienen explícitamente*** *en tus cartas, como estados.*
Al **Soltar Seta**, ***puedes*** *<u>reseguir el contorno de las 6 casillas que la rodean</u> para tener más claro su zona de influencia.*

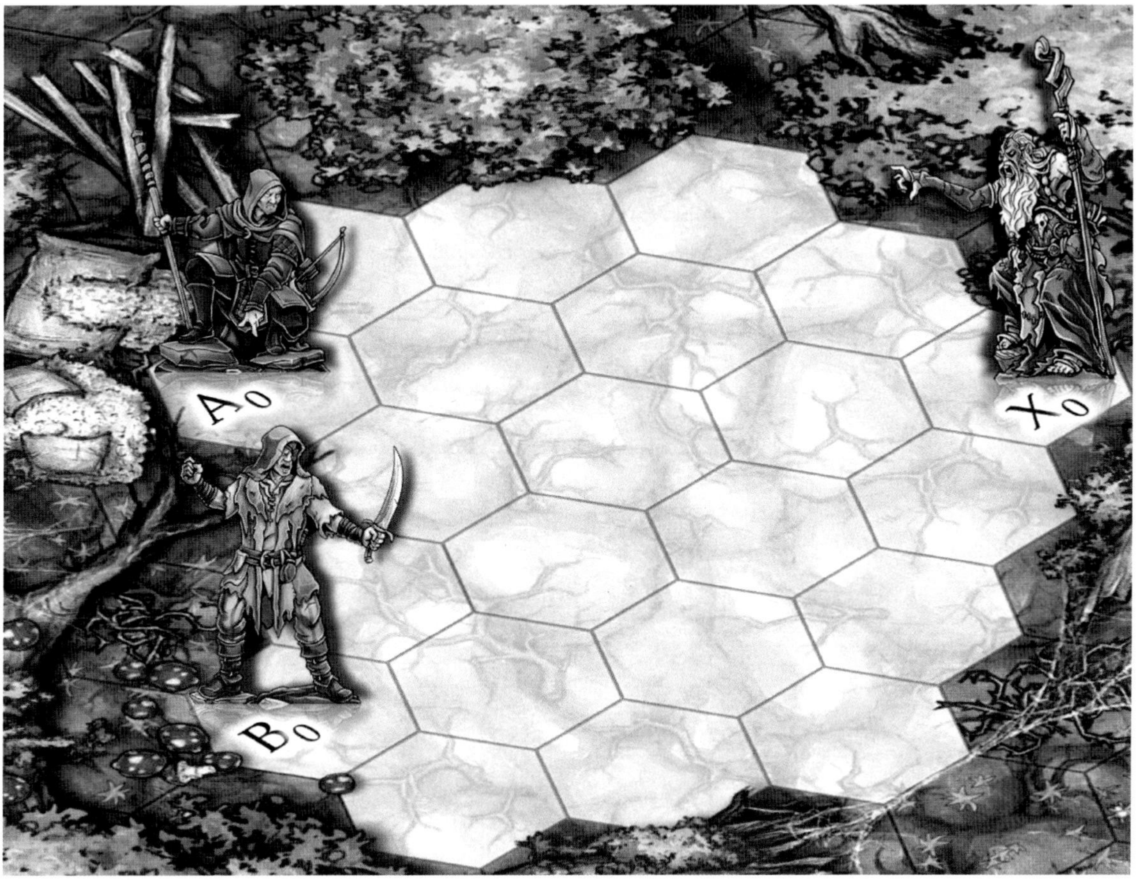

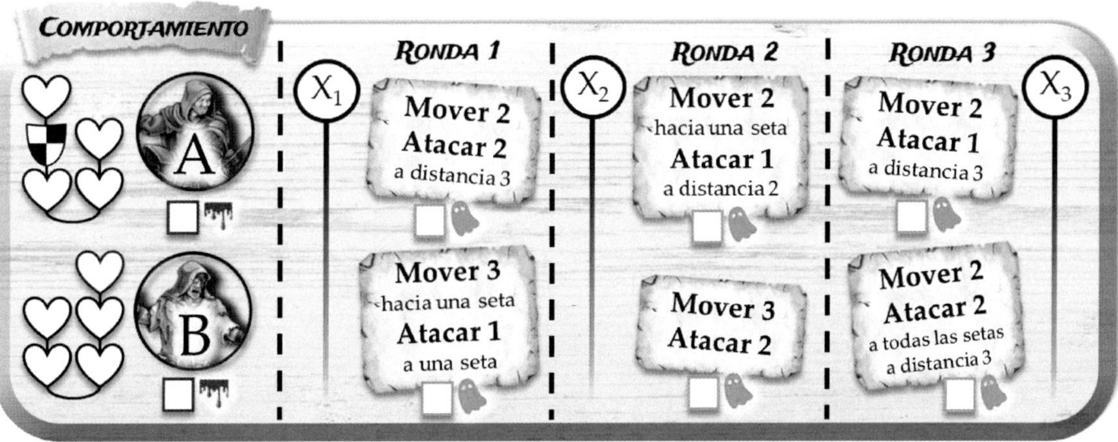

Si ***no cumples*** *el objetivo, marca* **Lento** *en la página 142 y luego ve a la página 109.*

Si ***cumples el objetivo dejando con 1 ó 2 de vida a cada enemigo*** *ve también a la 109.* ***Si los matas****, ve a la 102.*

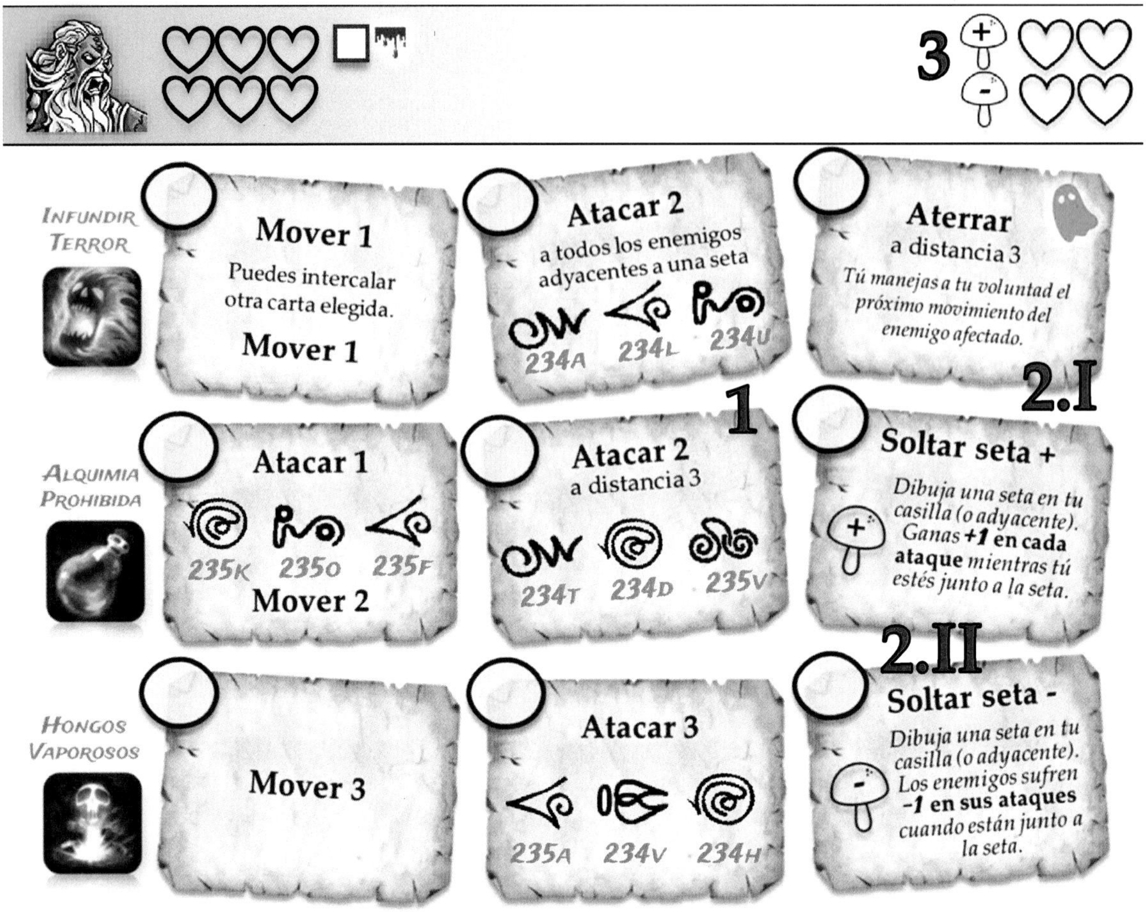

3

Infundir Terror

Mover 1
Puedes intercalar otra carta elegida.
Mover 1

Atacar 2
a todos los enemigos adyacentes a una seta
234A 234L 234U

Aterrar
a distancia 3
Tú manejas a tu voluntad el próximo movimiento del enemigo afectado.

1

2.I

Alquimia Prohibida

Atacar 1
235K 235O 235F
Mover 2

Atacar 2
a distancia 3
234T 234D 235V

Soltar seta +
Dibuja una seta en tu casilla (o adyacente). Ganas ***+1*** **en cada ataque** *mientras tú estés junto a la seta.*

2.II

Hongos Vaporosos

Mover 3

Atacar 3
235A 234V 234H

Soltar seta -
Dibuja una seta en tu casilla (o adyacente). Los enemigos sufren ***-1*** **en sus ataques** *cuando están junto a la seta.*

1. *Solmund no utiliza "dados". En su lugar, para ver qué modificador (-1,+2, etc.) se aplica a un ataque debes* ***fijarte en las tres runas que se te ofrecen bajo cada ataque****. Permiten maximizar tus ataques si las eliges bien, pero puedes meterte en problemas si trazas una runa incorrecta. Una vez elegida la runa para el ataque, mira el número y la letra que aparece bajo la runa. Abre la página correspondiente al número y lee el breve apartado correspondiente a la letra. Después, vuelve a la escena para resolver el ataque y continuar jugando. Llamamos a esta mecánica la "fuente de azar" de Solmund, aunque* ***depende de tu memoria*** *(y no de tu suerte).* ***Para saber qué efectos y contraindicaciones tiene cada runa, debes estudiar sus efectos en tu Grimorio de la página 240****, pero sólo puedes repasar esa página cuando NO estás en una escena. Nunca puedes consultarlo mientras estás jugando una escena (salvo en esta primera ocasión),* ***o cuando en la narración*** *te ofrezcan runas. Ahora, ve a la página 240,* ***estudia el efecto de las seis primeras runas*** *e interioriza sus condiciones. Luego vuelve a esta escena y juégala, eligiendo sabiamente qué runas convienen (sin volver a consultar tu grimorio hasta salir de la escena).*

2. *Las habilidades de Solmund que te resultarán más novedosas están en su* ***tercera columna****:*

I. **Aterrar** *provoca el estado* **Aterrado** *en un enemigo. Márcalo en su panel de* **Comportamiento***. Implica que tú tomes el control de la acción de* **Mover** *de un enemigo durante su siguiente turno.*

II. **Soltar seta** *hace que Solmund arroje una seta en su casilla (o adyacente).* ***Dibújala (pequeña)*** *en la casilla elegida. Tanto los enemigos como tú podéis atacarlas. Por ahora tienes a tu disposición dos setas:*

(+) *Mientras la seta no sea destruida,* ***ganas +1 a cada ataque que hagas*** *cuando estés "junto a la seta" (en su casilla o cualquiera de las que la rodean). Los enemigos no disfrutan de esta ventaja en sus ataques.*

(-) *Mientras la seta no sea destruida,* ***los enemigos sufren -1 a cada ataque*** *que hagan cuando están "junto a la seta" en su casilla o cualquiera de las que la rodean. Tú no sufres esta desventaja a tus ataques.*

4. *En la parte superior derecha tienes la* ***vida de tus setas*** *(si las sueltas). Cada seta tiene dos corazones.*

Enfréntate a tus Miedos

Objetivo: Deja a ambos mercenarios con 1 ó 2 de vida para **interrogarlos**, o bien **acaba con ellos**.
Al atacar de frente, los **enemigos juegan antes**. A cambio, has *ATERRADO* a uno (eliges cómo se mueve).

En esta escena, los enemigos ***no tienen fuente de azar****. Como siempre, permanece atento al* ***orden de turnos****.*
Algunas runas de Solmund pueden desencadenar ***efectos que no tienes explícitamente*** *en tus cartas, como estados.*
Al **Soltar Seta**, ***puedes*** *reseguir el contorno de las 6 casillas que la rodean para tener más claro su zona de influencia.*

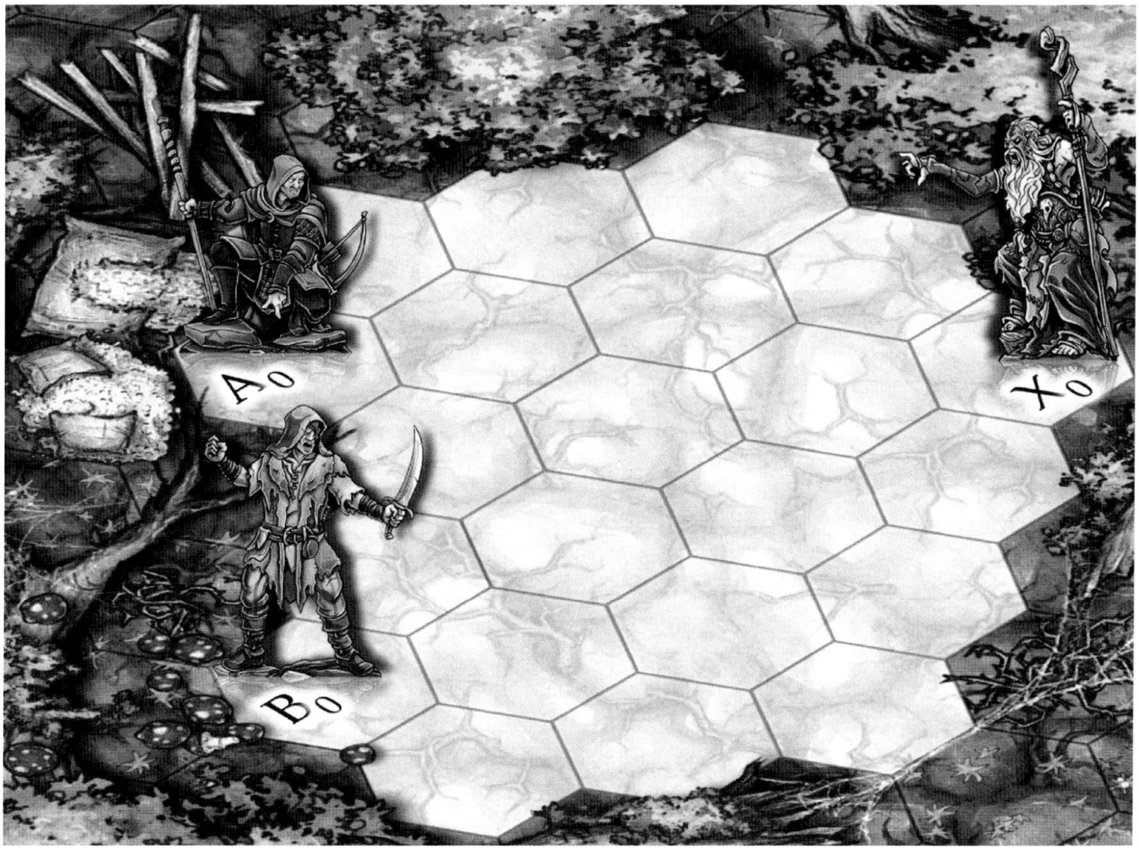

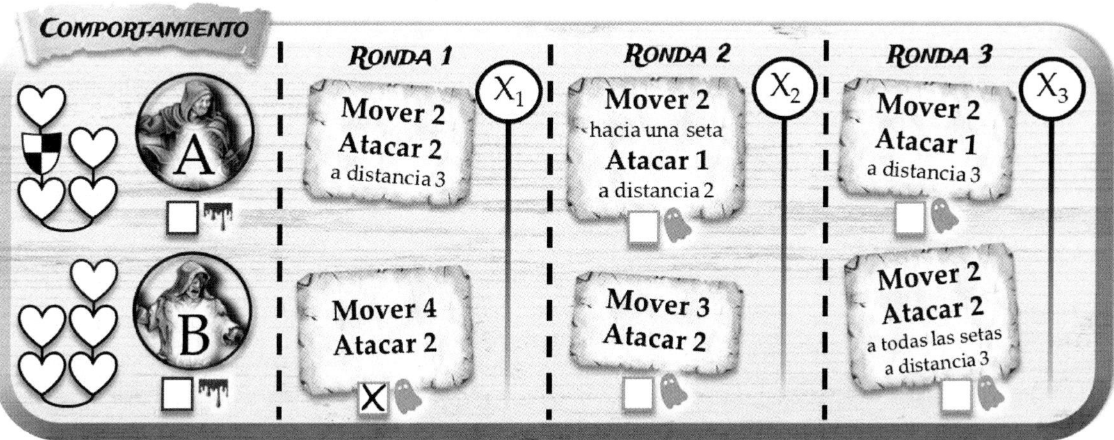

Si ***no cumples*** *el objetivo, marca* **LENTO** *en la página 142 y luego ve a la página 109.*

Si ***cumples el objetivo dejando con 1 ó 2 de vida a cada enemigo*** *ve también a la 109.* ***Si los matas****, ve a la 102.*

Al acabar el combate, permanecí en silencio durante unos minutos mientras devolvía a la naturaleza los cadáveres de los mercenarios. Sus cuerpos alimentarían a los carroñeros del bosque, más tarde a los gusanos y finalmente a los árboles. Me hubiese gustado haberlos interrogado para obtener respuestas, pero sabía que era prácticamente imposible poder tener una conversación sensata.

Atardecía cuando me acerqué a un antiguo camino empedrado que se dirigía hacia las minas. Esta senda era más directa que la principal que conectaba la explotación con la costa, pero a su vez más accidentada. Era utilizada hace más de un siglo por los primeros exploradores del interior de la isla de Obor. Los mineros primitivos, así como contrabandistas y comerciantes con distintos intereses.

Este camino, a duras penas respetado por la maleza, daba paso a una serie de escalones naturales que ascendían a través de un escarpado desfiladero de roca caliza. Hice noche en la base de la pendiente, aprovechando para repasar mentalmente mi grimorio. Necesitaría tener las runas bien claras para los retos a los que me enfrentaría en las próximas jornadas.

Desperté empapado en sudor, pero con gran determinación a cruzar las minas camino a las montañas. A mi edad, empecé a jadear una vez dejé atrás los tramos más empinados de la base del barranco. Poco a poco, la vegetación selvática dejó paso unos pequeños arbustos llenos de espinas, que daban nombre a los bosques sajadinos que poblaban el continente. Cuidando de no pincharme, llené mi odre del jugo de sus frutos, un tipo de cítrico que hacía tiempo que no degustaba.

Ahora dispones de **JUGO DE SAJADA** *para beber durante las escenas.*

Ya llevaba unas horas subiendo cuando llegué a la zona de grandes escalones de piedra. De pronto, una sombra cruzó por encima del desfiladero, dejándome sin la poca luz que entraba en aquella profunda garganta. Nunca me había aventurado tan lejos de la costa, pero sospechaba que muchas de las leyendas de enormes depredadores en el interior de la isla eran ciertas.

Yo sólo tenía visión en un ojo, así que lo cerré para concentrarme en mis oídos. Primero, un graznido agudo y demencial. Una gran masa voladora cruzando el cielo, acompañada de una ráfaga de viento. La bestia daba vueltas sobre mí, como buena cazadora, lista para lanzarse en picado.

Juega el siguiente boss en la página 104 (ignora el * si es tu primera campaña).*

El owingo me tiró al suelo y me agarró entre sus garras, haciéndome un profundo corte en el costado. Con mis últimas fuerzas, tracé una runa en el aire justo antes de que alzase el vuelo.

*Elige una runa para trazar y lee el apartado de la página que se indica bajo ella. Después **vuelve aquí** y sigue leyendo.*

 235N  235H  235W

Escuché un último graznido de la bestia, a lo lejos. Las paredes del acantilado se encargaron de potenciar el eco de su chillido, que tardó medio minuto en atenuarse por completo. El silencio que quedó fue todavía más sobrecogedor. Respiré, limpiándome el polvo.

Ya se había hecho de noche cuando llegué a la parte superior del desfiladero. En campo abierto y con la luz de la luna alumbrando, me sentía más a salvo que encerrado entre aquellas dos paredes de roca que se alzaban hacia el cielo. La entrada a las minas estaba un poco más adelante. Llevaba décadas abandonada, por lo que me extraño percibir un leve resplandor anaranjado que salía de algunas aberturas. ¿Sería el resto de la expedición?

Ahora ve a la página 116 para elegir tu **ESPECIALIZACIÓN**. *Después vuelve aquí y sigue leyendo tras la ilustración.*

Para llegar a la entrada tenía que cruzar el viejo cementerio de los trabajadores fallecidos en la mina. No me hacía ninguna gracia pisar el lugar de descanso de difuntos en una noche con luna, y menos conociendo las tenebrosas historias que habían sucedido allí. Macabros accidentes, suicidios e incluso asesinatos. Traiciones entre compañeros y hermanos por la más vil codicia.

Avancé con paso solemne entre las lápidas de los mineros. Nunca entenderé por qué un hombre cuerdo decide internarse en las entrañas de la tierra durante días, a cambio de fortuna y piedras preciosas. No me percaté de que una neblina verdosa ya me cubría hasta las rodillas. Parecía como si tuviera voluntad propia. Escuché unos crujidos a mi espalda y me giré con la piel de gallina.

Juega la escena en la página correspondiente a tu nueva **ESPECIALIZACIÓN**:

 **ALQUIMISTA**: 110  **CONJURADOR**: 112

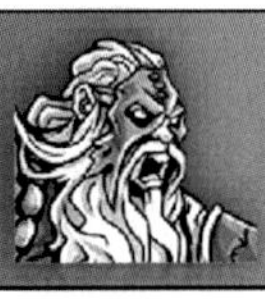

Infundir Terror

Mover 1
Puedes intercalar otra carta elegida.
Mover 1

Atacar 2
a todos los enemigos adyacentes a una seta
234P 234B 235C

Aterrar
a distancia 3
Tú manejas a tu voluntad el próximo movimiento del enemigo afectado.

Alquimia Prohibida

Atacar 1
234J 234Z 235Y
Mover 2

Atacar 2
a distancia 3
234X 235I 234R

Soltar seta +
Dibuja una seta en tu casilla (o adyacente). Ganas ***+1*** **en cada ataque** *mientras tú estés junto a la seta.*

2 3

Hongos Vaporosos

Mover 3

Atacar 3
235S 235Q 235U

Soltar seta -
Dibuja una seta en tu casilla (o adyacente). Los enemigos sufren ***-1*** **en sus ataques** *cuando están junto a la seta.*

1. *Es posible que ya dispongas de tu primer objeto: el* ***Jugo de sajada****. Marca el cuadro en su esquina superior izquierda para* ***indicar que lo tienes equipado****. Este es un buen momento para "guardar la partida" (si quieres).*
2. *Recuerda que NO puedes consultar tu* ***Grimorio*** *de la página 240 mientras estás jugando una escena. Sólo puedes consultarlo durante los momentos que pasas* ***entre escenas*** *(y siempre que no se te estén ofreciendo runas en la narración). Aprovecha esos momentos para interiorizar los efectos de cada runa y así maximizar su potencial en combate. Cada runa combinada con cada ataque tendrá consecuencias diferentes según su fuerza, distancia, enemigo, contexto, etc. La página y letra indicada bajo cada runa en tus ataques te llevará a un pequeño párrafo que explica* ***qué sucede al trazar esa runa****. Lee brevemente dicho párrafo y luego vuelve para seguir jugando la escena.*
3. *Como ayuda opcional, puedes trazar el* ***contorno de los 6 hexágonos que rodean la casilla*** *donde has soltado una seta. De esta forma verás claramente dónde aplican los efectos correspondientes cuando una figura entra o sale de la zona de influencia.* 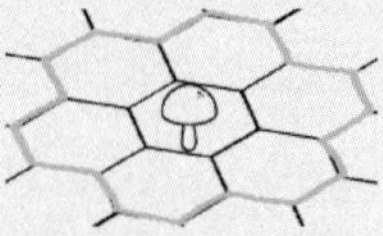
4. *Tus enemigos no utilizan runas para potenciar ataques. En su lugar, siguen usando sus* ***modificadores basados en dados*** *(indicados sobre el* ***Objetivo*** *de la escena), como te tienen acostumbrados de escenas anteriores.*

-1 -1 -1 +1 +1 +1

4 El Cazador del Desfiladero (I)

Objetivo: Rellena el escudo del enemigo. La criatura aterriza en distintas casillas, carga hacia ti y luego, **si ha conseguido dañarte**, despega y desaparece esa ronda. Sólo permanece en el tablero **si NO consigue dañarte**.

*El owingo **no empieza en el tablero** (no escribas su letra A_0). Durante su turno, dibuja su movimiento con una línea, como siempre. Si remonta el vuelo y desaparece (al dañarte), no escribas sus letras A_1, A_2 ó A_3. Sólo debes escribir su letra **tras su movimiento si permanece en el tablero** (al NO dañarte). No puedes atacar ni aplicar estados a un enemigo fuera del tablero. Si ya está en el tablero cuando "aterriza", transpórtalo inmediatamente a la casilla indicada en la acción.*

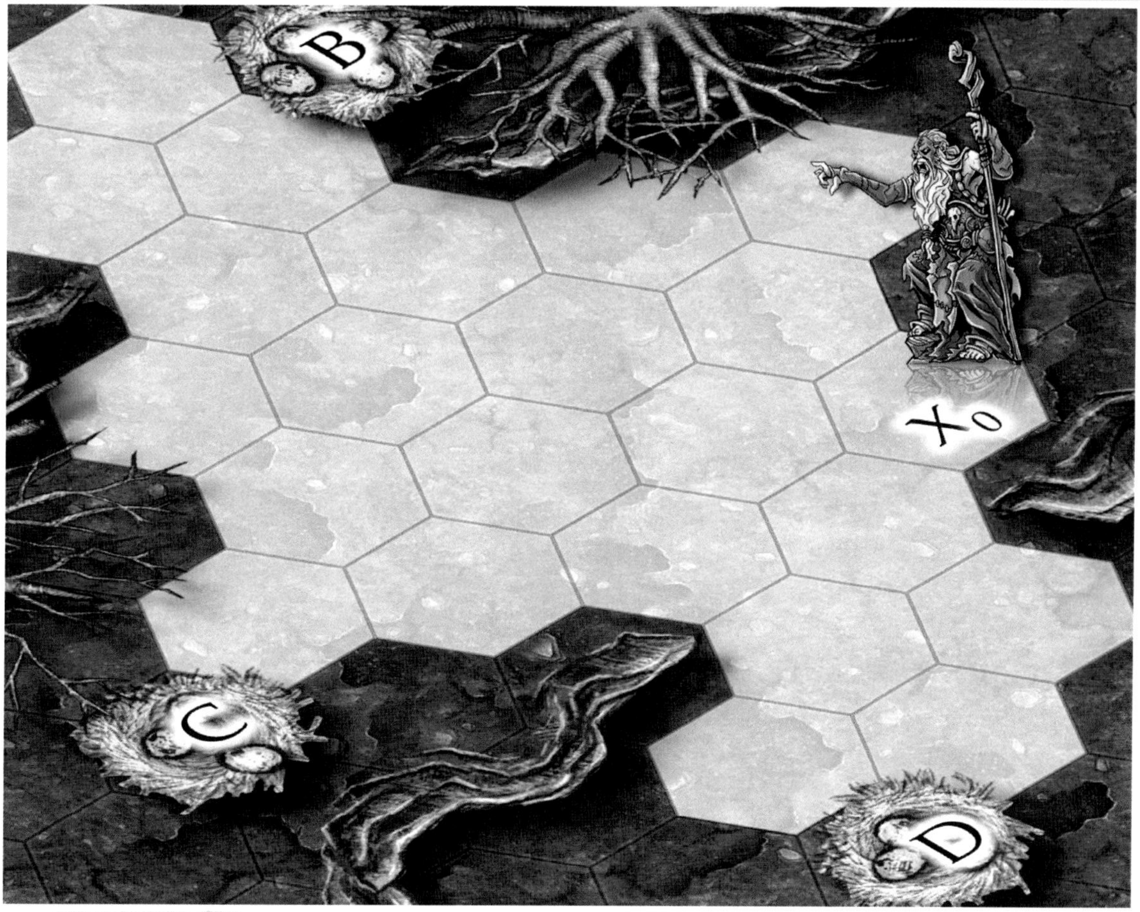

B

X_0

C

D

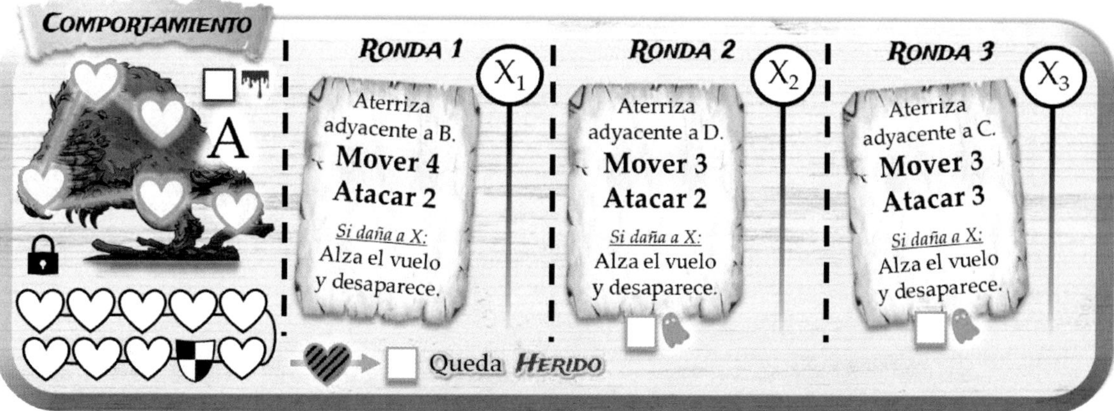

***Si eres derrotado**, ve a la página 103. **Si no**, recuerda si conseguiste rellenar el escudo y ve a la **Fase II** en la 106.*

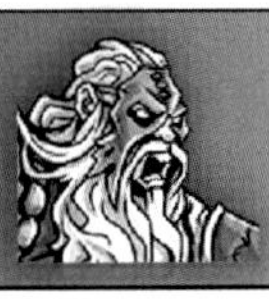

1

INFUNDIR TERROR

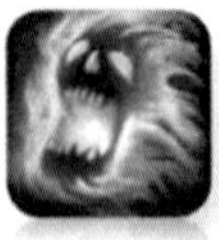

Mover 1
Puedes intercalar otra carta elegida.
Mover 1

Atacar 2
a todos los enemigos adyacentes a una seta
235Q 234Y 235P

Aterrar
a distancia 3
Tú manejas a tu voluntad el próximo movimiento del enemigo afectado.

ALQUIMIA PROHIBIDA

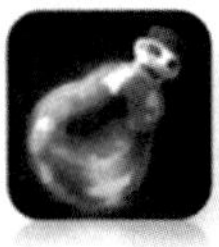

Atacar 1
234R 234D 234I
Mover 2

Atacar 2
a distancia 3
234B 235U 234E

Soltar seta +
Dibuja una seta en tu casilla (o adyacente). Ganas ***+1*** **en cada ataque** *mientras tú estés junto a la seta.*

HONGOS VAPOROSOS

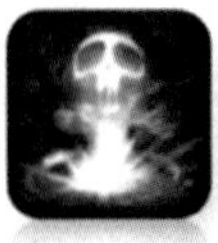

Mover 3

Atacar 3
234D 234P 235S

Soltar seta -
Dibuja una seta en tu casilla (o adyacente). Los enemigos sufren ***-1*** **en sus ataques** cuando están junto a la seta.

1. *Esta* ***FASE II*** *funciona como las que ya conoces. Al entrar en esta página, copia tus corazones rellenos de la fase anterior (****menos el último****). Haz lo mismo con la secuencia normal (sin color) del enemigo. Esto representa que habéis tenido tiempo de descansar y recuperaros unos segundos al cambiar de fase.*
2. *Si lo tienes, marca tu objeto (en su esquina superior izquierda) para indicar que lo tienes equipado. El objeto vuelve a estar disponible para usarse. El resto de los elementos: tus cartas, estados (propios y enemigos) y setas* ***vuelven a estar como nuevos*** *para usar cuando quieras.*
3. *Recuerda leer el* ***OBJETIVO*** *de la fase, así como las aclaraciones de las reglas (en gris sobre la imagen del tablero). Como sucede en otras escenas, dentro del propio tablero puede haber indicaciones y cuadros por marcar.* ***Ten en cuenta cómo acabaste*** *la* ***FASE I*** *ya que puede tener efectos sobre el tablero o el* ***OBJETIVO****.*
4. *Cuando se te pida "tirar un dado", puedes usar la* ***fuente de azar de la esquina superior de las páginas****, como en cualquier otra ocasión que un enemigo tenga que comprobar su azar. Si lo prefieres, puedes usar un dado físico.*

4

-2 -1 +0 +0 +1 +2

El Cazador del Desfiladero (II)

Objetivo: **Mata al owingo**. Si rellenaste el escudo en la **Fase I**, puedes **marcar el cuadro junto al nido** D. En

3 esta **Fase II**, el owingo se mueve tras cada ataque **hacia un nido al azar** (determinado por los dados).

*A diferencia de la **Fase I**, ahora **el owingo está en el suelo y no vuela**. Tras atacar, huye hacia un nido al azar: usa el dado para **determinar a qué nido va** (B, C, D) según los resultados mostrados en el tablero junto a cada nido.*

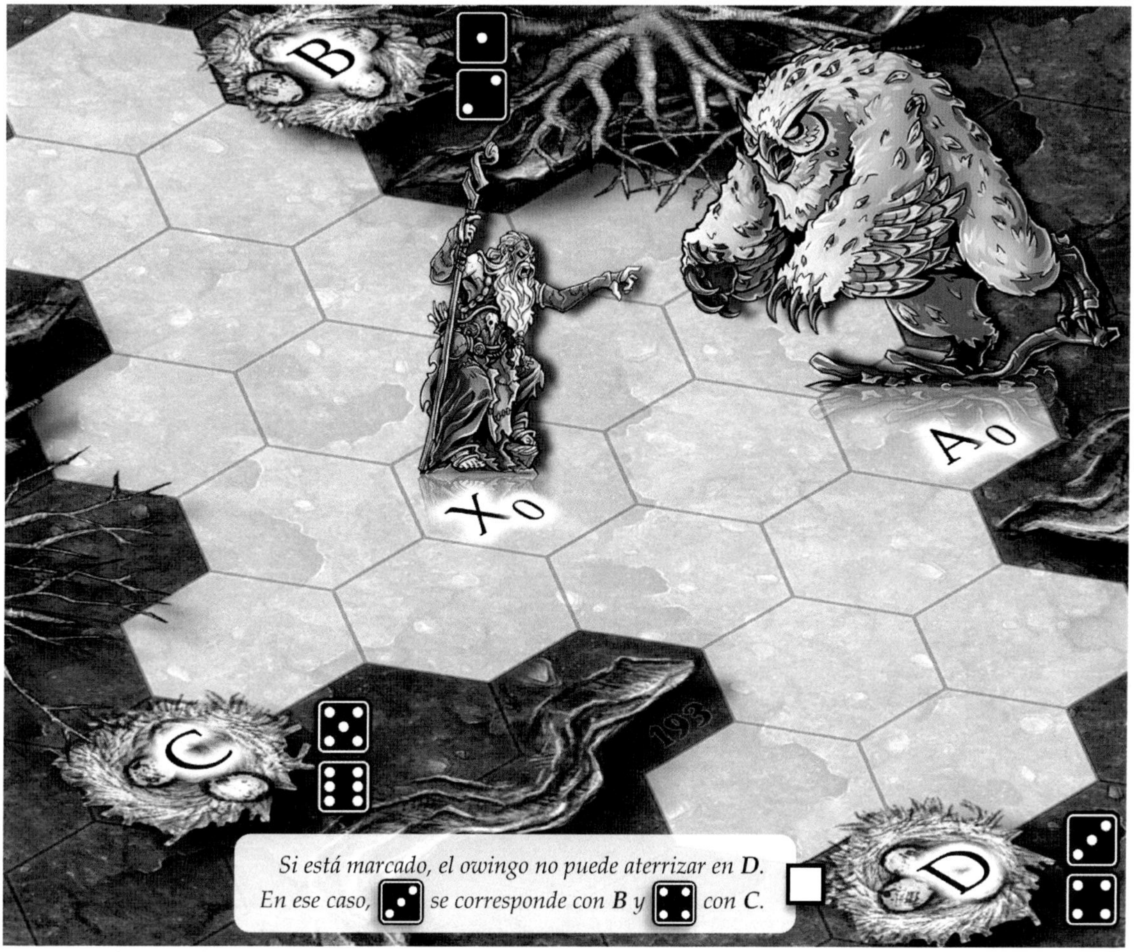

B

A0

X0

C

193

D

Si está marcado, el owingo no puede aterrizar en **D**. *En ese caso,* ⚁ *se corresponde con* **B** *y* ⚃ *con* **C**.

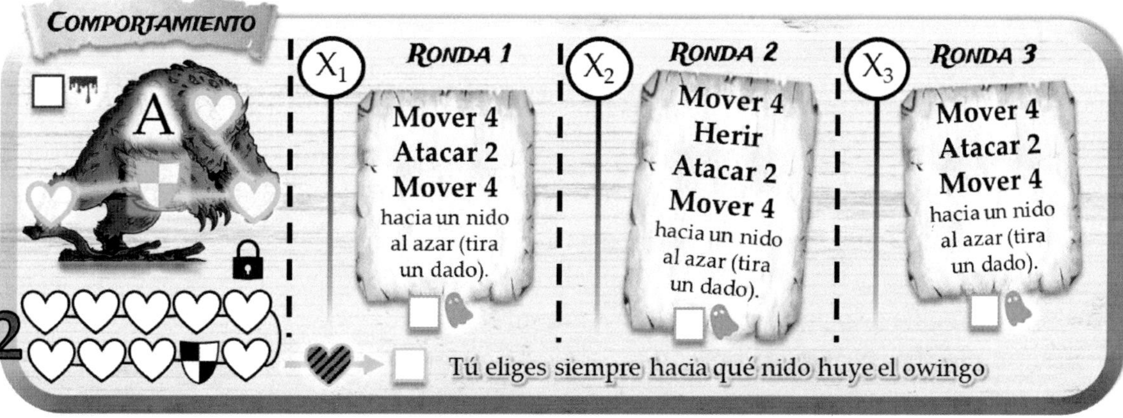

Si no cumples el objetivo o eres derrotado, ve a la página 103. Si cumples el objetivo, ve a la página 126.

Muchos de los que allí yacían enterrados habían sido abandonados o traicionados por sus camaradas a causa de disputas por metales preciosos. La horda de condenados se arrojó sobre mí, sedienta de venganza. Apoyándome contra una tumba, tracé a la desesperada una runa en el aire.

*Elige una runa para trazar y lee el apartado de la página que se indica bajo ella. Después **vuelve aquí** y sigue leyendo.*

234N 234Q 235J

La noche dio paso al día con la salida de los primeros rayos de sol entre las nubes. El cementerio se mostró menos tenebroso y agradecí el calor en mis huesos. Esta vez, había estado cerca del final.

La cadena montañosa se alzaba ante mí con sus cumbres de nieves perpetuas cortando la isla de este a oeste, como una vieja cicatriz. En los valles salvajes al norte de la cordillera no había poblaciones ni tampoco lugar sencillo donde desembarcar, al encontrarse toda la costa llena de traicioneros acantilados. No puedo precisar cuánto tiempo anduve dentro de las minas. Una parte del laberinto era roca natural, y la otra estaba descaradamente construida por el hombre. Durante muchas horas, vagabundeé por sus galerías y salas, algunas grandes y majestuosas y otras estrechas y medio derruidas. Todo parecía estar cómo lo habían dejado los mineros décadas atrás.

Sin embargo, había detalles que no pasaban desapercibidos. Huellas recientes sobre el polvo, restos de fuego que aún estaban calientes y heces en algún rincón me advertían de que, con menos de un día de distancia, aquellos túneles habían sido testigos del paso de un pequeño grupo hacia la boca norte. Su rastro me ayudó a encontrar el camino y me permitió avanzar durante toda la jornada.

Alcancé una gran sala donde el aire estaba menos enrarecido. Los rayos del sol se filtraban a través de unos listones de madera que tapiaban la salida al exterior. Todo sucedió muy rápido. Percibí un destello por el rabillo de mi único ojo útil. Silbando, una flecha atravesó el aire y se clavó en el odre que llevaba colgado a la altura de la cintura, haciendo brotar un chorro con el poco agua que me quedaba para la travesía. Mi atacante probablemente se escondía en una cornisa superior.

Juega la próxima escena (boss) en la página correspondiente a tu **ESPECIALIZACIÓN:**

 **ALQUIMISTA:** 118  **CONJURADOR:** 122

***Si los dos mercenarios siguen vivos**, dale la vuelta al libro y lee el siguiente párrafo. Luego sigue leyendo la página con normalidad. Por el contrario, **si sólo uno sigue vivo**, sáltate el párrafo boca abajo y continúa leyendo.*

Uno de los mercenarios, al verse acorralado, salió corriendo hacia el bosque y se perdió en la espesura. Jamás volví a verlo. Su compañero cojeaba demasiado como para intentarlo.

El último superviviente tiró su arma al suelo, con el único sonido de nuestras respiraciones tras el combate. Prefería respuestas a sangre, por lo que decidí perdonarle la vida a aquel desgraciado.

—¿Dónde está el resto de la expedición? Dímelo si quieres vivir —ordené, abriendo las manos.

—La cazadora y media docena de mercenarios partieron hacia las montañas la noche antes de la matanza —confesó tras reír amargamente—. Nosotros huimos en cuanto vimos las extrañas luces alrededor del campamento. Eso nos salvó la vida.

—¿Y qué hacíais aquí? —pregunté sin mostrar ninguna empatía hacia él.

—Buscábamos un atajo para llegar a las minas y alcanzar al grupo avanzado —Miró hacia las montañas—. A estas alturas, o están muertos, o seguirán perdidos en el laberinto bajo tierra.

Dejé marchar al mercenario, y me acerqué a un desfiladero de piedra que se dirigía hacia las minas. Aunque más accidentada, esta vía era utilizada hace más de un siglo por los contrabandistas. Hice noche en la base de la pendiente, aprovechando para repasar mentalmente mi grimorio.

Desperté con gran determinación a cruzar las minas. Poco a poco, la vegetación selvática dejó paso unos pequeños arbustos llenos de espinas, que daban nombre a los bosques sajadinos que poblaban el continente. Ya llevaba unas horas subiendo cuando llegué a una zona de grandes escalones de piedra. De pronto, una sombra cruzó por encima del desfiladero, dejándome sin la poca luz que entraba en aquella profunda garganta. Nunca me había aventurado tan lejos, pero sospechaba que muchas de las leyendas de enormes depredadores en el interior de la isla eran ciertas.

Yo sólo tenía visión en un ojo, así que lo cerré para concentrarme en mis oídos. Primero, un graznido agudo y demencial. Una gran masa voladora cruzando el cielo, acompañada de una ráfaga de viento. La bestia daba vueltas sobre mí, como buena cazadora, lista para lanzarse en picado.

Juega el siguiente boss en la página 104 (ignora el * si es tu primera campaña).*

Infundir Terror

Mover 1
Puedes intercalar otra carta elegida.
Mover 1

Atacar 2
a todos los enemigos adyacentes a una seta
235z 235r 235e

En un ataque durante este turno, puedes elegir no aplicar fuente de azar (runas) para sumar ***+1*** al ataque.

Alquimia Prohibida

Atacar 1
235l 234m 234s
Mover 2

Atacar 2
a distancia 3
235e 234o 234c

Soltar seta +
Dibuja una seta en tu casilla (o adyacente). Ganas ***+1 en cada ataque*** *mientras tú estés junto a la seta.*

Hongos Vaporosos

Mover 3

Atacar 3
234k 233m 234g

Soltar seta -
Dibuja una seta en tu casilla (o adyacente). Los enemigos sufren ***-1 en sus ataques*** *cuando están junto a la seta.*

Niebla Sanadora

Soltar seta Δ
Dibuja una seta en tu casilla (o adyacente). Estos ***dos corazones se añaden a tu vida*** *cuando estás junto a la seta.*

Mover
tantas casillas como cualquier movimiento enemigo (pasado o futuro) de esta ronda

Atacar 3
a distancia 3
234c 233m 234o

Los condenados son inmunes a los estados, por eso no pueden sufrir ni ATERRADO ni ***HERIDO****. Es por ello por lo que algunas de tus cartas habrán* ***mutado*** *y tendrán otras acciones disponibles. Lo notarás por su color más vivo.*

Te has roto una costilla. Tus ataques a distancia pierden 1 de distancia.

Estas sediento. En esta escena, no puedes equipar ni usar ninguno de tus objetos.

Jugo de sajada
Al recibir un ataque, tacha para anular 1 daño.

Ungüento de plumas salvajes
Al hacer un ataque, tacha para volver a elegir otra runa.

-1 -1 +0 +0 +1 +1

Horda de Condenados

Objetivo: **Sobrevive** tres rondas a la horda de condenados. Aunque sean tres figuras, comparten su secuencia de vida. El daño que hagas a cualquiera de ellas se aplicará sobre la secuencia de vida común.

Los enemigos siempre intentan moverse hacia su objetivo (normalmente tú) ***por el camino libre más corto que encuentren****, aunque tengan que dar un rodeo (si el camino directo está bloqueado por otra figura).*

Como los condenados comparten vida, ***ninguno de ellos dejará de actuar*** *hasta que rellenes la secuencia completa.*

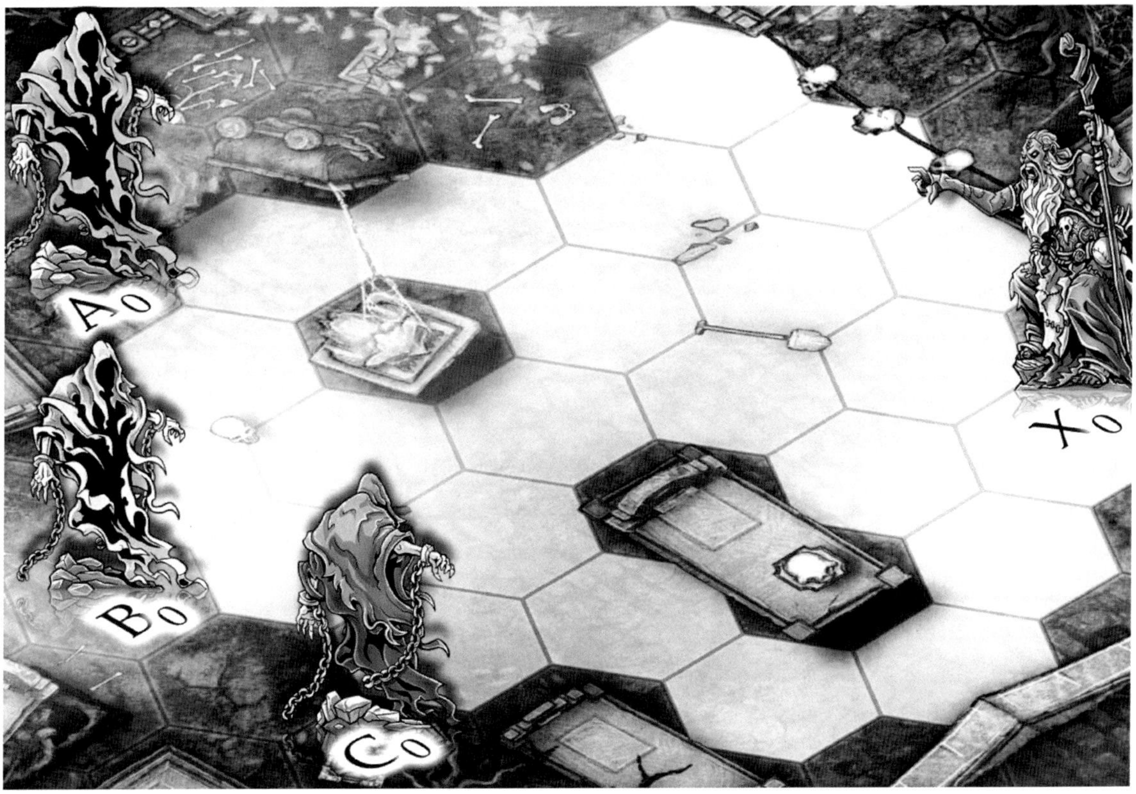

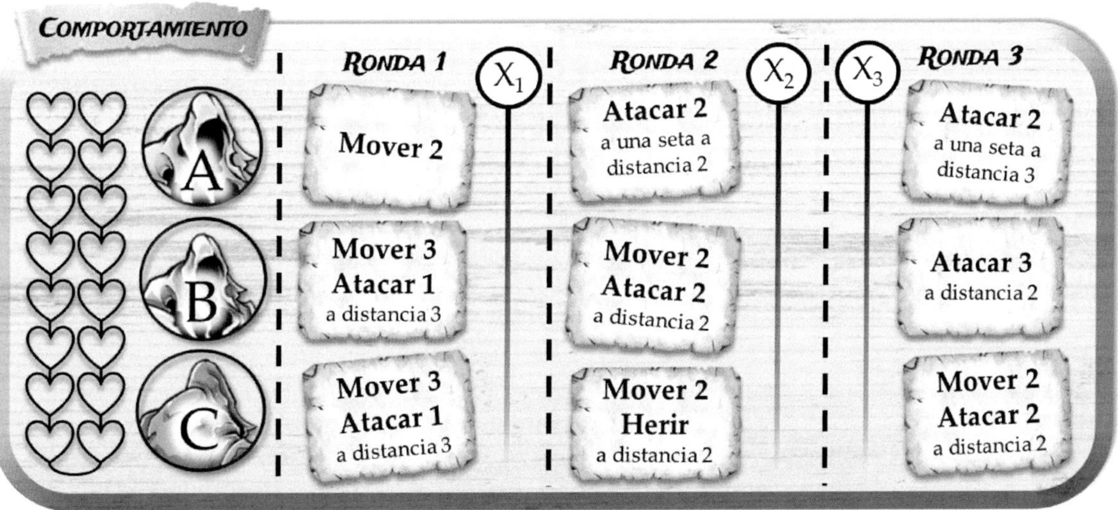

Si ***sobrevives las tres rondas sin ser derrotado,*** *ve a la página 117. En caso contrario, ve a la 108.*

Infundir Terror	**Mover 1** Puedes intercalar otra carta elegida. **Mover 1**	**Atacar 2** a todos los enemigos adyacentes a una seta 235Z 235R 235E	En un ataque durante este turno, puedes elegir no aplicar fuente de azar (runas) para sumar ***+1*** al ataque.
Alquimia Prohibida	**Atacar 1** 235L 234M 234S **Mover 2**	**Atacar 2** a distancia 3 235E 234O 234C	**Soltar seta +** *Dibuja una seta en tu casilla (o adyacente). Ganas* ***+1*** **en cada ataque** *mientras tú estés junto a la seta.*
Hongos Vaporosos	**Mover 3**	**Atacar 3** 234K 233M 234G	**Soltar seta -** *Dibuja una seta en tu casilla (o adyacente). Los enemigos sufren* ***-1*** **en sus ataques** *cuando están junto a la seta.*
Rayo de Energía	**Atacar 2** a cualquier distancia en línea recta 235X 234G 235T	Te transportas instantáneamente a una casilla adyacente a cualquier seta (no se considera acción de **Mover**).	**Venganza 1** a cualquier distancia *Tras recibir un ataque, tacha para hacerle 1 daño al atacante.* Se convierte en **Venganza 2** si el atacante está adyacente.

Los condenados son inmunes a los estados, por eso no pueden sufrir ni ATERRADO *ni* **HERIDO**. *Es por ello por lo que algunas de tus cartas habrán* **mutado** *y tendrán otras acciones disponibles. Lo notarás por su* *color más vivo*.

Te has roto una costilla. Tus ataques a distancia pierden 1 de distancia.

Estás sediento. En esta escena, no puedes equipar ni usar ninguno de tus objetos.

Jugo de sajada

Al recibir un ataque, tacha para anular 1 daño.

Ungüento de plumas salvajes

Al hacer un ataque, tacha para volver a elegir otra runa.

Horda de Condenados

Objetivo: **Sobrevive** tres rondas a la horda de condenados. Aunque sean tres figuras, comparten su secuencia de vida. El daño que hagas a cualquiera de ellas se aplicará sobre la secuencia de vida común.

Los enemigos siempre intentan moverse hacia su objetivo (normalmente tú) ***por el camino libre más corto que encuentren****, aunque tengan que dar un rodeo (si el camino directo está bloqueado por otra figura).*

Como los condenados comparten vida, ***ninguno de ellos dejará de actuar*** *hasta que rellenes la secuencia completa.*

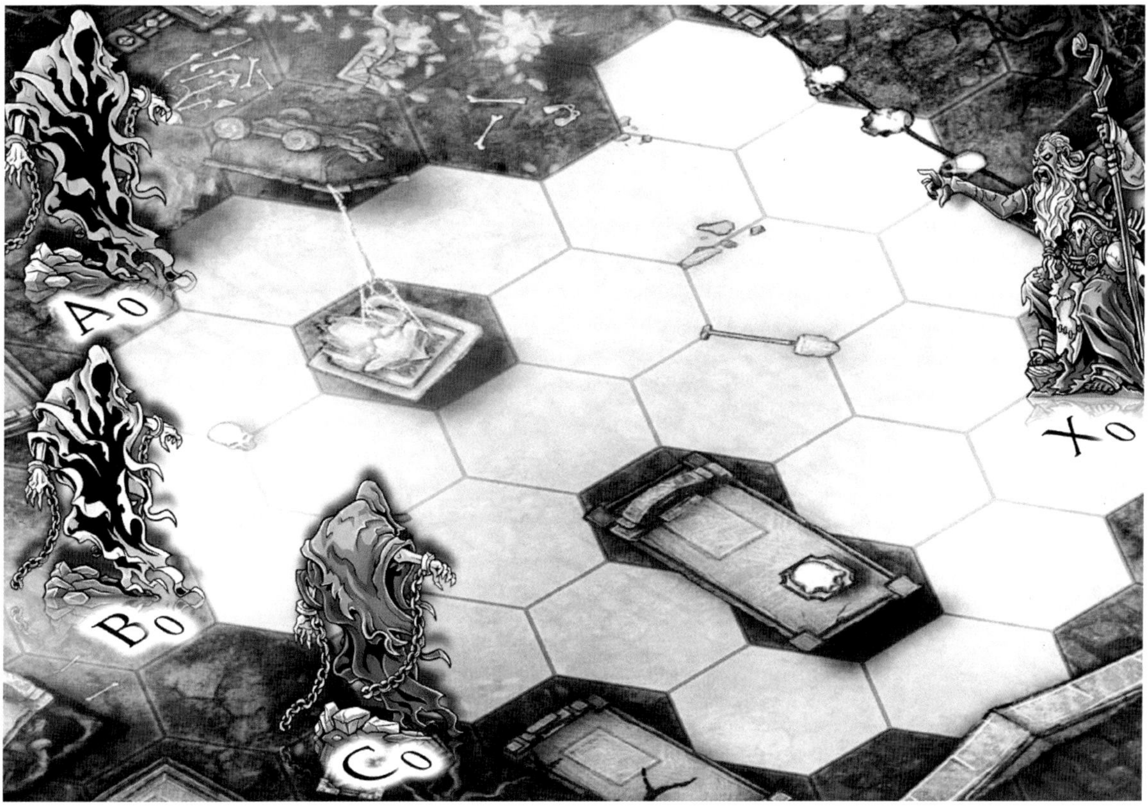

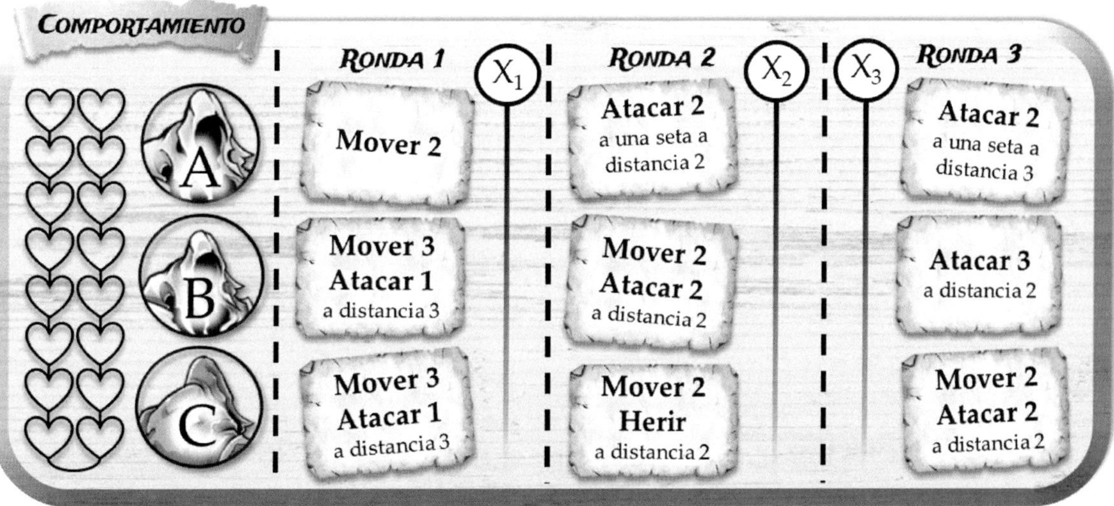

Si ***sobrevives las tres rondas sin ser derrotado,*** *ve a la página 117. En caso contrario, ve a la 108.*

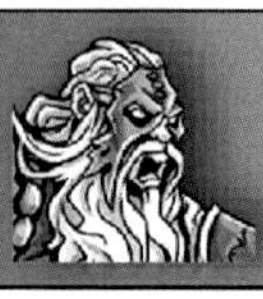

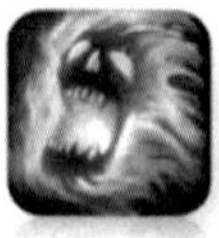

Infundir Terror

Mover 1	Atacar 2	Aterrar
Puedes intercalar otra carta elegida. Mover 1	a todos los enemigos adyacentes a una seta. 235Q 234Y 235P	*Tú manejas a tu favor el próximo movimiento enemigo.*

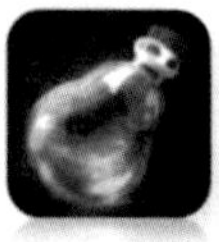

Alquimia Prohibida

Atacar 1	Atacar 2	Soltar seta +
234R 234D 234I Mover 2	a distancia 3 234B 235U 234E	*Dibuja una seta adyacente. Ganas* ***+1* en cada ataque** *mientras tú estés junto a la seta.*

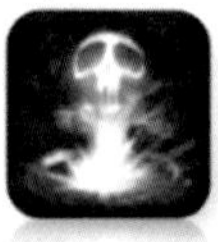

4

Hongos Vaporosos

	Atacar 3	Soltar seta -
Mover 3	234D 234P 235S	*Dibuja una seta adyacente. Los enemigos sufren* ***-1* en sus ataques** *cuando ellos están junto a la seta.*

1. *Es posible que ya hayas* ***encontrado algún objeto****. Si es así, márcalo (en su esquina superior izquierda) para indicar que lo tienes equipado.*
2. *Recuerda leer el* ***Objetivo*** *de la fase, así como las aclaraciones de las reglas (en gris sobre la imagen del tablero).*
3. *Cuando se te pida "tirar un dado" para los modificadores de ataque enemigos, puedes usar la* ***fuente de azar de la esquina superior de las páginas****, como en cualquier otra ocasión que un enemigo tenga que comprobar su azar. Si lo prefieres, puedes usar un dado físico.*
4. *Recuerda que no puede consultar tu* ***Grimorio*** *(****página 240****) dentro de una escena. Sólo cuando estás entre escenas y no se te está dando a elegir entre varias runas (en ocasiones se te ofrecen en medio de la narración). Debes elegir la runa adecuada para cada ataque según lo que has interiorizado sobre sus efectos.*
5. *Recuerda que en cualquier momento puedes repasar las reglas en las páginas 238-239. Las acciones detalledas puedes encontrarlas en las páginas 236-237, incluyendo estados. De igual forma, y aunque no es necesario,* ***puedes guardar el estado de tu partida (página y objeto)*** *al comenzar cualquier escena si vas a la página 231.*

3

-2 -1 +0 +0 +1 +2

* El Cazador del Desfiladero

2 ***Objetivo:*** Mata al owingo.

*El **owingo**, tras atacar, huye hacia un nido al azar: usa el dado para **determinar a qué nido va** (B, C, D) según los resultados mostrados en el tablero junto a cada nido.*

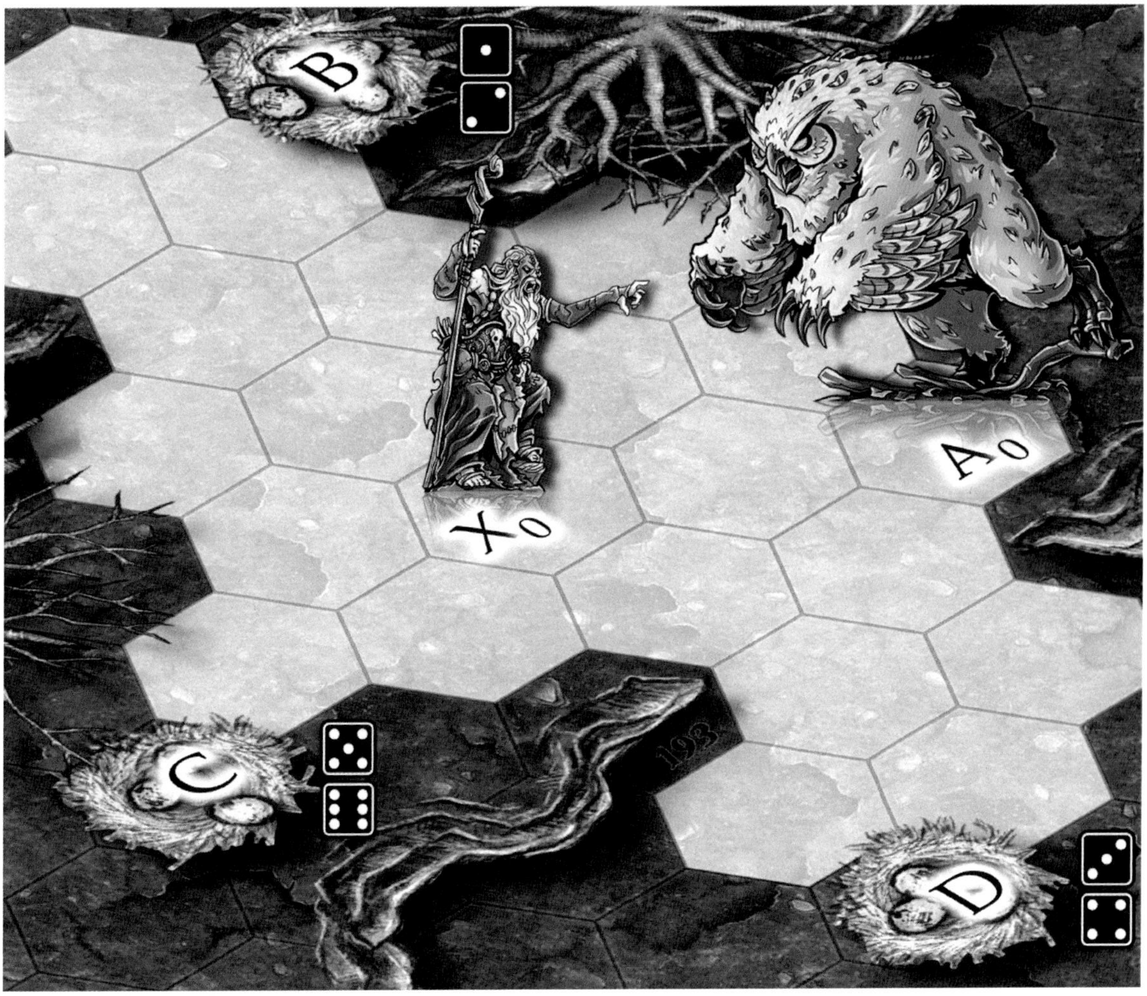

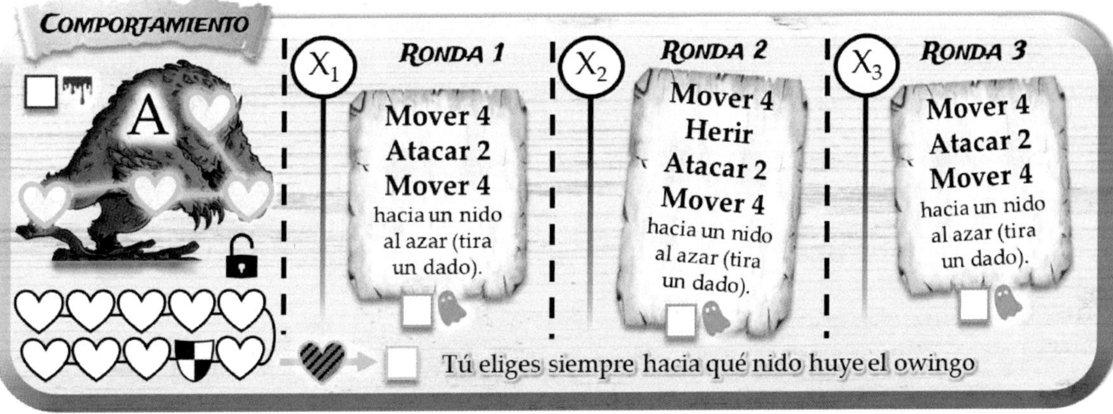

Si no cumples el objetivo o eres derrotado, ve a la página 103. Si cumples el objetivo, ve a la página 126.

Solmund, a pesar de su edad y vivencias, acaba de alcanzar nuevas cotas de habilidad. En esta página deberás elegir tu ***ESPECIALIZACIÓN*** de entre las dos disponibles. Pasarás a tener una matriz de 4x3 cartas, pero recuerda **la regla de oro:** en cada ronda elige tus 3 cartas de forma que no compartan fila o columna. Además, al iniciar una escena tendrás que ir a la página correspondiente.

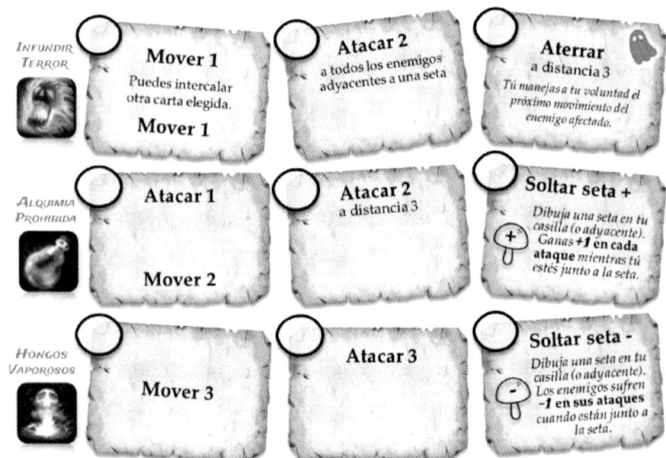

Además, Solmund tiene a su disposición **dos runas nuevas para potenciar sus hechizos**. Ve a la **página 240** y estudia la sección intermedia del ***GRIMORIO***.

ALQUIMISTA:

Tu primera especialización dispone de tres nuevas cartas: La primera incluye una nueva seta que puedes soltar en tu casilla (o adyacente). Esta seta ***te protege mientras estás junto a ella: dispones de dos corazones adicionales*** *que puedes utilizar para absorber vida cuando te hagan un ataque a ti. La segunda imita el movimiento de un enemigo a tu elección. La tercera carta es un ataque potente a distancia.*

Niebla Sanadora

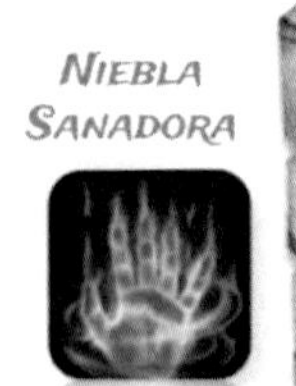

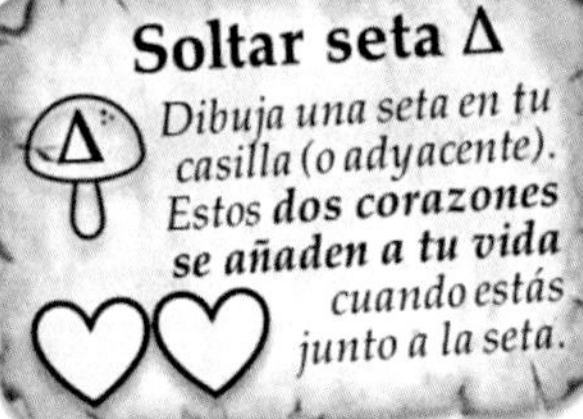

Mover
tantas casillas como cualquier movimiento enemigo (pasado o futuro) de esta ronda.

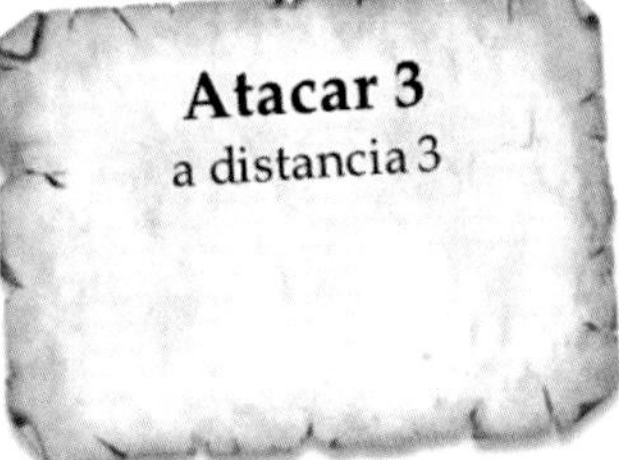

CONJURADOR:

Tu segunda especialización también te ofrece tres nuevas cartas. La primera es un ataque pequeño a cualquier distancia, siempre que apuntes ***en línea recta*** *sobre las casillas. La segunda te permite teletransportarte junto a una de tus setas. No se considera una acción de* **Mover** *(no dibujes su trazo sobre el tablero, pero sí la X correspondiente en la casilla donde acabes tu turno). La tercera carta es reactiva, y te permite cobrarte tu* **Venganza** *cuando te ataquen, devolviendo 1 daño al enemigo (o en su lugar 2 si te atacan adyacente). Este daño es directo y por tanto no usa runas ni se detiene al encontrar escudos.*

Rayo de Energía

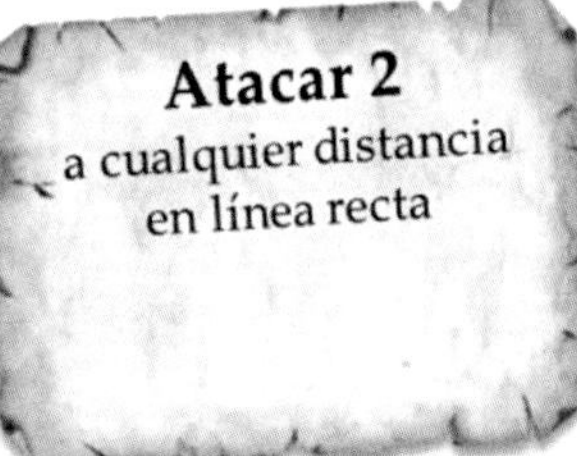

Te transportas instantáneamente a una casilla adyacente a cualquier seta (no se considera acción de **Mover**).

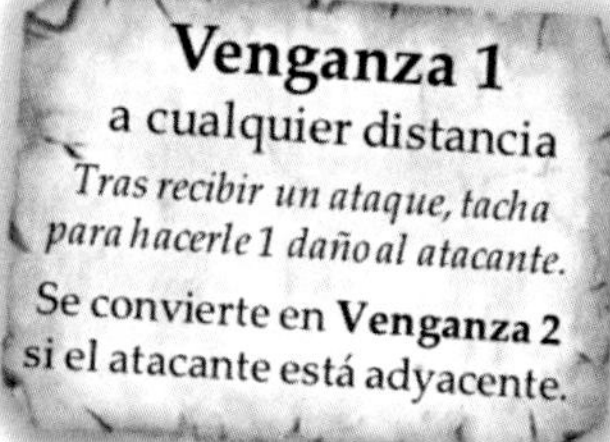

Recordando tu nueva ***ESPECIALIZACIÓN****, vuelve a la página en la que estabas (126 ó 103) y sigue tras la ilustración.*

Había sobrevivido a la horda de condenados, aunque si no hubiese empezado a amanecer quién sabe cómo hubiese terminado. La niebla verdosa se disipaba mientras yo me dirigía hacia la mina. Recogí con cuidado parte de esa asquerosa sustancia que habían dejado en el suelo los espectros al desintegrarse. Nunca había visto algo así, pero mis enemigos sufrirían de su contacto abrasivo.

Ahora dispones de **VENENO DE ULTRATUMBA** *para usar en las escenas.*

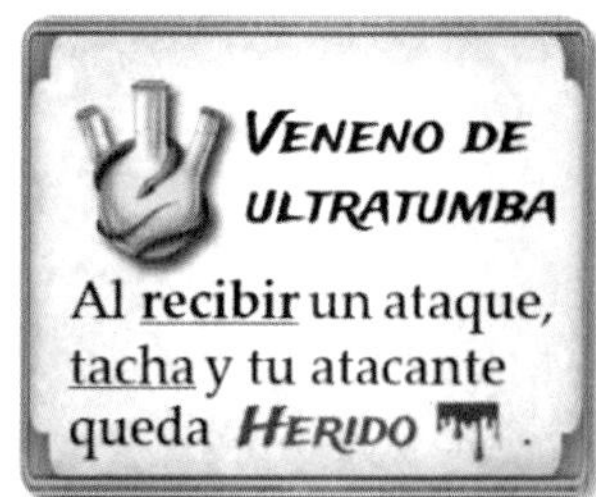

La cadena montañosa se alzaba ante mí con sus cumbres de nieves perpetuas cortando la isla de este a oeste, como una vieja cicatriz. La única forma natural de atravesarla era un paso angosto a mucha altitud, un collado que a estas alturas del año debía encontrase completamente nevado. Afortunadamente podía ahorrar mucho tiempo en mi camino hacia los fríos y ventosos valles del interior de la isla atravesando las minas.

Entré en el vientre de la montaña cuando nevaba, con una antorcha que había improvisado. Los pocos humanos que se habían asomado a la salida al otro extremo de las minas habían descrito extrañas criaturas y grotescas formaciones rocosas, pero no se habían aventurado mucho más allá.

No puedo precisar cuánto tiempo anduve dentro de las minas. Una parte del laberinto era roca natural, y la otra estaba descaradamente construida por el hombre. Durante muchas horas, vagabundeé por sus galerías y salas, algunas grandes y majestuosas y otras estrechas y medio derruidas. Todo parecía estar cómo lo habían dejado los mineros décadas atrás.

Sin embargo, había detalles que no pasaban desapercibidos. Huellas recientes sobre el polvo, restos de fuego que aún estaban calientes y heces en algún rincón me advertían de que, con menos de un día de distancia, aquellos túneles habían sido testigos del paso de un pequeño grupo hacia la boca norte. Su rastro me ayudó a encontrar el camino y me permitió avanzar durante toda la jornada.

Alcancé una gran sala donde el aire estaba menos enrarecido. Los rayos del sol se filtraban a través de unos listones de madera que tapiaban la salida al exterior. Todo sucedió muy rápido. Percibí un destello por el rabillo de mi único ojo útil. Silbando, una flecha atravesó el aire y se clavó en el odre que llevaba colgado a la altura de la cintura, haciendo brotar un chorro con el poco agua que me quedaba para la travesía. Mi atacante probablemente se escondía en una cornisa superior.

Juega la próxima escena (boss) en la página correspondiente a tu **ESPECIALIZACIÓN**:

 **ALQUIMISTA:** 118  **CONJURADOR:** 122

INFUNDIR TERROR

Mover 1
Puedes intercalar otra carta elegida.
Mover 1

Atacar 2
a todos los enemigos adyacentes a una seta
233R 233V 233E

Tacha para añadir "distancia 3" a un ataque adyacente que hagas este turno.

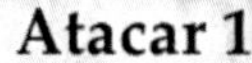

ALQUIMIA PROHIBIDA

Atacar 1
234F 235B 233Z
Mover 2

Atacar 2
a distancia 3
235M 234W 233H

Soltar seta +
Dibuja una seta a distancia 3. Cualquier figura (tú o enemiga) gana ***+1*** **en cada ataque** *mientras está junto a la seta.*

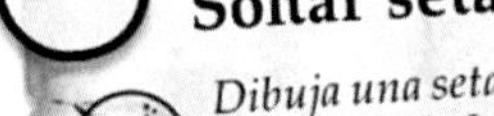

HONGOS VAPOROSOS

Mover 3

Atacar 3
233P 235G 233A

Soltar seta -
Dibuja una seta a distancia 3. Los enemigos sufren ***−1*** **en sus ataques** *cuando están junto a la seta.*

NIEBLA SANADORA

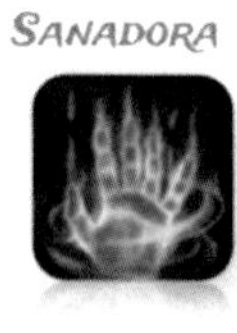

Soltar seta Δ
Dibuja una seta en tu casilla (o adyacente). Estos ***dos corazones se añaden a tu vida*** *cuando estás junto a la seta.*

Mover
tantas casillas como cualquier movimiento enemigo (pasado o futuro) de esta ronda

Atacar 3
a distancia 3
232C 232F 232X

1. *En esta fase,* ***el movimiento y los ataques de tu enemiga*** *tienen algunas peculiaridades. Mira el objetivo, las reglas y el concepto de línea (aquí ilustrado) ➔*

2. *Recuerda que ⅄ marca casillas donde no se puede pisar, pero* ***sí contar distancia****.*

3. *Algunas ventajas por completar secuencias* ***no son directas*** *(aparecen en cursiva y entre comillas). Su texto te da una pista de su función, pero su efecto se revelará en la* ***FASE II****. No obstante, siempre son beneficiosas para ti.*

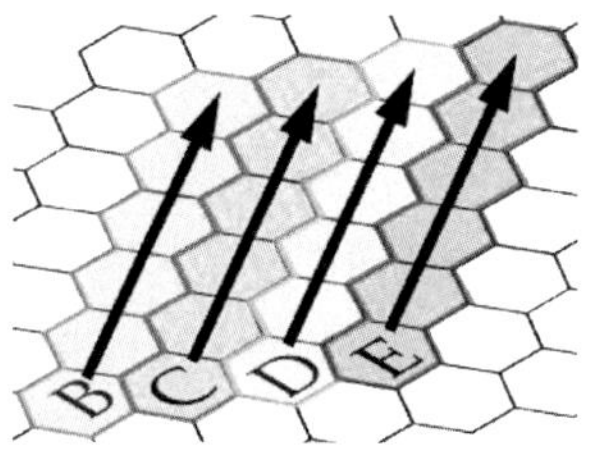

JUGO DE SAJADA
Al recibir un ataque, tacha para anular 1 daño.

UNGÜENTO DE PLUMAS SALVAJES
Al hacer un ataque, tacha para volver a elegir otra runa.

VENENO DE ULTRATUMBA
Al recibir un ataque, tacha y tu atacante queda **HERIDO**.

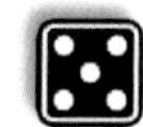

-2	-1	+0	+0	+1	+2
⚀	⚁	⚂	⚃	⚄	⚅

Lluvia de Flechas (I)

Objetivo: Provoca la destrucción de los tablones (que queden rellenos **3 de los 4 grupos** de corazones) para que penetre la luz y deslumbre a la cazadora. Cuando ésta (*A*) te ataca, primero **aplica daño al grupo de corazones que está en línea recta con su casilla** (*B, C, D ó E*) y después, **lo que sobre**, daña a Solmund (*X*).

2

*Hay 4 líneas en esta escena: B, C, D y E (marcadas con flechas en la parte inferior de la escena). La cazadora se mueve siempre a la casilla correspondiente a la **línea** donde está Solmund (X) y luego ataca a todas las casillas que se prolongan en esa línea: aplica su fuente de azar y resuelve el ataque. Sin embargo, el daño resultante se aplica primero a los corazones al fondo de la línea, y después (lo que sobre, si sobra algo) a Solmund (X). **Solmund también puede rellenar estos corazones del fondo**: haciendo un ataque a la casilla del fondo de una línea, dañará a los corazones de esa línea.*

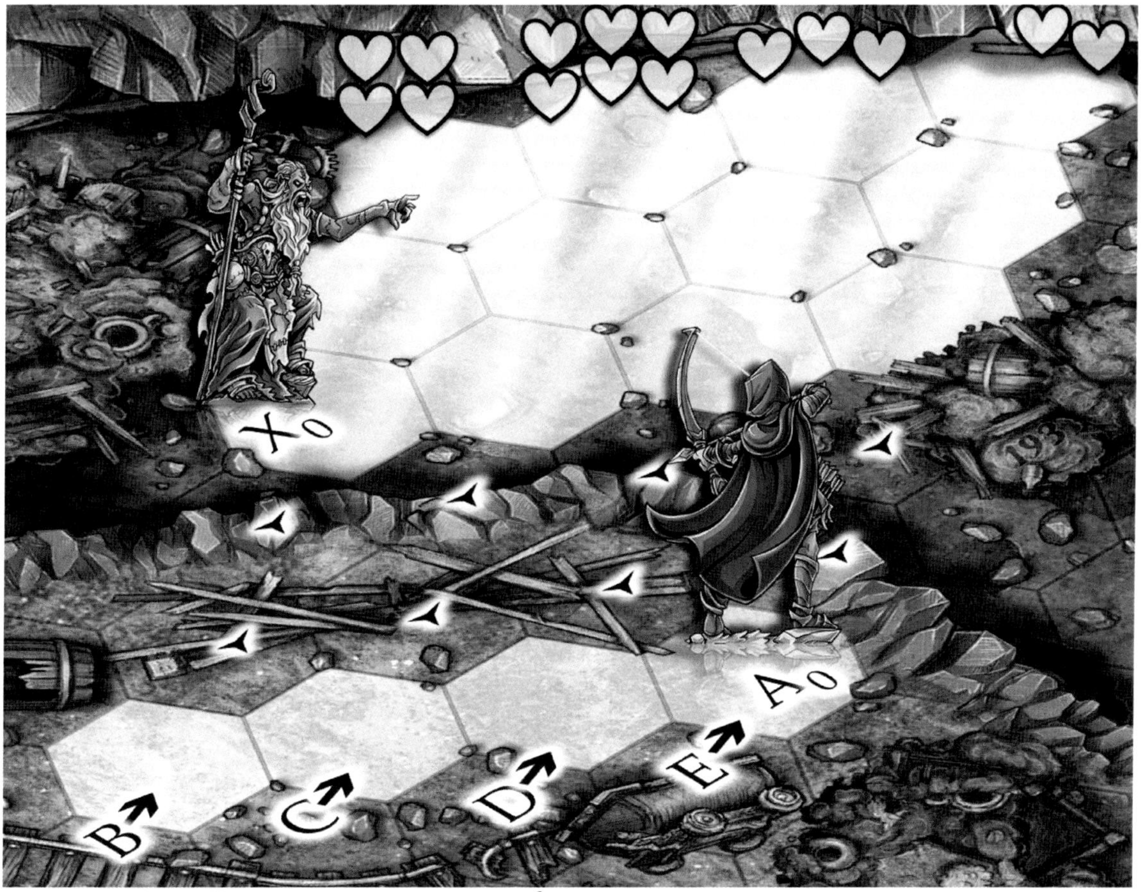

1

Comportamiento

(X1) **Ronda 1**	(X2) **Ronda 2**	(X3) **Ronda 3**
Mover a la casilla (B, C, D, E) correspondiente a la línea donde está X **Atacar 4** Aplica el daño a los corazones al fondo de la línea, y lo que sobre (si hubiera), a X	**Mover** a la casilla (B, C, D, E) correspondiente a la línea donde está X **Atacar 7** Aplica el daño a los corazones al fondo de la línea, y lo que sobre (si hubiera), a X	**Mover** a la casilla (B, C, D, E) correspondiente a la línea donde está X **Atacar 6** Aplica el daño a los corazones al fondo de la línea, y lo que sobre (si hubiera), a X

"Yo estaba tuerto, pero a ella le iba a costar apuntar con precisión a mi cabeza." 3

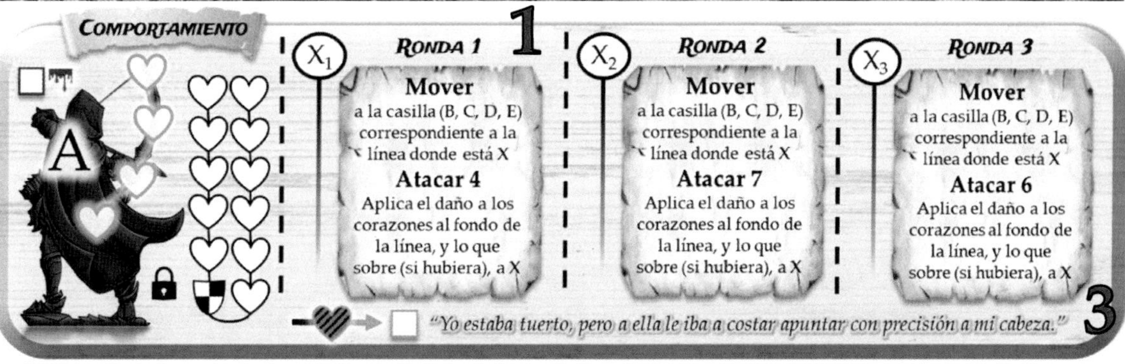

*Si cumples el objetivo, la luz que entra en la gruta la deslumbra y la obligas a bajar. Juega la **Fase II** en la página 120.*
*Por el contrario, si no cumples el objetivo, marca en la 120 y **sigue en esa página**. Si eres derrotado, ve a la 138.*

RONDA 1 / 2 / 3

4

INFUNDIR TERROR

Mover 1
Puedes intercalar otra carta elegida.
Mover 1

Atacar 2
a todos los enemigos adyacentes a una seta
232T 232B 235M

Aterrar
a distancia 3
Tú manejas a tu voluntad el próximo movimiento del enemigo afectado.

ALQUIMIA PROHIBIDA

Atacar 1
233Y 232H 232K
Mover 2

Atacar 2
a distancia 3
233E 235G 232X

Soltar seta +
Dibuja una seta en tu casilla (o adyacente). Ganas ***+1 en cada ataque*** *mientras tú estés junto a la seta.*

2

HONGOS VAPOROSOS

Mover 3

Atacar 3
233L 232V 232F

Soltar seta -
Dibuja una seta en tu casilla (o adyacente). Los enemigos sufren ***-1 en sus ataques*** *cuando están junto a la seta.*

NIEBLA SANADORA

Soltar seta Δ
Dibuja una seta en tu casilla (o adyacente). Estos ***dos corazones se añaden a tu vida*** *cuando estás junto a la seta.*

Mover
tantas casillas como cualquier movimiento enemigo (pasado o futuro) de esta ronda.

Atacar 3
a distancia 3
234W 233P 233L

1. *Lee el* ***texto de ambientación*** *antes de empezar la escena. También el* ***OBJETIVO****.*
2. ***Recuerda marcar tu objeto equipado****, si es que tienes alguno.*
3. ***Si completaste la secuencia azul*** *en la* ***FASE I****, marca su casilla y aplica su ventaja.*
4. *En esta escena puedes sufrir* ***estados transitorios****.*

Las maderas ceden y quedas deslumbrado: empiezas la fase *INMÓVIL*.

JUGO DE SAJADA
2
Al recibir un ataque, tacha para anular 1 daño.

UNGÜENTO DE PLUMAS SALVAJES
Al hacer un ataque, tacha para volver a elegir otra runa.

VENENO DE ULTRATUMBA
Al recibir un ataque, tacha y tu atacante queda *HERIDO*.

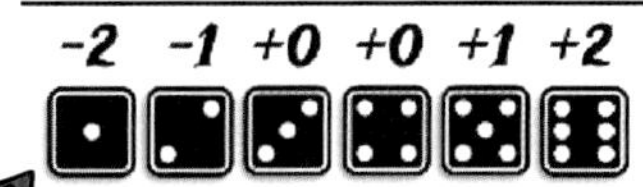

LLUVIA DE FLECHAS (II)

1 ***OBJETIVO:*** **Derrota a la cazadora**. Recuerda tachar ahora la ventaja azul **si la conseguiste** durante la ***FASE I***.

Mi plan había funcionado. Cuidando dónde me colocaba, conseguí que las flechas de la cazadora rompieran los tablones que cerraban el paso al exterior de la mina. Al penetrar la luz, los rayos del sol nos deslumbraron a ambos en la caverna. La encapuchada maldijo y perdió su ventaja, viéndose obligada a bajar para luchar contra mí. Ahora comenzaba el verdadero baile.

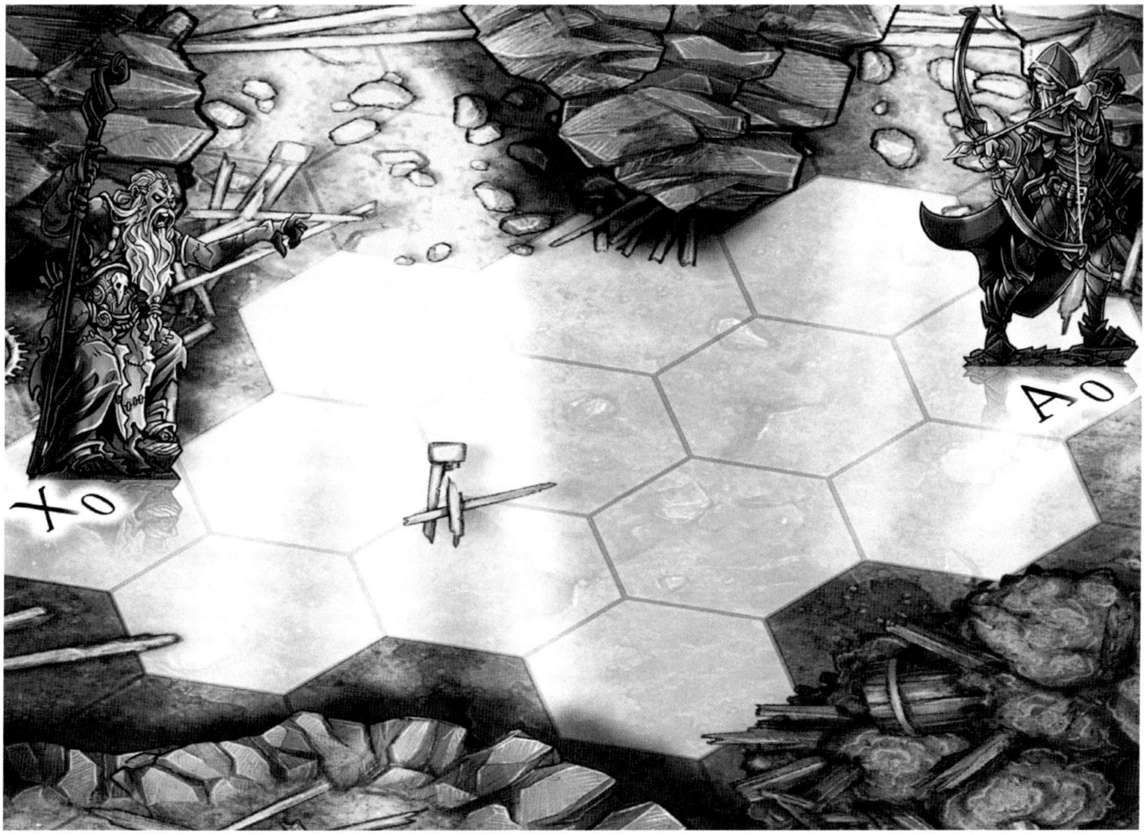

Si derrotas al enemigo, pasa a la página 140.

*Si **no cumples el objetivo** antes de que terminen las 3 rondas, o eres derrotado, pasa a la página 138.*

INFUNDIR TERROR

Mover 1
Puedes intercalar otra carta elegida.
Mover 1

Atacar 2
a todos los enemigos adyacentes a una seta
233R 233V 233E

Tacha para añadir "distancia 3" a un ataque adyacente que hagas este turno.

ALQUIMIA PROHIBIDA

Atacar 1
234F 235B 233Z
Mover 2

Atacar 2
a distancia 3
235M 234W 233H

Soltar seta +
Dibuja una seta a distancia 3. Cualquier figura (tú o enemiga) gana **+1 en cada ataque** *mientras está junto a la seta.*

HONGOS VAPOROSOS

Mover 3

Atacar 3
233P 235G 233A

Soltar seta -
Dibuja una seta a distancia 3. Los enemigos sufren **-1 en sus ataques** *cuando están junto a la seta.*

RAYO DE ENERGÍA

Atacar 2
a cualquier distancia en línea recta
232T 232O 233N

Te transportas instantáneamente a una casilla adyacente a cualquier seta (no se considera acción de **Mover**).
4

Venganza 1
a cualquier distancia
Tras recibir un ataque, tacha para hacerle 1 daño al atacante.
Se convierte en **Venganza 2** si el atacante está adyacente.

1. *En esta fase,* ***el movimiento y los ataques de tu enemiga*** *tienen algunas peculiaridades. Mira el objetivo, las reglas y el concepto de línea (aquí ilustrado) →*
2. *Recuerda que ⅄ marca casillas donde no se puede pisar, pero* ***sí contar distancia.***
3. *Algunas ventajas por completar secuencias* ***no son directas*** *(aparecen en cursiva y entre comillas). Su texto te da una pista, pero su efecto se revelará en la* ***FASE II.***
4. *Al usar esta carta, NO puedes transportarte a casillas de la zona de la arquera.*

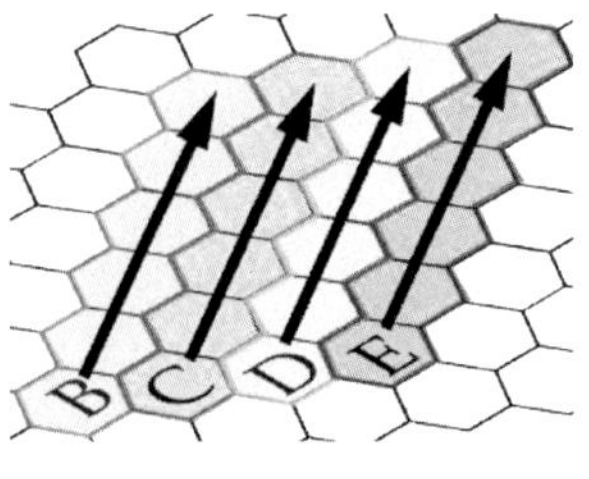

JUGO DE SAJADA
Al recibir un ataque, tacha para anular 1 daño.

UNGÜENTO DE PLUMAS SALVAJES
Al hacer un ataque, tacha para volver a elegir otra runa.

VENENO DE ULTRATUMBA
Al recibir un ataque, tacha y tu atacante queda **HERIDO**.

-2 -1 +0 +0 +1 +2

LLUVIA DE FLECHAS (I)

OBJETIVO: Provoca la destrucción de los tablones (que queden rellenos **3 de los 4 grupos** de corazones) para
2 que penetre la luz y deslumbre a la cazadora. Cuando ésta (*A*) te ataca, primero **aplica daño al grupo de corazones que está en línea recta con su casilla** (*B, C, D* ó *E*) y después, **lo que sobre**, daña a Solmund (*X*).

Hay 4 líneas en esta escena: B, C, D y E (marcadas con flechas en la parte inferior de la escena). La cazadora se mueve siempre a la casilla correspondiente a la ***línea*** *donde está Solmund (X) y luego ataca a todas las casillas que se prolongan en esa línea: aplica su fuente de azar y resuelve el ataque. Sin embargo, el daño resultante se aplica primero a los corazones al fondo de la línea, y después (lo que sobre, si sobra algo) a Solmund (X).* ***Solmund también puede rellenar estos corazones del fondo****: haciendo un ataque a la casilla del fondo de una línea, dañará a los corazones de esa línea.*

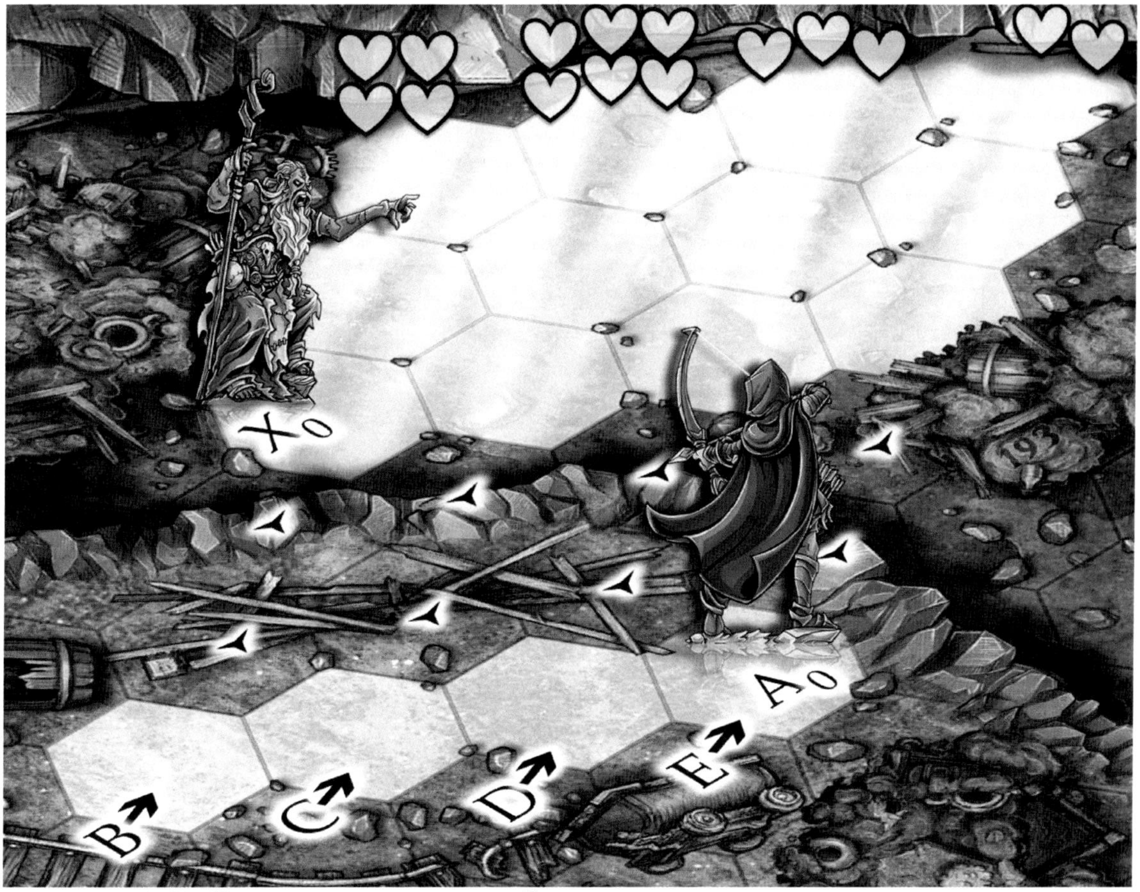

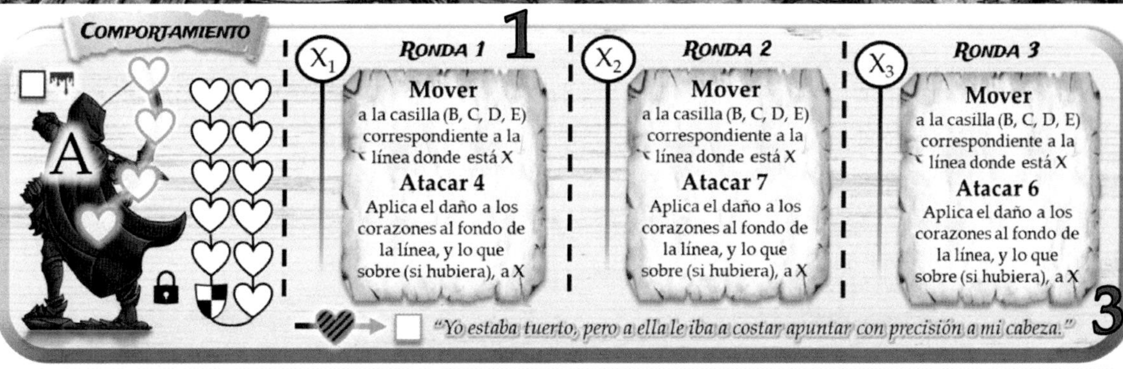

Si cumples el objetivo, la luz que entra en la gruta la deslumbra y la obligas a bajar. Juega la ***FASE II*** *en la página 124.*
Por el contrario, si no cumples el objetivo, marca en la 124 y ***sigue en esa página****. Si eres derrotado, ve a la 138.*

Ronda 1 / 2 / 3

4

Infundir Terror

Mover 1
Puedes intercalar otra carta elegida.
Mover 1

Atacar 2
a todos los enemigos adyacentes a una seta

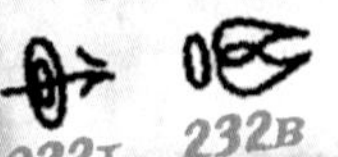

232T 232B 235M

Aterrar
a distancia 3
Tú manejas a tu voluntad el próximo movimiento del enemigo afectado.

Alquimia Prohibida

Atacar 1

233Y 232H 232K
Mover 2

Atacar 2
a distancia 3

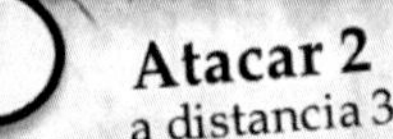

233E 235G 232X

Soltar seta +
*Dibuja una seta en tu casilla (o adyacente). Ganas **+1 en cada ataque** mientras tú estés junto a la seta.*

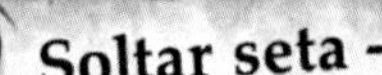

Hongos Vaporosos

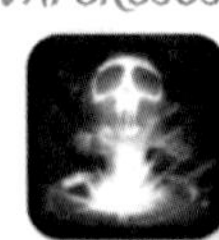

Mover 3

Atacar 3

233L 232V 232F

Soltar seta -
*Dibuja una seta en tu casilla (o adyacente). Los enemigos sufren **-1 en sus ataques** cuando están junto a la seta.*

Rayo de Energía

Atacar 2
a cualquier distancia en línea recta
233V 232C 233T

Te transportas instantáneamente a una casilla adyacente a cualquier seta (no se considera acción de **Mover**).

Venganza 1
a cualquier distancia
Tras recibir un ataque, tacha para hacerle 1 daño al atacante.
Se convierte en **Venganza 2** si el atacante está adyacente.

1. *Lee el **texto de ambientación** antes de empezar la escena. También el **Objetivo**.*
2. ***Recuerda marcar tu objeto equipado**, si es que tienes alguno.*
3. ***Si completaste la secuencia azul** en la **Fase I**, marca su casilla y aplica su ventaja.*
4. *En esta escena puedes sufrir **estados transitorios**.*

Las maderas ceden y quedas deslumbrado: empiezas la fase *Inmóvil*.

Jugo de sajada

2

Al recibir un ataque, tacha para anular 1 daño.

Ungüento de plumas salvajes

Al hacer un ataque, tacha para volver a elegir otra runa.

Veneno de ultratumba

Al recibir un ataque, tacha y tu atacante queda *Herido*.

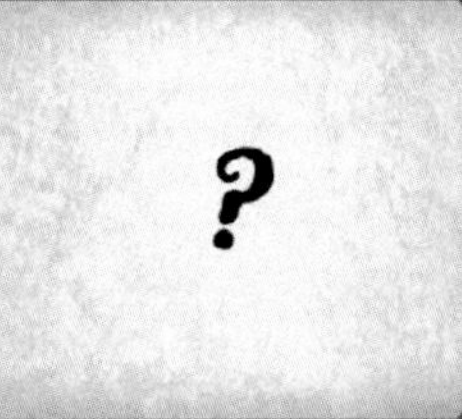

?

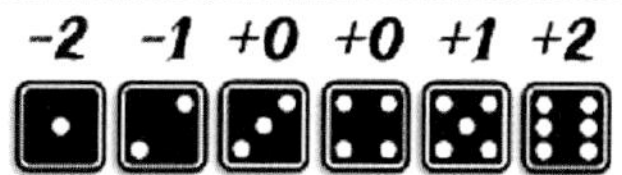

LLUVIA DE FLECHAS (II)

1 ***OBJETIVO:*** **Derrota a la cazadora**. Recuerda tachar ahora la ventaja azul **si la conseguiste** durante la ***FASE I***.

Mi plan había funcionado. Cuidando dónde me colocaba, conseguí que las flechas de la cazadora rompieran los tablones que cerraban el paso al exterior de la mina. Al penetrar la luz, los rayos del sol nos deslumbraron a ambos en la caverna. La encapuchada maldijo y perdió su ventaja, viéndose obligada a bajar para luchar contra mí. Ahora comenzaba el verdadero baile.

Si derrotas al enemigo, pasa a ***la página 140.***
Si ***no cumples el objetivo*** *antes de que terminen las 3 rondas, o eres derrotado, pasa a la página 138.*

El owingo yacía en el suelo, frente a mí. Toqué sus gruesos plumones bajo las alas, maravillado por la majestuosidad de tal criatura. Permanecí sentado junto a él unos minutos, imaginando que la bestia ahora volaría libre en los cielos infinitos al otro lado del velo. Había sido una lucha justa entre un cazador y una presa, por lo que no había nada que lamentar. Esta vez, había ganado la presa.

El suelo estaba lleno de plumas, sangre y ramas. Recogí varias muestras de plumaje, lo más limpias que pude. Un tesoro así era difícil de encontrar para un entendido como yo. Hallé una pequeña oquedad en una gran piedra lisa, perfecta para crear un ungüento. Con otra piedra a modo de mortero, machaqué las plumas junto con barro y hojas de tomillo carmesí. Finalmente, saqué un frasco violáceo de mi zurrón y añadí unas gotas a la mezcla.

UNGÜENTO DE PLUMAS SALVAJES

Al hacer un ataque, tacha para volver a elegir otra runa.

Ahora dispones de **UNGÜENTO DE PLUMAS SALVAJES** *para usar en las escenas.*

Ya se había hecho de noche cuando llegué a la parte superior del desfiladero. En campo abierto y con la luz de la luna alumbrando, me sentía más a salvo que encerrado entre aquellas dos paredes de roca que se alzaban hacia el cielo. La entrada a las minas estaba un poco más adelante. Llevaba décadas abandonada, por lo que me extraño percibir un leve resplandor anaranjado que salía de algunas aberturas. ¿Sería el resto de la expedición?

Ahora ve a la página 116 para elegir tu **ESPECIALIZACIÓN**. *Después vuelve aquí y sigue leyendo tras la ilustración.*

Para llegar a la entrada tenía que atravesar el viejo cementerio de los trabajadores fallecidos en la mina. No me hacía ninguna gracia cruzar el lugar de descanso de difuntos en una noche con luna, y menos conociendo tenebrosas historias que habían sucedido allí. Macabros accidentes, suicidios e incluso asesinatos. Traiciones entre compañeros y hermanos por la más vil codicia.

Avancé con paso solemne entre las lápidas de los mineros. Nunca entenderé por qué un hombre cuerdo decide internarse en las entrañas de la tierra durante días, a cambio de fortuna y piedras preciosas. No me percaté de que una neblina verdosa ya me cubría hasta las rodillas. Parecía como si tuviera voluntad propia. Escuché unos crujidos a mi espalda y me giré con la piel de gallina.

Juega la escena en la página correspondiente a tu nueva **ESPECIALIZACIÓN**:

 **ALQUIMISTA**: 110  **CONJURADOR**: 112

Solmund está a punto de enfrentarse a los mayores desafíos de su vida, y para ello tendrá que llevar al límite sus habilidades. Como ***ALQUIMISTA***, en esta página deberás elegir tu ***CLASE ÉPICA*** de entre las dos ramas disponibles. Pasarás a tener una matriz de 5x3 cartas, pero recuerda **la regla de oro**.

Además, Solmund tiene a su disposición una última runa para potenciar sus hechizos. Ve a la **página 240** y estudia la sección inferior del ***GRIMORIO***.

ASTRÓLOGO: *Como astrólogo,* ***las distancias son algo subjetivo dentro de la escena****. La primera carta te permite lanzar tus ataques contando como si estuvieras en la casilla de alguna de tus setas. Se considera que estás en la casilla de la seta a todos los efectos. La segunda te permite soltar setas más lejos, en lugar de adyacentes. Eso sí, recuerda que una vez soltadas su radio de acción (su efecto) sólo afecta a su casilla y las adyacentes, como siempre. Tu tercera carta te permite iniciar tus movimientos desde cualquier seta.*

IMAGEN ESPEJADA

Puedes lanzar tus ataques este turno contando desde cualquiera de tus setas, como si estuvieras en esa casilla.

Este turno, cualquier seta que sueltes puede hacerse a distancia 2, en lugar de adyacente. Una vez soltada, su radio de efecto sigue siendo casillas adyacentes.

Puedes ejecutar tus movimientos este turno saliendo desde cualquiera de tus setas, como si empezaras en esa casilla.

PORTADOR DE LA PLAGA: *Tu enfermedad daña a cualquier ser vivo que se acerque. La primera carta tiene una nueva acción reactiva,* **Tormento 2**. *Inflige 2 daño directo al enemigo en cuanto quede adyacente a ti. La segunda carta es un ataque (adyacente) muy potente. La tercera carta es una acción reactiva que te permite sacrificar tus setas para hacer un gran daño directo (sin runas y sin pararse en escudos) al enemigo.*

PÚSTULA VENENOSA

Tormento 2
adyacente
Tacha cuando un enemigo quede adyacente a ti para hacerle 2 de daño directo.

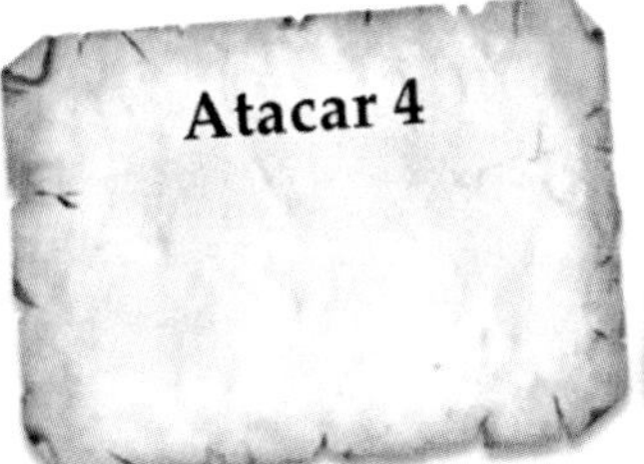

Tacha para matar a todas tus setas. Por cada seta muerta, un enemigo recibe 2 de daño directo.

Recordando tu nueva ***ESPECIALIZACIÓN****, avanza hasta la página 142.*

Solmund está a punto de enfrentarse a los mayores desafíos de su vida, y para ello tendrá que llevar al límite sus habilidades. Como **CONJURADOR** en esta página deberás elegir tu **CLASE ÉPICA** de entre las dos ramas disponibles. Pasarás a tener una matriz de 5x3 cartas, pero recuerda **la regla de oro**.

Además, Solmund tiene a su disposición una última runa para potenciar sus hechizos. Ve a la **página 240** y estudia la sección inferior del **GRIMORIO**.

GEOMANTE: *Manipula las fuerzas de la tierra y las líneas de energía. Tu primera carta es una nueva seta, que deja* **HERIDO** *a cualquier enemigo que pise su casilla (o adyacente). Después, esa seta muere. La segunda es una lluvia de meteoritos que además de dañar a* ***cualquier figura*** *(enemigos, setas o incluso tú),* ***crea obstáculos*** *(no se puede entrar en esas casillas, ni contar distancia a través de ella) sobre el tablero. La tercera entra en juego si existe una línea recta de casillas desde alguna seta hasta un enemigo. Si es así, el enemigo sufre daño directo (sin runas y no se detiene ante escudos). Sucede así por cada una de las setas que tengan una línea recta hasta el enemigo en el momento de tachar. Después, el enemigo queda* **INMÓVIL**.

LLUVIA DE METEOROS

Soltar seta ∇
Dibuja una seta en tu casilla (o adyacente). Un **enemigo queda HERIDO** *cuando está junto a la seta. Después la seta muere (táchala).*

Elige 2 casillas vacías a distancia 3. Cualquier figura adyacente a ellas recibe 2 de daño. Después rellena esas 2 casillas: a partir de ahora son obstáculos.

Tacha cuando exista una línea recta de casillas desde una (o más) setas hasta un enemigo. Por cada una de estas rectas, ese enemigo sufre 3 de daño y queda **INMÓVIL**.

DRUIDA DE SANGRE: *Tu primera carta es reactiva, y una vez la elijas se puede ejecutar durante toda la escena. Te permite anular 2 de daño frente a un ataque recibido a cualquier distancia. Tu segunda carta puede convertirse en un gran ataque, pero a cambio* ***tus setas sufrirán*** *en conjunto tanto daño como el ataque.* ***Este ataque no se ve afectado por las runas****. Por último, un pequeño paso con ataque que hiere al enemigo.*

SACRIFICIO CARMESÍ

Defender 2
a cualquier distancia
Tras recibir un ataque, tacha para anular 2 de daño.

Atacar X
Donde X lo eliges tú (máximo la suma de la vida que le queda a tus setas). Después, aplica X de daño a tus setas (reparte como quieras entre ellas).

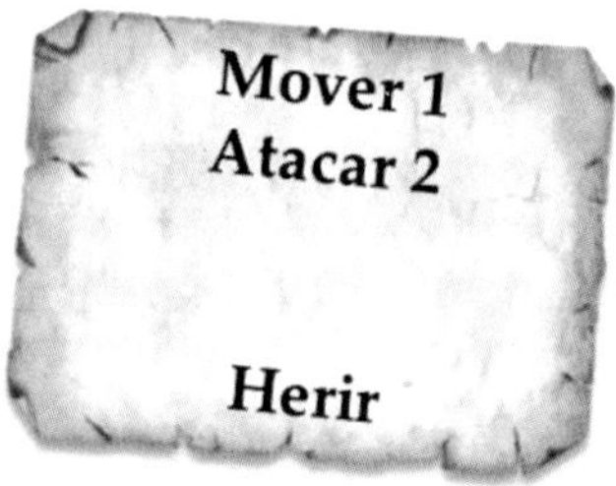

Recordando tu nueva **ESPECIALIZACIÓN**, *avanza hasta la página 142.*

Lee esta página sólo si acabas de hacer una suma y luego dividir entre dos.

La visión está borrosa. El escenario debe tratarse de una cueva, probablemente uno de los niveles más profundos de las minas. Hay un pequeño hombrecillo. Parece menudo y débil, pero algo nos dice que alberga en su interior un poder inimaginable. Se ha hecho un corte en la mano, y de él surge un goteo continuo de sangre densa y oscura.

Acerca un recipiente de ébano y empieza a recoger las gotas con cuidado. Es un cilindro ornamentado que llena con la extraña sustancia. Después, como si la dura piedra fuese barro moldeable para él, con su mano suavemente abre un hueco en la roca e incrusta su tesoro. Finalmente, la roca vuelve a cristalizarse en torno al cilindro. El hombrecillo cierra los ojos.

Me inunda la sensación de que esto que estamos presenciando ya se ha vivido no sólo en otra ocasión, sino en incontables otras ocasiones. Como una letanía que se sucede una y otra vez a través de los eones, la escena se llena de polvo y después se despeja, repitiéndose en un ciclo infinito a través de las eras. Después, el hombrecillo se gira hacia nosotros.

Nos sorprendemos, porque realmente no estamos allí presentes. O eso pensamos. En cualquier caso, él es capaz de vernos. No parece hostil. Abre sus manos grises junto a nosotros, y de pronto ya no brota sangre de ellas. En su lugar, aparecen un par de puñados de cenizas. Antes de que podamos reaccionar, sopla sobre ellos y esparce su polvo sobre nuestro rostro. Al volver a abrir los ojos, ya no está. Sólo un reguero de ceniza cae desde el techo de la cueva.

A partir de ahora, tengo la extraña sensación de que alguien observa, en la sombra, cada paso que doy. Una mirada de un solo ojo sin párpado que atraviesa roca, carne y hielo a través de las eras.

*Observa el objeto conseguido. Después, **abre el lateral** de la 195 y marca 1 objeto adicional de cada tipo (además de los que ya tienes marcados). Incluso de Garath (flechas). Luego marca* **SED TESTIGOS** *en la 224. Finalmente, si es tu 1ª campaña (o es la 2ª pero no lo marcaste en la 1ª), marca* **EL GUARDIÁN OBSERVA** *en la 183.* ***Vuelve a la 147.***

RONDA 1 / 2 / 3

INFUNDIR TERROR

Mover 1
Puedes intercalar otra carta elegida.
Mover 1

Atacar 2
a todos los enemigos adyacentes a una seta
232D 232A 232M

Aterrar
a distancia 3
Tú manejas a tu voluntad el próximo movimiento del enemigo afectado.

ALQUIMIA PROHIBIDA

Atacar 1
232E 232L 232Z
Mover 2

Atacar 2
a distancia 3
232P 233S 233X

Soltar seta +
Dibuja una seta en tu casilla (o adyacente). Ganas ***+1*** **en cada ataque** *mientras tú estés junto a la seta.*

HONGOS VAPOROSOS

Mover 3

Atacar 3
232J 232Y 232S

Soltar seta -
Dibuja una seta en tu casilla (o adyacente). Los enemigos sufren ***-1*** **en sus ataques** *cuando están junto a la seta.*

NIEBLA SANADORA

Soltar seta Δ
Dibuja una seta en tu casilla (o adyacente). Estos ***dos corazones se añaden a tu vida*** *cuando estás junto a la seta.*

Mover
tantas casillas como cualquier movimiento enemigo (pasado o futuro) de esta ronda.

Atacar 3
a distancia 3
232R 232Y 233X

IMAGEN ESPEJADA

Puedes lanzar tus ataques este turno contando desde cualquiera de tus setas, como si estuvieras en esa casilla.

Este turno, cualquier seta que sueltes puede hacerse a distancia 2, en lugar de adyacente. Una vez soltada, su radio de efecto sigue siendo casillas adyacentes.

Puedes ejecutar tus movimientos este turno saliendo desde cualquiera de tus setas, como si empezaras en esa casilla.

JUGO DE SAJADA
Al recibir un ataque, tacha para anular 1 daño.

UNGÜENTO DE PLUMAS SALVAJES
Al hacer un ataque, tacha para volver a elegir otra runa.

VENENO DE ULTRATUMBA
Al **recibir** un ataque, tacha y tu atacante queda *HERIDO*.

HIDROMIEL AÑEJA
En todos los ataques enemigos, convierte  y  en ***+0***

-2 -1 +0 +0 +1 +2

Redención

Objetivo: **Mata a Thorval de los Vientos**. Su tormenta eléctrica arcana está impactando con rayos sobre la nieve. Por ello, sufres 3 de daño si acabas una ronda **en** cualquier casilla b. También sufres 1 daño si acabas tu turno **adyacente** a cualquier casilla b. Esto no afecta a tus setas. Además, si colocas tus 3 setas en las 3 casillas b, sobrecargas la tormenta que Thorval ha desatado: **marca el cuadro de la parte inferior** del tablero.

Una seta en una casilla b se considera que sigue en esa casilla ***aunque muera*** *(a efectos de marcar el cuadro inferior).*

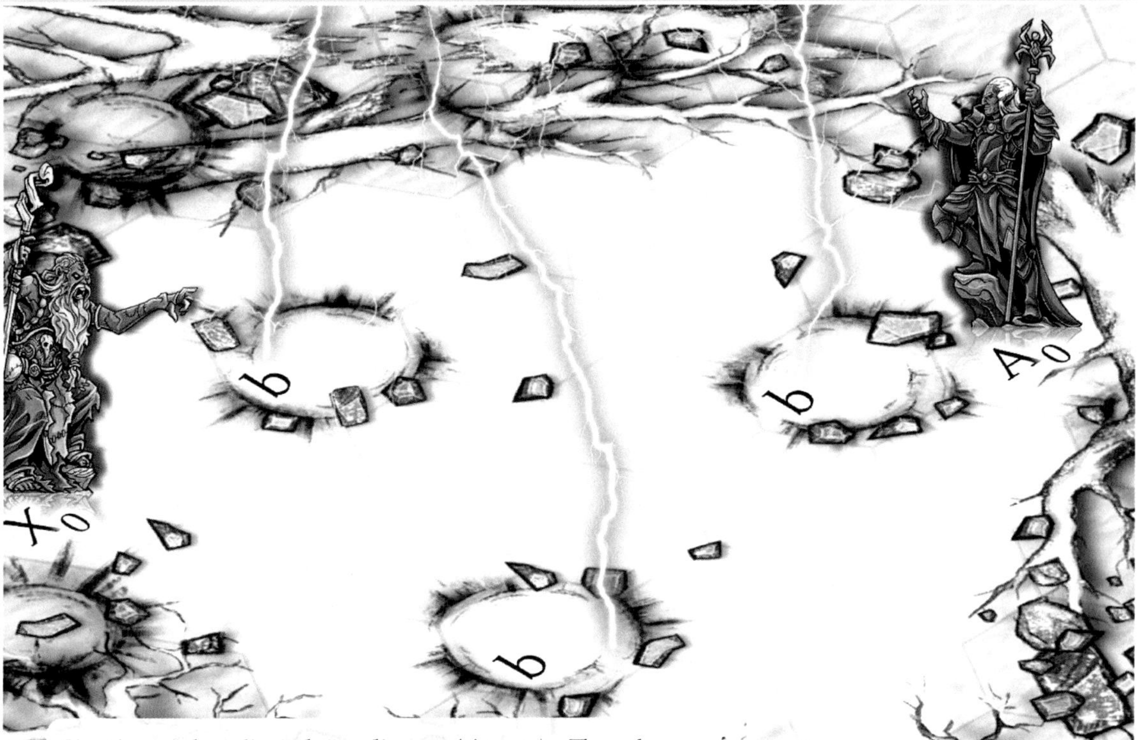

b

b

b

A_0

X_0

☐ *Si está marcada, aplica* ***5 daños directos*** *(sin azar) a Thorval. Este daño además ignora escudos. Tus setas mueren al instante.*

Comportamiento

"Saluda a tu hija de mi parte."

A

X_1 **Ronda 1**	X_2 **Ronda 2**	X_3 **Ronda 3**
Mover 1 Atacar 3 a distancia 4	Mover 5 Desarmar	Mover 2 Atacar 3
Mover 5 Herir	Mover 1 Atacar 2 a distancia 3	Mover 3 Atacar 2

☐ Puedes rellenar la secuencia normal desde ambos extremos, cambiando cuando quieras.

Si matas a Thorval, pasa a la página 143. Por el contrario, si Thorval te mata, pasa a la página 141.
Si se acaba la ***Ronda 3*** *sin llegar a ninguna conclusión, pasa a la página 139.*

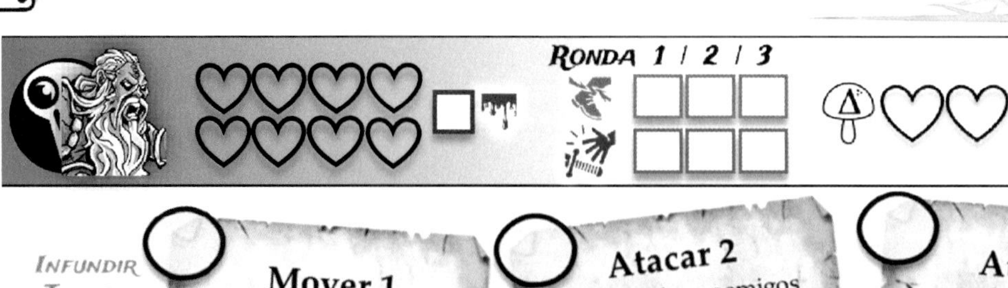

INFUNDIR TERROR

Mover 1
Puedes intercalar otra carta elegida.
Mover 1

Atacar 2
a todos los enemigos adyacentes a una seta
232D 232A 232M

Aterrar
a distancia 3
Tú manejas a tu voluntad el próximo movimiento del enemigo afectado.

ALQUIMIA PROHIBIDA

Atacar 1
232E 232L 232Z
Mover 2

Atacar 2
a distancia 3
232P 233S 233X

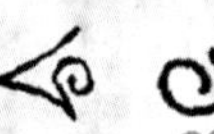

Soltar seta +
Dibuja una seta en tu casilla (o adyacente). Ganas ***+1*** **en cada ataque** *mientras tú estés junto a la seta.*

HONGOS VAPOROSOS

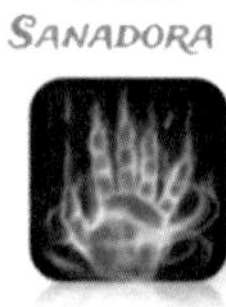

Mover 3

Atacar 3
232J 232Y 232S

Soltar seta -
Dibuja una seta en tu casilla (o adyacente). Los enemigos sufren ***-1*** **en sus ataques** *cuando están junto a la seta.*

NIEBLA SANADORA

Soltar seta Δ
Dibuja una seta en tu casilla (o adyacente). Estos ***dos corazones se añaden a tu vida*** *cuando estás junto a la seta.*

Mover
tantas casillas como cualquier movimiento enemigo (pasado o futuro) de esta ronda.

Atacar 3
a distancia 3
232R 232Y 233X

PÚSTULA VENENOSA

Tormento 2
adyacente
Tacha cuando un enemigo quede adyacente a tí para hacerle 2 de daño directo.

Atacar 4
233U 232N 232G

Tacha para matar a todas tus setas. Por cada seta muerta, un enemigo recibe 2 de daño directo.

JUGO DE SAJADA
Al recibir un ataque, tacha para anular 1 daño.

UNGÜENTO DE PLUMAS SALVAJES
Al hacer un ataque, tacha para volver a elegir otra runa.

VENENO DE ULTRATUMBA
Al recibir un ataque, tacha y tu atacante queda **HERIDO**.

HIDROMIEL AÑEJA
En todos los ataques enemigos, convierte  y  en ***+0***

-2 -1 +0 +0 +1 +2

Redención

Objetivo: **Mata a Thorval de los Vientos**. Su tormenta eléctrica arcana está impactando con rayos sobre la nieve. Por ello, sufres 3 de daño si acabas una ronda **en** cualquier casilla b. También sufres 1 daño si acabas tu turno **adyacente** a cualquier casilla b. Esto no afecta a tus setas. Además, si colocas tus 3 setas en las 3 casillas b, sobrecargas la tormenta de Thorval: **marca inmediatamente el cuadro de la parte inferior** del tablero.

*Una seta en una casilla b se considera que sigue en esa casilla **aunque muera** (a efectos de marcar el cuadro inferior).*

b

b

A0

X0

b

☐ *Si está marcada, aplica **5 daños directos** (sin azar) a Thorval. Este daño además ignora escudos. Tus setas mueren al instante.*

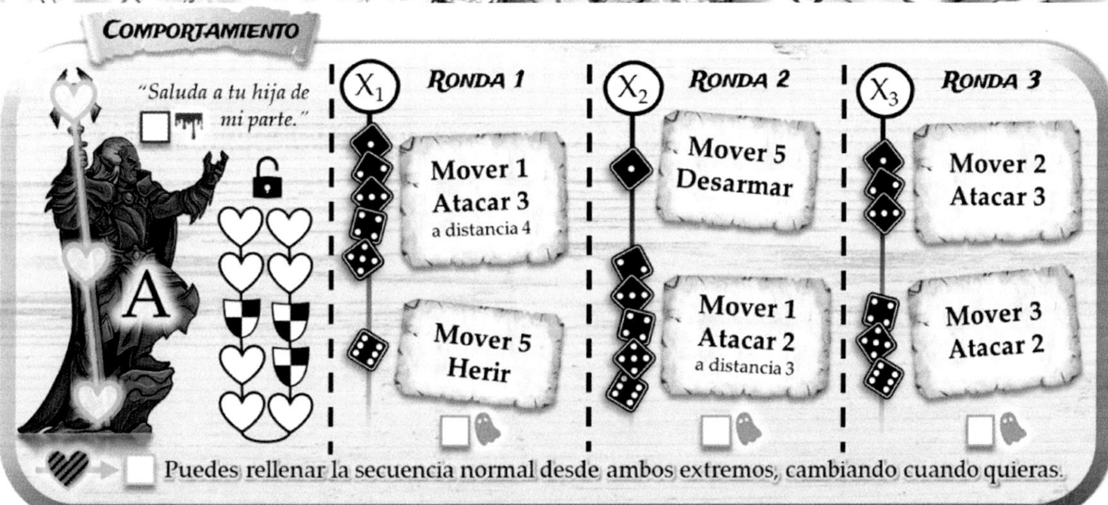

Si matas a Thorval, pasa a la página 143. Por el contrario, si Thorval te mata, pasa a la página 141.
*Si se acaba la **Ronda 3** sin llegar a ninguna conclusión, pasa a la página 139.*

INFUNDIR TERROR

Mover 1
Puedes intercalar otra carta elegida.
Mover 1

Atacar 2
a todos los enemigos adyacentes a una seta

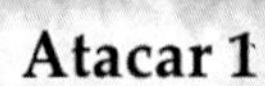

232D 232A 232M

Aterrar
a distancia 3
Tú manejas a tu voluntad el próximo movimiento del enemigo afectado.

ALQUIMIA PROHIBIDA

Atacar 1
232E 232L 232Z
Mover 2

Atacar 2
a distancia 3

232P 233S 233X

Soltar seta +
Dibuja una seta en tu casilla (o adyacente). Ganas ***+1*** **en cada ataque** *mientras tú estés junto a la seta.*

HONGOS VAPOROSOS

Mover 3

Atacar 3
232J 232Y 232S

Soltar seta -
Dibuja una seta en tu casilla (o adyacente). Los enemigos sufren ***-1*** **en sus ataques** *cuando están junto a la seta.*

RAYO DE ENERGÍA

Atacar 2
a cualquier distancia en línea recta
232U 233W 233D

Te transportas instantáneamente a una casilla adyacente a cualquier seta (no se considera acción de **Mover**).

Venganza 1
a cualquier distancia
Tras recibir un ataque, tacha para hacerle 1 daño al atacante.
Se convierte en **Venganza 2** si el atacante está adyacente.

LLUVIA DE METEOROS

Soltar seta ∇
Dibuja una seta en tu casilla (o adyacente). Un **enemigo queda** ***HERIDO*** *cuando está junto a la seta. Después la seta muere (táchala).*

Elige 2 casillas vacías a distancia 3. Cualquier figura adyacente a ellas recibe 2 de daño. Después rellena esas 2 casillas: a partir de ahora son obstáculos.

Tacha cuando exista una línea recta de casillas desde una (o más) setas hasta un enemigo. Por cada una de estas rectas, ese enemigo sufre 3 de daño y queda *INMÓVIL*.

JUGO DE SAJADA
Al recibir un ataque, tacha para anular 1 daño.

UNGÜENTO DE PLUMAS SALVAJES
Al hacer un ataque, tacha para volver a elegir otra runa.

VENENO DE ULTRATUMBA
Al recibir un ataque, tacha y tu atacante queda *HERIDO*.

HIDROMIEL AÑEJA
En todos los ataques enemigos, convierte  y  en ***+0***

-2 -1 +0 +0 +1 +2

Redención

Objetivo: **Mata a Thorval de los Vientos**. Su tormenta eléctrica arcana está impactando con rayos sobre la nieve. Por ello, sufres 3 de daño si acabas una ronda **en** cualquier casilla b. También sufres 1 daño si acabas tu turno **adyacente** a cualquier casilla b. Esto no afecta a tus setas. Además, si colocas tus 3 setas en las 3 casillas b, sobrecargas la tormenta de Thorval: **marca inmediatamente el cuadro de la parte inferior** del tablero.

*Una seta en una casilla b se considera que sigue en esa casilla **aunque muera** (a efectos de marcar el cuadro inferior).*

b b A0 X0 b

☐ *Si está marcada, aplica **5 daños directos** (sin azar) a Thorval. Este daño además ignora escudos. Tus setas mueren al instante.*

Comportamiento

"Saluda a tu hija de mi parte."

A

Ronda 1 (X_1)	Ronda 2 (X_2)	Ronda 3 (X_3)
Mover 1 Atacar 3 a distancia 4	Mover 5 Desarmar	Mover 2 Atacar 3
Mover 5 Herir	Mover 1 Atacar 2 a distancia 3	Mover 3 Atacar 2

☐ Puedes rellenar la secuencia normal desde ambos extremos, cambiando cuando quieras.

Si matas a Thorval, pasa a la página 143. Por el contrario, si Thorval te mata, pasa a la página 141.
*Si se acaba la **Ronda 3** sin llegar a ninguna conclusión, pasa a la página 139.*

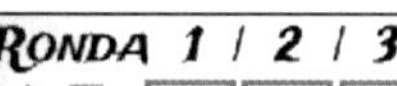

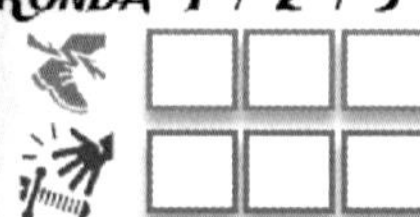

INFUNDIR TERROR

Mover 1
Puedes intercalar otra carta elegida.
Mover 1

Atacar 2
a todos los enemigos adyacentes a una seta
232D 232A 232M

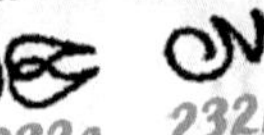

Aterrar
a distancia 3
Tú manejas a tu voluntad el próximo movimiento del enemigo afectado.

ALQUIMIA PROHIBIDA

Atacar 1
232E 232L 232Z
Mover 2

Atacar 2
a distancia 3
232P 233S 233X

Soltar seta +
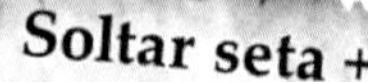

Dibuja una seta en tu casilla (o adyacente). Ganas ***+1*** **en cada ataque** *mientras tú estés junto a la seta.*

HONGOS VAPOROSOS

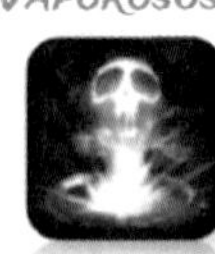

Mover 3

Atacar 3
232J 232Y 232S

Soltar seta -
Dibuja una seta en tu casilla (o adyacente). Los enemigos sufren ***-1*** **en sus ataques** *cuando están junto a la seta.*

RAYO DE ENERGÍA

Atacar 2
a cualquier distancia en línea recta
232U 233W 233D

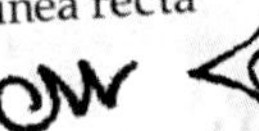

Te transportas instantáneamente a una casilla adyacente a cualquier seta (no se considera acción de **Mover**).

Venganza 1
a cualquier distancia
Tras recibir un ataque, tacha para hacerle 1 daño al atacante.
Se convierte en **Venganza 2** si el atacante está adyacente.

SACRIFICIO CARMESÍ

Defender 2
a cualquier distancia
Tras recibir un ataque, tacha para anular 2 de daño.

Atacar X
Donde X lo eliges tú (máximo la suma de la vida que le queda a tus setas). Después, aplica X de daño a tus setas (reparte como quieras entre ellas).

Mover 1
Atacar 2

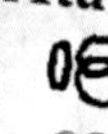

232Q 233C 233G
Herir

JUGO DE SAJADA
Al recibir un ataque, tacha para anular 1 daño.

UNGÜENTO DE PLUMAS SALVAJES
Al hacer un ataque, tacha para volver a elegir otra runa.

VENENO DE ULTRATUMBA
Al recibir un ataque, tacha y tu atacante queda ***HERIDO***.

HIDROMIEL AÑEJA
En todos los ataques enemigos, convierte   y 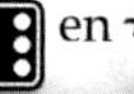 en ***+0***

-2 -1 +0 +0 +1 +2

Redención

Objetivo: Mata a Thorval de los Vientos. Su tormenta eléctrica arcana está impactando con rayos sobre la nieve. Por ello, sufres 3 de daño si acabas una ronda **en** cualquier casilla b. También sufres 1 daño si acabas tu turno **adyacente** a cualquier casilla b. Esto no afecta a tus setas. Además, si colocas tus 2 setas en 2 de las casillas b y tú en la tercera, sobrecargas la tormenta: **marca el cuadro de la parte inferior** del tablero.

*Una seta en una casilla b se considera que sigue en esa casilla **aunque muera** (a efectos de marcar el cuadro inferior).*

b

b

A0

X0

b

☐ *Si está marcada, aplica **5 daños directos** (sin azar) a Thorval. Este daño además ignora escudos. Tus setas mueren al instante.*

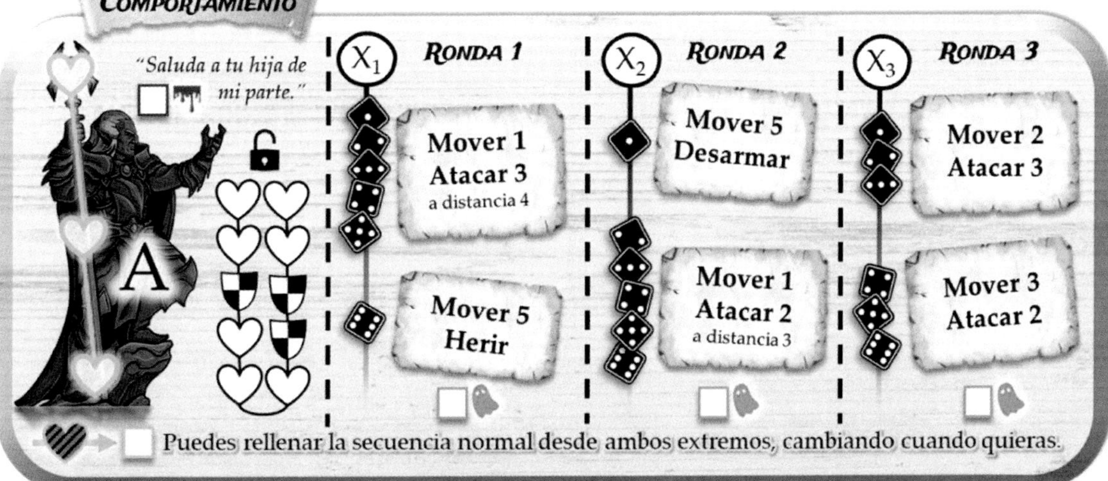

Si matas a Thorval, pasa a la página 143. Por el contrario, si Thorval te mata, pasa a la página 141.
*Si se acaba la **Ronda 3** sin llegar a ninguna conclusión, pasa a la página 139.*

Mi contrincante se trataba de una de las legendarias cazadoras de hechiceros, pues conocía como contrarrestar mis trucos más habituales. ¿Quién llevaría en un viaje de reconocimiento a una profesional así? Alguien que sabía que iba a encontrar enemigos diestros en el arte de las runas.

Una flecha alcanzó mi hombro, haciéndome girar y caer al suelo mientras intentaba ejecutar una compleja runa. Gritando por el dolor, recibí pronto una patada en las costillas. Pero no más flechas. Por alguna razón, no quería matarme. Pronto iba a descubrir que tenía peores planes para mí. Quedé semi inconsciente por la conmoción y tengo recuerdos borrosos de los siguientes acontecimientos.

Mientras mi captora me arrastraba por la nieve, intenté atar cabos incluso en mi estado alucinatorio. Estaba convencido de que había dos grupos de poder dirigiéndose hacia el lugar del impacto de aquella cosa que cayó del cielo. Por un lado, el grupo de hechiceros encapuchados y la siniestra sacerdotisa que había llenado de sangre y vísceras el campamento. Por otro lado, la desgraciada expedición de la que formaba parte la cazadora que me había capturado, y de la que probablemente quedarían pocos o ningún superviviente más a estas alturas.

Me soltó en medio de una planicie nevada. Había alguien más allí. Su voz me sonaba familiar, y desde luego no era una de esas voces perturbadoras de los sectarios encapuchados. Discutían y sentí como se me erizaba la piel. El cielo se nubló y una tormenta se formó sobre nosotros a una velocidad demasiado sospechosa como para ser natural.

—¡No! ¡Él puede tener las respuestas! ¡Podemos acabar con esta locura! —gritaba la cazadora.

—Cállate, Garath. Ya me has dado suficientes problemas —dijo la voz familiar—. Confié en ti para acabar con cualquier amenaza arcana que encontrásemos de camino al lugar de impacto.

—Excepto con la tuya, ¿verdad, Thorval? —sentenció mi captora con una expresión de asco.

Sin previo aviso, un relámpago cayó del cielo, impactando sobre Garath y lanzándola media docena de metros hacia atrás. Al chocar con el suelo, la nieve cedió dejando a la vista la boca de un profundo pozo. El cuerpo chamuscado desapareció en la abertura y quedamos solos en la tormenta.

Ahora pasa a la página indicada según tu **ESPECIALIZACIÓN**:

ALQUIMISTA: 127 **CONJURADOR**: 128

Estaba tan atento a esquivar los rayos que caían del cielo, que no lo vi venir. Alzando su oscuro cetro hacia mí, lanzó una descarga que paralizó mi cuerpo como si fuera un saco inerte. El dolor de la energía eléctrica recorriendo mi cuerpo se hizo insoportable. Después de lo que me pareció una eternidad, caí al suelo incapacitado y un desagradable olor a piel quemada inundó el ambiente.

Desperté de noche, con frío y un fuerte dolor de cabeza. La aurora boreal danzaba en el firmamento con una caprichosa exhibición de luces malvas y verdes.

Como un pájaro herido, me habían encerrado en una estrecha jaula de robustos barrotes de madera. Un sectario se me acercó, dibujando una runa con los dedos para reforzar la robustez de mi prisión. Estaba junto a otros de su calaña, y no había ni rastro de Thorval ni de la cazadora.

—Me alegro de que sigas con nosotros —dijo en mi idioma, con una voz grave—. Disculpa que te hayamos atado de pies y manos, pero sabes que no podemos arriesgarnos a sorpresas.

Colocaron mi jaula sobre una vieja vagoneta que habían sacado de la mina. Lentamente, dos de los subordinados empezaron a empujar la vagoneta por los raíles que llevaban décadas cubiertos de nieve y bajaban hacia el valle. Si la secta me había capturado, guardaba para mí un destino peor que la muerte a manos de Thorval. Estaba seguro de que pronto estaría cara a cara con la hechicera.

Y mientras la vagoneta descendía por la ladera, maldije mi situación. Me acordé de Vestar, el pobre desgraciado al que me había enfrentado en el campamento. Quizás colaborando entre los dos hubiésemos llegado más lejos en esta aventura.

CONTINUARÁ ...

Este es el final de la narración de Solmund, el extraño del pantano. Al menos, por ahora. Marca la **CLASE ÉPICA** *de Solmund en la* *parte **superior** de la página 195**. Tu aventura continúa hacia el lugar del impacto, que no debe estar a más de una jornada de viaje por la nieve. Ahora pasarás a vivir en la piel de otro importante personaje.*

Marca ⊕ *en las páginas 170 y 180. Luego avanza al* ***ACTO III*** *en la página 144.*

La cazadora tenía una habilidad sobrenatural. Sus flechas se dirigían con precisión hacia mí, y de no ser por mis socorridas runas hubiese tardado muy poco en acabar conmigo. En alguna ocasión incluso era capaz de lanzar varias flechas a la vez, añadiendo mis setas a su objetivo.

Sin embargo, por caprichos del destino pisó sobre unas tablas que tapaban cierto pozo hacia la galería inferior. La madera podrida por el paso de los años cedió sin previo aviso, y pude percibir el terror en los ojos de mi enemiga. Mientras desaparecía en la oscuridad, pude advertir una cicatriz que recorría todo su rostro a pesar de que llevaba un pañuelo para ocultarla. El golpe sordo contra el suelo llegó varios segundos después. Silencio. Dudé bastante de su supervivencia.

Se trataba de una de las legendarias cazadoras de hechiceros, pues conocía como contrarrestar mis trucos más habituales. La había visto cruzar los pantanos junto al resto de la expedición, así como acampar y salir temprano con el grupo avanzado hacia las minas. ¿Quién llevaría en un viaje de reconocimiento a una profesional de este tipo? Sin duda, alguien que sabía hacia dónde se dirigía y que se iba a enfrentar con enemigos diestros en el arte de las runas.

Antes de salir al exterior, a los valles de nieve eterna del interior de la isla de Obor, dejé que mi ojo bueno se acostumbrara a la luz. Llevaba más de un día en penumbra. Aproveché para recoger provisiones, como una botella de cristal con un líquido ámbar oscuro en su interior.

Ahora dispones de **HIDROMIEL AÑEJA** *para usar en las escenas.*

Intenté atar cabos mientras daba unos sorbos al delicioso brebaje. Estaba convencido de que había dos grupos de poder dirigiéndose hacia el lugar del impacto de aquella cosa que cayó del cielo. Por un lado, el grupo de hechiceros encapuchados y la siniestra sacerdotisa que había llenado de sangre y vísceras el campamento. Por otro lado, la desgraciada expedición de la que formaba parte la cazadora que acababa de desaparecer, y de la que probablemente quedarían pocos o ningún superviviente a estas alturas. Mi única duda era con qué grupo estaba Thorval de los Vientos.

Crucé el umbral y anduve unos pasos hacia la explanada nevada. Mi respuesta estaba esperándome.

Ahora pasa a la página indicada según tu **ESPECIALIZACIÓN**:

ALQUIMISTA: 127

CONJURADOR: 128

Llegó un momento en el que yo ya no sentía dolor, ni miedo. No sentía nada excepto cansancio. Cansado de huir por el pantano durante años. Cansado de tener que narcotizarme probando setas desconocidas para soportar el pesar por las noches. Cansado de memorizar aquellas terribles runas.

Había llegado el momento de descansar, y quizás reunirme con ella. Me debatía entre la venganza y el anhelo por volver a verla. Derrotado, cerré los ojos y me tumbé sobre la nieve mientras Thorval descargaba todo el potencial de la tormenta sobre mi cuerpo inerte.

Si NO está marcado, ***dale la vuelta*** *y lee. En cambio, si está marcado*, ***sigue leyendo tras la imagen***.

Tienes la oportunidad de jugar de nuevo, empezando en el momento en el que elegiste **CLASE ÉPICA**. *A cambio, deberás* ***tomar elecciones de página distintas a las que has elegido hasta ahora***. *Deberás elegir la* **CLASE ÉPICA** *que NO habías elegido en tu intento anterior, aunque tu* **ESPECIALIZACIÓN** *será la misma.*

Ahora marca  *en* ***esta misma página*** *y vuelve a la que se indica según tu* ***antigua*** **ESPECIALIZACIÓN**:

 **CONJURADOR**: 128  **ALQUIMISTA**: 127

Demasiadas oportunidades. Demasiadas decisiones desafortunadas. Demasiada mala suerte. Thorval concentró todo el poder de la tormenta sobre mi cuerpo magullado. Un rayo colosal quemó mi carne hasta que sólo quedó un amasijo de restos carbonizados sobre la nieve blanca. Otros tendrían que cobrar mi venganza. Mi papel en esta aventura termina aquí.

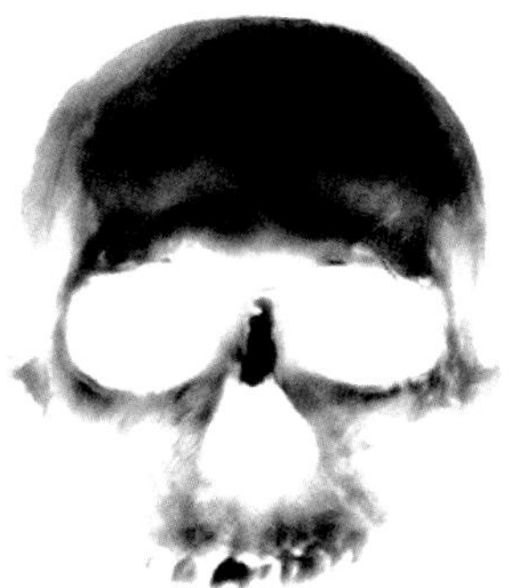

¿ FIN ?

Este es el final de Solmund, que no pudo encontrar la paz. Los acontecimientos de la isla cada vez son más siniestros. ***Ahora pasarás a vivir en la piel de otro importante personaje.***

Marca en las páginas 160 y 170, y luego avanza al ***ACTO III*** *en la página 144.*

—Hola, Solmund —dijo Thorval de los Vientos esbozando una macabra sonrisa—. Cuánto tiempo. Te he estado esperando. Tenemos mucho que hablar.

Frente a mí, sobre el blanco manto de nieve que cubría la explanada, tenía al causante de todas mis pesadillas durante los últimos veinte años. El hombre más poderoso de la isla había acabado con mi hija por un capricho, simplemente para acallar las voces que exigían justicia frente a un invierno demasiado duro. Después de huir de sus secuaces durante muchos años, estábamos solos él y yo.

—Esa molesta cazadora ya me estaba cansando —admitió, mientras el cielo se nublaba y se escuchaban algunos truenos en la distancia—. No te preocupes, no nos volverá a importunar.

Permanecí en silencio, respirando profundamente. Necesitaba recuperar el aliento durante unos minutos antes de enfrentarme a él. Sabía que era un poderoso hechicero, aunque no sabía hasta qué punto llegaba su domino de las artes arcanas. Se había cuidado de ocultarlo desde su Faro de Luna, encubriendo sus rituales entre las frecuentes tormentas eléctricas de la costa.

—No me guardes rencor, Solmund —dijo, señalándome mientras yo apretaba los dientes—. Los dos sabemos que lo que ha caído del cielo es mucho más importante que tú y que yo. Imagina lo que podríamos hacer con ese poder. Otros ya lo están buscando y nos llevan ventaja.

—¿Y esos encapuchados? Parece que no tienen los mismos planes que tú —Escupí sobre la nieve, manchándola con mi sangre. Miré hacia el negro cielo.

—Simples cabos sueltos —Se encogió de hombros—. Esa sacerdotisa que traje del continente les ha lavado el cerebro. Se han vuelto mucho más radicales. Hasta ahora los había conseguido controlar, pero la caída del objeto los ha enloquecido a todos. No pararán hasta encontrarlo.

—Esto acaba aquí, entre tú y yo —corté la conversación, levantando mi cayado.

Thorval suspiró y puso los ojos en blanco. Cuando me di cuenta, la tormenta estaba sobre nosotros.

Tus huesos cansados piden parar. Aplica -1 a tu primer movimiento en la siguiente escena.

Tus setas están marchitas. Rellena el corazón de 1 de ellas al empezar la escena.

*El siguiente **boss** <u>sólo tiene 1 fase</u>. Juega la escena en la página correspondiente a tu **CLASE ÉPICA**:*

ASTRÓLOGO: 130

PORTADOR DE LA PLAGA: 132

GEOMANTE: 134

DRUIDA DE SANGRE: 136

Thorval y yo rodamos por el suelo. Demasiado fatigados como para invocar la fuerza arcana de las runas, el combate se volvió un sucio intercambio de golpes entre dos cuerpos viejos y cansados. En un momento de lucidez, saqué del bolsillo interior de mi zurrón un pequeño hongo negro con motas rojas que me había cuidado de guardar para ocasiones desesperadas. Lo estampé contra su boca, para luego obligarle a cerrarla con un puñetazo a la parte baja de su mandíbula. Tengo que decir que disfruté de unos segundos de horror en sus ojos, mientras aparecían una estrías oscuras en sus mejillas. Una espuma blanca comenzó a brotar de su boca y pronto dejó de moverse.

Había culminado mi venganza tras tantos años buscándola. Sin embargo, y a diferencia de lo que había imaginado, no me sentía mejor conmigo mismo. Tras unos días de inmensa violencia, no encontraba ningún consuelo al vacío que se había alojado en mi interior. La tormenta amainó y volví a disfrutar de un cielo despejado mientras atardecía.

El pasado debía quedar atrás. Ahora tenía que terminar lo que me había llevado a dejar las confortables espesuras del bosque. No, no era acabar con Thorval. Esto había sido sólo una incómoda piedra en el camino. Mi objetivo era detener esta siniestra conspiración en la que todavía no entendía qué papel jugaba yo. ¿Qué habría sido de Vestar, el desgraciado que había encontrado en la masacre del campamento? Quizás juntos hubiésemos podido acabar con esta locura.

El lugar del impacto estaba a unas pocas horas de mi posición. Allí terminaba mi viaje. Saqué unas deliciosas bayas de mi zurrón y comí unas cuantas para recuperar fuerzas. Decidido, comencé a descender la ladera hacia los valles de nieve eterna del interior de la isla.

CONTINUARÁ ...

Este es el final de la narración de Solmund, el extraño del pantano. Al menos, por ahora. Marca ***el OBJETO de Solmund*** *en el lateral de la página 195. Marca su* ***CLASE ÉPICA*** *en la parte superior de la página 195.*

Tu aventura continúa hacia el lugar del impacto. Ahora pasarás a vivir en la piel de otro importante personaje de nuestra historia. Marca [símbolo] en las páginas 170 y 180. Luego avanza al ***ACTO III*** *en la página 144.*

- ACTO III -

LA CAZADORA DE BRUJOS

A la derecha tienes el mapa de la isla para el ***ACTO III****. Puedes volver aquí y consultarlo cuando quieras.*

En la página 230 empiezan los ***APÉNDICES****, que contienen información útil para el jugador, como los distintos* ***MODOS DE JUEGO ALTERNATIVOS****. Puedes consultarlos (excepto* ***CONSECUENCIAS ARCANAS****, que es solo cuando se te diga).*

También puedes consultar las reglas en las páginas 238-239, y detalles de acciones en las páginas 236-237.

Ahora empieza en la página 146.

Isla de Obor

Me llaman Garath.

Nací y viví en el continente durante toda mi infancia. De familia de artesanos, crecí brincando en un destartalado taller que olía a madera, metal y sudor. Pronto descubrí que era mucho más ágil y diestra que el resto de los muchachos de mi edad con los que jugaba en la aldea.

Lamentablemente, no puedo decir que fuesen unos años agradables. Ya la habréis visto: esa marca oscura que me cruzaba la cara no ayudaba a que una niña delgada y arisca hiciese amigos en un pueblo lleno de supersticiones. En cuanto tuve edad lo abandoné para ver mundo, uniéndome a una caravana de mercaderes que viajaba hasta los lejanos confines del continente.

Durante los años de adolescencia visité países de los que ni había oído hablar. Crucé el abrasador desierto de O'eth Alora haciendo de contrabandista para un gremio de mecenas, traspasé las líneas de asedio a Satras escondida durante dos días en un barril lleno de guano, y sobreviví en el paso de Musdurn durante la famosa tormenta del siglo. No era una vida fácil. Pero era feliz. No permanecía muchos meses con los mismos compañeros, hacía pocas preguntas y a cambio nadie me juzgaba.

Mi prodigiosa vista y puntería me habían hecho ganar fama en varios concursos locales, y pronto me reclutaron como mercenaria a sueldo. Siempre dispuesta con mi arco largo, me ganaba la vida apoyando a la vigilancia de guarniciones y caza de delincuentes.

Una vez, durante la cacería de un grupo de maníacos que estaban aterrorizando una aldea, observé por primera vez el uso de la magia arcana. El daño y dolor que eran capaz de producir esas tenebrosas runas sobre los inocentes me sobrecogió. Me prometí a mí misma que dedicaría mi existencia a perseguir y sentenciar a todo aquel que abusara de las artes oscuras.

Aprendí a ejecutar algunas runas sencillas, aunque era algo que no se me daba especialmente bien. Estaba claro que yo nunca desarrollaría el don, pero con práctica y esfuerzo se podían conseguir algunos resultados interesantes. Notaba cómo algo en mi interior se retorcía cada vez que trazaba con los dedos esas figuras. Una sensación desagradable que intentaba no reproducir.

Entonces conocí a Thorval en una taberna de la costa. Me cautivó su determinación, y me ofreció trabajo acompañando a sus invitados a Obor. Nunca había estado en las islas, así que acepté.

Continúa en la página siguiente.

Desde entonces, todo había ido a peor. Llevaba tres años acompañando a las expediciones hacia el interior de la isla, vigilando que ninguno de los dotados en el arte de las runas hiciese nada de lo que nos pudiésemos arrepentir. Thorval vigilaba los avances de sus invitados. Algunos de ellos eran realmente sagaces y repetían año tras año, mientras que otros le decepcionaban. En cualquier caso, este grupo de encapuchados de distinta procedencia cada vez intentaba llegar más lejos, alentados por una misteriosa sacerdotisa que se vestía con hojas, ramas y pelaje de animales.

Hasta el día en el que cayó fuego del cielo.

Tuve la mala suerte de encontrarme en la isla cuando se produjo el incidente. Los sectarios llevaban varios días más nerviosos que nunca por ser los primeros en poner su huella en las cenizas del cráter, y Thorval intentaba desesperadamente aplacar sus brotes maníacos. Sin éxito. Hubo una fuerte discusión con la sacerdotisa y se separaron en dos grupos, iniciando una carrera improvisada.

Viendo como a Thorval se le había ido de las manos la situación, ideé un plan junto a Seraph, uno de los capitanes de Thorval y en quien confiaba tras las largas travesías que habíamos compartido. Este hombre me parecía la única persona sensata de la isla y me propuso hacernos con un vial que nos sería de gran ayuda en la lucha contra la funesta magia de los hechiceros. Este vial lo guardaba con recelo Thorval en su despacho, aunque todos ignorábamos de dónde lo había conseguido. Le pidió a Vestar, uno de sus antiguos marineros de confianza, llevar a cabo una misión tan delicada. Lamentablemente, debía haber fracasado porque no volvimos a saber nada de él ni del objeto.

El resto de la historia ya la conocéis: Thorval nos había traicionado, y mi plan desesperado para capturar al anciano del pantano no había salido bien. Ahora me encontraba magullada y herida en una caverna helada, tras haber caído una docena de metros a través de una grieta en la montaña. Mi arco parecía estar en buen estado, aunque un buen puñado de flechas se habían roto.

Varias galerías parecían dar comienzo a una red de túneles. Oí un ruido a mi espalda y me giré hacia la oscuridad. Instintivamente, miré hacia arriba y busqué cómo salir de allí.

*Si intentas **escapar escalando**, ve a la página 148. Si **huyes por los túneles** buscando una salida, ve a la página 150.*

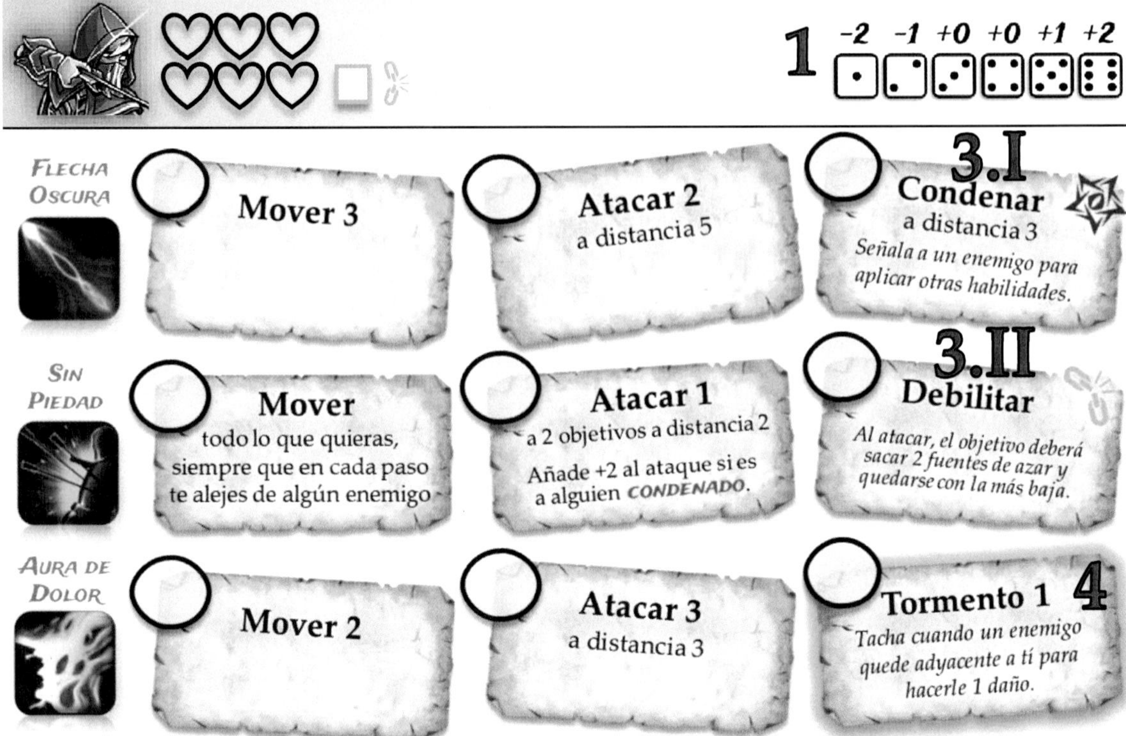

1. *Garath utiliza una fuente diferente de azar. En la esquina tienes el* ***modificador al ataque que corresponde****.*

2. *Garath, a diferencia de Vestar o los enemigos, no abre una página al azar para determinar el resultado de sus dados. En su lugar,* ***debes lanzar tu lápiz sobre el*** ***cuadro de azar****. Para ello, cuando tengas que aplicar la fuente de azar: (1º) Lleva el lápiz contra tu pecho. (2º) Cierra los ojos. (3º) Apunta contra el cuadro de azar y acerca la punta hasta tocar el papel. (4º) Entonces abre los ojos y observa el dado que has obtenido. (5º) Aplica el modificador según corresponda. Si el lápiz ha tocado fuera de la zona de dados,* ***el ataque falla****. (6º)* ***Colorea por completo el dado elegido:*** *si el lápiz vuelve a tocar ese dado coloreado en otro ataque de esta escena (o fase), falla.*

3. *Garath es capaz de infligir dos nuevos estados en sus enemigos. Márcalos en su panel de* **COMPORTAMIENTO***. Los dos son* ***permanentes****: duran toda la escena (o fase, si es un boss).*

- **I. Condenar** *provoca el estado* **CONDENADO** *en un enemigo. Por sí sólo no implica nada, pero alguna de tus habilidades y modificadores sólo se aplican a enemigos condenados.*
- **II. Debilitar** *provoca el estado* **DÉBIL** *en un enemigo. Implica que, cuando ese enemigo te ataque, debes consultar dos veces su fuente de azar (dados) y quedarte con el menor resultado.*

4. Tormento 1 *es una nueva acción* ***reactiva****: se selecciona (resigue) en tu turno, pero se aplica (tacha) en otro momento: inflige 1 daño al enemigo en cuanto esté adyacente a ti (bien porque tú te acerques o porque él se acerque).*

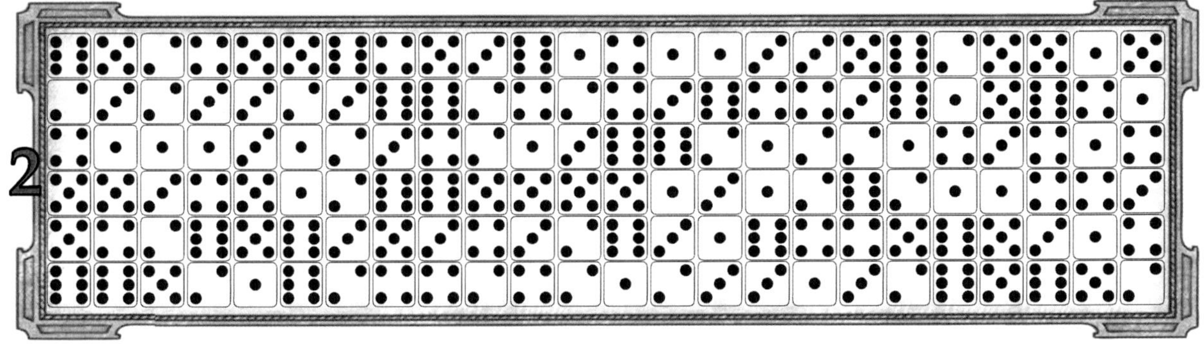

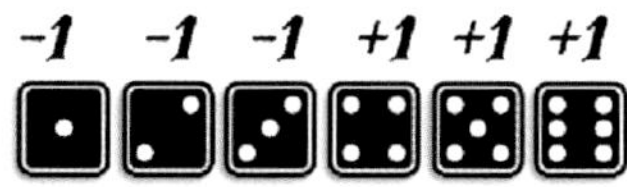

UN ENJAMBRE BLANCO

OBJETIVO: Acaba con todos los enemigos.

Tras unos minutos escalando sobre roca húmeda, no conseguí hacer grandes progresos. Al meter la mano en una oquedad, toqué un nido de seres blandos y viscosos. Solté un grito y perdí el equilibrio, cayendo de nuevo a la base del pozo mientras un par de criaturas ciegas y albinas salían de su letargo. Con un chillido extremadamente agudo, se lanzaron hambrientas hacia mí.

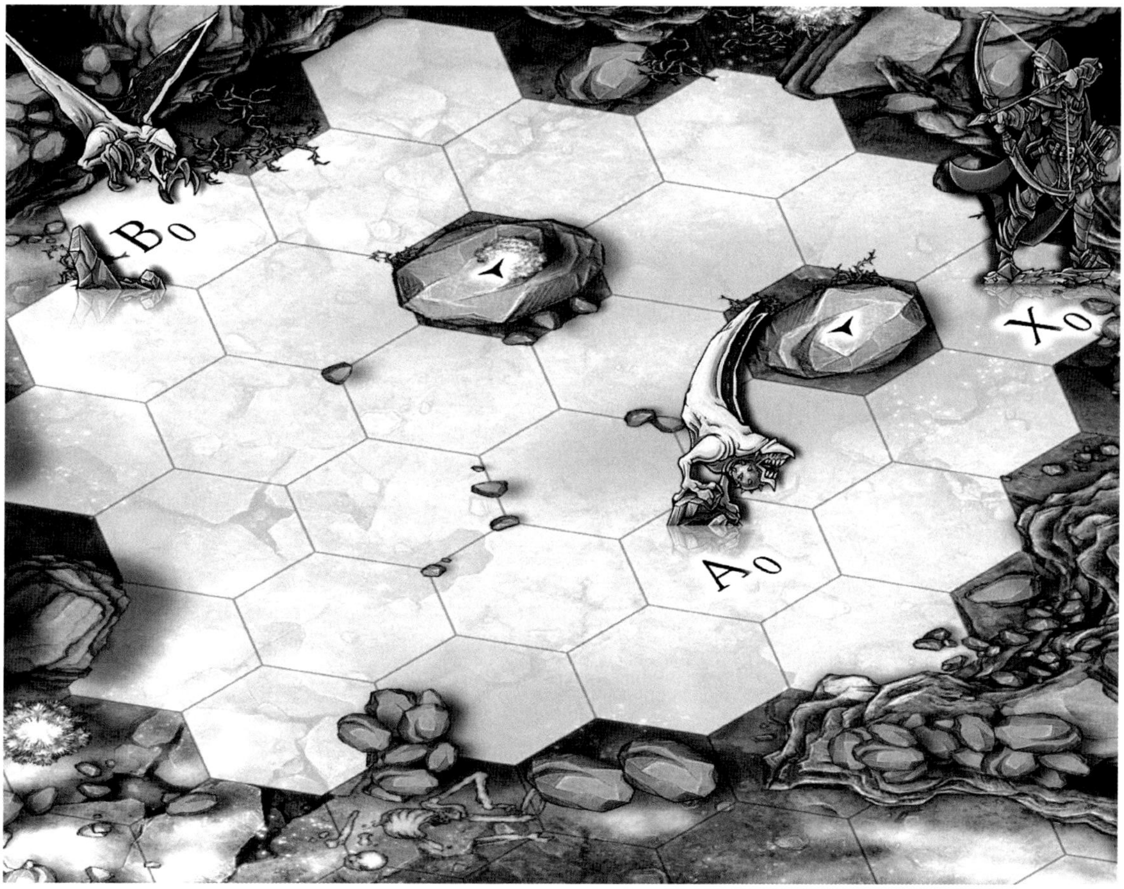

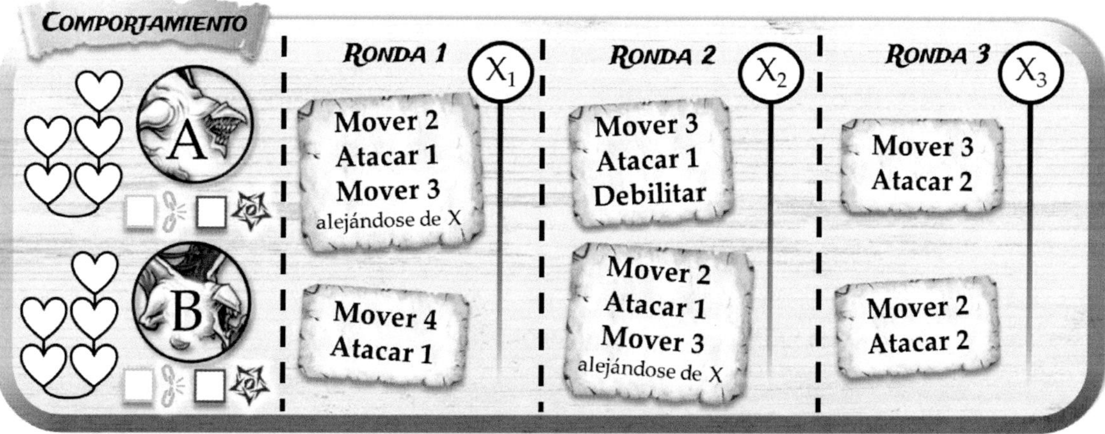

*Si **no cumples** el objetivo, ve a la página 160. Si lo **cumples** derrotando a las criaturas, pasa a la 152.*

RONDA 1 / 2 / 3

1 -2 -1 +0 +0 +1 +2

FLECHA OSCURA 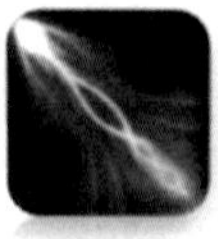	**Mover 3**	**Atacar 2** a distancia 5	3.I **Condenar** a distancia 3. Señala a un enemigo para aplicar otras habilidades.
SIN PIEDAD 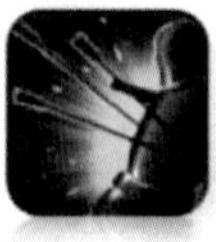	**Mover** todo lo que quieras, siempre que en cada paso te alejes de algún enemigo	**Atacar 1** a 2 objetivos a distancia 2. Añade +2 al ataque si es a alguien CONDENADO.	3.II **Debilitar** Al atacar, el objetivo deberá sacar 2 fuentes de azar y quedarse con la más baja.
AURA DE DOLOR 	**Mover 2**	**Atacar 3** a distancia 3	4 **Tormento 1** Tacha cuando un enemigo quede adyacente a ti para hacerle 1 daño.

1. *Garath utiliza una fuente diferente de azar. En la esquina tienes el* ***modificador al ataque que corresponde****.*

2. *Garath, a diferencia de Vestar o los enemigos, no abre una página al azar para determinar el resultado de sus dados. En su lugar,* ***debes lanzar tu lápiz sobre el cuadro de azar****. Para ello, cuando tengas que aplicar la fuente de azar: (1º) Lleva el lápiz contra tu pecho. (2º) Cierra los ojos. (3º) Apunta contra el cuadro de azar y acerca la punta hasta tocar el papel. (4º) Entonces abre los ojos y observa el dado que has obtenido. (5º) Aplica el modificador según corresponda. Si el lápiz ha tocado fuera de la zona de dados,* ***el ataque falla****. (6º)* ***Colorea por completo el dado elegido:*** *si el lápiz vuelve a tocar ese dado coloreado en otro ataque de esta escena (o fase), falla. Garath es capaz de infligir dos nuevos estados en sus enemigos. Márcalos en su panel de* **COMPORTAMIENTO**. *Los dos son* ***permanentes****: duran toda la escena (o fase, si es un boss).*

I. **Condenar** *provoca el estado* CONDENADO *en un enemigo. Por sí sólo no implica nada, pero alguna de tus habilidades y modificadores sólo se aplican a enemigos condenados.*

II. **Debilitar** *provoca el estado* DÉBIL *en un enemigo. Implica que, cuando ese enemigo te ataque, debes consultar dos veces su fuente de azar (dados) y quedarte con el menor resultado.*

3. **Tormento 1** *es una nueva acción reactiva: se selecciona (resigue) en tu turno, pero se aplica (tacha) en otro momento: inflige 1 daño al enemigo en cuanto esté adyacente a ti (bien porque tú te acerques o porque él se acerque).*

2

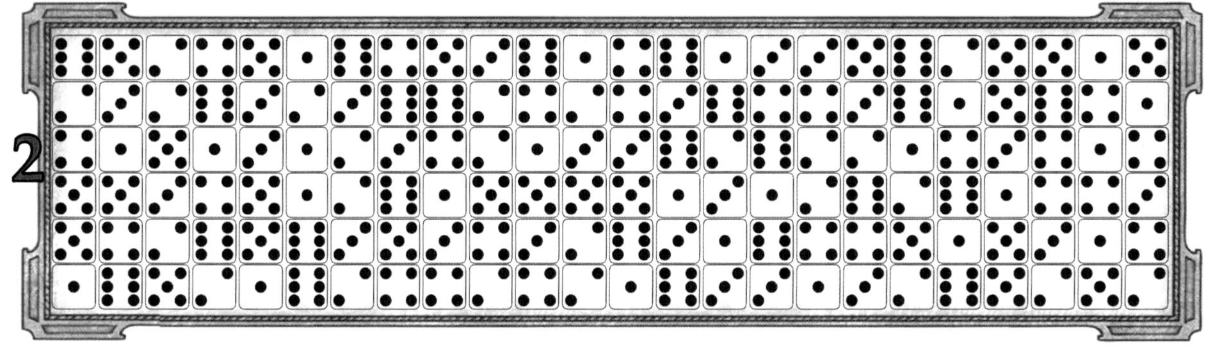

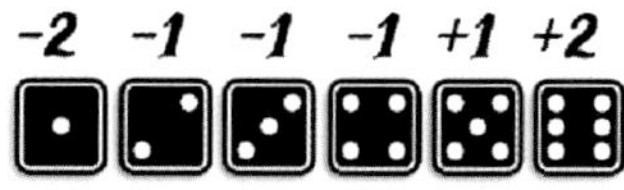

EL TROLL DE LAS NIEVES

OBJETIVO: Acaba con el troll de las nieves.

Unos metros más allá del pozo, la oscuridad me dificultaba avanzar. Caminé a ciegas, palpando el techo de la caverna con las manos para no golpearme hasta que llegué a otra sala por cuyo techo se filtraba la luz del exterior. El aire enrarecido apestaba a pelo mojado. Entonces lo vi, despertándose sobre un lecho de huesos. Estaba en la guarida de un peligroso troll de las nieves.

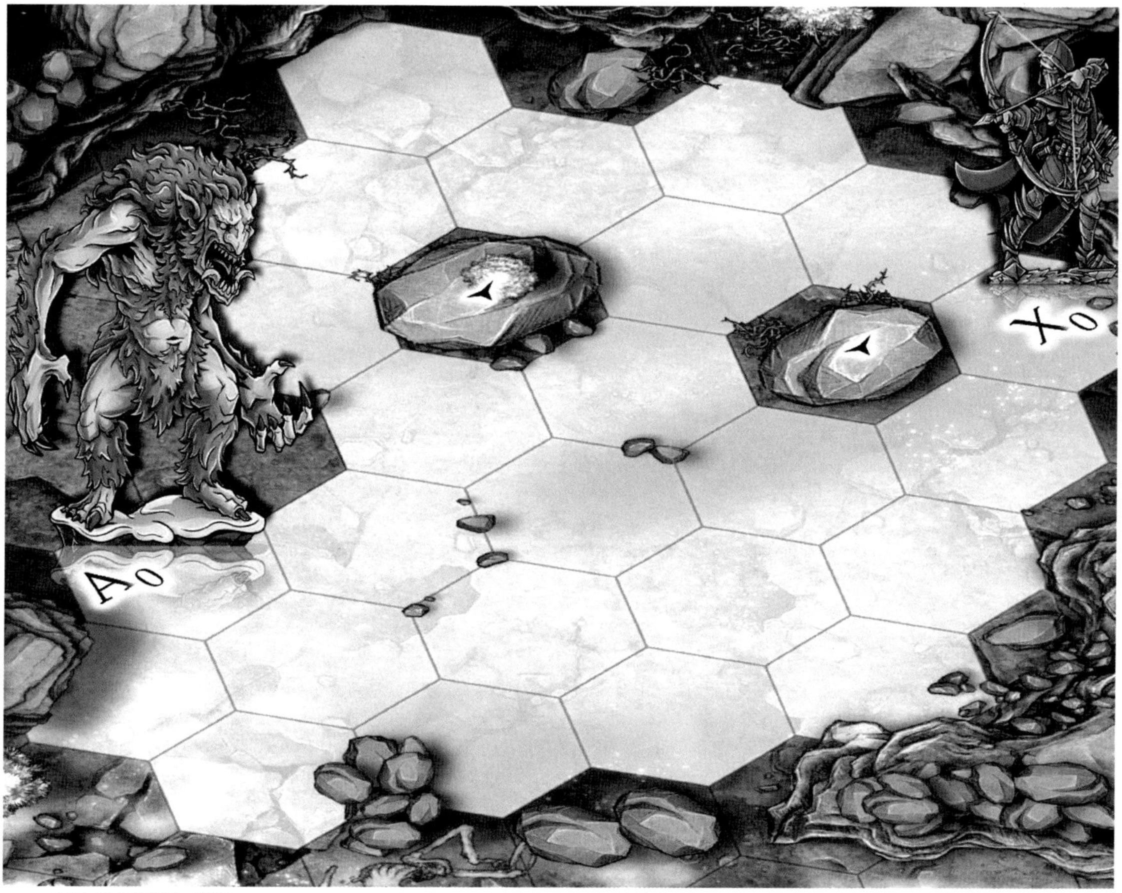

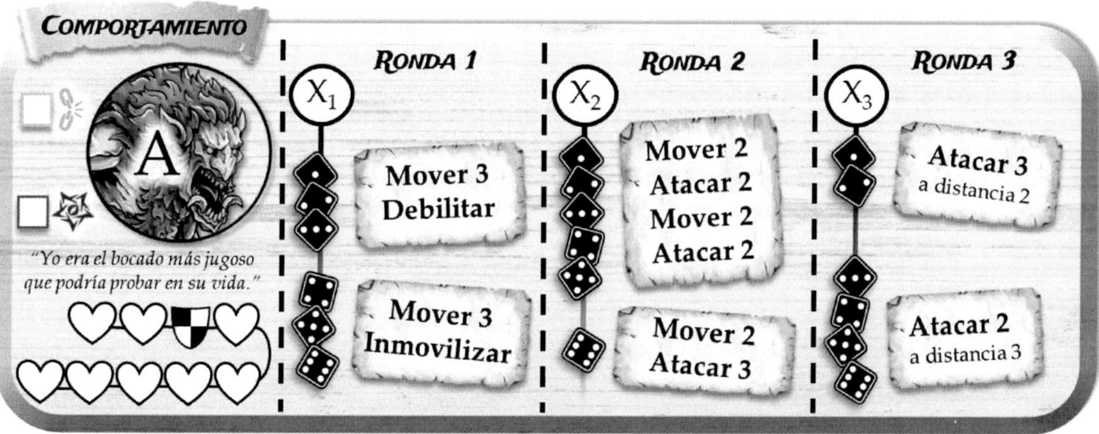

Si ***no cumples*** *el objetivo, ve a la página 160. Si lo* ***cumples*** *derrotando a la criatura, pasa a la 152.*

¿Quién sabe qué otras bestias me podrían aguardar en las profundidades de aquellas cavernas heladas? Al parecer, la red de túneles formaba parte de las galerías inferiores de la mina, que habían quedado sin explotar. Encontré una caja con enseres gastados y comida congelada. No había nada útil para mi supervivencia, excepto unas flechas frías como el hielo olvidadas por algún arquero.

SAETA

En <u>un</u> ataque, <u>tacha</u> para elegir el dado superior o inferior al que te salga en el cuadro.

Ahora dispones del objeto **SAETA** *para utilizar durante las escenas.*

Cuando volví a ver la luz del sol, llené mis pulmones del aire puro de la montaña. Había caído una buena nevada en las últimas horas. Un bulto en la nieve llamó mi atención: un cuerpo a medio cubrir por la nieve. Me acerqué con recelo y agité la nieve de su cara con el extremo de madera del arco. Era el cadáver de Thorval, con una expresión de rabia en los ojos, que así permanecerían congelados para siempre. A juzgar por las heridas, un hechicero más poderoso que él había acabado con su vileza. ¿Solmund? Lo dudaba. No sabía si aquel viejo seguía con vida o si descansaba para siempre bajo aquel manto de nieve fresca. El combate entre ambos debía haber sido legendario.

Observé mi entorno. Un par de viejos raíles salían de las minas y bajaban de la montaña hacia el lago, completamente congelado. Unas vagonetas semienterradas en la nieve suponían el último vestigio de civilización al norte de la isla. Me acerqué a una de ellas, tocando su frío metal. Levanté la vista hacia el horizonte, oteando el resplandor violáceo que surgía entre la bruma, más allá de la colina que circundaba el lago helado. Debía ser el cráter que había vuelto locos a los sectarios, el destino final de todos nosotros. En ese instante, se me erizó el vello de la nuca. Algo andaba mal.

A mi espalda, tres sectarios salieron de la boca de la mina. Con sus voces graves e incoherentes, corrieron sobre la nieve fresca a una velocidad sobrehumana. Instintivamente, me monté en una de las vagonetas y me agaché, pues se trataba de mi única protección. Di un brusco tirón, desencajando el hielo que bloqueaba las viejas ruedas oxidadas. Lentamente, la vagoneta comenzó a rodar cuesta abajo. Asomada desde el vagón, comprobé que mis oscuros perseguidores hacían lo mismo.

Si es tu <u>primera campaña</u>, juega el siguiente boss en la página 154. Si es tu <u>segunda campaña</u>, lee el siguiente párrafo.

Saqué mi arco. No podía fallar. En apenas unos segundos, los vagones descarrilarían al terminar los raíles.

Ve al cuadro de azar de la 148 y ***selecciona 3 dados****, acercando tu lápiz con los ojos cerrados 3 veces. Si la suma de los 3 dados* ***resulta 14 o más****, ve a la 158 y lee <u>antes de la imagen</u>.* ***Si no****, ve a la 158 y lee <u>después de la imagen</u>.*

Miré mis manos con preocupación. Mi piel empezaba a palidecer. No sabía si se debía al frío, a la presencia de los sectarios, o al golpe que me había dado con anterioridad al caer en la cueva. Lo cierto es que me encontraba con ánimo para alcanzar el borde del cráter, aunque probablemente fuese la última en llegar. Aunque no había estudiado ningún mapa de aquellas regiones tan al norte, estimé que no me separaba de allí más de una jornada de viaje.

Pasé la noche a la orilla del lago congelado, mientras el helor congelaba los cuerpos de los sectarios. No me atrevía a encender fuego, así que me acurruqué en un abrigo natural de roca junto al lago.

<u>Si está marcado</u>, ***dale la vuelta*** *y lee. En cualquier caso, después* ***sigue leyendo tras la imagen.***

Supongo que pasé tanto frío que aquella noche soñé con fuego. Un fuego tan cercano y real que me desperté de un sobresalto al amanecer. ¿Era una premonición de lo que me esperaba en el cráter? ¿O un recuerdo de vidas pasadas? La mayoría de la gente piensa que los mensajes oníricos son un cuento que usan los cartomantes para sacar unas monedas en las ferias, pero cuando una ha viajado tanto, aprende a hacer caso de estas señales del más allá.

Dediqué unos minutos a estirarme, al calor del sol. El camino más directo al otro lado del lago era cruzarlo directamente. Pisé la superficie helada con cautela, y tras comprobar su robustez di varios saltos contundentes. No debía haber más de un palmo de grosor, pero era suficiente para mí si no empezaban a aparecer grietas en el hielo. Recogí mis cosas y sonreí. Si todo iba bien, podría ahorrarme desperdiciar toda la mañana dando un rodeo, y así recortaría distancia a los sectarios.

En apenas una hora había cruzado prácticamente a la orilla opuesta, sin incidentes. Aunque todavía el lago debía ser profundo en aquel punto, entré en una zona flanqueada por grandes rocas. Empecé a escuchar el crujido eléctrico del hielo a mi lado. Unas pequeñas grietas se propagaron por el suelo. Sin previo aviso, una enorme bestia con ocho patas salió tras unos peñascos a gran velocidad, con el cuerpo de un hombre congelado entre sus garras delanteras.

El basilisco clavó sus uñas traseras en la superficie del lago mientras desgarraba el témpano que formaba la cabeza del cadáver. Sabía que mis flechas poco podían hacer contra su piel helada.

Juega la siguiente escena ***en la página indicada según tu ESPECIALIZACIÓN.***

 ***TRAMPERA:*** 166  ***ACECHADORA:*** 168

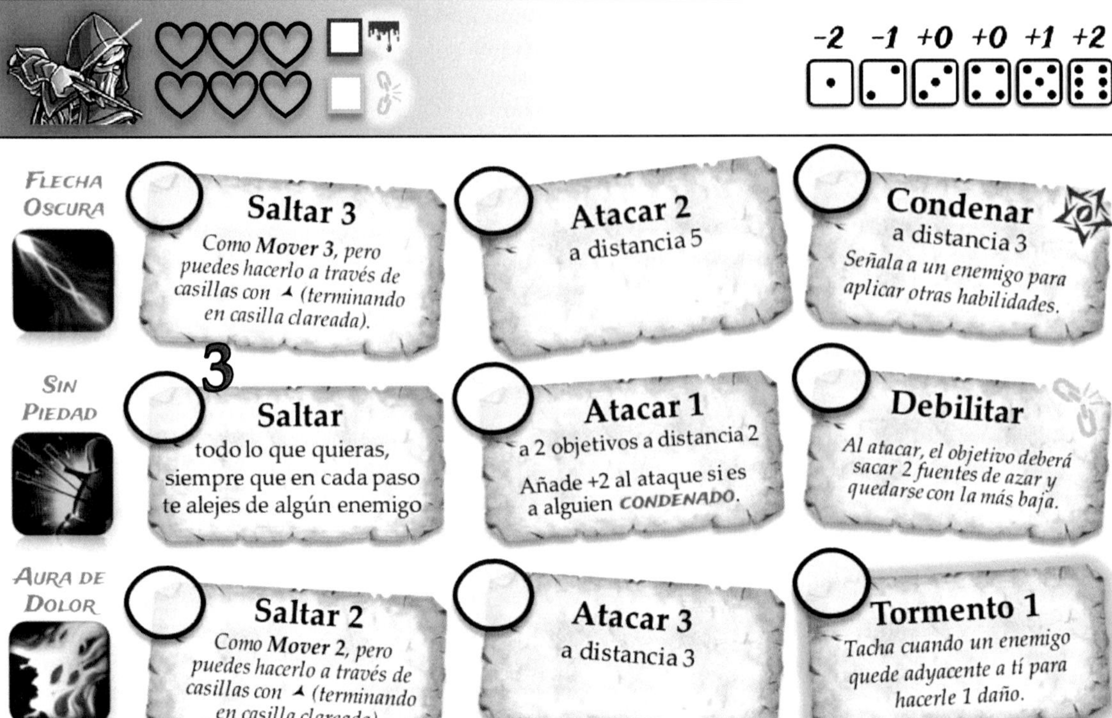

1. *Es posible que ya hayas encontrado un nuevo objeto. Márcalo en el* ***panel de objetos*** *si es así.*
2. **Hostigar** *es una nueva acción que sólo tienen los enemigos con influencia demoníaca. Te obliga a que taches con línea vertical la mitad (izquierda o derecha, tú eliges) de las* ***columnas que quedan en tu cuadro de azar****. Te afecta sin importar a la distancia a la que te lo hagan. Si en un ataque tu lápiz* *toca un dado de una columna tachada, falla.* *La 1ª vez que te hostiguen en una escena tacha las 12 columnas de la mitad izquierda o derecha del cuadro. La 2ª vez, tacha 6 columnas (mitad izquierda o derecha de las 12 restantes). La 3ª vez, tacha 3 columnas (mitad izquierda o derecha de las 6 restantes). De esta forma* ***cada vez tendrás menos margen*** *para señalar con tu lápiz.*
3. *La acción de* **Saltar** *es como* **Mover***, pero puedes hacerlo a través de casillas con ⅄ (terminando en una clareada).*
4. *Recuerda que* ***un ataque falla*** *si el lápiz toca un dado que ya está coloreado (porque ya lo has tocado en otro ataque).*

-1 -1 +0 +0 +1 +1

PERSECUCIÓN (I)

Objetivo: **Acaba con tantos sectarios** como puedas. **Si atacas la casilla d** (con cualquier ataque), rellena el cuadro junto a la misma (esto no tendrá efecto inmediato, sino que afectará a la ***FASE II***).

Tres sacerdotes de la secta y yo nos lanzamos colina abajo, sobre ruedas. Durante un tramo, las vías debían ir por una estrecha arista entre dos vaporosos valles. Las vagonetas silbaban oxidadas, con un quejido lastimero que, junto al vaivén, me impedía concentrarme en mi puntería. Teníamos un problema adicional: en unos segundos, las vías se terminaban y descarrilaríamos a gran velocidad.

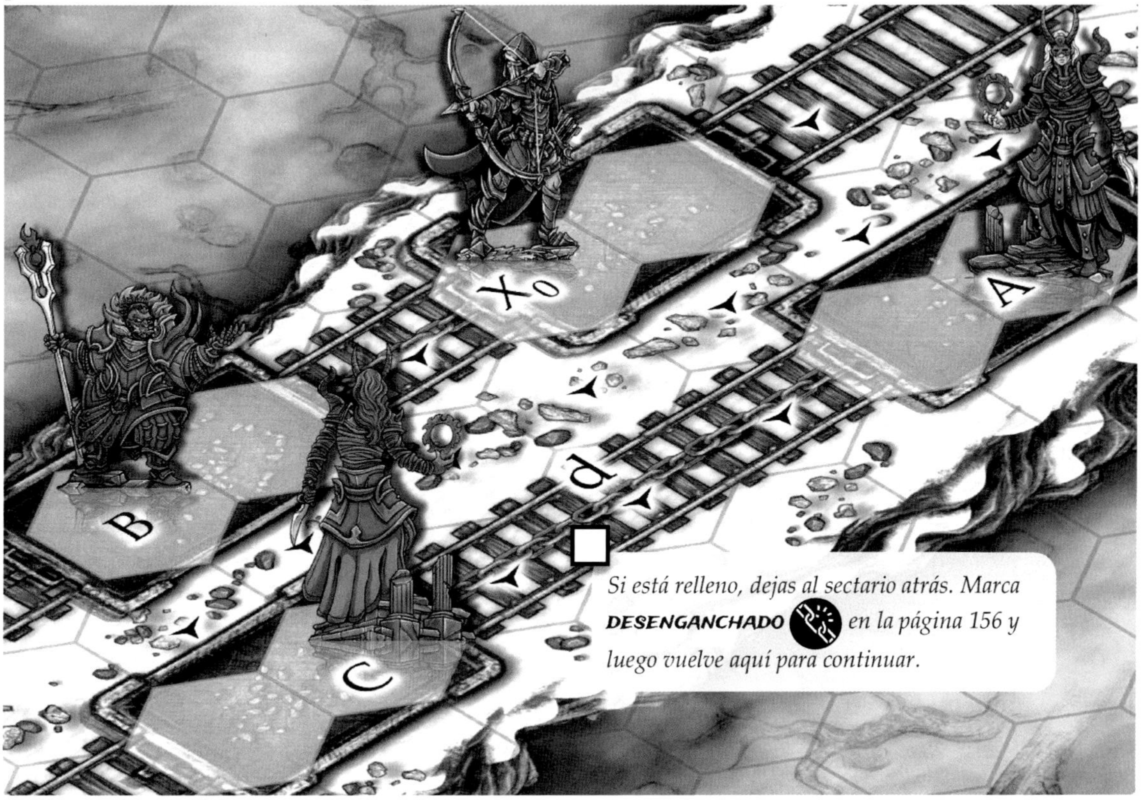

X0 A B C d

Si está relleno, dejas al sectario atrás. Marca **DESENGANCHADO** *en la página 156 y luego vuelve aquí para continuar.*

Recuerda a qué sectarios has matado *y pasa a la* ***FASE II*** *en la página 156.*

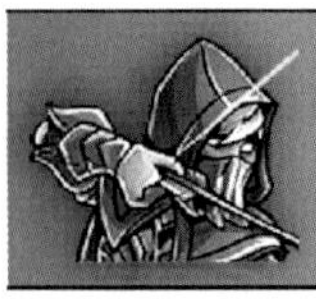

RONDA 1 / 2 / 3

-2	-1	+0	+0	+1	+2
⚀	⚁	⚂	⚃	⚄	⚅

2

FLECHA OSCURA	**Mover 3**	**Atacar 2** a distancia 5	**Condenar** a distancia 3 *Señala a un enemigo para aplicar otras habilidades.*
SIN PIEDAD	**Mover** todo lo que quieras, siempre que en cada paso te alejes de algún enemigo	**Atacar 1** a 2 objetivos a distancia 2. Añade +2 al ataque si es a alguien CONDENADO.	**Debilitar** *Al atacar, el objetivo deberá sacar 2 fuentes de azar y quedarse con la más baja.*
AURA DE DOLOR	**Mover 2**	**Atacar 3** a distancia 3	**Tormento 1** *Tacha cuando un enemigo quede adyacente a tí para hacerle 1 daño.*

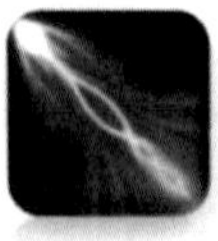

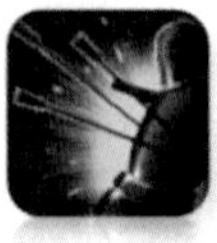

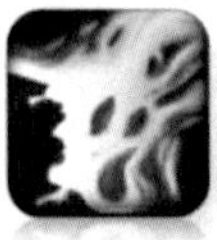

1. *Marca tu <u>objeto</u> en el panel inferior, si es que lo tienes. Aunque lo hayas usado en la* **FASE I**, *vuelve a estar disponible.*
2. *Como en cualquier cambio de fase, debes traer de la* **FASE I** *sólo tu vida y la de los enemigos (<u>menos el último corazón o escudo</u>). Vuelves a tener* ***disponible*** *todas tus cartas y el objeto. Todos tus estados y los estados enemigos estarán sin marcar. Tu cuadro de azar estará limpio, sin ningún dado coloreado ni columna tachada.*
3. *No te olvides de leer el objetivo, la aclaración de reglas y el* ***texto de ambientación*** *de la página derecha.*
4. *La secuencia de color es común a todos los sectarios (puedes dañarla <u>tomando como objetivo a cualquiera</u> de ellos). El* ***candado cerrado*** *indica que debes terminarla antes de hacer daño a las secuencias normales.*

Has dejado atrás a un sectario. El sectario C no actuará en la **RONDA 1**.

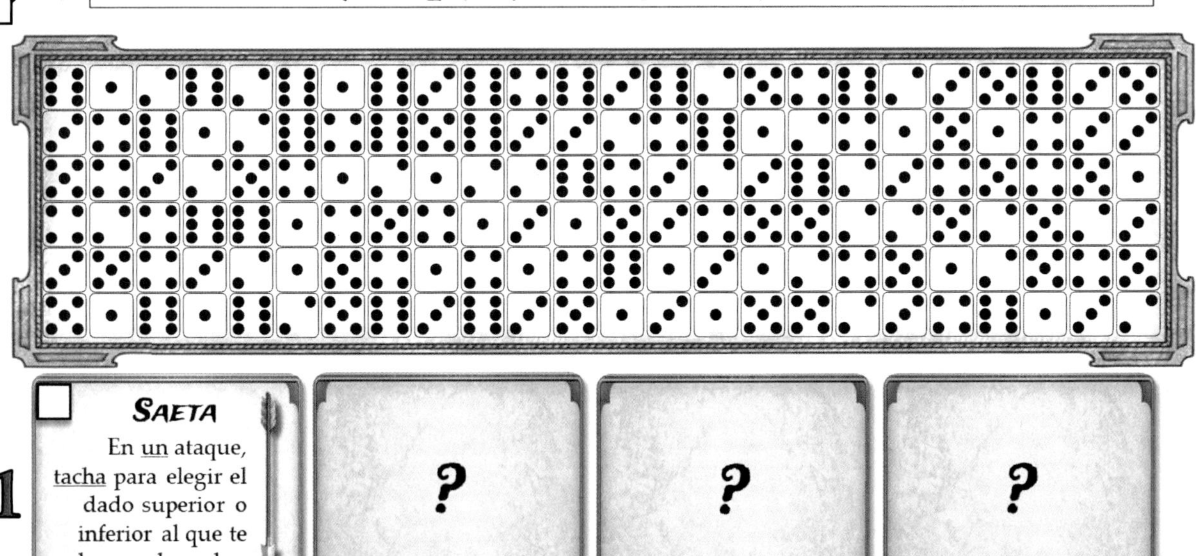

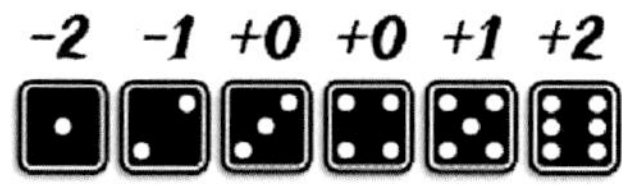

PERSECUCIÓN (II)

OBJETIVO: Mata a los sectarios que quedan.

3

*Al empezar, recuerda qué sectarios mataste en la **FASE I** y mátalos instantáneamente (no estarán esta **FASE II**).*

Llegamos al final de la vía y, cuando las vagonetas perdieron el contacto seguro de los raíles, saltamos por los aires. A la orilla del lago, el sectario más cercano y yo caímos uno sobre el otro. Rápidamente, sacó un cuchillo con inscripciones blasfemas en su hoja curva e intentó clavármelo en el costado. Fui más rápida y desvié el golpe, haciendo que hincase la mano con el puñal en la nieve. Me revolví con la espalda sobre el suelo y, con un ágil giro de piernas, me impulsé para ponerme de pie de un salto. Mientras estaba en el aire, ya estaba sacando la primera flecha del carcaj.

*Si **cumples** el objetivo, ve a la página 158 y lee antes de la imagen. Si **no**, ve a la 158 y lee después de la imagen.*

*Lee esto sólo **si has matado a los sectarios**. En caso contrario, lee después de la imagen.*

La sangre negra de los sectarios contrastaba con la nieve en polvo junto al lago. En sus túnicas, podía ver intrincadas runas. Uno de ellos tenía un cinturón con un pequeño frasco con líquido viscoso. Conocía ese tipo de ungüentos de mis experiencias con otros hechiceros: servían para bañar la hoja de un arma y así potenciar sus ataques.

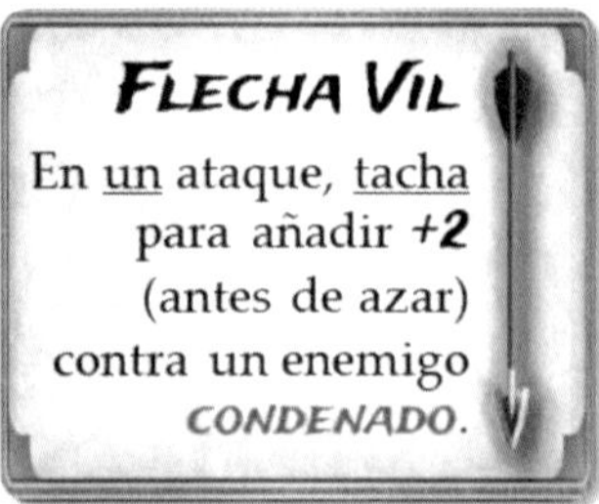

*Ahora puedes usar el nuevo objeto **FLECHA VIL** en las escenas.*

Miré a mi alrededor. No quedaba ninguna amenaza a la vista. Habíamos montado un buen espectáculo de piedras, metal, sangre y nieve. Pero al menos podría descansar tranquilamente esa noche. Por muy cansada que estuviese, mis años de rastreadora me habían enseñado que normalmente era buena idea disimular mi rastro para minimizar riesgos.

*Si decides <u>esconder los cadáveres para borrar tus huellas</u>, marca **OCULTANDO CADÁVERES** en las páginas 159 y 162. Luego **tanto si los ocultas como si no**, pasa a la página 161 para elegir tu **ESPECIALIZACIÓN**.*

*Lee esto sólo **si NO has matado a los sectarios**.*

El último de los sectarios y yo rodamos sobre la nieve, enfrascados en una encarnizada lucha y con nuestros rostros a apenas un palmo de distancia. Su voz grave y profunda escupía palabras de rabia y dolor en aquel antiguo idioma que había visto manejar a los hechiceros en sus aquelarres.

Logré zafarme de él, y disparé una flecha en su rodilla que le hizo soltar un alarido de dolor. Viéndose superado, empezó a reír con la mandíbula desencajada, mientras trazaba unas runas en el aire. Conocía esas runas, aunque no solía verlas a menudo en mis oponentes. Se trataba de un encantamiento letal que hacía implosionar al propio hechicero, llevándose por delante a todo el que estuviera cerca. Sólo tuve un segundo para saltar lo más lejos que pude antes que una lluvia de vísceras cayese sobre mí. La sangre negra del sectario bañó la nieve y despertó mi atención.

*Si decides <u>recoger una muestra de sangre para estudiar a los sectarios</u>, marca **SANGRE VIL** en las páginas 163 y 171. Luego, **tanto si la recoges como si no**, pasa a la página 161 para elegir tu **ESPECIALIZACIÓN**.*

La bestia giraba siguiendo mi trayectoria, cambiando el peso entre sus ocho patas. Sin que me diese tiempo a terminar el círculo en torno a la bestia, el hielo crepitó bajo nuestros pies. Resonó gravemente entre las paredes heladas del valle y varias grietas se abrieron sobre la superficie.

Lo siguiente lo recuerdo muy vivamente. El agua helada mojó todo mi cuerpo mientras intentaba agarrarme a un bloque de hielo. El basilisco y yo nos hundimos hacia las profundidades. Una de sus garras alcanzó mi espalda, afortunadamente con la fuerza justa como para no hacerme más que un molesto arañazo en el brazo, que llevaría para siempre a partir de ahora.

Toqué el suelo unos metros más abajo, y me impulsé rápidamente hacia la superficie. No volví a saber nada de la bestia, que allí descansaría para siempre. Tomé aire y salí tiritando a una plataforma de hielo cercana que parecía conservar la estabilidad. Necesitaba entrar en calor urgentemente. No tenía forma de encender fuego, así que me resigné a hacer algo de ejercicio al sol para mantener mi temperatura fuera de peligro.

__Si NO está marcado__, dale la vuelta y lee. En cualquier caso, luego sigue leyendo después del párrafo.

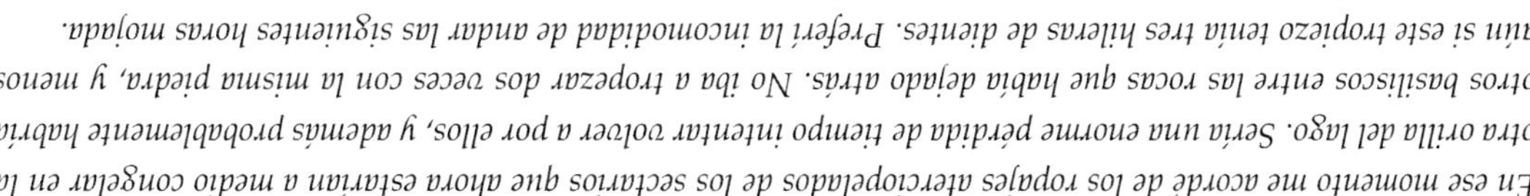

En ese momento me acordé de los ropajes aterciopelados de los sectarios que ahora estarían a medio congelar en la otra orilla del lago. Sería una enorme pérdida de tiempo intentar volver a por ellos, y además probablemente habría otros basiliscos entre las rocas que había dejado atrás. No iba a tropezar dos veces con la misma piedra, y menos aún si este tropiezo tenía tres hileras de dientes. Preferí la incomodidad de andar las siguientes horas mojada.

A media mañana subí la colina que había tras el lago, y por fin pude ver el lugar del impacto: se trataba de un enorme cráter que el objeto caído del cielo había dejado en el valle helado. Como todavía estaba a cierta distancia, no podía ver el fondo del mismo, pero una siniestra luz color violácea emergía de sus entrañas. El mismo color brotaba de las oscuras grietas que se propagaban en todas direcciones desde el cráter. Cesó el viento y pude escuchar con estupor una serie de cánticos graves, repitiendo una y otra vez una secuencia de retahílas incoherentes.

Continúa en la página 183.

En mitad del combate, el techo cedió, dejando caer una lluvia de nieve y roca sobre nosotros. Afortunadamente, me cubrió un manto blanco y frío sin que me llegase a aplastar ninguna de las gigantescas rocas que se habían desplomado. Salí como pude de entre los restos de la avalancha. Tosiendo y jadeando, comprobé cómo la suerte me sonreía esta vez: el derrumbe formaba una pendiente que ascendía hacia el exterior, formando una especie de escalera natural de roca y hielo.

Al llegar a la superficie, ahogué un grito de sobresalto al tocar un bulto blando. Era una silueta antropomorfa. Un cuerpo a medio cubrir por la nieve. Me acerqué con recelo y, con cuidado, agité la nieve de su cara con el extremo de madera del arco. Lo que se reveló no me lo esperaba. Era el cadáver de Thorval. A juzgar por las heridas, un hechicero más poderoso que él había acabado con su vileza. Me puse en guardia, pues la amenaza podría estar cerca.

*Si está marcado, **dale la vuelta** y lee. En cualquier caso, después **sigue leyendo tras la imagen**.*

A su lado yacía Solmund, el hechicero del pantano al que llevaba intentando cazar desde que empezó todo esto. Su cadáver había sufrido más destrozos. Se habían ensañado con él. Resignada, admití que no tenía nada personal contra él. Simplemente era el trabajo para el que me habían contratado, y nunca había cuestionado las órdenes. Hasta ahora.

Amanecía en la isla de Obor y el calor en la piel me reconfortó. Observé el entorno. Un par de viejos raíles salían de las minas y bajaban de la montaña hacia el lago, completamente congelado. Debían haberse utilizado para remontar agua hacia las minas, décadas atrás. Unas vagonetas semienterradas en la nieve suponían el último vestigio de civilización al norte de la isla. Me acerqué a una de ellas, tocando su frío metal. Levanté la vista hacia el horizonte, oteando el resplandor violáceo que surgía entre la bruma. Debía ser el cráter que había vuelto locos a los sectarios. En ese instante, se me erizó el vello de la nuca. Algo andaba mal.

A mi espalda, tres sectarios salieron de la boca de la mina. Con sus voces graves e incoherentes, corrieron sobre la nieve fresca a una velocidad sobrehumana. Instintivamente, me monté en una de las vagonetas y me agaché, pues se trataba de mi única protección. Di un brusco tirón, desencajando el hielo que bloqueaba las viejas ruedas oxidadas. Lentamente, la vagoneta comenzó a rodar cuesta abajo. Asomada desde el vagón, comprobé que mis oscuros perseguidores hacían lo mismo.

Si es tu primera campaña, juega el siguiente boss en la página 154. Si es tu segunda campaña, lee el siguiente párrafo.

Saqué mi arco. No podía fallar. En apenas unos segundos, los vagones descarrilarían al terminar los raíles.

*Ve al cuadro de azar de la 148 y **selecciona 3 dados**, acercando tu lápiz con los ojos cerrados 3 veces. Si la suma de los 3 dados **resulta 14 o más**, ve a la 158 y lee antes de la imagen. Si **no**, ve a la 158 y lee después de la imagen.*

Garath acaba de superar un gran reto. Por tanto, le toca elegir su **ESPECIALIZACIÓN** de entre las dos disponibles. Pasarás a tener una matriz de 4x3 cartas. Pero recuerda siempre **la regla de oro:** en cada ronda, elige tus 3 cartas de forma que no compartan fila o columna.

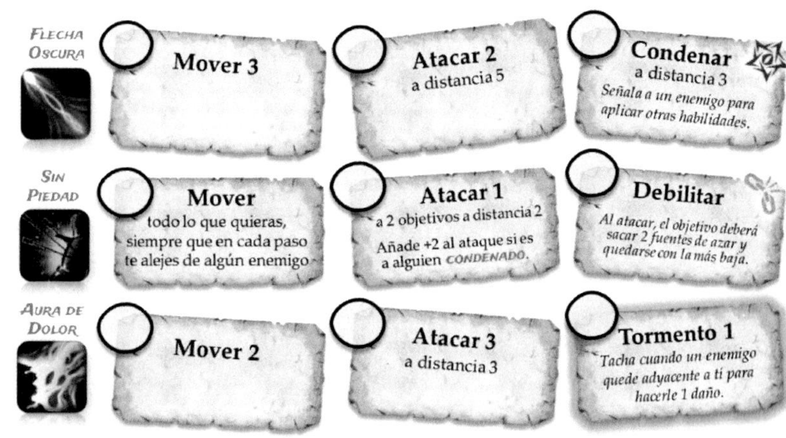

Sobre estas líneas, se ofrece tu matriz actual de 3x3 cartas para ayudarte a decidir. Recuerda que, cuando estés moviéndote entre páginas de la historia, en ocasiones irás a páginas diferentes dependiendo de tu **ESPECIALIZACIÓN** elegida. A continuación, se explican tus nuevas habilidades:

TRAMPERA:

Tu primera especialización dispone de tres nuevas cartas: La más importante de ellas es **Poner trampa**, *que te permite dibujar una trampa (cepo) a una distancia máxima de 3 casillas. Aunque esté puesta, esa casilla la puede pisar cualquier figura. Si una figura (incluida tú) pisa esa casilla, sufre 3 de daño (al ser daño directo y no un ataque, este daño* ***no se detiene al encontrar un escudo****) y luego tacha la trampa para indicar que ha desaparecido del tablero. La figura dañada se puede seguir moviendo. A la hora de moverse, un enemigo siempre elegirá el camino más corto hacia su objetivo, aunque eso implique pisar una trampa. Incluso si tiene* ***varios caminos igual de cortos hacia el objetivo, puedes elegir que camine por aquel que le lleva a la trampa****. En las otras dos cartas tienes un movimiento muy grande y un ataque potente a gran distancia. Más adelante al elegir tu* **CLASE ÉPICA**, *podrás añadir mejoras a la trampa para potenciar sus efectos.*

TRAMPA OCULTA

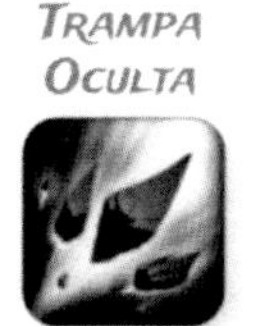

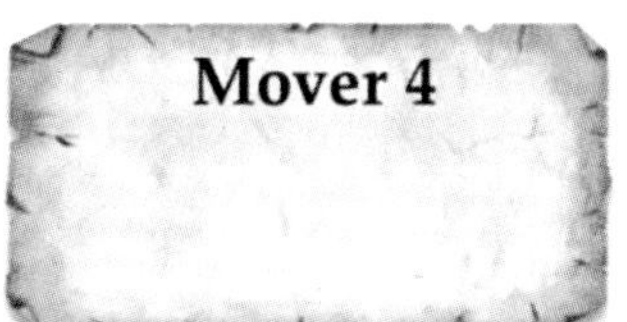

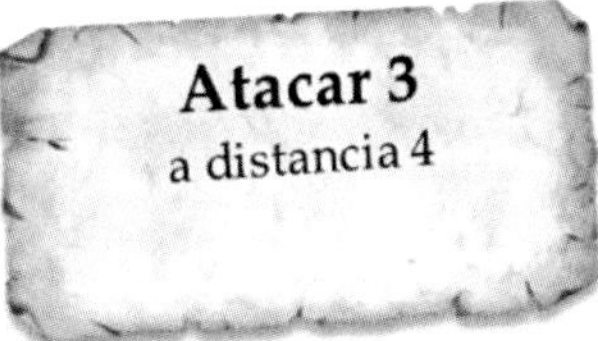

ACECHADORA:

Tu segunda especialización también te ofrece tres nuevas cartas. La primera es un ***movimiento variable****, dependiendo del valor de ataque de algunas de tus cartas elegidas ese turno (aunque no hayas ejecutado aun el ataque). La segunda carta es reactiva, y añade* **HERIDO** *a un enemigo que está* **CONDENADO**. *La tercera carta añade un bonificador a ataques lejanos,* ***siempre que haya una línea recta*** *de casillas hacia el objetivo.*

OJO DE HALCÓN

Mover
tantas casillas como un ataque que hayas elegido este turno

Tacha para que un enemigo CONDENADO quede HERIDO.

Si el objetivo está a 3 o más de distancia en línea recta, añade +3 a un ataque este turno.

Recordando tu nueva **ESPECIALIZACIÓN**, *continúa en la página 153.*

Me deslicé sobre mis talones para cerrar el círculo en torno a la bestia, que había girado sobre si misma intentando seguir mi recorrido. El hielo crepitó bajo nuestros pies, esta vez resonando con eco entre las montañas que cerraban el valle. Mi plan había funcionado.

La plataforma helada que daba soporte al basilisco de escarcha se resquebrajó, hundiendo a la bestia de ocho patas hacia las profundidades del lago. Hasta donde llegaba mi conocimiento, estos animales no sabían nadar, por lo que pude alcanzar sin dificultades tierra firme. Allí había más restos de cuerpos congelados, aunque a primera vista no supe distinguir si se trataba de sectarios o mercenarios de la expedición de Innisfell. Entre los despojos, encontré unas frías flechas que parecían haber adquirido las propiedades del hielo.

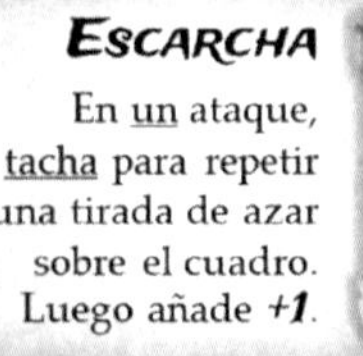

Ahora puedes utilizar las nuevas flechas **ESCARCHA** *en tus escenas.*

Si está marcado, ***dale la vuelta*** *y lee. En cualquier caso, luego sigue leyendo después del párrafo.*

Examiné mejor los cadáveres congelados. No encontré simbología ni ropajes parecidos a los de los sectarios que había enterrado el día anterior, al terminar la persecución de las vagonetas. A pesar de sus rostros desfigurados, parecían el último grupo de mercenarios de la expedición de Innisfell. ¿Cómo habían llegado tan lejos? Me temo que con ellos terminaba la expedición, y que me tendría que enfrentar sola a la amenaza del cráter cercano.

A media mañana subí la colina que había tras el lago, y por fin pude ver el lugar del impacto: se trataba de un enorme cráter que el objeto caído del cielo había dejado en el valle helado. Como todavía estaba a cierta distancia, no podía ver el fondo del mismo, pero una siniestra luz color violácea emergía de sus entrañas. El mismo color brotaba de las oscuras grietas que se propagaban en todas direcciones desde el cráter. Cesó el viento y pude escuchar con estupor una serie de cánticos graves, repitiendo una y otra vez una secuencia de retahílas incoherentes.

Continúa en la página 183.

Vencida y extasiada, caí de espaldas sobre el campo de flores. Sin importarme el resto del mundo, me vi conmovida por el hecho de encontrar algo tan bello entre tanta muerte. Agarré con delicadeza el tallo de un hermoso capullo amarillo y el tiempo pareció detenerse para que lo contemplara.

Aun con mi visión borrosa, pude ver cómo una sombra aparecía tras una roca. Saltó sobre la abominación y clavó un puñal en su nuca. La abominación soltó un grito profundo y una luz violeta salió de la fisura. Su atacante se dejó caer usando su peso, ampliando la grieta a lo largo de su espalda. El grito se hizo cada vez más agudo, hasta volverse insoportable. Así, lo que antaño fue la hechicera más poderosa de la isla reventó en una docena de pedazos, manchando mi capa.

Si ***NO*** ***está marcado****, dale la vuelta y sigue leyendo. En cualquier caso, después lee tras del párrafo.*

Me vino a la mente la lucha contra los sectarios en las vagonetas. Su sangre salpicando la nieve tras su inmolación.

¿Qué clase de pulsión enfermiza tendrían, para sacrificarse de una forma tan segura ante sus enemigos?

Tardé unos minutos en recuperar la visión. Frente a mí estaba Seraph, quien me había acompañado al trazar este plan desesperado ¿Cómo había llegado aquí? Me había salvado la vida, pero su brazo estaba ennegrecido después de apuñalar a aquel monstruo. Su arma parecía quemada y deforme.

Pudimos hablar durante unos minutos y curar nuestras heridas con los utensilios que llevaba en su mochila. Seraph había llegado hasta aquel confín de la isla capturado dentro de uno de los sacos que los sectarios estaban a punto de arrojar a la grieta. Había conseguido escapar mientras la abominación y yo luchábamos sobre las flores.

Me alegré al ver que tenía en su poder el cilindro de ébano que habíamos encargado recuperar a Vestar del despacho del Faro de Luna. Me contó que la hechicera se había hecho con el preciado objeto, y el propio Seraph lo había recuperado de su alijo sin ser visto. Lo escondimos tras una de las rocas, mientras mirábamos hacia los sacos que estaban junto a la grieta.

Ahora elige tu **CLASE ÉPICA** *en la página indicada, según tu* **ESPECIALIZACIÓN**.

TRAMPERA: 181 ACECHADORA: 182

-2 -1 +0 +0 +1 +2

Flecha Oscura	**Saltar 3** Como *Mover 3*, pero puedes hacerlo a través de obstáculos (terminando en casilla clareada).	**Atacar 2** a distancia 5	**Condenar** a distancia 3 Señala a un enemigo para aplicar otras habilidades.
Sin Piedad	**Saltar 4** Como *Mover 4*, pero puedes hacerlo a través de obstáculos (terminando en casilla clareada).	**Atacar 1** a 2 objetivos a distancia 2 Añade +2 al ataque si es a alguien CONDENADO.	**Debilitar** Al atacar, el objetivo deberá sacar 2 fuentes de azar y quedarse con la más baja.
Aura de Dolor	**Saltar 3** Como *Mover 3*, pero puedes hacerlo a través de obstáculos (terminando en casilla clareada).	**Atacar 3** a distancia 3	**Tormento 1** Tacha cuando un enemigo quede adyacente a ti para hacerle 1 daño.
1 **Hija de las Cenizas**	Tacha durante tu turno para repetir tu fuente de azar (quédate el mejor resultado).	Tacha durante el turno enemigo para repetir su fuente de azar (quédate el segundo resultado).	**Herir** Añade **Atacar 4** si es a alguien CONDENADO.

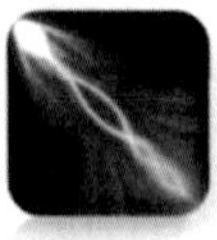

1. *Esta escena sólo tiene una* **FASE**, *pero* **dura 4 rondas**. *Tienes una cuarta línea de habilidades exclusivas.*
2. **Hostigar** *ya la conoces. Te obliga a que taches con línea vertical la mitad (izquierda o derecha, tú eliges) de las* **columnas que quedan en tu cuadro de azar**. *Te afecta sin importar a la distancia a la que te lo hagan. Si en un ataque tu lápiz toca un dado de una columna tachada, falla. La 1ª, tacha las 12 columnas de la mitad izquierda o derecha del cuadro. La 2ª vez, tacha 6 columnas (mitad izquierda o derecha de las 12 restantes). Y así sucesivamente.*
3. **Fulminar:** *Tira un dado. Luego* **colorea completamente** *todas las casillas entre A y la casilla del dado resultante: a partir de ahora son obstáculos (no puedes pararte en ellos, sólo saltarlos). Si X estaba en una de esas casillas, sufre* **Atacar 4** *(a cualquier distancia) y se transporta automáticamente a cualquier casilla libre junto a A. Luego tacha la casilla en el tablero junto al dado que salió: si vuelve a salir, ese dado no es válido,* **vuelve a tirar**.

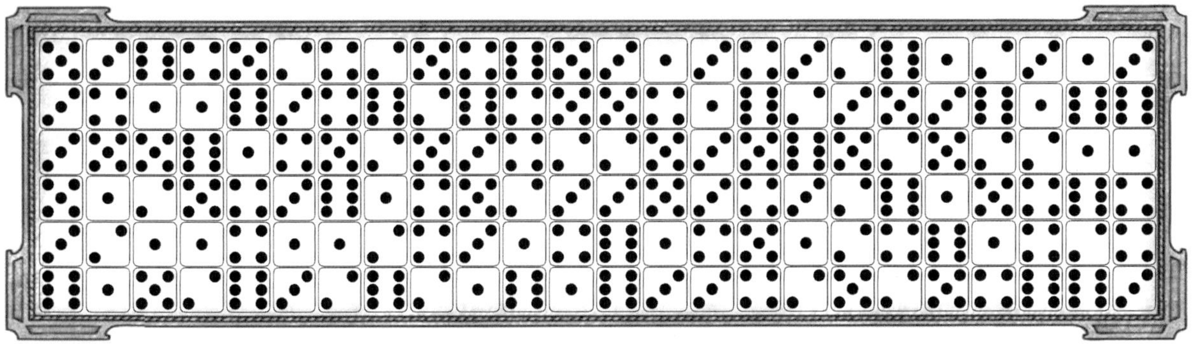

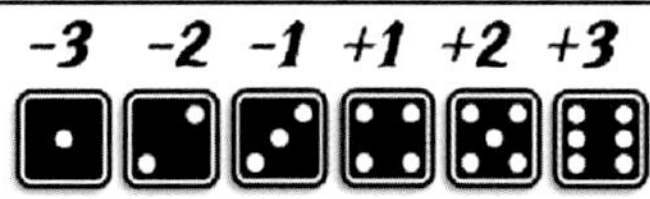

GUARDIÁN DE OTROS TIEMPOS

Objetivo: **Mata al guardián**, antes de que él te fulmine. Este enemigo, en cada ronda, arrasa con todas las casillas en una de las 6 direcciones que salen de A en línea recta hacia fuera. Lee la acción de **Fulminar** (en la página izquierda), que sucede al empezar cada turno enemigo. Tienes **4 rondas y esconderte no te salvará**.

Por fin te encuentras con el ojo que te observa. No tiene prisa: lleva eones esperando un rival digno.

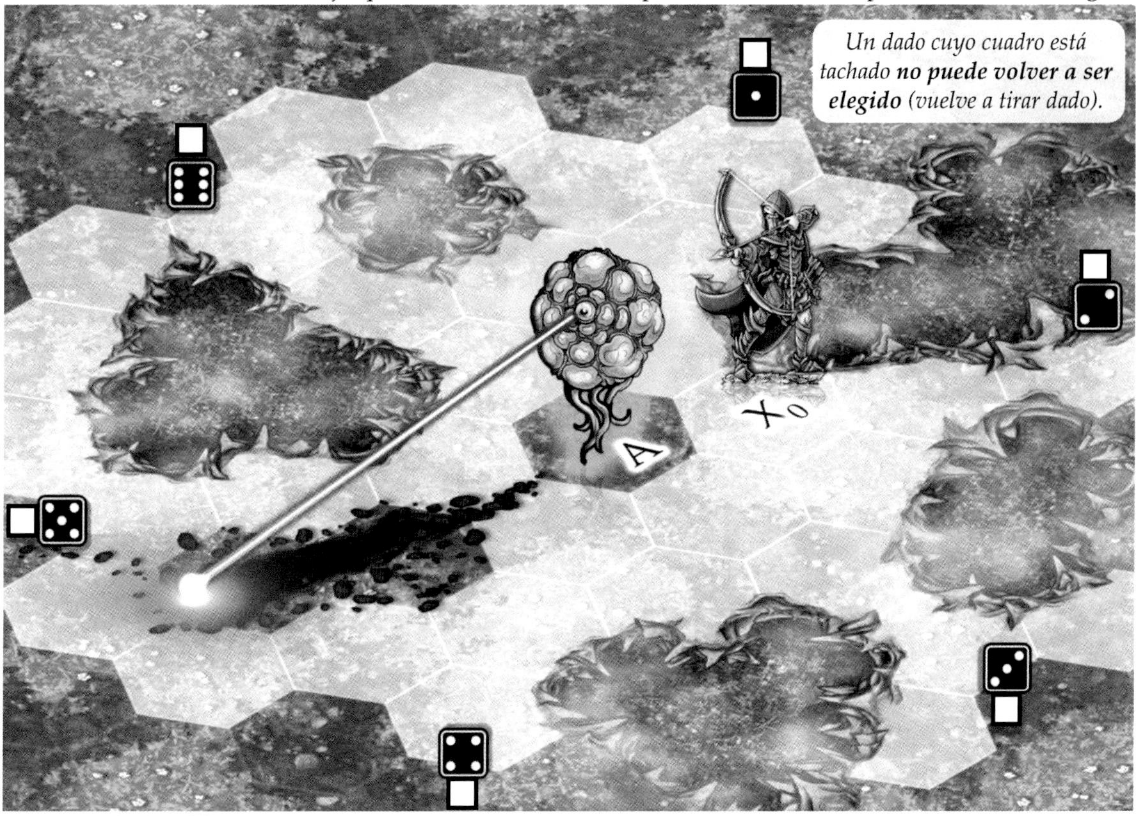

Un dado cuyo cuadro está tachado ***no puede volver a ser elegido*** *(vuelve a tirar dado).*

A

X_0

Si ***NO cumples el objetivo****, sales del trance y la visión se desvanece:* *vuelve a la página 183 y continúa la historia**. Por el contrario,* ***si cumples el objetivo****, da la vuelta y lee:*

El guardián, satisfecho por haber encontrado un contrincante a su altura, se contrae hasta esconder su ojo sin párpado entre los pliegues. Así dormirá durante millones de años antes de volver a ser despertado. ¿Qué clase de criatura era? Por desgracia, sales del trance antes de encontrar respuestas. Mira el objeto junto a estas líneas. Abre el lateral de la 195 y ***marca los 16 objetos*** *(los de todos los personajes).* *Vuelve a la página 183 y continúa.*

MIRADA DE OTROS TIEMPOS

En el *Acto IV*, podrás usar **todos** los objetos.

⚀

-2	-1	+0	+0	+1	+2
⚀	⚁	⚂	⚃	⚄	⚅

Flecha Oscura	**Mover 3**	**Atacar 2** a distancia 5	**Condenar** a distancia 3. *Señala a un enemigo para aplicar otras habilidades.*
Sin Piedad	**Mover** todo lo que quieras, siempre que en cada paso te alejes de algún enemigo	**Atacar 1** a 2 objetivos a distancia 2. Añade +2 al ataque si es a alguien CONDENADO.	**Debilitar** *Al atacar, el objetivo deberá sacar 2 fuentes de azar y quedarse con la más baja.*
Aura de Dolor	**Mover 3**	**Atacar 3** a distancia 3	**Tormento 1** *Tacha cuando un enemigo quede adyacente a tí para hacerle 1 daño.*
Trampa Oculta	**Mover 4**	**Poner trampa** *Dibuja una trampa a distancia 3. Si la pisa una figura, sufre 3 de daño.*	**Atacar 3** a distancia 4

Para cumplir el objetivo, en la ***Ronda 3*** *debes acabar adyacente a Xo habiendo trazado una* ***curva que deja encerrado al basilisco dentro del perímetro dibujado****. Mientras te mueves, debes rellenar al menos 3 de sus escudos, atacando cualquier casilla A (la que más te convenga).*

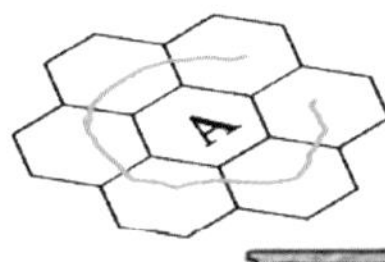

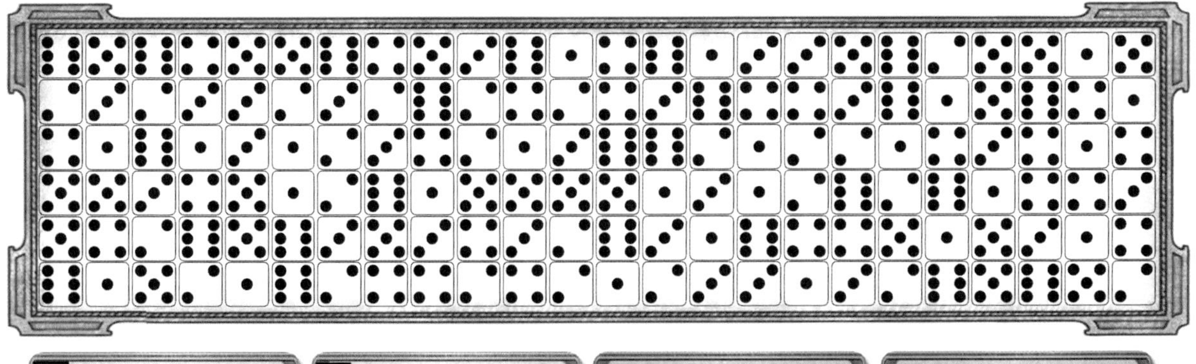

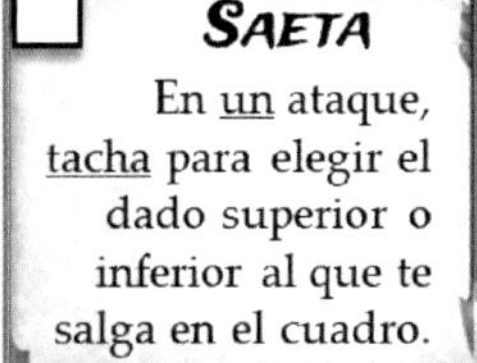

Saeta

En un ataque, tacha para elegir el dado superior o inferior al que te salga en el cuadro.

Flecha Vil

En un ataque, tacha para añadir *+2* (antes de azar) contra un enemigo CONDENADO.

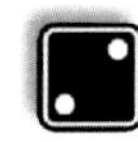

-2 -1 -1 +1 +1 +2

Danza Helada

Objetivo: Muévete alrededor del basilisco y **rellena** al menos **3 escudos de su secuencia de vida.** Debes **terminar en una casilla adyacente a X_0, habiendo rodeado completamente** con tu movimiento al enemigo.

Tenía que pensar rápido. Había luchado contra sus parientes en el desierto y en los bosques del continente, pero nunca me había encontrado con un basilisco de escarcha. El hielo crujía bajo nuestros pies y se me ocurrió una locura. Quizás trazando un círculo alrededor suyo podría debilitar lo suficiente el hielo como para que se hundiera en las profundidades del lago.

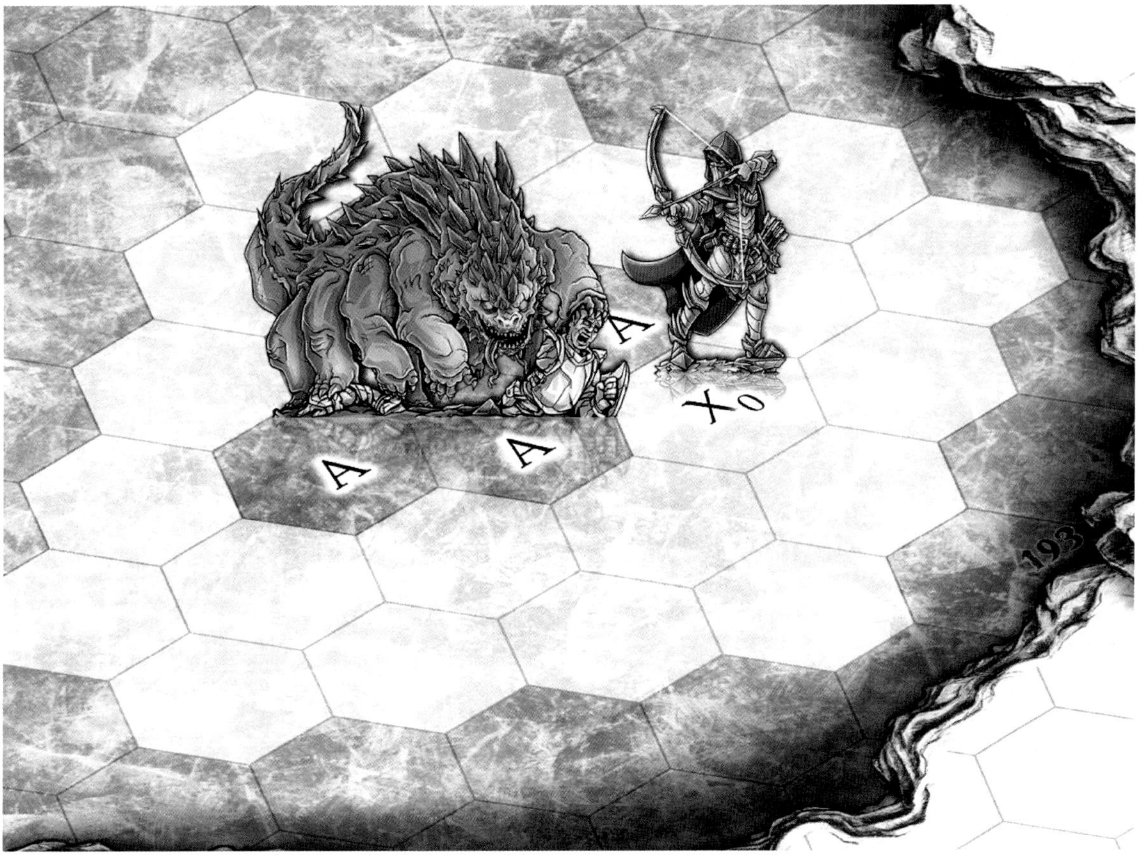

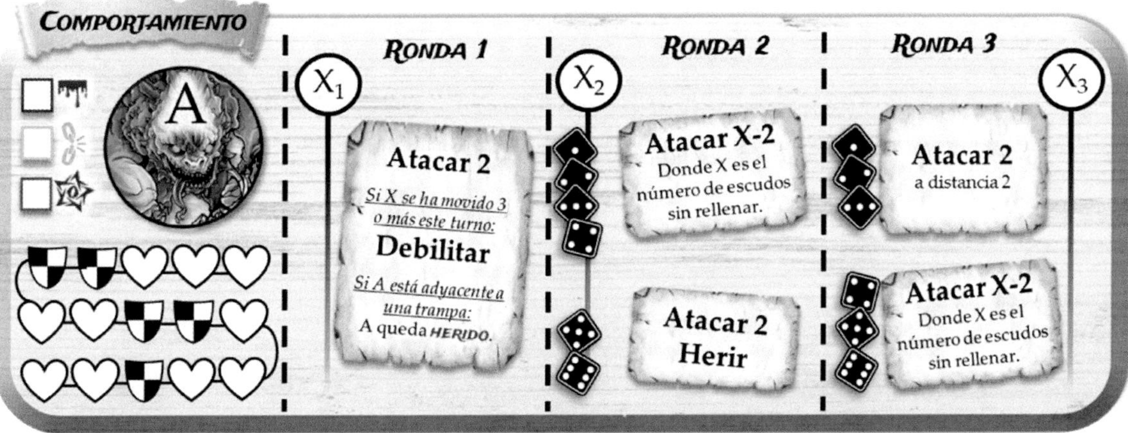

*Si **NO cumples** el objetivo, ve a la página 159. Si lo **cumples**, pasa a la 162.*

-2	-1	+0	+0	+1	+2

Flecha Oscura	**Mover 3**	**Atacar 2** a distancia 5	**Condenar** a distancia 3 *Señala a un enemigo para aplicar otras habilidades.*
Sin Piedad	**Mover** todo lo que quieras, siempre que en cada paso te alejes de algún enemigo	**Atacar 1** a 2 objetivos a distancia 2 Añade +2 al ataque si es a alguien CONDENADO.	**Debilitar** *Al atacar, el objetivo deberá sacar 2 fuentes de azar y quedarse con la más baja.*
Aura de Dolor	**Mover 4**	**Atacar 3** a distancia 3	**Tormento 1** *Tacha cuando un enemigo quede adyacente a ti para hacerle 1 daño.*
Ojo de Halcón	**Mover** tantas casillas como un ataque que hayas elegido este turno	Tacha para que un enemigo CONDENADO quede *HERIDO*.	Si el objetivo está a 3 o más de distancia en línea recta, añade +3 a un ataque este turno.

Para cumplir el objetivo, en la ***Ronda 3*** *debes acabar adyacente a Xo habiendo trazado una* ***curva que deja encerrado al basilisco dentro del perímetro dibujado****. Mientras te mueves, debes rellenar al menos 3 de sus escudos, atacando cualquier casilla A (la que más te convenga).*

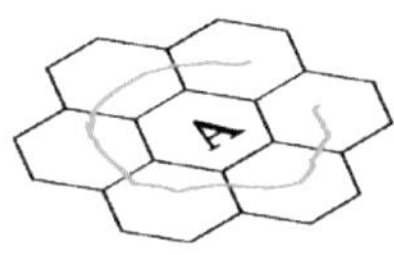

Saeta

En un ataque, tacha para elegir el dado superior o inferior al que te salga en el cuadro.

Flecha Vil

En un ataque, tacha para añadir **+2** (antes de azar) contra un enemigo CONDENADO.

DANZA HELADA

OBJETIVO: Muévete alrededor del basilisco y **rellena** al menos **3 escudos de su secuencia de vida.** Debes **terminar en una casilla adyacente a X_0, habiendo rodeado completamente** con tu movimiento al enemigo.

Tenía que pensar rápido. Había luchado contra sus parientes en el desierto y en los bosques del continente, pero nunca me había encontrado con un basilisco de escarcha. El hielo crujía bajo nuestros pies y se me ocurrió una locura. Quizás trazando un círculo alrededor suyo podría debilitar lo suficiente el hielo como para que se hundiera en las profundidades del lago.

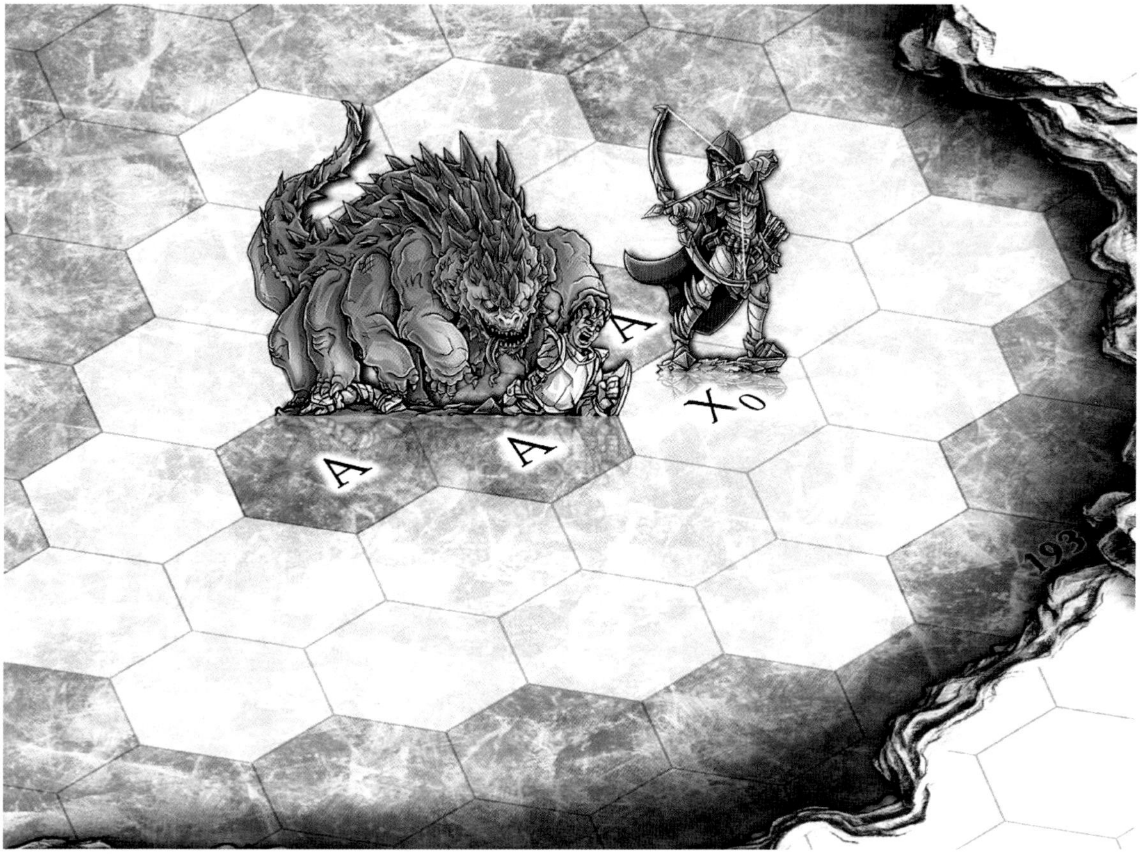

A
A
A
X_0
193

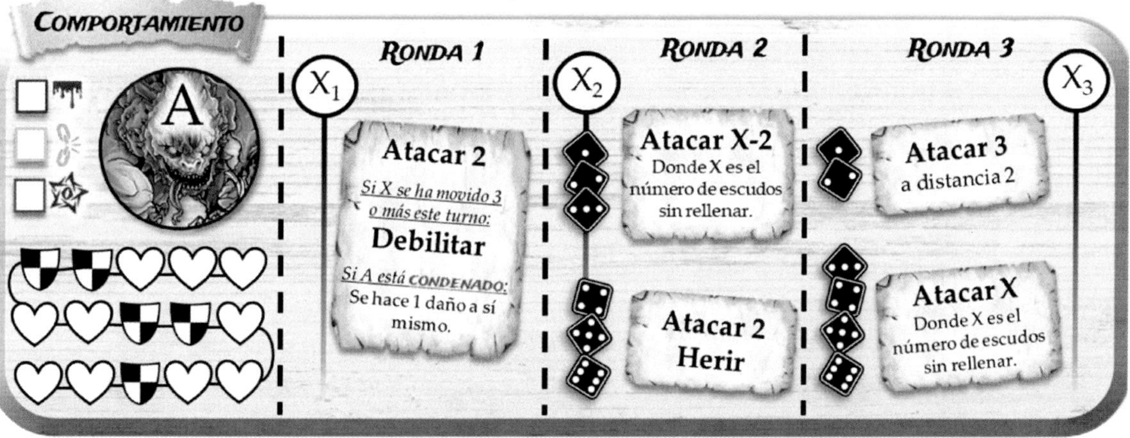

*Si **NO cumples** el objetivo, ve a la página 159. Si lo **cumples**, pasa a la 162.*

Aquel demonio se había cobrado un precio demasiado alto. La criatura se había tragado a Seraph, y lo que quedaba de él había caído a la grieta. Se me encogió el corazón y me acerqué al primero de los sacos. Quizás aún podría salvar a alguien. Utilicé mi cuchillo de caza para rasgar la tela.

De los siguientes seis párrafos con símbolo, ***lee sólo aquellos que tengan su símbolo marcado****.*

Reconocí a Vestar, el marinero al que Seraph y yo habíamos encargado recuperar el vial. Celebré comprobar que estaba vivo. Él no me conocía, pero aceptó mi comida y bebida. Estaba en un estado tan lamentable que supongo que confió en las explicaciones de una desconocida que le ofrecía auxilio. Vestar y yo no habíamos hablado hasta ese momento. Le conté que, por caprichos del destino, el vial estaba en mi poder. Marca en la 195.

Desde dentro me miró Vestar, deslumbrado por la luz. Se asustó pues no me conocía, aunque yo a él sí. Le hablé de Seraph y del cilindro de ébano, que le enseñé. Reforcé su confianza con agua y provisiones. No parecía tener ninguna herida de gravedad. Me contó que había huido de los sectarios en el pantano saltando una decena de metros sobre la espesura de la selva. Sobrevivió amortiguando el impacto contra las copas de los árboles hasta golpear contra el suelo. Tuvo la mala suerte de ser capturado dos días después, en las montañas. Marca en la 195.

Dentro había un mercenario al que no conocía, a medio congelar. El hedor me hizo cerrar de golpe el saco.

El segundo de los sacos estaba un poco más allá, al otro lado de la grieta. Esta vez fui con menos cuidado, preocupada por el estado de la persona que estuviera en el interior.

Encontré un mercenario fallecido, con signos de congelación. Tenía los dedos y la punta de la nariz quemados por el frío. Guardé un solemne silencio. En ese momento vi una figura acercarse desde el círculo de rocas. Era Solmund de las Hierbas, el hechicero al que había intentado capturar en las minas. Hablamos sin hostilidad desde la distancia, tanteando nuestras intenciones. Estaba famélico, así que compartimos agua y provisiones. Marca en las 195.

Una piel arrugada y una poblada barba salieron de entre las telas. Era Solmund, el anciano al que Thorval me habían encargado capturar unas semanas atrás. Cuánto había pasado desde entonces. Ambos entendimos que ya no éramos enemigos. Quizás fuésemos aliados por necesidad. Lo recosté sobre una piedra, le dejé mi capa para que se calentase y le di algo de comer. Estaba débil, pero sin heridas graves. Lo dejé descansar. Marca en la 195.

Un rostro con las cuencas de los ojos vacías me recibió. Este desconocido estaba a medio momificar, debido al frío.

Subí con precaución al borde del cráter, agazapándome tras unas rocas. La luz de la tarde sobre el valle nevado se mezclaba con los haces de colores violeta y anaranjados que salían del interior. Al llegar arriba, jadeando, lo que contemplé cambiaría la faz del mundo para siempre.

CONTINUARÁ ...

Garath tiene frente a ella algo más allá de su sensatez. Marca el **OBJETO** *y la* **CLASE ÉPICA** *de Garath en la página 195 (en el* **lateral** *y en la* **parte superior***, respectivamente). Marca en la 195 y avanza al* **ACTO IV** *en la 194.*

¿Acaso no soy hermosa? Dijo la criatura, con una voz masculina que le salía de las entrañas.

Mi última flecha se clavó en la sien bulbosa de la abominación, agrietándola. Soltó un grito profundo y una luz violeta salió de la fisura. Con fascinación comprobé como la grieta se ampliaba, bajando hasta su pecho y extendiéndose a su abdomen. El grito se hizo cada vez más agudo, hasta volverse insoportable. Así, lo que antaño fue la hechicera más poderosa de la isla reventó en una docena de pedazos, manchando mi capa y mis botas.

Cuando llegó el silencio, algunas de mis flechas resplandecían con un color anaranjado. La cercanía de una magia tan poderosa había resonado en ellas. Sentí un zumbido ancestral al tocar una de ellas, y comprendí que podía usar su energía a mi favor.

Ahora puedes utilizar las nuevas flechas **ARCANA** *en tus escenas.*

ARCANA

En un ataque, tacha para elegir cualquier dado adyacente (no en diagonal) al que salga en el cuadro.

Me dirigí hacia los sacos que, hacía unos minutos, los sectarios estaban arrojando a la grieta. Esperaba haber llegado a tiempo y así poder salvar la vida de algún pobre desgraciado. Sin embargo, al pasar junto a una de las piedras, algo llamó mi atención y me hizo detenerme. Abrí los ojos y la boca cuando descubrí un cilindro con estrías escondido tras una gran roca. Sabía que era aquello: se trataba del vial que Seraph y yo encargamos a Vestar sustraer del despacho del Faro de Luna. Maldita la hora en la que se nos ocurrió aquel plan desesperado. De algún modo, en su accidentado viaje hacia las montañas había acabado en manos de la hechicera. Lo volví a esconder tras otra de las rocas, mientras pensaba sobre mis próximos movimientos.

Si está ***marcado****, dale la vuelta y sigue leyendo. En cualquier caso, después lee tras del párrafo.*

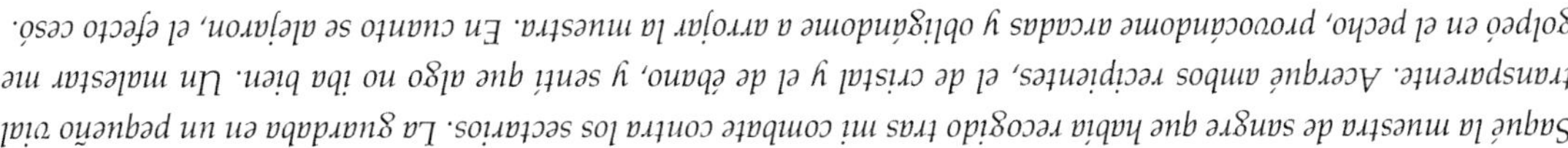

Saqué la muestra de sangre que había recogido tras mi combate contra los sectarios. La guardaba en un pequeño vial transparente. Acerqué ambos recipientes, el de cristal y el de ébano, y sentí que algo no iba bien. Un malestar me golpeó en el pecho, provocándome arcadas y obligándome a arrojar la muestra. En cuanto se alejaron, el efecto cesó.

En ese momento, me acordé de los sacos que había junto a la grieta. Me había olvidado de ellos completamente. Volvería a por el cilindro más tarde. Encontré el primer saco a cierta distancia de la grieta. Lo abrí de un tajo, como las ancianas abren las vainas de azolias para sacar las semillas.

No lo podía creer, era el propio Seraph, magullado y desorientado. Le acerqué mi odre para beber.

Ahora elige tu **CLASE ÉPICA** *en la página indicada, según tu* **ESPECIALIZACIÓN**:

TRAMPERA: 181

ACECHADORA: 182

−2 −1 +0 +0 +1 +2

Flecha Oscura

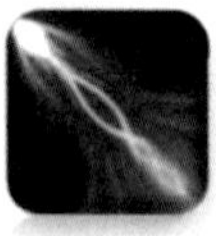

Mover 3	Atacar 2 a distancia 5	Condenar a distancia 3. *Señala a un enemigo para aplicar otras habilidades.*

Sin Piedad

Mover todo lo que quieras, siempre que en cada paso te alejes de algún enemigo	Atacar 1 a 2 objetivos a distancia 2. Añade +2 al ataque si es a alguien CONDENADO.	Debilitar. *Al atacar, el objetivo deberá sacar 2 fuentes de azar y quedarse con la más baja.*

Aura de Dolor

Mover 2	Atacar 3 a distancia 3	Tormento 1. *Tacha cuando un enemigo quede adyacente a tí para hacerle 1 daño.*

Trampa Oculta

Mover 4	Poner trampa. *Dibuja una trampa a distancia 3. Si la pisa una figura, sufre 3 de daño.*	Atacar 3 a distancia 4

1. *Este enemigo, dada su relación con las fuerzas demoníacas, es capaz de* **Hostigar** *a Garath.*

2. *La secuencia azul desbloquea una ventaja que disfrutarás en la* ***FASE II*** *(si consigues completarla). La dificultad de esta secuencia te da una pista de la potencia de la futura ventaja. Tú decides si asumes el riesgo de atacarla.*

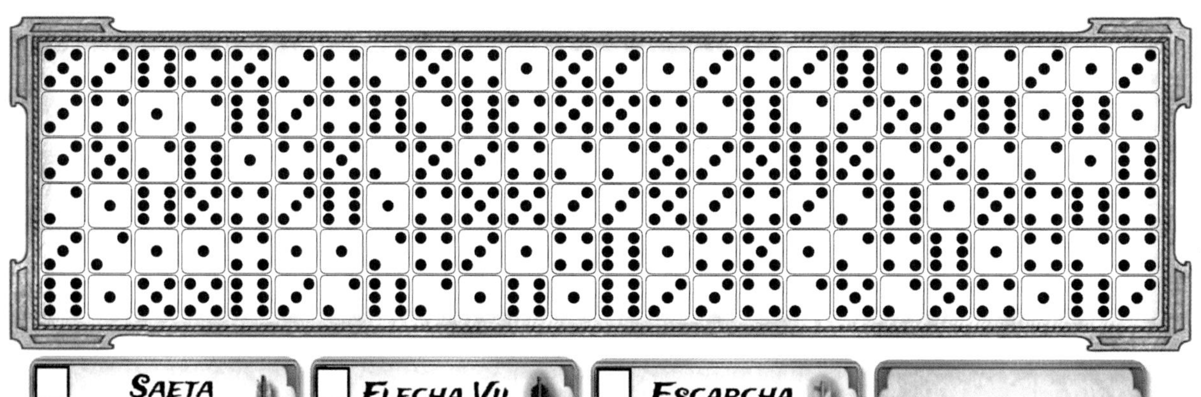

Saeta
En un ataque, tacha para elegir el dado superior o inferior al que te salga en el cuadro.

Flecha Vil
En un ataque, tacha para añadir *+2* (antes de azar) contra un enemigo CONDENADO.

Escarcha
En un ataque, tacha para repetir una tirada de azar sobre el cuadro. Luego añade *+1*.

?

La Transformación (I)

Objetivo: Quita toda la vida que puedas a la sacerdotisa.

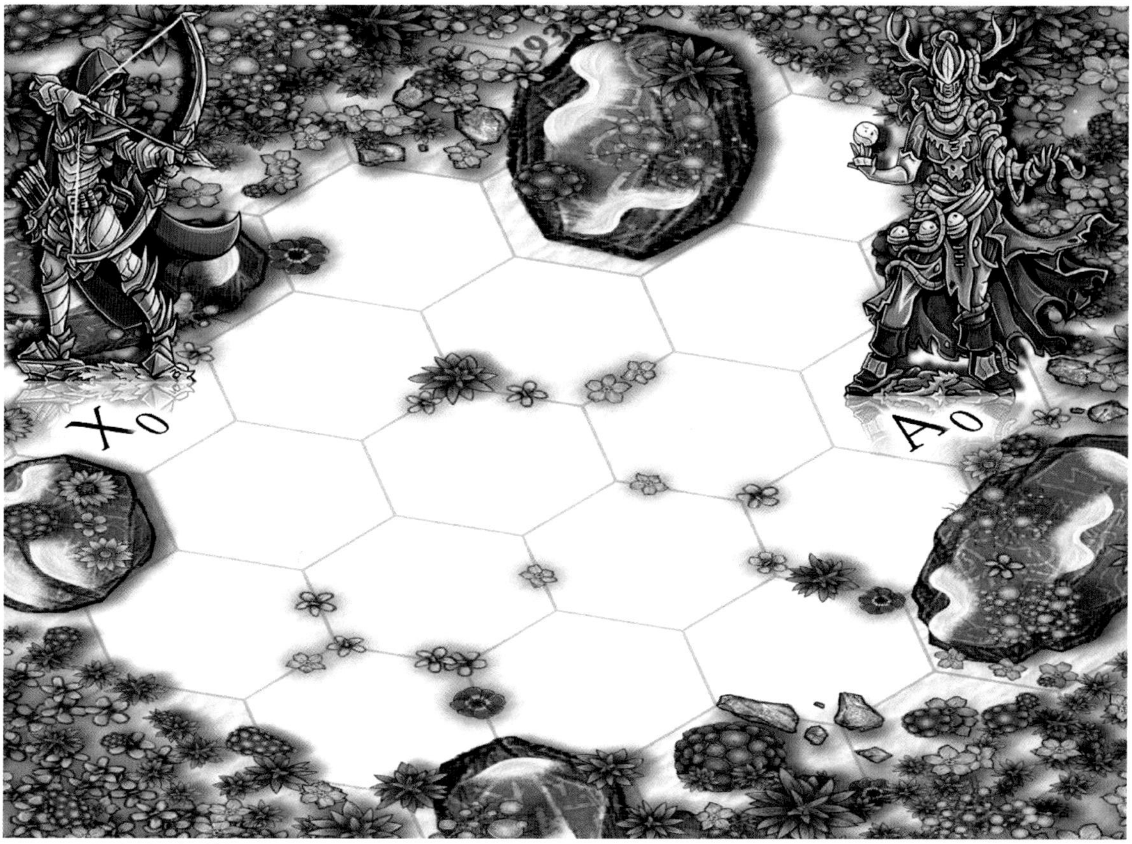

Dale la vuelta y lee el texto a continuación cuando acabe la ***Ronda 3****. Después, lee la línea final de esta página.*

La sacerdotisa empezó a convulsionar, desencajando sus miembros con movimientos espasmódicos más allá de lo que podría soportar un cuerpo humano. A su vez, los dos espíritus que estaban arrojando los cuerpos a la grieta habían bajado desde la pendiente y se situaron tras su maestra, dispuestos a defenderla con su vida. Empezaron a trazar unas runas en el aire. Al lado de la sacerdotisa, su magia tosca de aprendices me parecía un chiste.

Juega la ***Fase II*** *en la página 174. Como siempre, recuerda cuantos corazones rellenos tienes tú (y el enemigo).*

−2 −1 +0 +0 +1 +2

Mover 4

Mover 3

Mover 2

Atacar 3
a distancia 4

Atacar 2
a distancia 5

Atacar 3
a distancia 3

1

Atacar 1
a 2 objetivos a distancia 2

Añade +2 al ataque si es a alguien CONDENADO.

Mover
todo lo que quieras, siempre que en cada paso te alejes de algún enemigo

Poner trampa
Dibuja una trampa a distancia 3. Si la pisa una figura, sufre 3 de daño.

Debilitar
Al atacar, el objetivo deberá sacar 2 fuentes de azar y quedarse con la más baja.

Tormento 1
Tacha cuando un enemigo quede adyacente a ti para hacerle 1 daño.

Condenar
a distancia 3
Señala a un enemigo para aplicar otras habilidades.

1. *La transformación ha provocado una confusión en tus habilidades:* ***tus 12 cartas han cambiado de posición.***

2. *Si conseguiste completar la secuencia azul en la* ***FASE I****, tacha el cuadro azul junto a la recompensa: en lugar de coger 3 cartas en cada ronda, coge las 4 que quieras (de entre las que te quedan disponibles),* ***ignorando la regla de oro.***

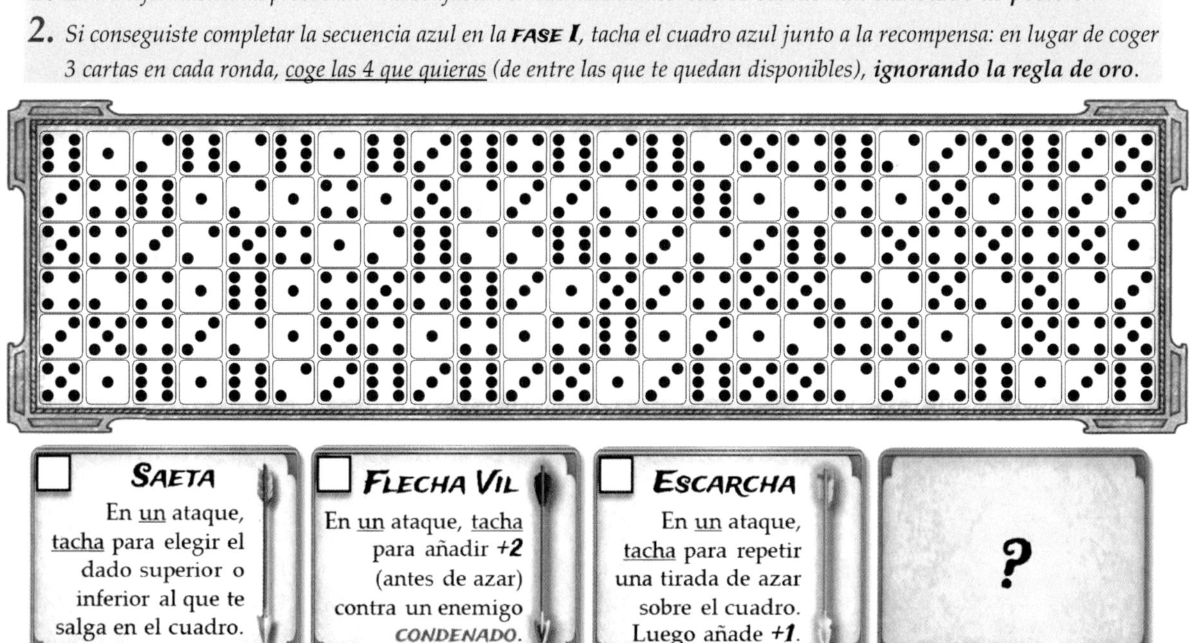

SAETA
En un ataque, tacha para elegir el dado superior o inferior al que te salga en el cuadro.

FLECHA VIL
En un ataque, tacha para añadir *+2* (antes de azar) contra un enemigo CONDENADO.

ESCARCHA
En un ataque, tacha para repetir una tirada de azar sobre el cuadro. Luego añade *+1*.

?

-3 -2 -1 +1 +2 +3

La Transformación (II)

Objetivo: Mata a la aberración en la que se ha transformado la sacerdotisa.

Los sectarios no terminaron el hechizo. La sacerdotisa, con un movimiento de brazos, secó sus cuerpos como una uva pasa, y pasaron a formar parte de ella. Después implosionó, de dentro hacia fuera, y desde sus entrañas emergió una aberración demoníaca. Una dama de sufrimiento y dolor.

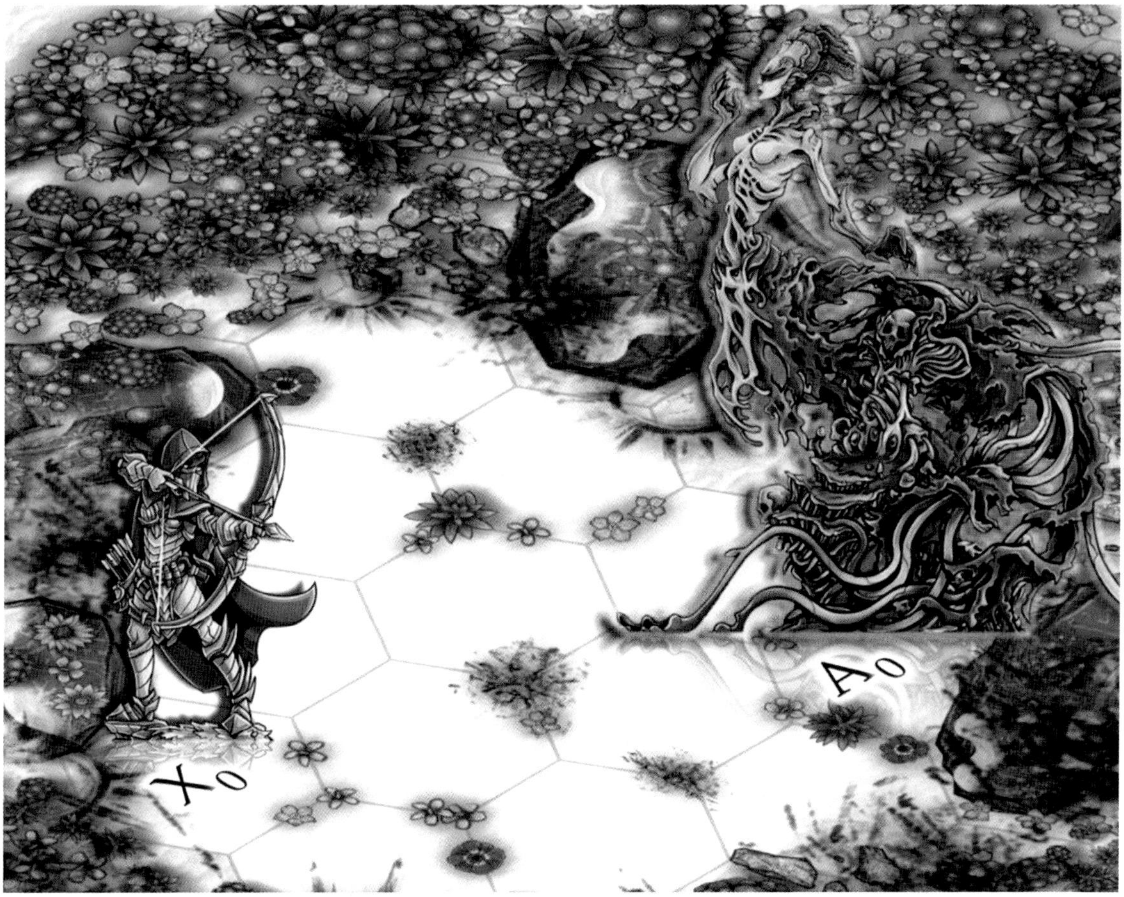

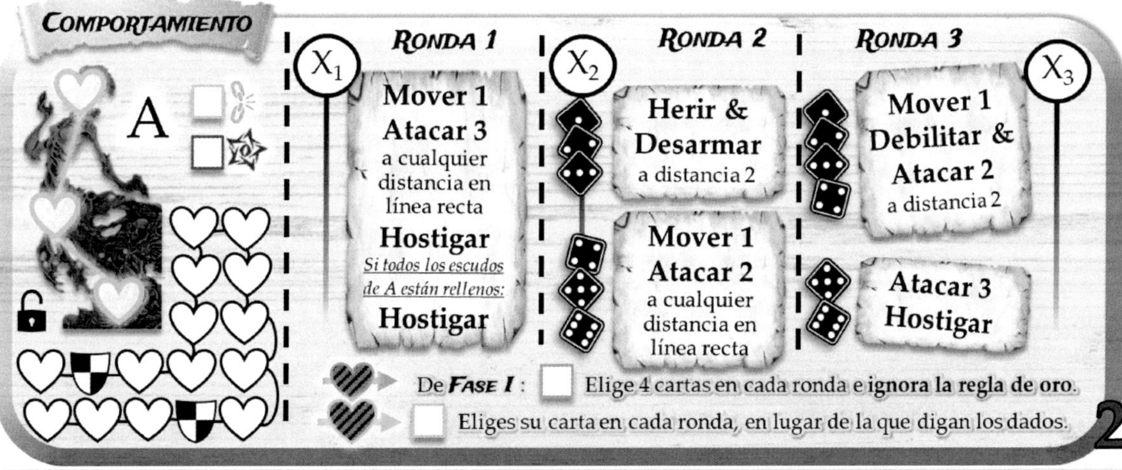

*Si **matas a la aberración**, ve a la página 171. Si **no cumples** el objetivo, ve a la página 163.*

Flecha Oscura 	**Mover 3**	**Atacar 2** a distancia 5	**Condenar** a distancia 3 *Señala a un enemigo para aplicar otras habilidades.*
Sin Piedad 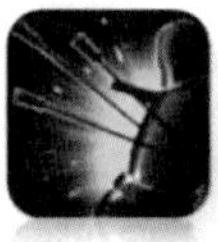	**Mover** todo lo que quieras, siempre que en cada paso te alejes de algún enemigo	**Atacar 1** a 2 objetivos a distancia 2. Añade +2 al ataque si es a alguien CONDENADO.	**Debilitar** *Al atacar, el objetivo deberá sacar 2 fuentes de azar y quedarse con la más baja.*
Aura de Dolor 	**Mover 2**	**Atacar 3** a distancia 3	**Tormento 1** *Tacha cuando un enemigo quede adyacente a tí para hacerle 1 daño.*
Ojo de Halcón 	**Mover** tantas casillas como un ataque que hayas elegido este turno	Tacha para que un enemigo CONDENADO quede HERIDO.	Si el objetivo está a 3 o más de distancia en línea recta, añade +3 a un ataque este turno.

−2 −1 +0 +0 +1 +2

1. *Este enemigo, dada su relación con las fuerzas demoníacas, es capaz de* **Hostigar** *a Garath.*

2. *La secuencia azul* ***desbloquea una ventaja*** *que disfrutarás en la* ***FASE II*** *(si consigues completarla). La* <u>*dificultad de esta secuencia te da una pista de la potencia*</u> *de la futura ventaja. Tú decides si asumes el riesgo de atacarla.*

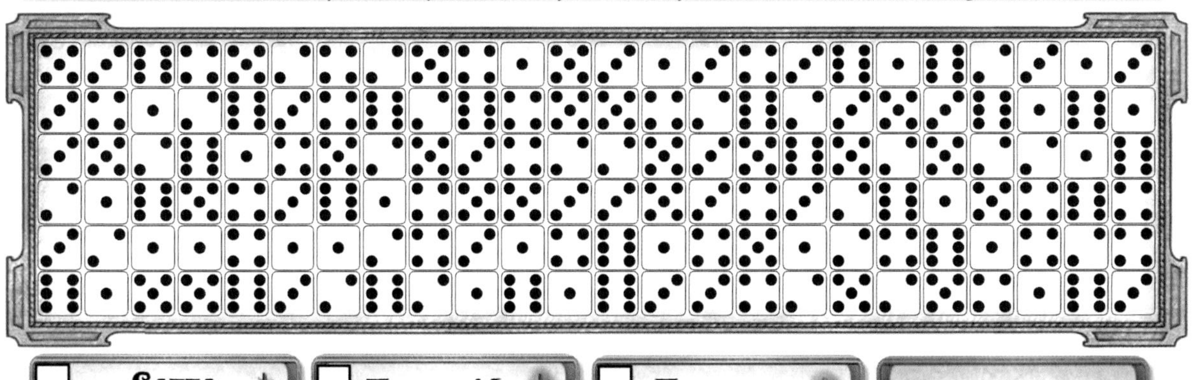

Saeta	**Flecha Vil**	**Escarcha**	
En <u>un</u> ataque, <u>tacha</u> para elegir el dado superior o inferior al que te salga en el cuadro.	En <u>un</u> ataque, <u>tacha</u> para añadir ***+2*** (antes de azar) contra un enemigo CONDENADO.	En <u>un</u> ataque, <u>tacha</u> para repetir una tirada de azar sobre el cuadro. Luego añade ***+1***.	**?**

LA TRANSFORMACIÓN (I)

OBJETIVO: Quita toda la vida que puedas a la sacerdotisa.

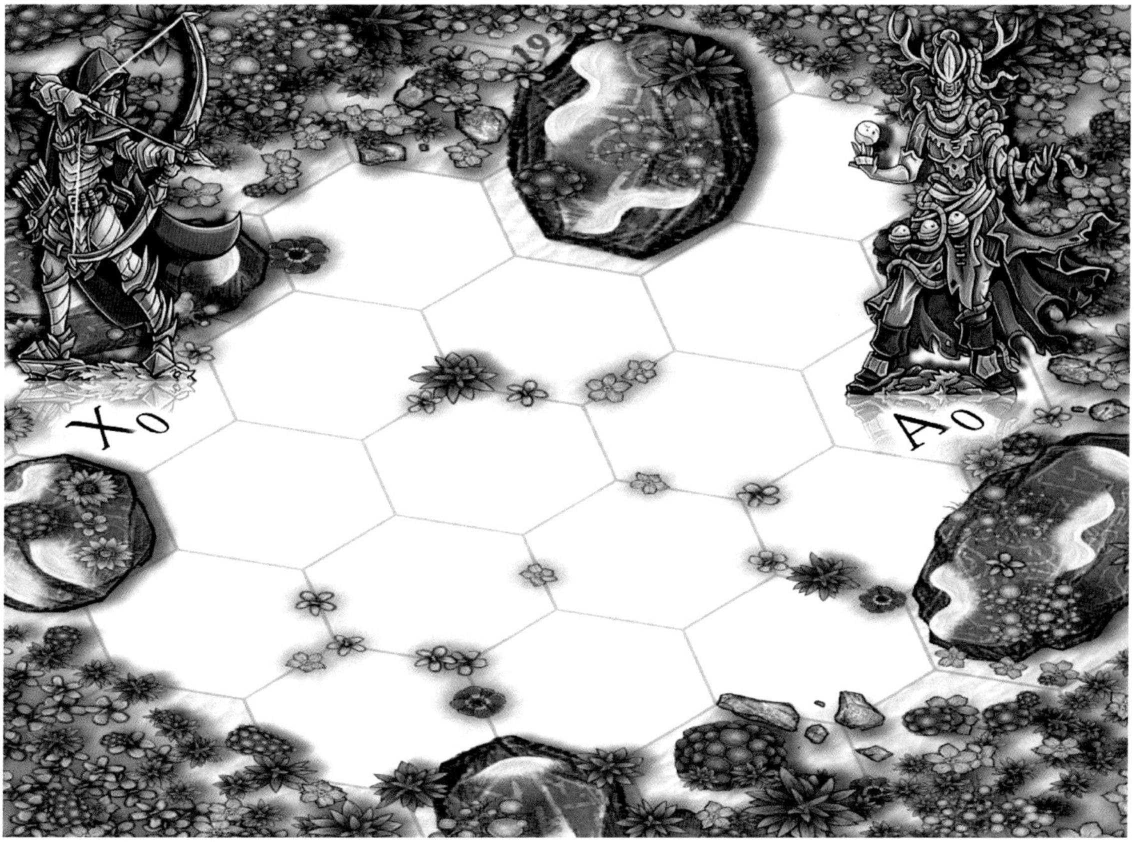

Dale la vuelta y lee el texto a continuación cuando acabe la **RONDA 3**. *Después, lee la línea final de esta página.*

La sacerdotisa empezó a convulsionar, desencajando sus miembros con movimientos espasmódicos más allá de lo que podría soportar un cuerpo humano. A su vez, los dos esbirros que estaban arrojando los cuerpos a la grieta habían bajado desde la pendiente y se situaron tras su maestra, dispuestos a defenderla con su vida. Empezaron a trazar unas runas en el aire. Al lado de la sacerdotisa, su magia tosca de aprendices me parecía un chiste.

Juega la **FASE II** *en la página 178. Como siempre, recuerda cuantos corazones rellenos tienes tú (y el enemigo).*

−2 −1 +0 +0 +1 +2

Mover
tantas casillas como un ataque que hayas elegido este turno

Mover 3

Mover 2

Si el objetivo está a 3 o más de distancia en línea recta, añade +3 a un ataque este turno.

Atacar 2
a distancia 5

Atacar 3
a distancia 3

1

Atacar 1
a 2 objetivos a distancia 2
Añade +2 al ataque si es a alguien CONDENADO.

Mover
todo lo que quieras, siempre que en cada paso te alejes de algún enemigo

Tacha para que un enemigo CONDENADO quede HERIDO.

Debilitar
Al atacar, el objetivo deberá sacar 2 fuentes de azar y quedarse con la más baja.

Tormento 1
Tacha cuando un enemigo quede adyacente a ti para hacerle 1 daño.

Condenar
a distancia 3
Señala a un enemigo para aplicar otras habilidades.

1. *La transformación ha provocado una confusión en tus habilidades:* ***tus 12 cartas han cambiado de posición****.*

2. *Si conseguiste completar la secuencia azul en la* **FASE I***, tacha el cuadro azul junto a la recompensa: en lugar de coger 3 cartas en cada ronda, coge las 4 que quieras (de entre las que te quedan disponibles),* ***ignorando la regla de oro****.*

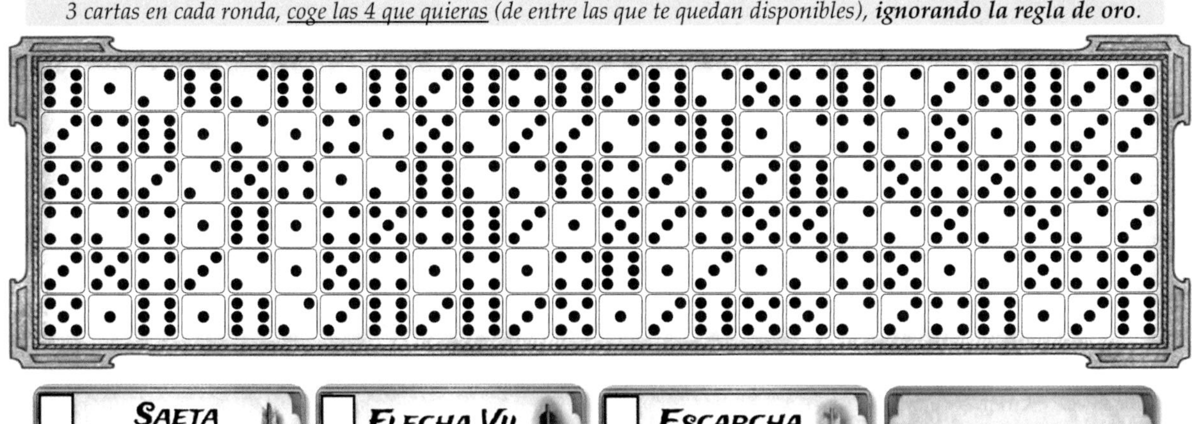

SAETA
En un ataque, tacha para elegir el dado superior o inferior al que te salga en el cuadro.

FLECHA VIL
En un ataque, tacha para añadir *+2* (antes de azar) contra un enemigo CONDENADO.

ESCARCHA
En un ataque, tacha para repetir una tirada de azar sobre el cuadro. Luego añade *+1*.

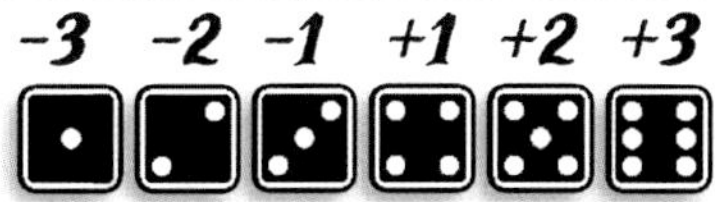

LA TRANSFORMACIÓN (II)

OBJETIVO: Mata a la aberración en la que se ha transformado la sacerdotisa.

Los sectarios no terminaron el hechizo. La sacerdotisa, con un movimiento de brazos, secó sus cuerpos como una uva pasa, y pasaron a formar parte de ella. Después implosionó, de dentro hacia fuera, y desde sus entrañas emergió una aberración demoníaca. Una dama de sufrimiento y dolor.

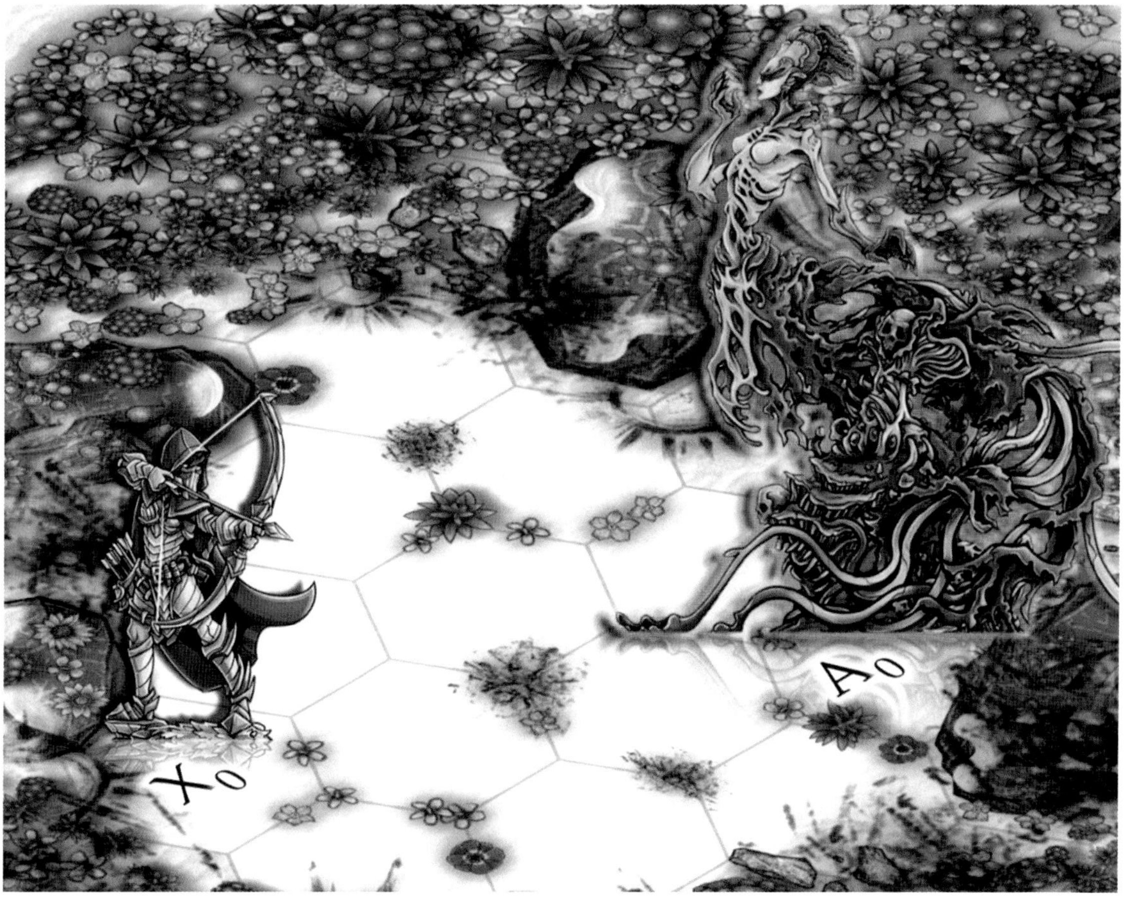

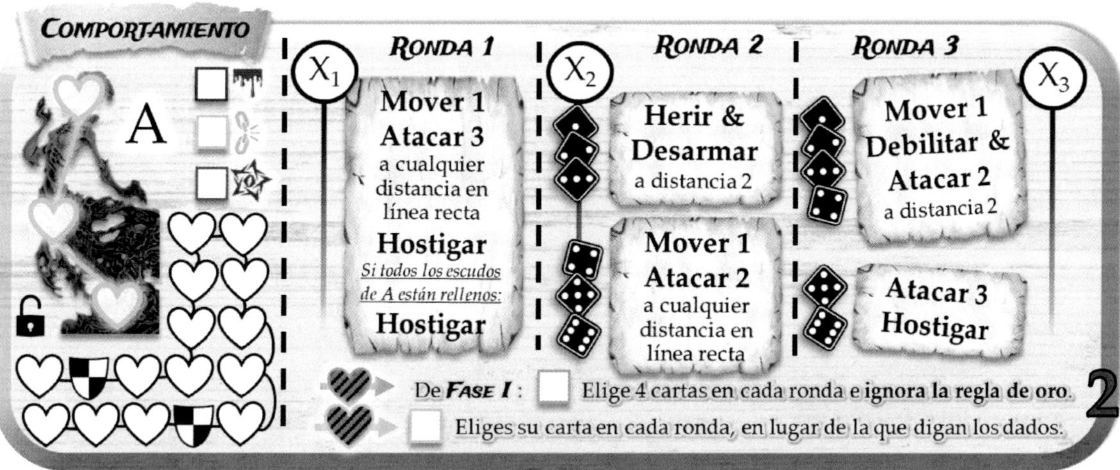

Si ***matas a la aberración****, ve a la página 171. Si* ***no cumples*** *el objetivo, ve a la página 163.*

El combate contra aquel demonio se había cobrado un precio demasiado alto. Garath y Seraph habían sido devorados por la bestia, que se relamió y olisqueó los sacos. Parecía que le aburrían las presas estáticas y que no le ofrecían ningún desafío, así que volvió a bajar a las profundidades.

De los siguientes cuatro párrafos, ***lee sólo aquellos que tengan su símbolo marcado.***

Horas después, del primer saco salió Vestar, en un estado tan lamentable que parecía un milagro. Vestar nunca conocería a Garath, pero encontró su capa ensangrentada. Bajó a las rocas y se escondió. Marca en la 195.

Horas después, un magullado Vestar consiguió liberarse de uno de los sacos. Semanas atrás en el pantano, el pobre desdichado había huido de los sectarios saltando una decena de metros sobre la espesura de la selva. Sobrevivió amortiguando el impacto contra las copas de los árboles. Tuvo la mala suerte de ser capturado dos días después, en las montañas. Vestar nunca conocería a Garath, pero hubieran formado un equipo temible. Encontró su capa ensangrentada. Liberado, bajó a las rocas a descansar y se escondió. Marca en la 195.

Atardecía cuando una figura famélica apareció en la distancia, subiendo desde el lago. Era Solmund de las Hierbas, el extraño asceta del pantano. Se acercó a las rocas y observó los signos de batalla. Vio también a lo lejos la grieta y restos de sangre, incluida la capa de Garath ensangrentada sobre la nieve. Seleccionó algunas de las flores del suelo, hizo una pasta con ellas y se las metió en la boca. Después se sentó a descansar. Marca en la 195.

Atardecía cuando una piel arrugada y una poblada barba salieron de entre las telas de un saco. Era Solmund de las hierbas. Solmund vio la capa ensangrentada de Garath, por lo que comprendió que la cazadora había sido cazada. Estaba débil, pero sin heridas graves, así que bajó a las rocas a descansar. Marca en la 195.

La luz de la tarde sobre el valle nevado se mezclaba con los haces de colores violeta y anaranjados que salían del cráter. Lo que sucedería en su interior iba a cambiar el mundo para siempre.

Si NO está marcado, ***dale la vuelta*** *y lee. En cambio, si está marcado,* ***sigue leyendo tras la imagen.***

Tienes la oportunidad de jugar de nuevo, empezando cuando elegiste **CLASE ÉPICA**. *Toma decisiones distintas a* ***las elegidas.*** *Ahora marca en* ***esta página*** *y vuelve a la que se indica según tu* **ESPECIALIZACIÓN**:

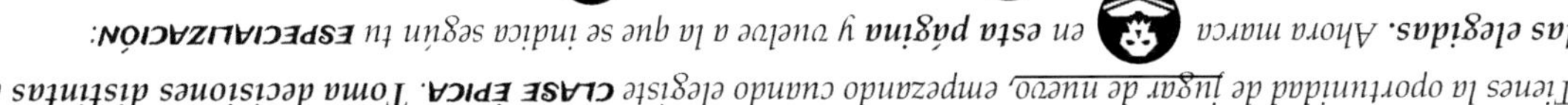

TRAMPERA: 181 **ACECHADORA**: 182

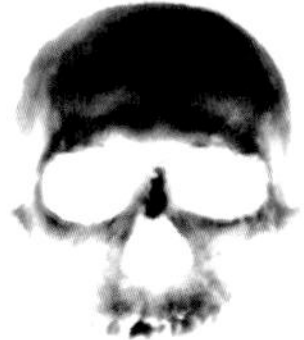

¿ FIN ?

Aquí termina la historia de Garath, la legendaria cazadora de brujos. Ahora avanza al **ACTO IV** *en la página 194.*

La sacerdotisa de la secta demoníaca no es la única que se ha transformado. Garath, muy a su pesar, también se va corrompiendo debido al cansancio, la fatiga, y la exposición a la magia arcana. Aun así, parece que su transformación es benigna y esto le permite alcanzar cotas de poder nunca vistas con su ***CLASE ÉPICA***.

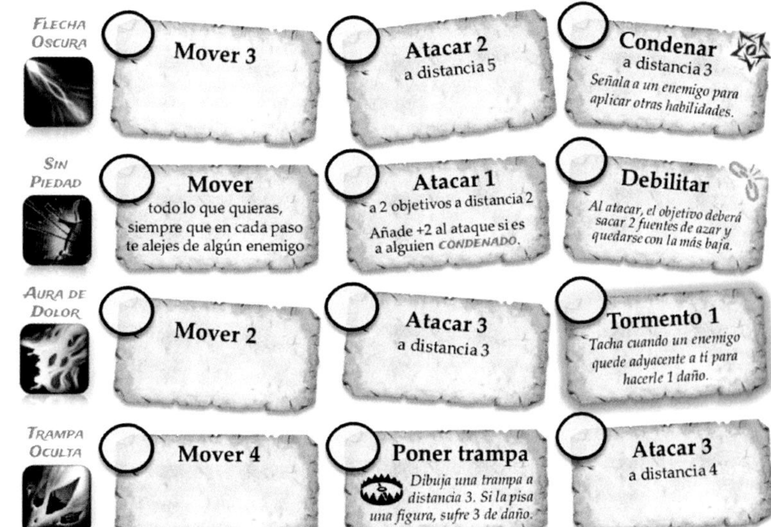

Sobre estas líneas, se ofrece tu matriz actual de 4x3 cartas para ayudarte a decidir.

Tu primera especialización dispone de tres nuevas cartas. Todas están basadas en tu nuevo compañero, un temible lobo de las montañas. El lobo aparecerá al inicio de cada escena, y su vida se mostrará en la parte superior de la página izquierda. Es inmune a todos los estados. Además, los enemigos ***no toman al lobo como objetivo*** *a menos que se indique lo contrario (por ejemplo, si tienen ataques que afectan a varios objetivos). El lobo no utiliza azar en sus ataques. Tu primera carta permite a tu lobo dar un paso y luego pegar una dentellada potente. La segunda le permite moverse un gran espacio y luego dar un pequeño mordisco. La tercera le permite* ***ser la víctima de las acciones de un enemigo****, siempre que el enemigo esté* ***CONDENADO****.*

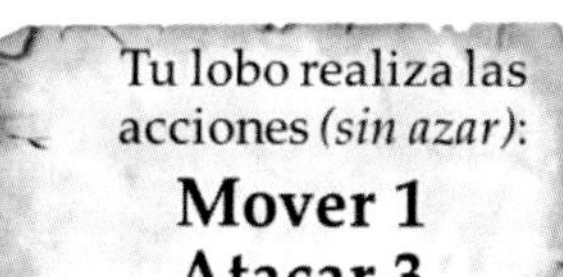

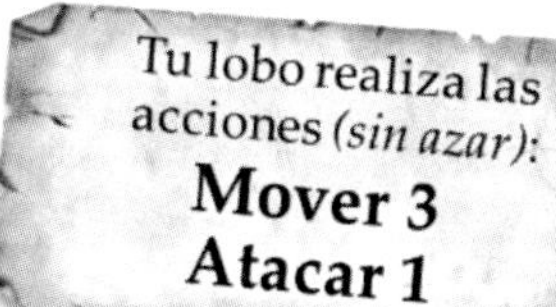

Tacha durante el turno de un enemigo **CONDENADO** para que tu lobo sea su objetivo.

Tu segunda especialización también te ofrece tres nuevas cartas. Todas están basadas en potenciar el efecto de tu trampa. La primera carta hace que un enemigo ***CONDENADO*** *detenga su avance cuando pise tu trampa, además de sufrir el daño común de la trampa. Es muy útil para evitar que se te acerquen los enemigos. La segunda carta provoca que el enemigo quede* ***HERIDO*** *cuando pisa tu trampa, después de recibir el daño. La tercera carta te permite colocar tu trampa a mucha distancia, sin tener que acercarte a los enemigos.*

Tacha cuando pise tu trampa un enemigo para que pare de moverse. Si está **CONDENADO**, sólo podrá atacar adyacente ese turno.

Tacha cuando un enemigo pise tu trampa. Este enemigo queda ***HERIDO***.

En este turno, puedes poner tu trampa a distancia 5 (en lugar de distancia 3).

Recordando tu nueva ***ESPECIALIZACIÓN****, continúa en la página 192.*

La sacerdotisa de la secta demoníaca no es la única que se ha transformado. Garath, muy a su pesar, también se va corrompiendo debido al cansancio, la fatiga, y la exposición a la magia arcana. Aun así, parece que su evolución es benigna y esto le permite alcanzar poderes nunca vistos con su **CLASE ÉPICA**.

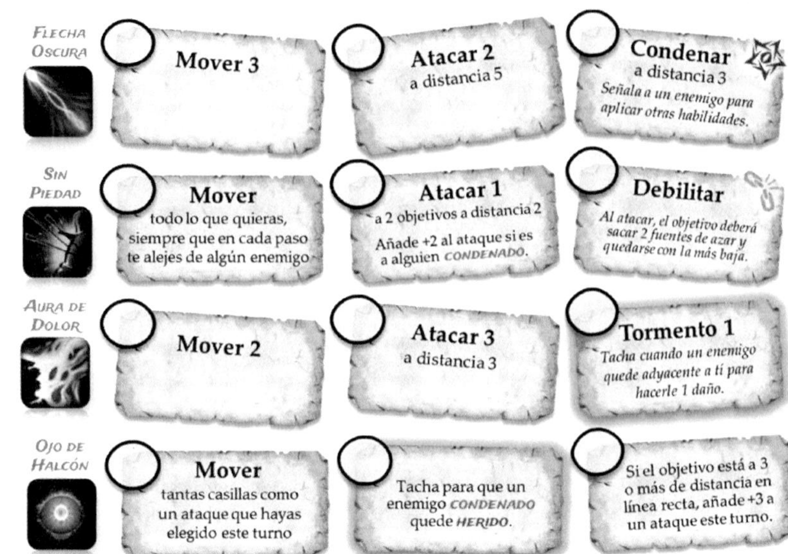

Sobre estas líneas, se ofrece tu matriz actual de 4x3 cartas para ayudarte a decidir.

EJECUTORA:

Tu primera especialización dispone de tres nuevas cartas. Están orientadas a infligir daño a los enemigos en distintas situaciones. La primera carta es reactiva, y supone **Venganza 2** *(o incluso* **Venganza 3** *frente a* **CONDENADOS***). La segunda carta son dos ataques seguidos a distancia, ideal para* ***romper escudos sin sacrificar un ataque potente****. La tercera carta tiene un gran potencial, pues puedes* ***reducir la distancia de un ataque a cambio de aumentar el daño*** *de ese ataque,* ***y viceversa****. Los ataques adyacentes se consideran a* distancia 1. *Un ataque no puede quedar a* distancia 0.

Juicio Final

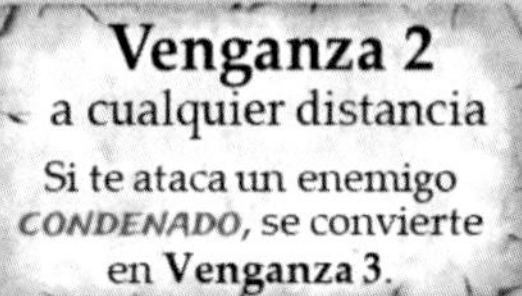

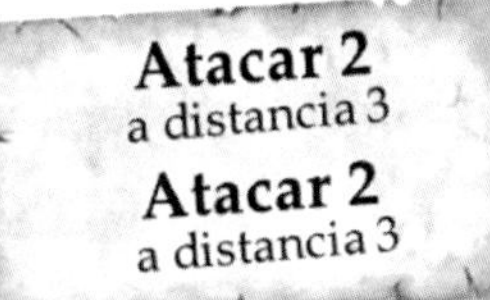

En un ataque este turno, puedes restar puntos a la distancia para sumárselos al daño, y viceversa.

RENEGADA:

Tu segunda especialización también te ofrece tres nuevas cartas. Garath tiene dudas sobre su cometido como cazadora de brujos, y ha empezado a coquetear con las fuerzas oscuras. Tu carta más importante es un ataque muy potente, que utiliza runas (como Solmund) como fuente de azar. Por tanto, este ataque no usa el cuadro de azar habitual de Garath. Recuerda que el **GRIMORIO DE RUNAS** *(página 240) sólo puede consultarse entre escenas, cuando no está luchando.* ***Puedes consultarlo ahora****. Las otras dos cartas son reactivas: una te permite hacer cualquier habilidad desde prácticamente cualquier casilla del tablero (incluido el propio ataque de las runas). La otra te permite* **Defender 2** *(o incluso* **Defender 3** *frente a* **CONDENADOS***) frente a un ataque.*

Tentación Esotérica

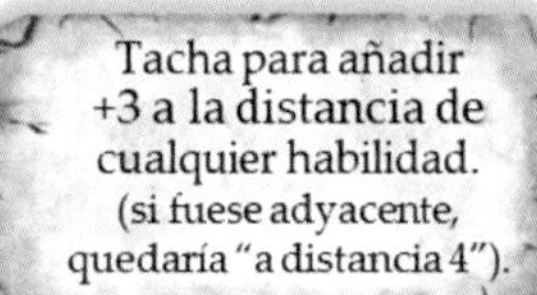

Atacar 4
Este ataque utiliza runas como fuente de azar, en lugar del cuadro de azar.

Defender 2
a cualquier distancia
Si te ataca un enemigo **CONDENADO**, se convierte en **Defender 3**.

Recordando tu nueva **ESPECIALIZACIÓN***, continúa en la página 192.*

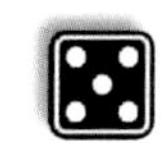

Sin embargo, había algo más que llamaba mi atención en el valle nevado que me separaba del cráter. Una estampa imposible de explicar incluso para mí, que había viajado por medio mundo.

Un manto de flores y plantas exóticas había brotado en medio de la nieve, a muchos kilómetros de cualquier otra flora. Se arremolinaban en torno a un círculo de piedras medio cubierto por la nieve. Sabía lo suficiente de esos círculos como para ponerme alerta al momento. A pesar de lo idílico del entorno, esas grotescas formaciones rocosas solían ser utilizadas por los hechiceros más poderosos de la secta para canalizar su magia prohibida.

En este lugar de culto, sufres una epifanía. Juega inmediatamente la escena en la página 164-165.

Volví a recordar los acontecimientos de los últimos días. ¿En qué momento me había parecido buena idea aceptar este trabajo? ¿Por qué Vestar no me había traído el encargo que le hicimos?

Media hora después, pisé las primeras flores. Conforme me acercaba al círculo de piedra, observé algo que me hizo acelerar el paso y quizás cometer algunos errores a la hora de permanecer en sigilo. En la ladera del cráter había una grieta de la que salía un resplandor color malva. Ese color tan ilógico, contrastando contra la nieve, me provocaba un rechazo vomitivo. Algunos sacos de tela atados con cuerdas, que probablemente contuvieran cuerpos, estaban al filo del abismo.

Dos figuras encapuchadas empujaron el primero de los cuerpos a la grieta. Me pareció percibir que alguno de los otros sacos se movía. Una tercera figura vigilaba el sacrificio en la distancia, cerca de las piedras. La reconocí al instante, pues estaba mucho más cerca mía. Era la sacerdotisa que había discutido con Thorval y lideraba la secta de hechiceros. Adornaba su vestimenta con ramas, pelaje animal y huesos. Parecía cambiada … más extravagante, más salvaje, más perturbada.

Aunque me había enfrentado a muchos enemigos que dominaban las artes arcanas en la última década, en esta ocasión percibí un gran poder en su presencia, amplificado por la cercanía del cráter.

—Llegas tarde —dijo con voz grave—. El ritual está completo.

—¿Qué hay en esos sacos? —pregunté sin perder la esperanza.

— Presentes para nuestros invitados —Sonrió y abrió los brazos—. Pronto me transformaré, y después, el mundo se transformará conmigo. Serás testigo del prodigio.

Ahora juega el ***boss*** *en la página indicada por tu* **ESPECIALIZACIÓN:**

 **TRAMPERA:** 172  **ACECHADORA:** 176

−2 −1 +0 +0 +1 +2

Flecha Oscura	**Mover 3**	**Atacar 2** a distancia 5	**Condenar** a distancia 3 *Señala a un enemigo para aplicar otras habilidades.*
Sin Piedad	**Mover** todo lo que quieras, siempre que en cada paso te alejes de algún enemigo	**Atacar 1** a 2 objetivos a distancia 2 Añade +2 al ataque si es a alguien CONDENADO.	**Debilitar** *Al atacar, el objetivo deberá sacar 2 fuentes de azar y quedarse con la más baja.*
Aura de Dolor	**Mover 2**	**Atacar 3** a distancia 3	**Tormento 1** *Tacha cuando un enemigo quede adyacente a tí para hacerle 1 daño.*
Trampa Oculta	**Mover 4**	**Poner trampa** *Dibuja una trampa a distancia 3. Si la pisa una figura, sufre 3 de daño.*	**Atacar 3** a distancia 4
Invocar Lobo	Tu lobo realiza las acciones *(sin azar)*: **Mover 1** **Atacar 3**	Tu lobo realiza las acciones *(sin azar)*: **Mover 3** **Atacar 1**	Tacha durante el turno de un enemigo CONDENADO para que tu lobo sea su objetivo.

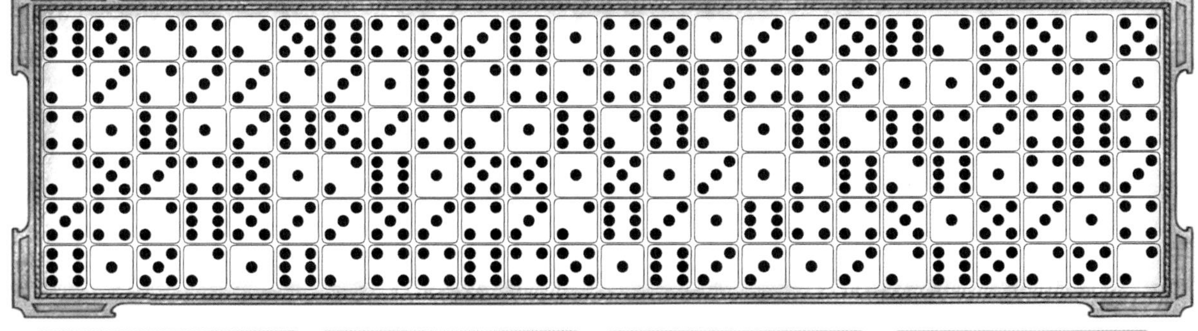

Saeta
En un ataque, tacha para elegir el dado superior o inferior al que te salga en el cuadro.

Flecha Vil
En un ataque, tacha para añadir *+2* (antes de azar) contra un enemigo CONDENADO.

Escarcha
En un ataque, tacha para repetir una tirada de azar sobre el cuadro. Luego añade *+1*.

Arcana
En un ataque, tacha para elegir cualquier dado adyacente (no en diagonal) al que salga en el cuadro.

-3 -2 -1 +1 +2 +3

El Abismo

Objetivo: Mata a la criatura salida del abismo.

X0

Y0

A0

Comportamiento

A

X1 — Ronda 1	X2 — Ronda 2	X3 — Ronda 3
Mover 2 **Hostigar** **Atacar 3** a distancia 3	**Mover 1** **Hostigar** **Herir** **Atacar 2** a distancia 3 **Mover 1** **Debilitar** a distancia 3 *Si Y está adyacente a A:* Y muere.	**Mover 3** **Atacar 3**
Hostigar **Debilitar &** **Atacar 3** a distancia 3		**Mover 2** **Atacar 2** a todos a distancia 3

Puedes usar **tu cuadro de azar como fuente de azar** del enemigo. Pero si caes fuera del cuadro o en un dado relleno, se considera un ⚅.

*Si **cumples el objetivo**, ve a la página 170. Si **no cumples** el objetivo, ve a la página 180.*

-2 -1 +0 +0 +1 +2

Flecha Oscura	**Mover 3**	**Atacar 2** a distancia 5	**Condenar** a distancia 3 *Señala a un enemigo para aplicar otras habilidades.*
Sin Piedad	**Mover** todo lo que quieras, siempre que en cada paso te alejes de algún enemigo	**Atacar 1** a 2 objetivos a distancia 2 Añade +2 al ataque si es a alguien CONDENADO.	**Debilitar** *Al atacar, el objetivo deberá sacar 2 fuentes de azar y quedarse con la más baja.*
Aura de Dolor	**Mover 2**	**Atacar 3** a distancia 3	**Tormento 1** *Tacha cuando un enemigo quede adyacente a ti para hacerle 1 daño.*
Trampa Oculta	**Mover 4**	**Poner trampa** *Dibuja una trampa a distancia 3. Si la pisa una figura, sufre 3 de daño.*	**Atacar 3** a distancia 4
Laceración	Tacha cuando pise tu trampa un enemigo para que pare de moverse. Si está CONDENADO, sólo podrá atacar adyacente ese turno.	Tacha cuando un enemigo pise tu trampa. Este enemigo queda HERIDO.	En este turno, puedes poner tu trampa a distancia 5 (en lugar de distancia 3).

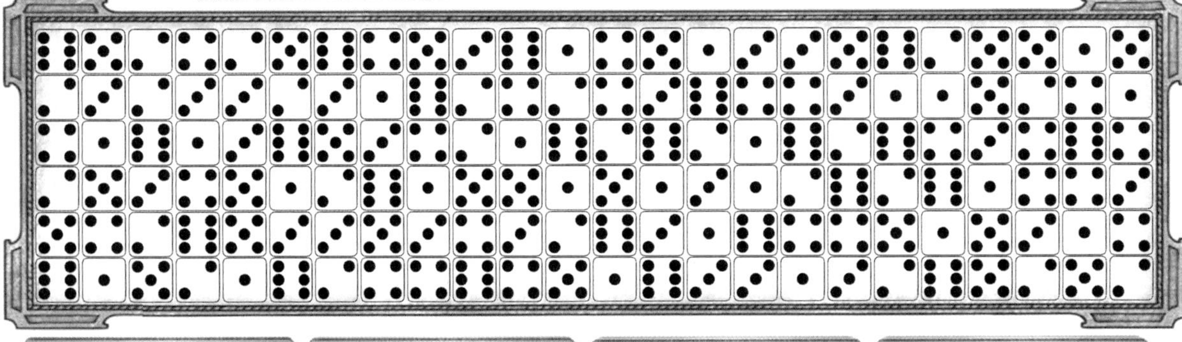

Saeta

En un ataque, tacha para elegir el dado superior o inferior al que te salga en el cuadro.

Flecha Vil

En un ataque, tacha para añadir *+2* (antes de azar) contra un enemigo CONDENADO.

Escarcha

En un ataque, tacha para repetir una tirada de azar sobre el cuadro. Luego añade *+1*.

Arcana

En un ataque, tacha para elegir cualquier dado adyacente (no en diagonal) al que salga en el cuadro.

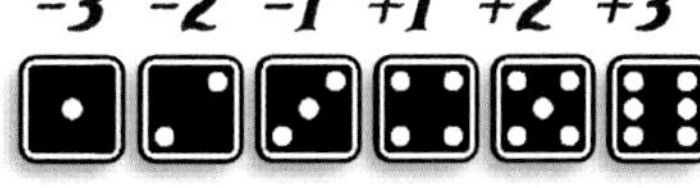

El Abismo

Objetivo: Mata a la criatura salida del abismo.

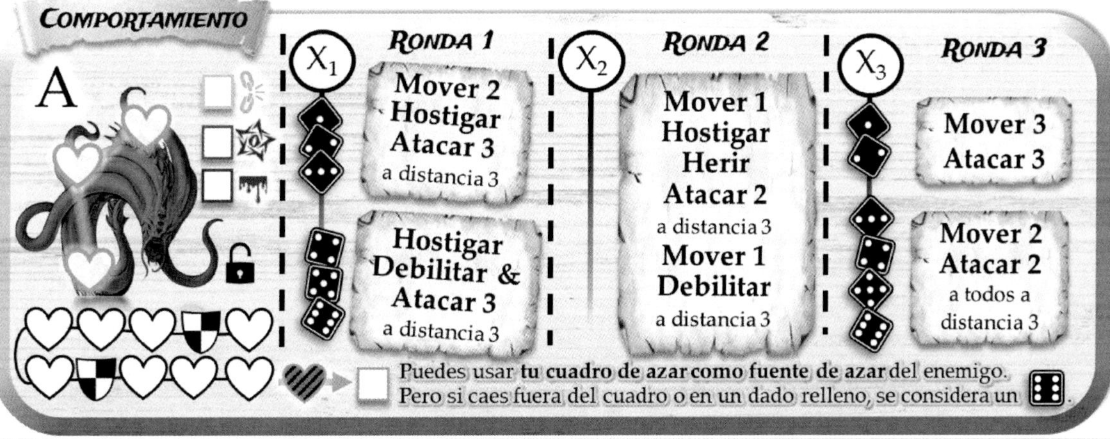

*Si **cumples el objetivo**, ve a la página 170. Si **no cumples** el objetivo, ve a la página 180.*

−2	−1	+0	+0	+1	+2

Flecha Oscura	**Mover 3**	**Atacar 2** a distancia 5	**Condenar** a distancia 3 *Señala a un enemigo para aplicar otras habilidades.*
Sin Piedad	**Mover** todo lo que quieras, siempre que en cada paso te alejes de algún enemigo	**Atacar 1** a 2 objetivos a distancia 2. Añade +2 al ataque si es a alguien CONDENADO.	**Debilitar** *Al atacar, el objetivo deberá sacar 2 fuentes de azar y quedarse con la más baja.*
Aura de Dolor	**Mover 2**	**Atacar 3** a distancia 3	**Tormento 1** *Tacha cuando un enemigo quede adyacente a ti para hacerle 1 daño.*
Ojo de Halcón	**Mover** tantas casillas como un ataque que hayas elegido este turno	Tacha para que un enemigo CONDENADO quede HERIDO.	Si el objetivo está a 3 o más de distancia en línea recta, añade +3 a un ataque este turno.
Juicio Final	**Venganza 2** a cualquier distancia. Si te ataca un enemigo CONDENADO, se convierte en **Venganza 3**.	**Atacar 2** a distancia 3 **Atacar 2** a distancia 3	En un ataque este turno, puedes restar puntos a la distancia para sumárselos al daño, y viceversa.

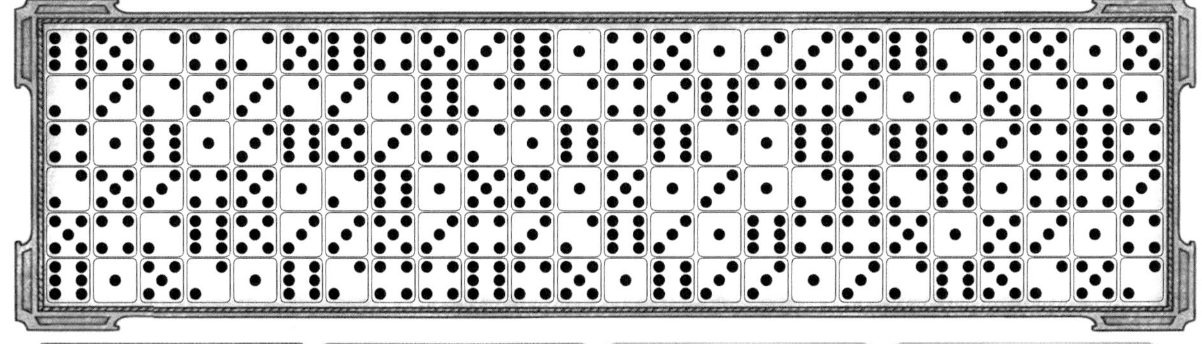

Saeta
En un ataque, tacha para elegir el dado superior o inferior al que te salga en el cuadro.

Flecha Vil
En un ataque, tacha para añadir ***+2*** (antes de azar) contra un enemigo CONDENADO.

Escarcha
En un ataque, tacha para repetir una tirada de azar sobre el cuadro. Luego añade ***+1***.

Arcana
En un ataque, tacha para elegir cualquier dado adyacente (no en diagonal) al que salga en el cuadro.

-3 -2 -1 +1 +2 +3

El Abismo

Objetivo: Mata a la criatura salida del abismo.

*Si **cumples el objetivo**, ve a la página 170. Si **no cumples** el objetivo, ve a la página 180.*

-2 -1 +0 +0 +1 +2

Flecha Oscura 	**Mover 3**	**Atacar 2** a distancia 5	**Condenar** a distancia 3 *Señala a un enemigo para aplicar otras habilidades.*
Sin Piedad 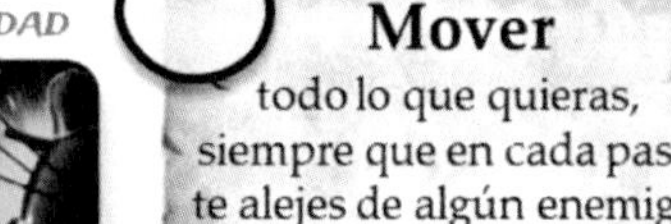	**Mover** todo lo que quieras, siempre que en cada paso te alejes de algún enemigo	**Atacar 1** a 2 objetivos a distancia 2. Añade +2 al ataque si es a alguien CONDENADO.	**Debilitar** *Al atacar, el objetivo deberá sacar 2 fuentes de azar y quedarse con la más baja.*
 **Aura de Dolor** 	**Mover 2**	**Atacar 3** a distancia 3	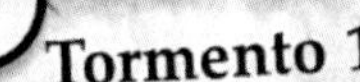 **Tormento 1** *Tacha cuando un enemigo quede adyacente a ti para hacerle 1 daño.*
Ojo de Halcón 	**Mover** tantas casillas como un ataque que hayas elegido este turno	Tacha para que un enemigo CONDENADO quede HERIDO.	Si el objetivo está a 3 o más de distancia en línea recta, añade +3 a un ataque este turno.
Tentación Esotérica 	Tacha para añadir +3 a la distancia de cualquier habilidad. (si fuese adyacente, quedaría "a distancia 4").	**Atacar 4** 233P 232J 232W	**Defender 2** a cualquier distancia. Si te ataca un enemigo CONDENADO, se convierte en **Defender 3**.

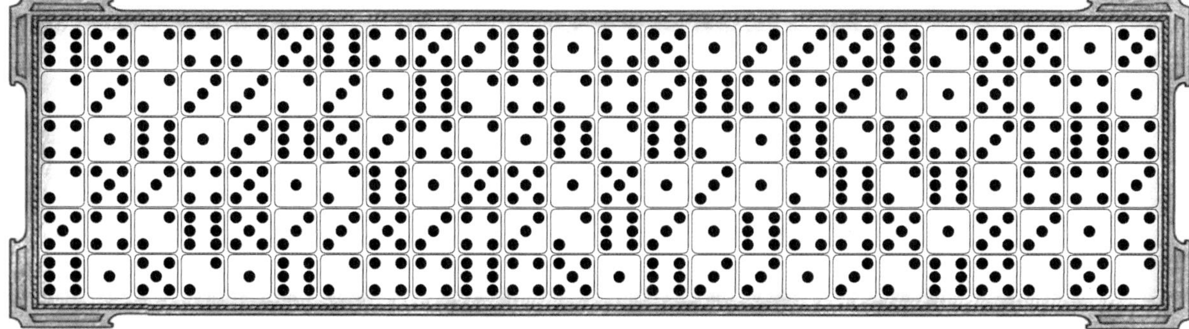

Saeta: En un ataque, tacha para elegir el dado superior o inferior al que te salga en el cuadro.	**Flecha Vil**: En un ataque, tacha para añadir ***+2*** (antes de azar) contra un enemigo CONDENADO.	**Escarcha**: En un ataque, tacha para repetir una tirada de azar sobre el cuadro. Luego añade ***+1***.	**Arcana**: En un ataque, tacha para elegir cualquier dado adyacente (no en diagonal) al que salga en el cuadro.

−3 −2 −1 +1 +2 +3

El Abismo

Objetivo: Mata a la criatura salida del abismo.

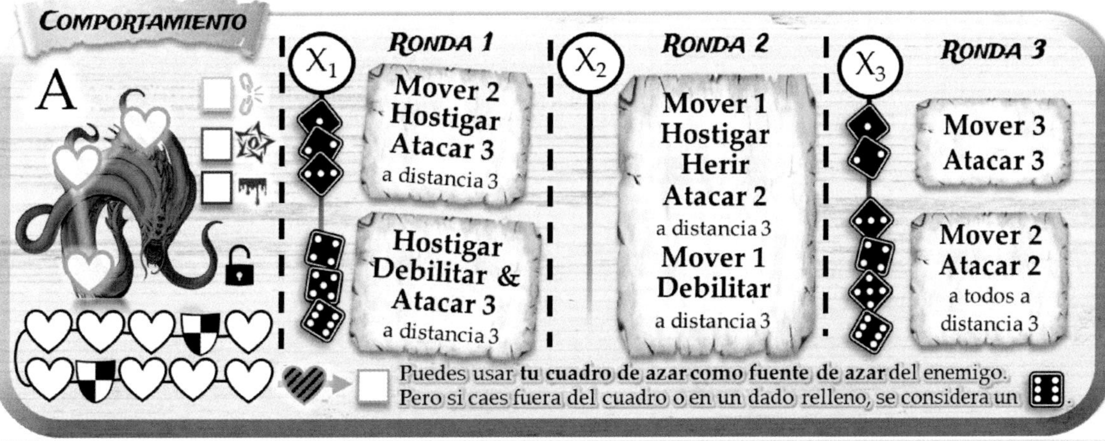

*Si **cumples el objetivo**, ve a la página 170. Si **no cumples** el objetivo, ve a la página 180.*

Cuando los dos nos hubimos recuperado, tuvimos ocasión de hablar más tranquilamente. Esta vez sí encontré respuestas mientras recorríamos la veintena de metros que nos separaba del otro par de sacos, que se asomaban al borde de la grieta. Le pregunté por el cilindro de ébano. Poco podíamos imaginar que, desgraciadamente, esta sería la última vez que Seraph y yo hablaríamos.

Aquel vial con un líquido en su interior contenía nuestra mejor arma contra la magia demoníaca. Se decía que había sido encontrado en los niveles más profundos de las minas hace más de cien años, y que era el verdadero motivo de la decadencia de la compañía minera. En las décadas posteriores a su descubrimiento se sucedieron desgracias, traiciones y homicidios entre compañeros. Una palidez enfermiza en la piel de los trabajadores. No sabíamos cómo había llegado a manos de Thorval, pero sí que la sacerdotisa le había contado su secreto en los primeros años de su relación.

Según le contó aquella demente, si alguien bebía el líquido mezclado con sangre de demonio, catalizaría toda la energía arcana a kilómetros alrededor. No obstante, dependiendo de las intenciones del receptor, podría convertirse en uno de ellos, o bien desterrarlos de este mundo. Pero todo tenía un precio: a cambio, el huésped perdería su vida en el proceso.

Además, un arma impregnada con unas pocas gotas de ese líquido causaría un tremendo daño en cualquier criatura demoníaca, siendo imprescindible para dañar a los más poderosos.

—Pero ¿qué hay en el cráter? ¿Acaso un demonio cayó de los cielos? —pregunté.

—Hemos estado equivocados todo el tiempo, Garath. Creíamos que los sectarios buscaban el favor de una criatura venida de las estrellas y de ahí su exaltación por el cráter. Pero no es así —sentenció—. Lo que cayó del cielo es una simple roca, sin más —continuó, dejándome aturdida—. Pero impactó con la suficiente fuerza como para abrir la tierra y dejar salir a criaturas demoníacas del interior. Siempre han estado aquí, bajo nosotros. En letargo, esperando su momento.

Llegamos junto a los dos últimos sacos y todo sucedió muy rápido. Me asomé levemente a la grieta justo para ver salir a la superficie una mole blanquecina, húmeda y viscosa. Flotaba en el aire a un par de centímetros del suelo, y movía sus tentáculos de forma hipnótica mientras nos taladraba con sus nueve ojos rojos. Nunca me perdonaré los segundos que perdí antes de coger mi arco. La criatura despedazó a Seraph con sus tres hileras de dientes sin que pudiese hacer nada.

Juega el boss en la página que se indique correspondiente a tu **CLASE ÉPICA**:

 **DAMA DE LAS BESTIAS**: 184  **ZAPADORA**: 186  **EJECUTORA**: 188  **RENEGADA**: 190

CUADERNO DE CAMPO DE XYRXARIS

Mis viajes a las islas del norte.

Un siglo antes de los acontecimientos de "En Las Cenizas".

*Si vienes de **107** ó **115** ➔* Hay un curioso cañón de piedra que baja de la mina hacia el pantano, demasiado empinado como para llevar un cargamento de mercancías. Probablemente se utilice para pequeños trapicheos, alcohol y sacar algunas pequeñas gemas preciosas a salvo de miradas indiscretas. Cuando hay poniente, el viento ulula entre las caprichosas paredes del desfiladero, produciendo inquietantes sonidos que no me gustaría escuchar quedando solo al ocaso.

*Vuelve a la escena y ganas 1 de distancia a un ataque. Si ese ataque es adyacente, pasa a "*distancia 2*".*

*Si vienes de **119** ó **123** ➔* Conocí a un trabajador de circo ambulante que se había especializado en esquivar flechas que le lanzaban sobre la pista, haciendo un singular movimiento con la cadera. Venían del continente y todos los años pasaban una semana visitando las poblaciones costeras de las islas. Un año no volvió. Supongo que le falló el truco.

Vuelve a la escena e ignora el daño que sobre en el próximo ataque de la cazadora (no te apliques ese daño sobrante).

*Si vienes de **167** ó **169** ➔* Una de las bestias más temidas en campo abierto es el basilisco salvaje. Con sus ocho patas y su piel casi impenetrable, pueden merendarse a cualquier aventurero después de haberlos derretido, petrificado o congelado. Sin embargo, me llegan noticias de que los ejemplares que viven en las islas son notablemente más perezosos que los que habitan en los desiertos y montañas del continente.

Vuelve a la escena y muévete hasta 2 casillas adicionales en una acción de la escena (a tu elección).

*Si vienes de **173** ó **177** ➔* En mis viajes por todo el mundo he conocido a personas de toda clase y condición, pero algunas de ellas resonaban con un aura especial: en las situaciones más dramáticas, incluso la gente común puede conseguir hazañas extraordinarias. *Da la vuelta y lee. Luego vuelve a la escena:*

*Si completas la secuencia azul en **FASE I**, conseguirás esta ventaja para **FASE II**: en cada ronda, ignora la regla de oro (puedes elegir las cartas que quieras), y además elige 4 cartas en lugar de 3.*

- Acto IV -

En las Cenizas

Recuerda que puedes consultar las reglas en las páginas 238-239, y detalles de acciones en las páginas 236-237.

En la página 230 puedes ver ***cómo aumentar o disminuir la dificultad*** *(puedes cambiarla en cualquier momento).*

Empieza ahora en la página 195.

Los iconos sobre esta línea simplemente sirven para recordar la **CLASE ÉPICA** *de cada personaje. Ahora empieza a leer:*

El cráter se abría en una colina que antaño había dado cobijo a un pequeño bosque de árboles débiles y enfermizos. El impacto había abierto una enorme grieta que daba acceso a quién sabe qué mundos subterráneos, dejando a la vista un espectáculo dantesco.

Una enorme criatura salida de las entrañas de la tierra dominaba el interior del cráter. Era tan alta como un edificio, y a su espalda dos alas se desplegaban majestuosas. Su musculatura palpitaba con un tono rojo que contrastaba con los copos de nieve que habían caído sobre las cenizas del cráter. Portaba un cetro obsceno hecho con huesos, así como una vestimenta ritual. Exhibía pezuñas y cuernos como un carnero y garras como un buitre. De una de ellas parecía estar canalizando una suerte de magia enfermiza, extrayendo energía de media docena de cuerpos que los sectarios habían dejado a modo de ofrenda.

En este Acto, tendrás que consultar varias veces el lateral y la parte superior de esta página (195), ya que ***resume toda tu historia a lo largo de los tres primeros Actos****. Ahora sigue leyendo después de la imagen.*

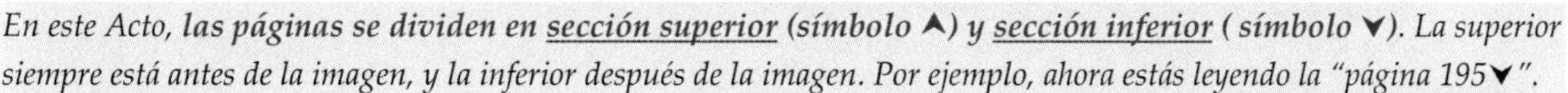

En este Acto, ***las páginas se dividen en sección superior (símbolo ▲) y sección inferior (símbolo ▼)****. La superior siempre está antes de la imagen, y la inferior después de la imagen. Por ejemplo, ahora estás leyendo la "página 195▼".*

Observa los 3 símbolos del ***margen derecho*** *de esta sección. Según los que estén marcados, deberás ir a la sección que se indica de entre las ocho combinaciones disponibles en la tabla. Si entras en una escena, copia allí las* **CLASES ÉPICAS** *(si las hay) marcadas en la parte superior de esta página (195). Recuerda tus objetos equipados (en el lateral de esta página).*

Ningún símbolo del margen derecho está marcado.	●		●		●		●
		●	●			●	●
				●	●	●	●
Ve a 224	*Ve a 197▼*	*Ve a 196▼*	*Ve a 198▲*	*Ve a 198▼*	*Ve a 199▲*	*Ve a 197▲*	*Ve a 196▲*

▲ Garath, horrorizada por la visión, corrió a alertar a Vestar y Solmund, que estaban descansando entre las rocas. Les mostró el cilindro y les habló de sus propiedades. Vestar soltó una risa amarga, sin creerse lo que estaba oyendo. Solmund confirmó que había oído la misma historia varias veces a lo largo de los años, mientras espiaba a los sectarios en su paso por el pantano. En efecto, si alguien bebía el contenido completo mezclado con sangre de demonio, el receptor canalizaría toda la energía alrededor. Desterraría a las criaturas al abismo a cambio de su vida. ¿Era cierta la leyenda? Esperaban no tener que averiguarlo. Abrieron el recipiente e impregnaron sus armas con unas gotas. No quisieron malgastar el preciado líquido por si había que llegar a acciones … desesperadas.

Trazaron un plan sobre la nieve, a unos metros del borde del cráter. Garath debía evitar que el demonio mayor alzase el vuelo, aunque eso llamase la atención de la criatura. Solmund se ofreció a detener la canalización de la criatura, que estaba extrayendo energía de la pila de cadáveres. Era posible que el demonio acabase de salir de un profundo letargo. Finalmente, Vestar intentaría llegar hasta el demonio mayor, y acabar con él antes de que él acabase con los tres.

Ve a la página según la **CLASE ÉPICA** *de Garath (está marcada con borde amarillo en la parte superior de la página 195). Nada más entrar, recuerda marcar las* **CLASES ÉPICAS** *de Solmund y Vestar en la parte inferior de la página derecha:*

DAMA DE LAS BESTIAS: 200 **ZAPADORA:** 202 **EJECUTORA:** 204 **RENEGADA:** 206

▼ Solmund, con semblante serio, se asomaba al borde del cráter. Unos minutos antes, había encontrado un cilindro de ébano. Debía de tratarse del receptáculo de aquel preciado líquido del que tanto había oído hablar a los sectarios mientras los espiaba en el pantano. Al parecer, si alguien bebía el contenido completo mezclado con sangre de demonio, su cuerpo canalizaría toda la energía alrededor, desterrando a las criaturas al abismo. ¿Era cierta la leyenda? Esperaba no tener que averiguarlo. Abrió el recipiente e impregnó sus dedos con unas gotas. Necesitaría toda la ayuda posible para trazar sus runas. No quiso malgastar el preciado líquido por si había que llegar a acciones … desesperadas. Ideó un plan sobre la nieve: se centraría en detener la canalización de energía que estaba llevando a cabo la criatura. Era posible que acabase de salir de un profundo letargo y todavía se encontrase débil.

Ve a la página según la **CLASE ÉPICA** *de Solmund (con borde verde en la parte superior de la página 195). Empezarás directamente en la* **FASE II**. *Al entrar, tacha el candado para indicar que la* ***secuencia normal empieza desbloqueada:***

ASTRÓLOGO: 208 **PORTADOR DE LA PLAGA:** 210 **GEOMANTE:** 212 **DRUIDA DE SANGRE:** 214

⮝ Garath, horrorizada por la visión, corrió a alertar a Solmund, que estaba descansando entre las rocas. Le mostró el cilindro y le habló de sus propiedades. Solmund confirmó que había oído la misma historia varias veces a lo largo de los años, mientras espiaba a los sectarios en su paso por el pantano. En efecto, si alguien bebía el contenido completo mezclado con sangre de demonio, el receptor canalizaría toda la energía alrededor. Desterraría a las criaturas al abismo a cambio de su vida. ¿Era cierta la leyenda? Esperaban no tener que averiguarlo. Abrieron el recipiente e impregnaron sus armas con unas gotas. No quisieron malgastar el preciado líquido por si había que llegar a acciones … desesperadas.

Trazaron un plan sobre la nieve, a unos metros del borde del cráter. Garath debía evitar que el demonio mayor alzase el vuelo, aunque eso llamase la atención de la criatura. Solmund se ofreció a detener el hechizo de canalización, que estaba extrayendo energía de la pila de cadáveres. Era posible que el demonio mayor acabase de salir de un profundo letargo y todavía se encontrase débil.

Ve a la página según la **CLASE ÉPICA** *de Garath (está marcada con borde amarillo en la parte superior de la página 195). Nada más entrar, recuerda marcar las* **CLASE ÉPICA** *de Solmund en la parte inferior de la página derecha.*

 **DAMA DE LAS BESTIAS:** 200
 **ZAPADORA:** 202
 **EJECUTORA:** 204
 **RENEGADA:** 206

⮟ Vestar, en confín del mundo, observó horrorizado la escena. Pensó en el cilindro que había recuperado, escondido junto a las rocas. Recordó lo que había oído tras su captura, mientras lo trasladaban los sectarios a través de las montañas. Al parecer, si alguien bebía el contenido completo mezclado con sangre de demonio, el receptor canalizaría toda la energía alrededor. Desterraría a las criaturas al abismo a cambio de su vida. ¿Era cierta la leyenda? Esperaba no tener que averiguarlo. Abrió el recipiente e impregnó su cuchillo con unas gotas. No quiso malgastar el preciado líquido por si había que llegar a acciones … desesperadas.

No había mucho tiempo para trazar un plan. Vestar intentaría llegar hasta el demonio mayor, y acabar con él antes de que él saliese del cráter y propagase su perfidia por la isla.

Ve a la página según la **CLASE ÉPICA** *de Vestar (marcada con borde azul arriba en la 195). Empezarás en la* ***FASE III:***

 **ESTRATEGA:** 216
 **BERSERKER:** 218
 **SOMBRA:** 220
 **ASESINO:** 222

▲ Solmund y Vestar, con semblante serio, se asomaban al borde del cráter. Unos minutos antes, había encontrado un cilindro de ébano escondido tras las rocas. Solmund sabía que se trataba del receptáculo de aquel preciado líquido del que tanto había oído hablar a los sectarios mientras los espiaba en el pantano. Al parecer, si alguien bebía el contenido completo mezclado con sangre de demonio, su cuerpo canalizaría toda la energía alrededor, desterrando a las criaturas al abismo. ¿Era cierta la leyenda? Esperaba no tener que averiguarlo. Vestar soltó una risilla nerviosa, sin creerse aquella teoría delirante. Abrieron el recipiente e impregnaron sus armas con unas gotas. No quisieron malgastar el preciado líquido por si había que llegar a acciones … desesperadas.

Trazaron un plan sobre la nieve, a unos metros del borde del cráter. Solmund se ofreció a detener la canalización de energía que estaba llevando a cabo la criatura. Era posible que acabase de salir de un profundo letargo y todavía se encontrase débil. Finalmente, Vestar intentaría llegar hasta el mismo fondo del cráter y así acabar con el demonio mayor antes de que él acabase con los dos.

Ve a la página según la **CLASE ÉPICA** *de Solmund (está marcada con borde verde en la parte superior de la página 195). Al entrar, recuerda marcar la* **CLASE ÉPICA** *de Vestar en la parte inferior de la página derecha. Empezarás en la* **FASE II***:*

ASTRÓLOGO: 208 **PORTADOR DE LA PLAGA:** 210 **GEOMANTE:** 212 **DRUIDA DE SANGRE:** 214

▼ Garath, horrorizada por la visión, palpó el cilindro de ébano bajo su capa. Recordó lo que le había contado Seraph sobre sus propiedades. En efecto, si alguien bebía el contenido completo mezclado con sangre de demonio, el receptor canalizaría toda la energía alrededor. Desterraría a las criaturas al abismo a cambio de su vida. ¿Era cierta la leyenda? Esperaba no tener que averiguarlo. Abrió el recipiente e impregnó sus flechas con unas gotas. No quiso malgastar el preciado líquido por si había que llegar a acciones … desesperadas.

Garath trazó un plan agazapada al borde del cráter. Debía evitar que el demonio mayor alzase el vuelo, aunque eso llamase la atención de la criatura, que parecía estar canalizando la energía de los cadáveres que habían dejado como ofrenda. Quizás entonces podría acabar con él.

Ve a la página según la **CLASE ÉPICA** *de Garath (está marcada con borde amarillo en la parte superior de la página 195). Nada más entrar, tacha el candado del enemigo para indicar que la* ***secuencia normal empieza desbloqueada****:*

 **DAMA DE LAS BESTIAS:** 200  **ZAPADORA:** 202  **EJECUTORA:** 204  **RENEGADA:** 206

▲ Garath, horrorizada por la visión, corrió a alertar a Vestar, que estaba descansando entre las rocas. Le mostró el cilindro y le habló de sus propiedades. Vestar soltó una risotada amarga, sin creerse lo que estaba oyendo. En efecto, si alguien bebía el contenido completo mezclado con sangre de demonio, el receptor canalizaría toda la energía alrededor. Desterraría a las criaturas al abismo a cambio de su vida. ¿Era cierta la leyenda? Esperaban no tener que averiguarlo. Abrieron el recipiente e impregnaron sus armas con unas gotas. No quisieron malgastar el preciado líquido por si había que llegar a acciones … desesperadas.

Trazaron un plan sobre la nieve, a unos metros del borde del cráter. Garath debía evitar que el demonio mayor alzase el vuelo, aunque eso llamase la atención de la criatura, que parecía estar canalizando la energía de los cadáveres que habían dejado como ofrenda. Por su parte, Vestar debía llegar hasta el fondo del cráter, y acabar con el demonio mayor antes de que él acabase con los dos.

Ve a la página según la **CLASE ÉPICA** *de Garath (está marcada con borde amarillo en la parte superior de la página 195). Nada más entrar, recuerda marcar la* **CLASE ÉPICA** *de Vestar en la parte inferior de la página derecha:*

 **DAMA DE LAS BESTIAS:** 200  **ZAPADORA:** 202 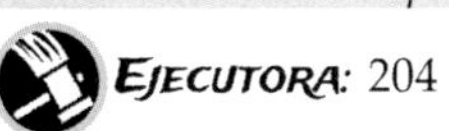 **EJECUTORA:** 204  **RENEGADA:** 206

▼ *Este es el desenlace del* **ACTO IV**. *Observa los 3 símbolos del* ***margen derecho*** *de esta sección. Según los que estén marcados, deberás ir a la sección que se indica de entre las ocho combinaciones disponibles en la tabla.*

Ningún símbolo del margen derecho está marcado.	●		●		●		●
		●	●			●	●
				●	●	●	●
Ve a 227▼	*Ve a 225▼*	*Ve a 228▼*	*Ve a 226▲*	*Ve a 226▼*	*Ve a 227▲*	*Ve a 225▲*	*Ve a 228▲*

VESTAR SOBREVIVIÓ ☐

SOLMUND SOBREVIVIÓ ☐

GARATH SOBREVIVIÓ ☐

−2	−1	+0	+0	+1	+2
⚀	⚁	⚂	⚃	⚄	⚅

Flecha Oscura

Saltar 3
Como ***Mover 3****, pero puedes hacerlo a través de casillas con ⅄ (terminando en casilla clareada).*

Atacar 2
a distancia 5

Condenar
a distancia 3
Señala a un enemigo para aplicar otras habilidades.

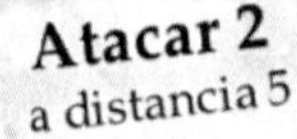

Sin Piedad

Saltar
todo lo que quieras, siempre que en cada paso te alejes de algún enemigo

Atacar 1
a 2 objetivos a distancia 2
Añade +2 al ataque si es a alguien CONDENADO.

Debilitar
Al atacar, el objetivo deberá sacar 2 fuentes de azar y quedarse con la más baja.

Aura de Dolor

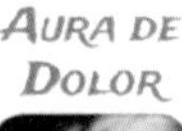

Saltar 2
Como ***Mover 2****, pero puedes hacerlo a través de casillas con ⅄ (terminando en casilla clareada).*

Atacar 3
a distancia 3

Tormento 1
Tacha cuando un enemigo quede adyacente a ti para hacerle 1 daño.

Trampa Oculta

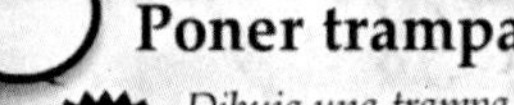

Saltar 4
Como ***Mover 4****, pero puedes hacerlo a través de casillas con ⅄ (terminando en casilla clareada).*

Poner trampa
Dibuja una trampa a distancia 3. Si la pisa una figura, sufre 3 de daño.

Atacar 3
a distancia 4

Invocar Lobo

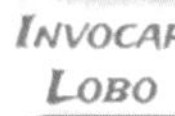

Tu lobo realiza las acciones (sin azar):
Mover 1
Atacar 3

Tu lobo realiza las acciones *(sin azar)*:
Mover 3
Atacar 1

Tacha durante el turno de un enemigo CONDENADO para que tu lobo sea su objetivo.

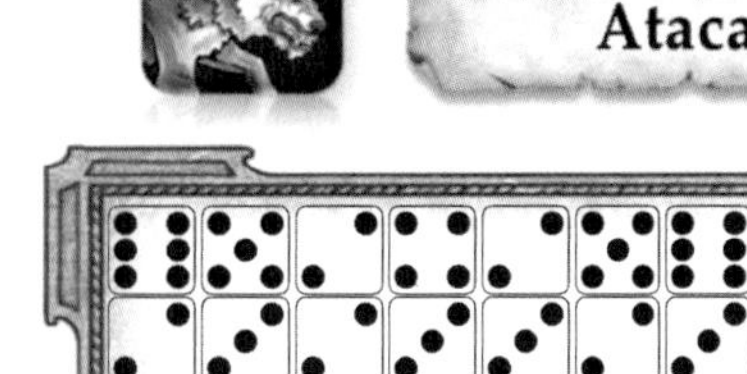

Saeta
En un ataque, tacha para elegir el dado superior o inferior al que te salga en el cuadro.

Flecha Vil
En un ataque, tacha para añadir ***+2*** (antes de azar) contra un enemigo CONDENADO.

Escarcha
En un ataque, tacha para repetir una tirada de azar sobre el cuadro. Luego añade ***+1***.

Arcana
En un ataque, tacha para elegir cualquier dado adyacente (no en diagonal) al que salga en el cuadro.

-3 -2 -1 +1 +2 +3

En las Cenizas (I)

Objetivo: quita toda la vida posible al demonio mayor. Acuérdate de tachar el candado **si se te ha indicado**.

*Copia los **objetos** de Garath (si los hay) desde el lateral de la página 195 al panel de objetos de esta escena. Luego copia la **clase épica** de Solmund y Vestar (**si las hay**) desde la parte superior de la página 195 a la inferior de **esta página**. Si **ninguno** de los dos tiene su **clase épica** marcada (murieron), tacha el candado del enemigo: ahora está desbloqueado.*

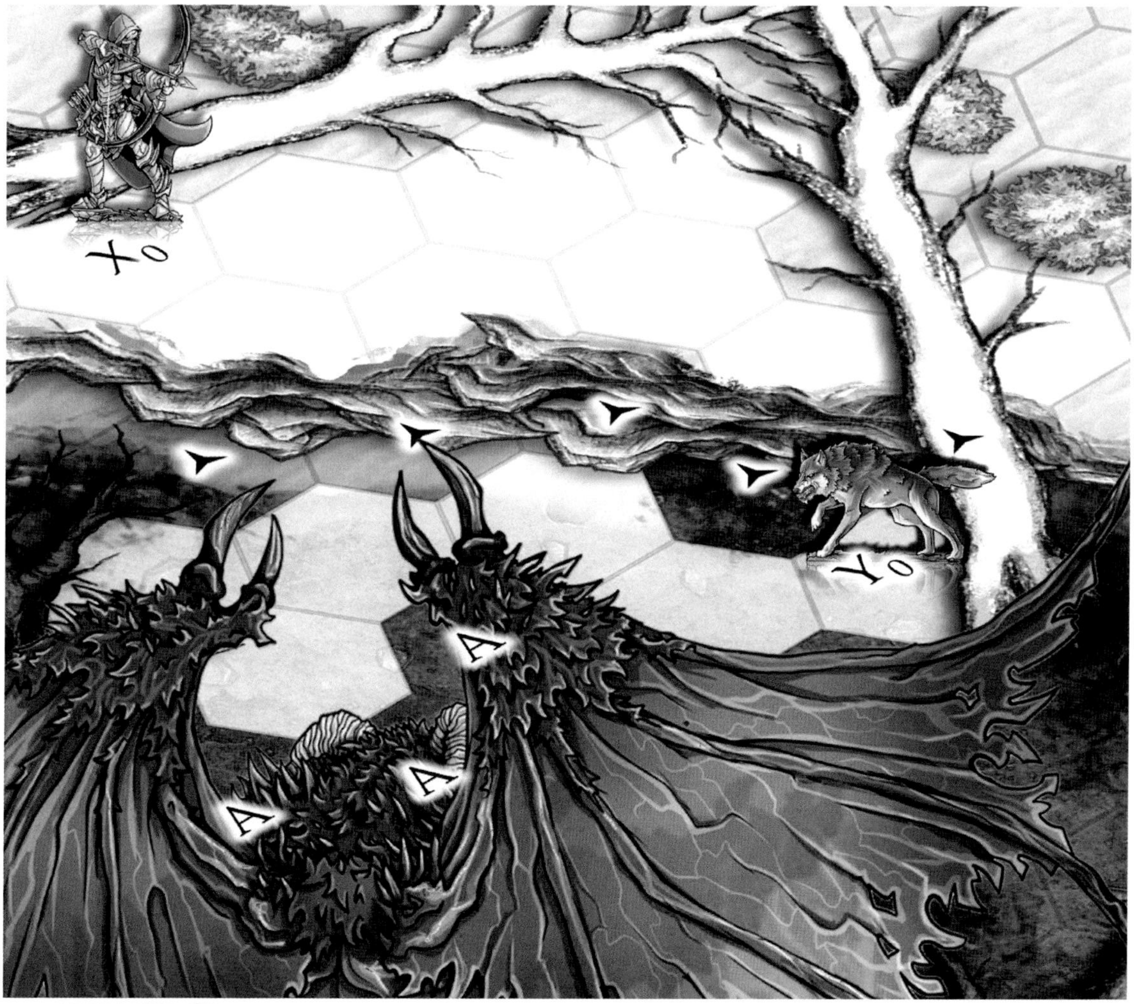

Si Garath sigue con vida, marca ⬤ *en la página 199*▼*. Si has matado al demonio mayor, lee la 199*▼*. Si no, **consulta el margen inferior de esta página (201)**: si Solmund (**borde verde**) tiene una **clase épica** marcada, ve a la página indicada. Si no: si Vestar (**borde azul**) tiene una **clase épica** marcada, ve a la página indicada. Si no, ve a la 227*▼*.*

 208  210  212   214  216  218  220  222

-2	-1	+0	+0	+1	+2
⚀	⚁	⚂	⚃	⚄	⚅

Flecha Oscura

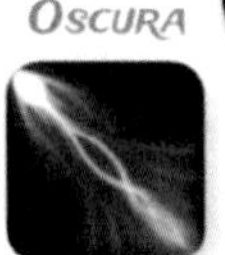

Saltar 3
*Como **Mover 3**, pero puedes hacerlo a través de casillas con ⅄ (terminando en casilla clareada).*

Atacar 2
a distancia 5

Condenar
a distancia 3
Señala a un enemigo para aplicar otras habilidades.

Sin Piedad

Saltar
todo lo que quieras, siempre que en cada paso te alejes de algún enemigo

Atacar 1
a 2 objetivos a distancia 2
Añade +2 al ataque si es a alguien **CONDENADO**.

Debilitar
Al atacar, el objetivo deberá sacar 2 fuentes de azar y quedarse con la más baja.

Aura de Dolor

Saltar 2
*Como **Mover 2**, pero puedes hacerlo a través de casillas con ⅄ (terminando en casilla clareada).*

Atacar 3
a distancia 3

Tormento 1
Tacha cuando un enemigo quede adyacente a ti para hacerle 1 daño.

Trampa Oculta

Saltar 4
*Como **Mover 4**, pero puedes hacerlo a través de casillas con ⅄ (terminando en casilla clareada).*

Poner trampa
Dibuja una trampa a distancia 3. Si la pisa una figura, sufre 3 de daño.

Atacar 3
a distancia 4

Laceración

Tacha cuando pise tu trampa un enemigo para que pare de moverse. Si está **CONDENADO**, sólo podrá atacar adyacente ese turno.

Tacha cuando un enemigo pise tu trampa. Este enemigo queda **HERIDO**.

En este turno, puedes poner tu trampa a distancia 5 (en lugar de distancia 3).

Saeta
En <u>un</u> ataque, <u>tacha</u> para elegir el dado superior o inferior al que te salga en el cuadro.

Flecha Vil
En <u>un</u> ataque, <u>tacha</u> para añadir ***+2*** (antes de azar) contra un enemigo **CONDENADO**.

Escarcha
En <u>un</u> ataque, <u>tacha</u> para repetir una tirada de azar sobre el cuadro. Luego añade ***+1***.

Arcana
En <u>un</u> ataque, <u>tacha</u> para elegir cualquier dado adyacente (no en diagonal) al que salga en el cuadro.

-3 -2 -1 +1 +2 +3

EN LAS CENIZAS (I)

OBJETIVO: quita toda la vida posible al demonio mayor. Acuérdate de tachar el candado **si se te ha indicado**.

*Copia los **OBJETOS** de Garath (si los hay) desde el lateral de la página 195 al panel de objetos de esta escena. Luego copia la **CLASE ÉPICA** de Solmund y Vestar (**si las hay**) desde la parte superior de la página 195 a la inferior de **esta página**. Si **ninguno** de los dos tiene su **CLASE ÉPICA** marcada (murieron), tacha el candado del enemigo: ahora está desbloqueado.*

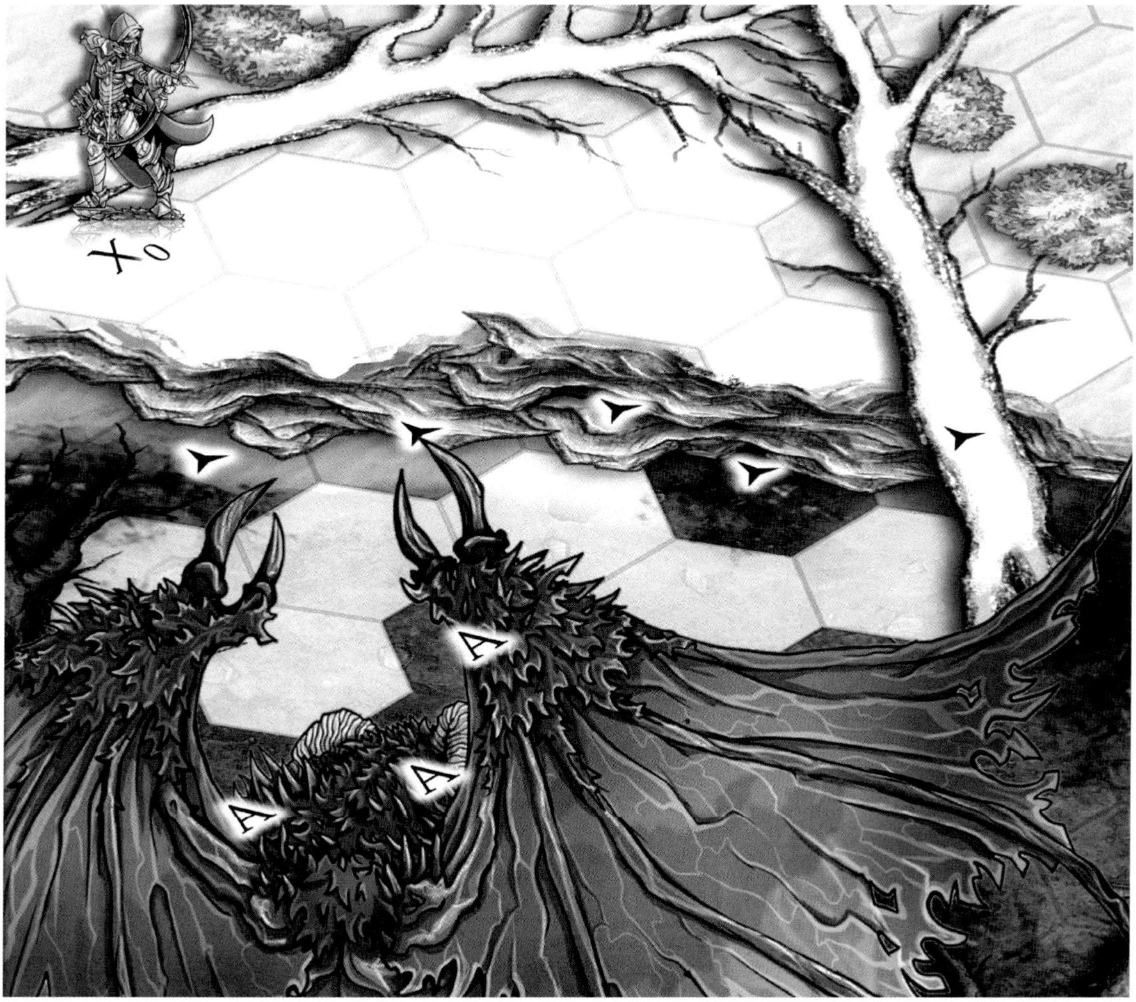

*Si Garath sigue con vida, marca en la página 199▼. Si has matado al demonio mayor, lee la 199▼. Si no, **consulta el margen inferior de esta página (203)**: si Solmund (**borde verde**) tiene una **CLASE ÉPICA** marcada, ve a la página indicada. Si no: si Vestar (**borde azul**) tiene una **CLASE ÉPICA** marcada, ve a la página indicada. Si no, ve a la 227▼.*

 208  210  212  214  216  218  220  222 

Flecha Oscura

Saltar 3
*Como **Mover 3**, pero puedes hacerlo a través de casillas con ⅄ (terminando en casilla clareada).*

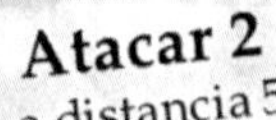

Atacar 2
a distancia 5

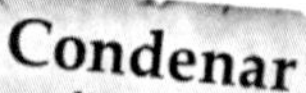

Condenar
a distancia 3
Señala a un enemigo para aplicar otras habilidades.

Sin Piedad

Saltar
todo lo que quieras, siempre que en cada paso te alejes de algún enemigo

Atacar 1
a 2 objetivos a distancia 2
Añade +2 al ataque si es a alguien CONDENADO.

Debilitar
Al atacar, el objetivo deberá sacar 2 fuentes de azar y quedarse con la más baja.

Aura de Dolor

Saltar 2
*Como **Mover 2**, pero puedes hacerlo a través de casillas con ⅄ (terminando en casilla clareada).*

Atacar 3
a distancia 3

Tormento 1
Tacha cuando un enemigo quede adyacente a ti para hacerle 1 daño.

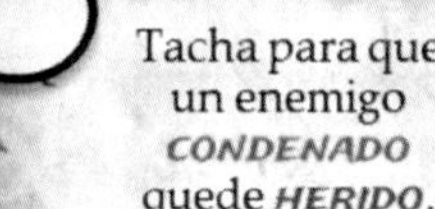

Ojo de Halcón

Saltar 4
*Como **Mover 4**, pero puedes hacerlo a través de casillas con ⅄ (terminando en casilla clareada).*

Tacha para que un enemigo CONDENADO quede HERIDO.

Si el objetivo está a 3 o más de distancia en línea recta, añade +3 a un ataque este turno.

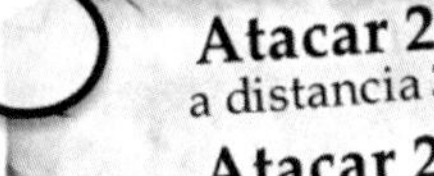

Juicio Final

Venganza 2
a cualquier distancia
Si te ataca un enemigo CONDENADO, se convierte en **Venganza 3**.

Atacar 2
a distancia 3
Atacar 2
a distancia 3

En un ataque este turno, puedes restar puntos a la distancia para sumárselos al daño, y viceversa.

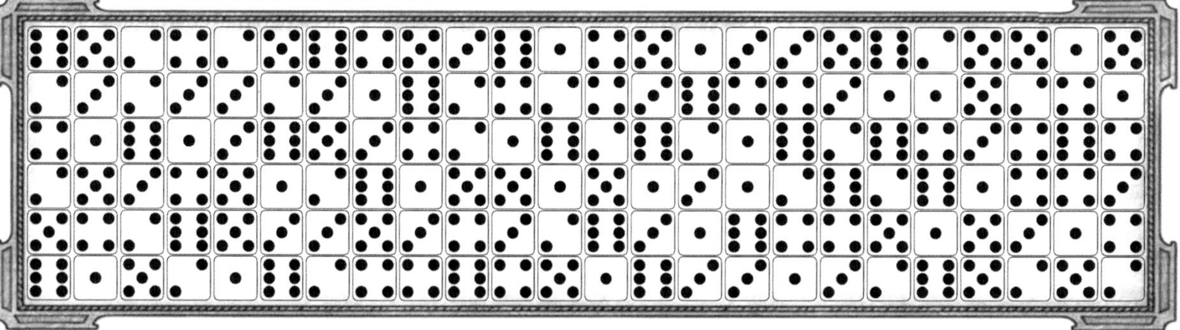

Saeta
En <u>un</u> ataque, <u>tacha</u> para elegir el dado superior o inferior al que te salga en el cuadro.

Flecha Vil
En <u>un</u> ataque, <u>tacha</u> para añadir ***+2*** (antes de azar) contra un enemigo CONDENADO.

Escarcha
En <u>un</u> ataque, <u>tacha</u> para repetir una tirada de azar sobre el cuadro. Luego añade ***+1***.

Arcana
En <u>un</u> ataque, <u>tacha</u> para elegir cualquier dado adyacente (no en diagonal) al que salga en el cuadro.

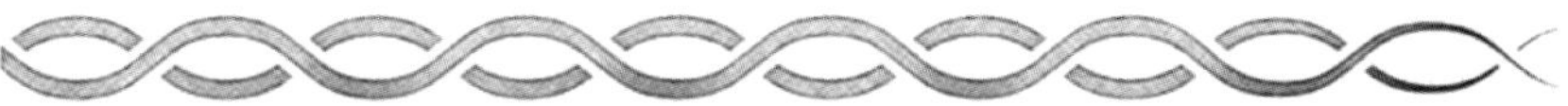 

–3 –2 –1 +1 +2 +3

EN LAS CENIZAS (I)

OBJETIVO: quita toda la vida posible al demonio mayor. Acuérdate de tachar el candado **si se te ha indicado**.

Copia los **OBJETOS** *de Garath (si los hay) desde el lateral de la página 195 al panel de objetos de esta escena. Luego copia la* **CLASE ÉPICA** *de Solmund y Vestar* ***(si las hay)*** *desde la parte superior de la página 195 a la inferior de* ***esta página****. Si* ***ninguno*** *de los dos tiene su* **CLASE ÉPICA** *marcada (murieron), tacha el candado del enemigo: ahora está desbloqueado.*

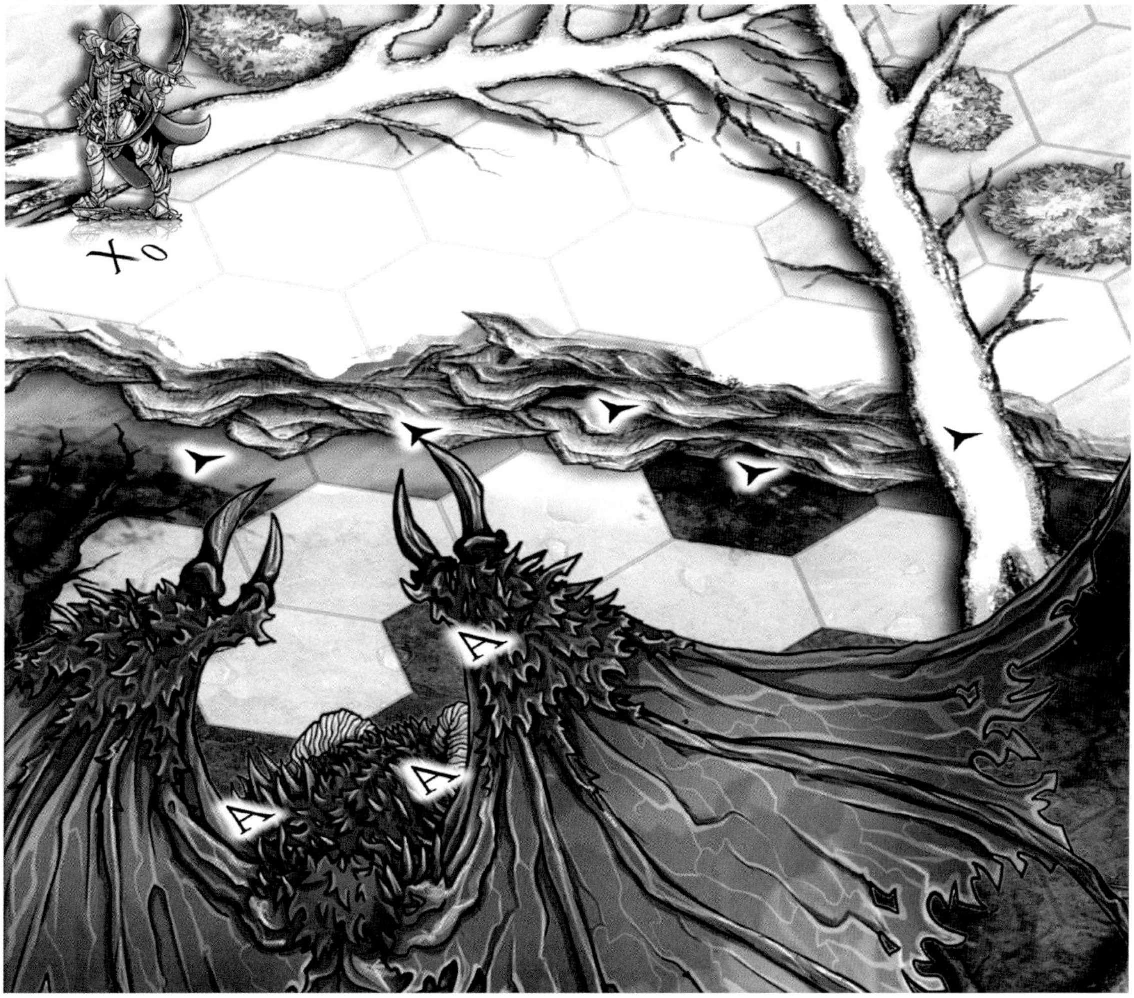

Si Garath sigue con vida, marca ⊗ *en la página 199▼. Si has matado al demonio mayor, lee la 199▼. Si no,* ***consulta el margen inferior de esta página (205)****: si Solmund* ***(borde verde)*** *tiene una* **CLASE ÉPICA** *marcada, ve a la página indicada. Si no: si Vestar* ***(borde azul)*** *tiene una* **CLASE ÉPICA** *marcada, ve a la página indicada. Si no, ve a la 227▼.*

 208  210  212  214  216  218  220  222 

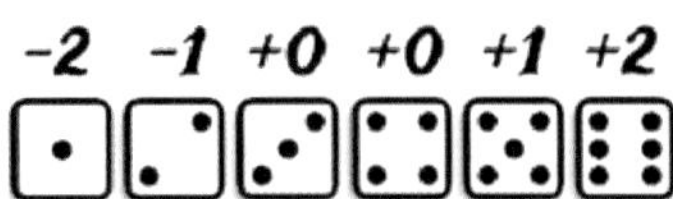

FLECHA OSCURA

Saltar 3 — *Como **Mover 3**, pero puedes hacerlo a través de casillas con ⅄ (terminando en casilla clareada).*

Atacar 2 — a distancia 5

Condenar — a distancia 3. *Señala a un enemigo para aplicar otras habilidades.*

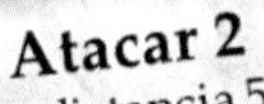

SIN PIEDAD

Saltar — todo lo que quieras, siempre que en cada paso te alejes de algún enemigo

Atacar 1 — a 2 objetivos a distancia 2. Añade +2 al ataque si es a alguien CONDENADO.

Debilitar — *Al atacar, el objetivo deberá sacar 2 fuentes de azar y quedarse con la más baja.*

AURA DE DOLOR

Saltar 2 — *Como **Mover 2**, pero puedes hacerlo a través de casillas con ⅄ (terminando en casilla clareada).*

Atacar 3 — a distancia 3

Tormento 1 — *Tacha cuando un enemigo quede adyacente a ti para hacerle 1 daño.*

OJO DE HALCÓN

Saltar 4 — *Como **Mover 4**, pero puedes hacerlo a través de casillas con ⅄ (terminando en casilla clareada).*

Tacha para que un enemigo CONDENADO quede HERIDO.

Si el objetivo está a 3 o más de distancia en línea recta, añade +3 a un ataque este turno.

TENTACIÓN ESOTÉRICA

Tacha para añadir +3 a la distancia de cualquier habilidad. (si fuese adyacente, quedaría "a distancia 4").

Atacar 4

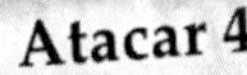

Defender 2 — a cualquier distancia. Si te ataca un enemigo CONDENADO, se convierte en **Defender 3**.

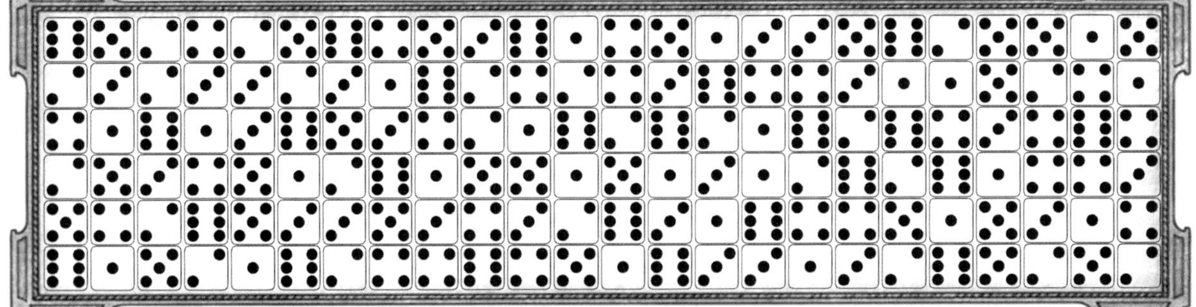

SAETA — En un ataque, tacha para elegir el dado superior o inferior al que te salga en el cuadro.

FLECHA VIL — En un ataque, tacha para añadir ***+2*** (antes de azar) contra un enemigo CONDENADO.

ESCARCHA — En un ataque, tacha para repetir una tirada de azar sobre el cuadro. Luego añade ***+1***.

ARCANA — En un ataque, tacha para elegir cualquier dado adyacente (no en diagonal) al que salga en el cuadro.

−3 −2 −1 +1 +2 +3

En las Cenizas (I)

Objetivo: quita toda la vida posible al demonio mayor. Acuérdate de tachar el candado **si se te ha indicado**.

Copia los **objetos** *de Garath (si los hay) desde el lateral de la página 195 al panel de objetos de esta escena. Luego copia la* **clase épica** *de Solmund y Vestar* ***(si las hay)*** *desde la parte superior de la página 195 a la inferior de* ***esta página****. Si* ***ninguno*** *de los dos tiene su* **clase épica** *marcada (murieron), tacha el candado del enemigo: ahora está desbloqueado.*

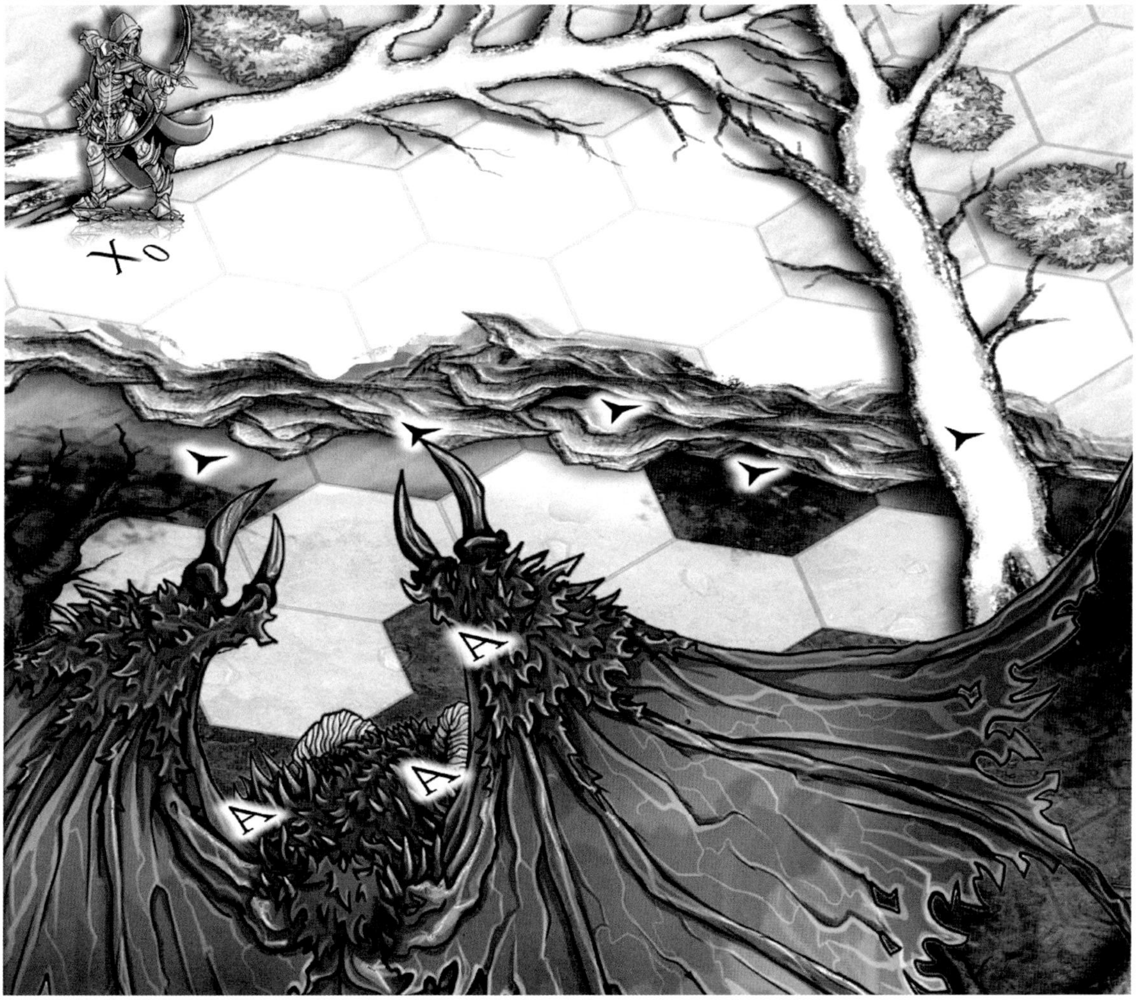

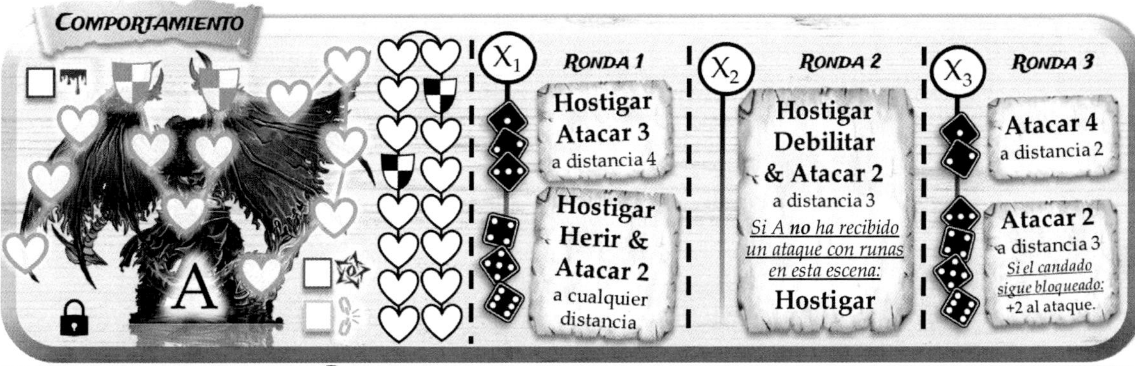

Si Garath sigue con vida, marca ⊗ *en la página 199*▼*. Si has matado al demonio mayor, lee la 199*▼*. Si no,* ***consulta el margen inferior de esta página (207)****: si Solmund* ***(borde verde)*** *tiene una* **clase épica** *marcada, ve a la página indicada. Si no: si Vestar* ***(borde azul)*** *tiene una* **clase épica** *marcada, ve a la página indicada. Si no, ve a la 227*▼*.*

 208  210  212  214  216  218  220  222 

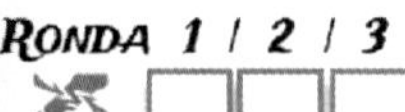

INFUNDIR TERROR

Mover 1
Puedes intercalar otra carta elegida.
Mover 1

Atacar 2
a todos los enemigos adyacentes a una seta
232I 233B 233O

Aterrar
a distancia 3
Tú manejas a tu voluntad el próximo movimiento del enemigo afectado.

ALQUIMIA PROHIBIDA

Atacar 1

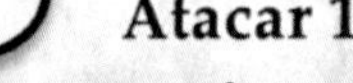

232E 232L 233F
Mover 2

Atacar 2
a distancia 3

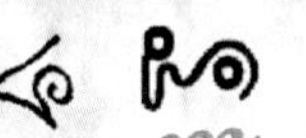
232P 233J 233X

Soltar seta +
*Dibuja una seta en tu casilla (o adyacente). Ganas **+1 en cada ataque** mientras tú estés junto a la seta.*

HONGOS VAPOROSOS

Mover 3

Atacar 3

232J 233Q 234D

Soltar seta -
*Dibuja una seta en tu casilla (o adyacente). Los enemigos sufren **-1 en sus ataques** cuando están junto a la seta.*

NIEBLA SANADORA

Soltar seta Δ
*Dibuja una seta en tu casilla (o adyacente). Estos **dos corazones se añaden a tu vida** cuando estás junto a la seta.*

Mover
tantas casillas como cualquier movimiento enemigo (pasado o futuro) de esta ronda.

Atacar 3
a distancia 3
233K 233Q 233X

IMAGEN ESPEJADA

Puedes lanzar tus ataques este turno contando desde cualquiera de tus setas, como si estuvieras en esa casilla.

Este turno, cualquier seta que sueltes puede hacerse a distancia 2, en lugar de adyacente. Una vez soltada, su radio de efecto sigue siendo casillas adyacentes.

Puedes ejecutar tus movimientos este turno saliendo desde cualquiera de tus setas, como si empezaras en esa casilla.

JUGO DE SAJADA
Al recibir un ataque, tacha para anular 1 daño.

UNGÜENTO DE PLUMAS SALVAJES
Al hacer un ataque, tacha para volver a elegir otra runa.

VENENO DE ULTRATUMBA
Al recibir un ataque, tacha y tu atacante queda *HERIDO*.

HIDROMIEL AÑEJA
En todos los ataques enemigos, convierte  y  en **+0**

-3 -2 -1 +1 +2 +3

EN LAS CENIZAS (II)

OBJETIVO: quita toda la vida posible al demonio mayor. Acuérdate de tachar el candado **si se te ha indicado**. Cuando el demonio mayor **se mueve**, escribe las 3 *"A"* (cada *"A"* debe quedar adyacente a otra, si puedes).

Copia los **OBJETOS** *de Solmund (si los hay) desde el lateral de la página 195 al panel de objetos de esta escena. Luego copia la* **CLASE ÉPICA** *de Vestar* ***(si la hay)*** *desde la parte superior de la página 195 a la parte inferior de* ***esta página****. Si NO hay* **CLASE ÉPICA** *de Vestar (porque no ha sobrevivido), tacha el candado del panel de* **COMPORTAMIENTO** *para indicar que está abierto. Si vienes de una* **FASE I**, ***copia los corazones rellenos (menos 1)*** *de la secuencia normal enemiga.*

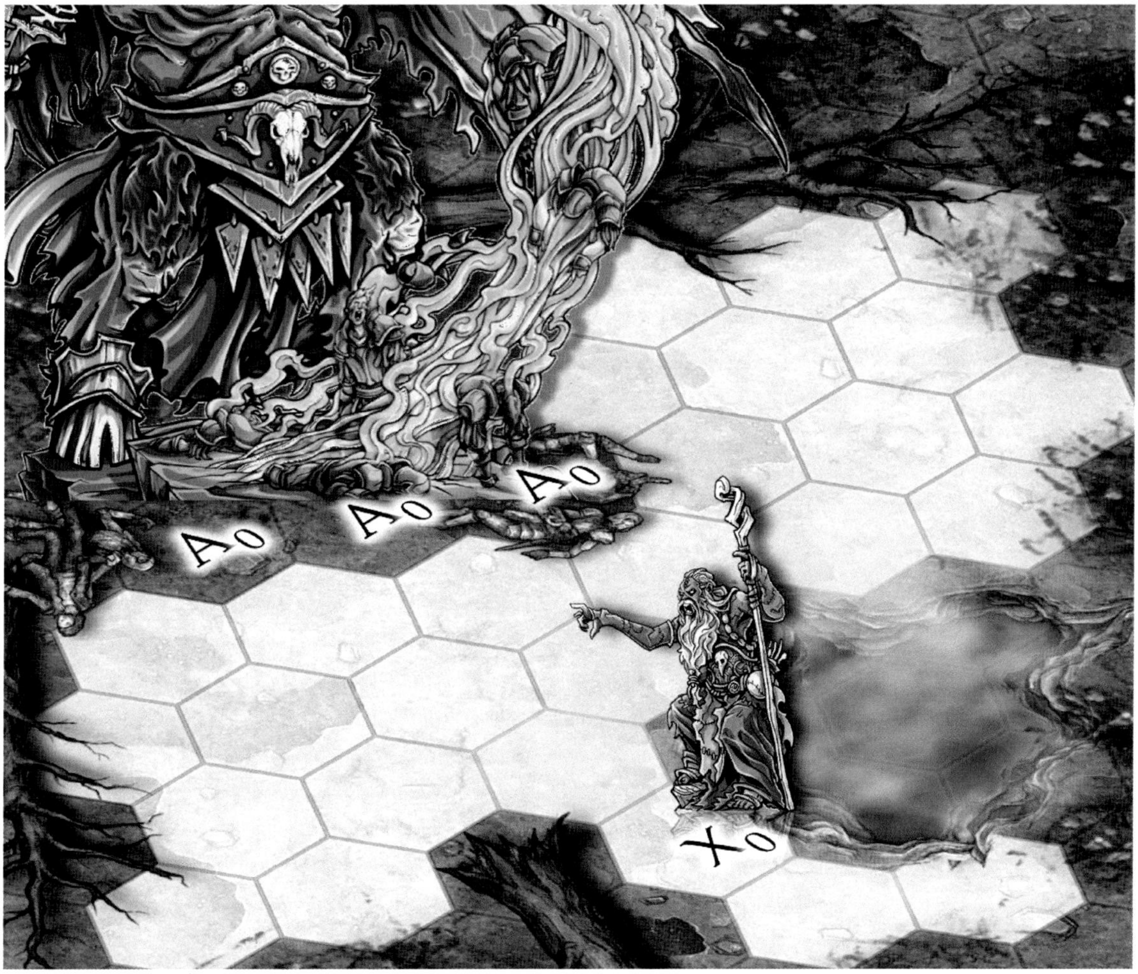

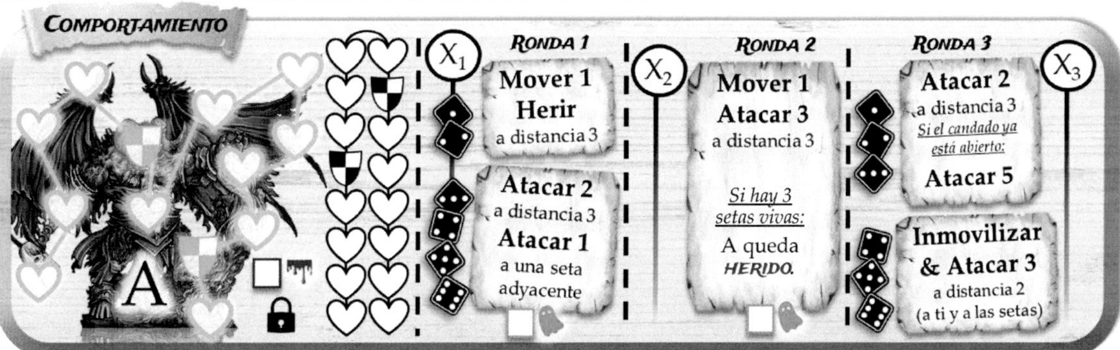

Si Solmund sigue con vida, marca *en la 199*. *Si has matado al demonio mayor, lee la 199*. *Si no,* ***consulta la parte inferior de esta página (209)****: si Vestar tiene una* **CLASE ÉPICA** *marcada, ve a dicha página. Si no, ve a la 227*.

 216  218  220  222

RONDA 1 / 2 / 3

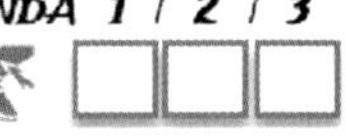

INFUNDIR TERROR

Mover 1

Puedes intercalar otra carta elegida.

Mover 1

Atacar 2

a todos los enemigos adyacentes a una seta

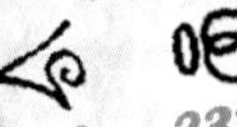

232I 233B 233O

Aterrar

a distancia 3

Tú manejas a tu voluntad el próximo movimiento del enemigo afectado.

ALQUIMIA PROHIBIDA

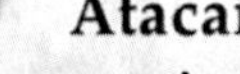

Atacar 1

232E 232L 233F

Mover 2

Atacar 2

a distancia 3

232P 233J 233X

Soltar seta +

Dibuja una seta en tu casilla (o adyacente). Ganas ***+1* en cada ataque** *mientras tú estés junto a la seta.*

HONGOS VAPOROSOS

Mover 3

Atacar 3

232J 233Q 234D

Soltar seta -

Dibuja una seta en tu casilla (o adyacente). Los enemigos sufren ***-1* en sus ataques** *cuando están junto a la seta.*

NIEBLA SANADORA

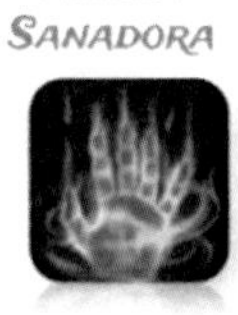

Soltar seta Δ

Dibuja una seta en tu casilla (o adyacente). Estos ***dos corazones se añaden a tu vida*** *cuando estás junto a la seta.*

Mover

tantas casillas como cualquier movimiento enemigo (pasado o futuro) de esta ronda.

Atacar 3

a distancia 3

233K 233Q 233X

PÚSTULA VENENOSA

Tormento 2

adyacente

Tacha cuando un enemigo quede adyacente a ti para hacerle 2 de daño directo.

Atacar 4

234D 233X 233Q

Tacha para matar a todas tus setas. Por cada seta muerta, un enemigo recibe 2 de daño directo.

JUGO DE SAJADA

Al recibir un ataque, tacha para anular 1 daño.

UNGÜENTO DE PLUMAS SALVAJES

Al hacer un ataque, tacha para volver a elegir otra runa.

VENENO DE ULTRATUMBA

Al recibir un ataque, tacha y tu atacante queda *HERIDO*.

HIDROMIEL AÑEJA

En todos los ataques enemigos, convierte  y  en ***+0***

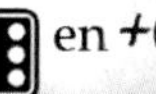

−3 −2 −1 +1 +2 +3

En las Cenizas (II)

Objetivo: quita toda la vida posible al demonio mayor**.** Acuérdate de tachar el candado **si se te ha indicado**. Cuando el demonio mayor **se mueve**, escribe las 3 *"A"* (cada *"A"* debe quedar adyacente a otra, si puedes).

Copia los **objetos** *de Solmund (si los hay) desde el lateral de la página 195 al panel de objetos de esta escena. Luego copia la* **clase épica** *de Vestar* **(si la hay)** *desde la parte superior de la página 195 a la parte inferior de* **esta página**. *Si NO hay* **clase épica** *de Vestar (porque no ha sobrevivido), tacha el candado del panel de* **Comportamiento** *para indicar que está abierto. Si vienes de una* **fase I**, ***copia los corazones rellenos (menos 1)*** *de la secuencia normal enemiga.*

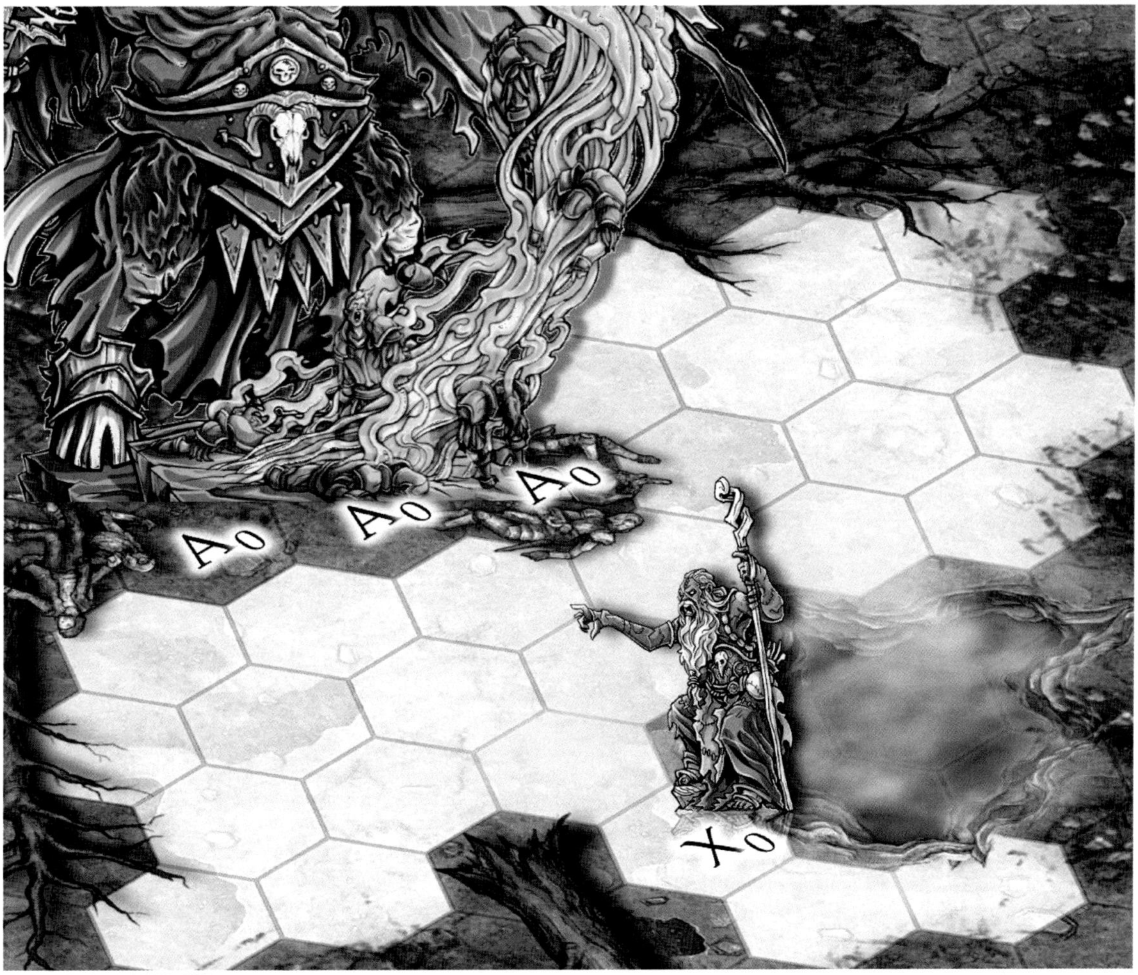

Si Solmund sigue con vida, marca ◉ *en la 199▼. Si has matado al demonio mayor, lee la 199▼. Si no,* ***consulta la parte inferior de esta página (211)****: si Vestar tiene una* **clase épica** *marcada, ve a dicha página. Si no, ve a la 227▼.*

216

218

220

222

RONDA 1 / 2 / 3

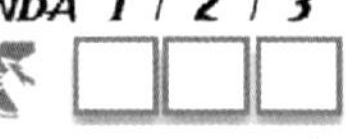

INFUNDIR TERROR

Mover 1

Puedes intercalar otra carta elegida.

Mover 1

Atacar 2

a todos los enemigos adyacentes a una seta

232I 233B 233O

Aterrar

a distancia 3

Tú manejas a tu voluntad el próximo movimiento del enemigo afectado.

ALQUIMIA PROHIBIDA

Atacar 1

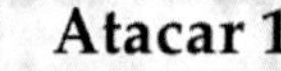

232E 232L 233F

Mover 2

Atacar 2

a distancia 3

232P 233J 233X

Soltar seta +

Dibuja una seta en tu casilla (o adyacente). Ganas ***+1*** **en cada ataque** *mientras tú estés junto a la seta.*

HONGOS VAPOROSOS

Mover 3

Atacar 3

232J 233Q 234D

Soltar seta -

Dibuja una seta en tu casilla (o adyacente). Los enemigos sufren ***-1*** **en sus ataques** *cuando están junto a la seta.*

RAYO DE ENERGÍA

Atacar 2

a cualquier distancia en línea recta

232U 233Q 233D

Te transportas instantáneamente a una casilla adyacente a cualquier seta (no se considera acción de **Mover**).

Venganza 1

a cualquier distancia

Tras recibir un ataque, tacha para hacerle 1 daño al atacante.

Se convierte en **Venganza 2** si el atacante está adyacente.

LLUVIA DE METEOROS

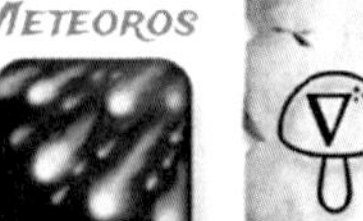

Soltar seta ∇

Dibuja una seta en tu casilla (o adyacente). Un **enemigo queda** ***HERIDO*** *cuando está junto a la seta. Después la seta muere (táchala).*

Elige 2 casillas vacías a distancia 3. Cualquier figura adyacente a ellas recibe 2 de daño. Después rellena esas 2 casillas: a partir de ahora son obstáculos.

Tacha cuando exista una línea recta de casillas desde una (o más) setas hasta un enemigo. Por cada una de estas rectas, ese enemigo sufre 3 de daño y queda *INMÓVIL*.

JUGO DE SAJADA

Al recibir un ataque, tacha para anular 1 daño.

UNGÜENTO DE PLUMAS SALVAJES

Al hacer un ataque, tacha para volver a elegir otra runa.

VENENO DE ULTRATUMBA

Al recibir un ataque, tacha y tu atacante queda *HERIDO*.

HIDROMIEL AÑEJA

En todos los ataques enemigos, convierte  y  en **+0**

-3 -2 -1 +1 +2 +3

EN LAS CENIZAS (II)

OBJETIVO: quita toda la vida posible al demonio mayor. Acuérdate de tachar el candado **si se te ha indicado**.
Cuando el demonio mayor **se mueve**, escribe las 3 *"A"* (cada *"A"* debe quedar adyacente a otra, si puedes).

Copia los ***OBJETOS*** *de Solmund (si los hay) desde el* *lateral* *de la página 195 al panel de objetos de esta escena. Luego copia la* ***CLASE ÉPICA*** *de Vestar* ***(si la hay)*** *desde la* *parte superior* *de la página 195 a la parte inferior de* ***esta página****. Si NO hay* ***CLASE ÉPICA*** *de Vestar (porque no ha sobrevivido),* *tacha el candado* *del panel de* ***COMPORTAMIENTO*** *para indicar que está* *abierto*. *Si vienes de una* ***FASE I***, ***copia los corazones rellenos (menos 1)*** *de la* *secuencia normal enemiga*.

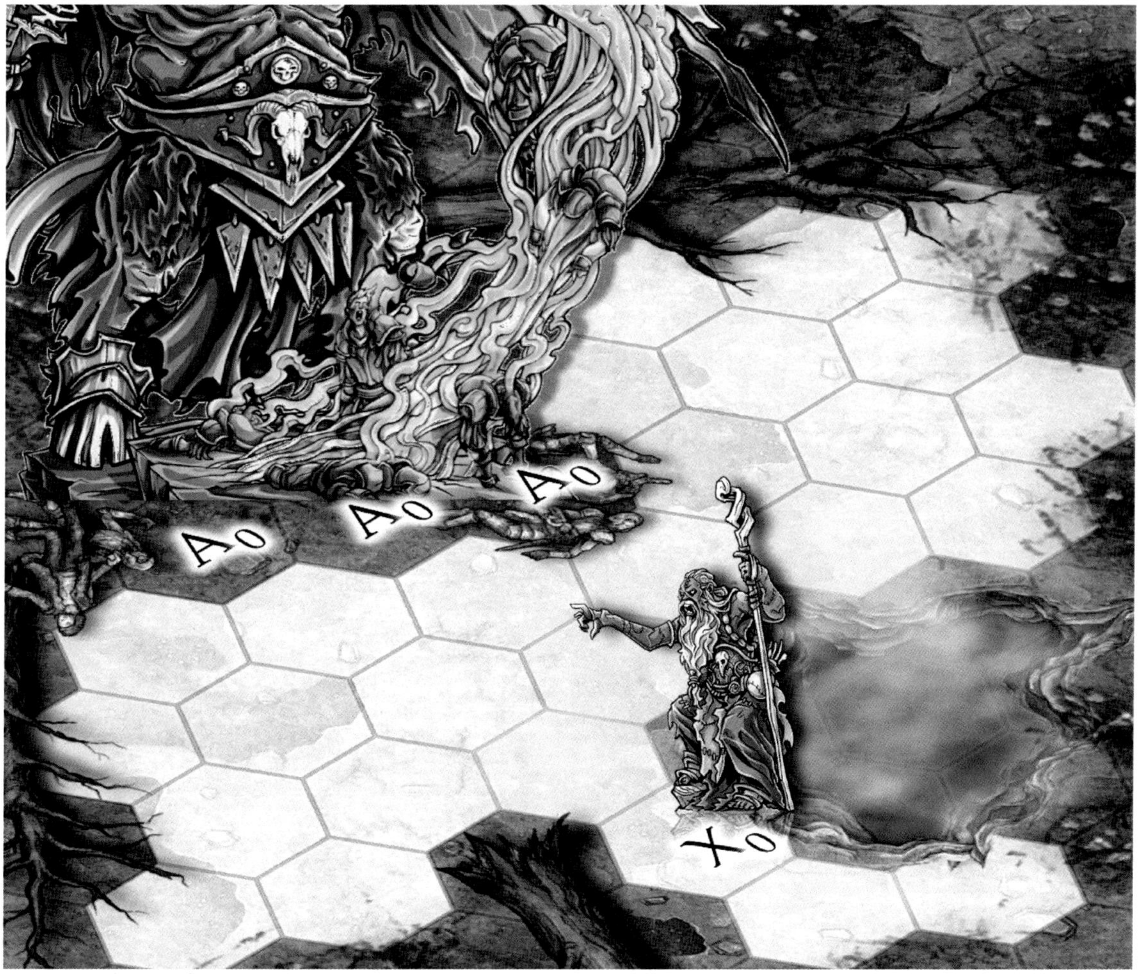

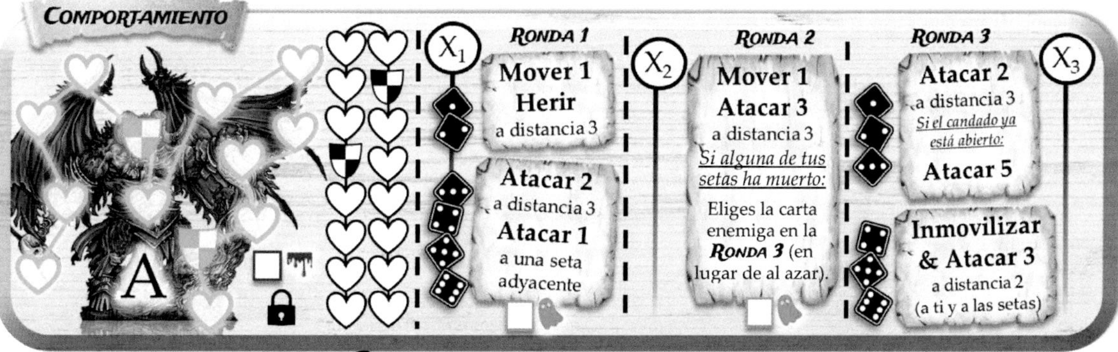

Si Solmund *sigue con vida*, *marca* *en la 199▼. Si has* *matado al demonio mayor*, *lee la 199▼.* *Si no*, ***consulta la parte inferior de esta página (213)****: si Vestar tiene una* ***CLASE ÉPICA*** *marcada, ve a dicha página.* *Si no*, *ve a la 227▼.*

 216  218  220  222

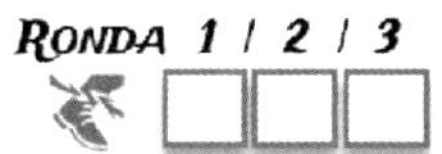

Infundir Terror

Mover 1

Puedes intercalar otra carta elegida.

Mover 1

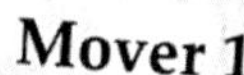

Atacar 2

a todos los enemigos adyacentes a una seta

232I 233B 233O

Aterrar

a distancia 3

Tú manejas a tu voluntad el próximo movimiento del enemigo afectado.

Alquimia Prohibida

Atacar 1

232E 232L 233F

Mover 2

Atacar 2

a distancia 3

232P 233J 233X

Soltar seta +

Dibuja una seta en tu casilla (o adyacente). Ganas ***+1 en cada ataque*** *mientras tú estés junto a la seta.*

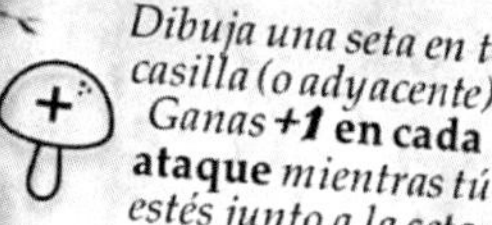

Hongos Vaporosos

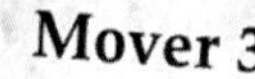

Mover 3

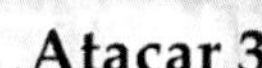

Atacar 3

232J 233Q 234D

Soltar seta -

Dibuja una seta en tu casilla (o adyacente). Los enemigos sufren ***-1 en sus ataques*** *cuando están junto a la seta.*

Rayo de Energía

Atacar 2

a cualquier distancia en línea recta

232U 233Q 233D

Te transportas instantáneamente a una casilla adyacente a cualquier seta (no se considera acción de **Mover**).

Venganza 1

a cualquier distancia

Tras recibir un ataque, tacha para hacerle 1 daño al atacante.

Se convierte en **Venganza 2** si el atacante está adyacente.

Sacrificio Carmesí

Defender 2

a cualquier distancia

Tras recibir un ataque, tacha para anular 2 de daño.

Atacar X

Donde X lo eliges tú (máximo la suma de la vida que le queda a tus setas). Después, aplica X de daño a tus setas (reparte como quieras entre ellas).

Mover 1

Atacar 2

232Q 233B 233G

Herir

Jugo de sajada

Al recibir un ataque, tacha para anular 1 daño.

Ungüento de plumas salvajes

Al hacer un ataque, tacha para volver a elegir otra runa.

Veneno de ultratumba

Al recibir un ataque, tacha y tu atacante queda *Herido*.

Hidromiel añeja

En todos los ataques enemigos, convierte  y  en **+0**

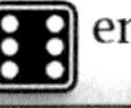

-3 -2 -1 +1 +2 +3

En las Cenizas (II)

Objetivo: quita toda la vida posible al demonio mayor. Acuérdate de tachar el candado **si se te ha indicado**. Cuando el demonio mayor **se mueve,** escribe las 3 *"A"* (cada *"A"* debe quedar adyacente a otra, si puedes).

Copia los ***objetos*** *de Solmund (si los hay) desde el lateral de la página 195 al panel de objetos de esta escena. Luego copia la* ***clase épica*** *de Vestar (si la hay) desde la parte superior de la página 195 a la parte inferior de* ***esta página****. Si NO hay* ***clase épica*** *de Vestar (porque no ha sobrevivido), tacha el candado del panel de* ***Comportamiento*** *para indicar que está abierto. Si vienes de una* ***fase I****,* ***copia los corazones rellenos (menos 1)*** *de la secuencia normal enemiga.*

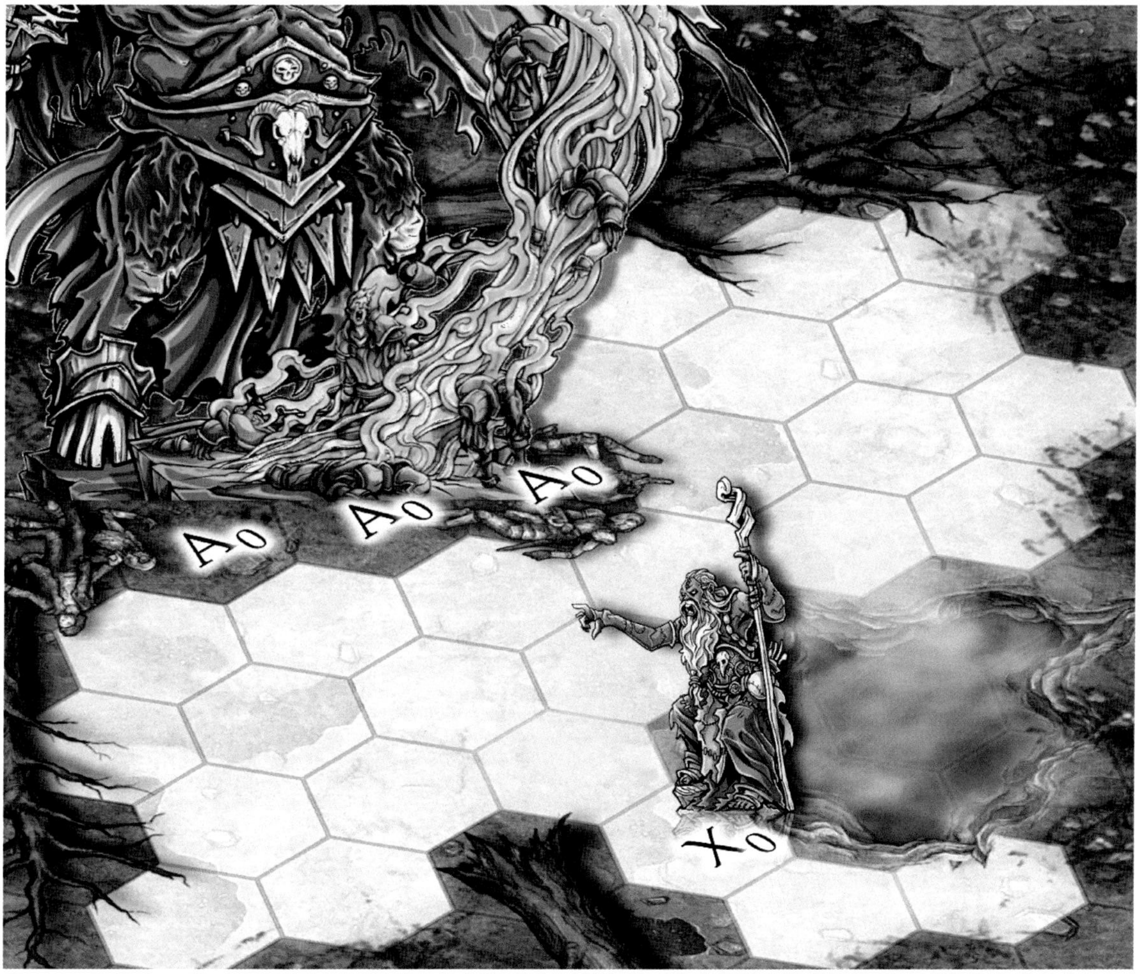

Si Solmund sigue con vida, marca  *en la 199▼. Si has matado al demonio mayor, lee la 199▼. Si no,* ***consulta la parte inferior de esta página (215)****: si Vestar tiene una* ***clase épica*** *marcada, ve a dicha página. Si no, ve a la 227▼.*

 216  218  220  222

Ronda 1 / 2 / 3

-2 -1 +0 +0 +1 +2

Nacido en las calles	Mover 2	Atacar 2 a distancia 3	Defender 2 a cualquier distancia *Tras recibir un ataque, tacha para anular 2 de daño.*
Vida de pillaje	Mover 3	Atacar 3	Inmovilizar a distancia 3 *Impide que el enemigo se mueva 1 turno.*
Golpe de mar	Mover 2 Atacar 1	Atacar 2 a todos los enemigos adyacentes	Atacar 1 Herir *Suma 1 a los siguientes ataques que hagas al enemigo.*
Caparazón quebrado	Mover 2 En este turno, convierte en *+0* los resultados ⚀ y ⚁	Atacar 1 Atacar 1 Atacar 1	Desarmar *Impide que el enemigo te ataque en su siguiente turno.*
Siempre alerta	Venganza 2 a cualquier distancia *Tras recibir un ataque, tacha para hacerle 2 de daño directo al atacante.*	Mover 1 Puedes intercalar otra carta elegida. Mover 1	Atacar 2 a distancia 5

*Copia los **objetos** de Vestar (si los hay) desde el lateral de la página 195 al panel de objetos de esta escena.*
*Si vienes de **fase I** ó **II**, **copia los corazones rellenos de la fase anterior (menos 1)** de la secuencia normal enemiga.*

Trébol de la suerte Tacha para repetir una tirada de azar.	**Anillo de fase** Tacha para sumar *+1* a un movimiento.	**Flor latente** Tacha para sumar *+1* distancia en un ataque a distancia.	**Colgante de ópalo** Tacha para ignorar un estado que te inflijan.
Raspador de pescado Al hacer un ataque, tacha para sumar *+1* (**antes** de azar).	**Daga curva** En todos tus ataques, convierte los ⚁ ó ⚃ en *+1*.	**Daga ritual** Al hacer un ataque, tacha para sumar *+1* (**después** de azar).	**Gladius** En todos tus ataques, suma *+1* cuando salga ⚄ ó ⚅

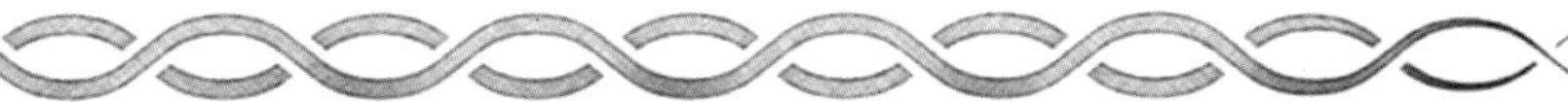

-3 -2 -1 +1 +2 +3

En las Cenizas (III)

Objetivo: mata al demonio mayor.

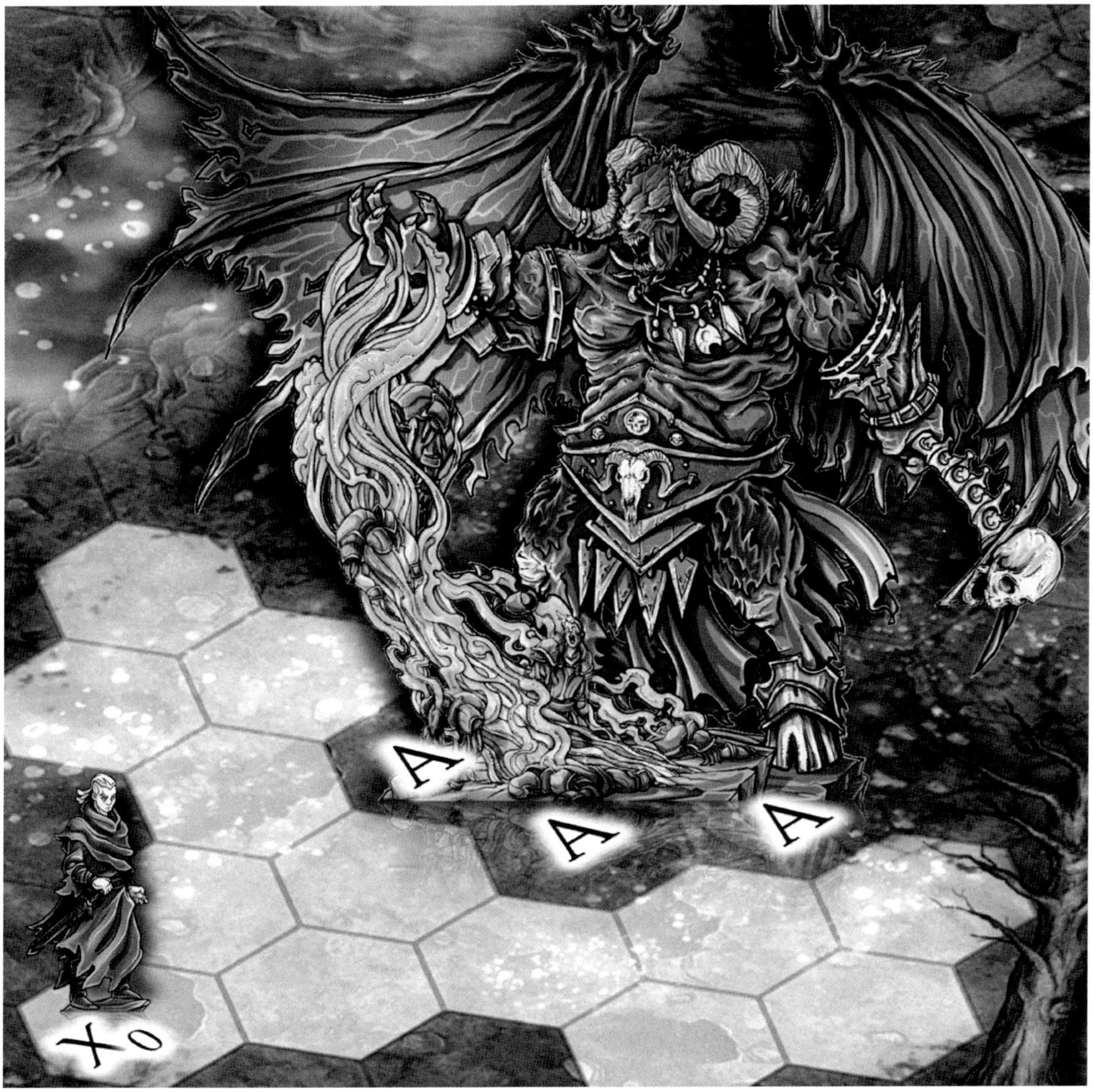

Si Vestar <u>es derrotado</u>, pasa a la 227▼. Si acaba la ***Ronda 3*** *y* ***no consigues el objetivo****, pasa a la 224. Finalmente, si* ***consigues el objetivo matando al demonio mayor****, marca ⬤ en la 199▼ y luego pasa a la 199▼.*

Ronda 1 / 2 / 3

-2 -1 +0 +0 +1 +2

Nacido en las calles	Mover 2	Atacar 2 a distancia 3	Defender 2 a cualquier distancia *Tras recibir un ataque, tacha para anular 2 de daño.*
Vida de pillaje	Mover 3	Atacar 3	Inmovilizar a distancia 3 *Impide que el enemigo se mueva 1 turno.*
Golpe de mar	Mover 2 Atacar 1	Atacar 2 a todos los enemigos adyacentes	Atacar 1 Herir *Suma 1 a los siguientes ataques que hagas al enemigo.*
Caparazón quebrado	Mover 2 En este turno, convierte en *+0* los resultados ⚀ y ⚁	Atacar 1 Atacar 1 Atacar 1	Desarmar *Impide que el enemigo te ataque en su siguiente turno.*
Furia ancestral	Mover X (tú eliges cuánto). Luego, hazte X-2 de daño a ti mismo (mínimo 1).	Si tienes 3 o más corazones rellenos, Atacar 6-X donde X es la vida que te queda	Suma +1 (por cada estado que tengas) a los ataques que hagas este turno.

Copia los **OBJETOS** *de Vestar (si los hay) desde el* <u>*lateral*</u> *de la página 195 al panel de objetos de esta escena.*

Si vienes de **FASE I** *ó* ***II****,* ***copia los corazones rellenos de la fase anterior (menos 1)*** *de la* <u>*secuencia normal enemiga*</u>*.*

Trébol de la suerte
<u>Tacha</u> para repetir <u>una</u> tirada de azar.

Anillo de fase
<u>Tacha</u> para sumar *+1* a <u>un</u> movimiento.

Flor latente
<u>Tacha</u> para sumar *+1* distancia en <u>un</u> ataque a distancia.

Colgante de ópalo
<u>Tacha</u> para ignorar <u>un</u> estado que te inflijan.

Raspador de pescado
Al hacer <u>un</u> ataque, <u>tacha</u> para sumar *+1* (**antes** de azar).

Daga curva
En <u>todos</u> tus ataques, convierte los ⚂ ó ⚃ en *+1*.

Daga ritual
Al hacer <u>un</u> ataque, <u>tacha</u> para sumar *+1* (**después** de azar).

Gladius
En <u>todos</u> tus ataques, suma *+1* cuando salga ⚄ ó ⚅

-3 -2 -1 +1 +2 +3

En las Cenizas (III)

Objetivo: mata al demonio mayor.

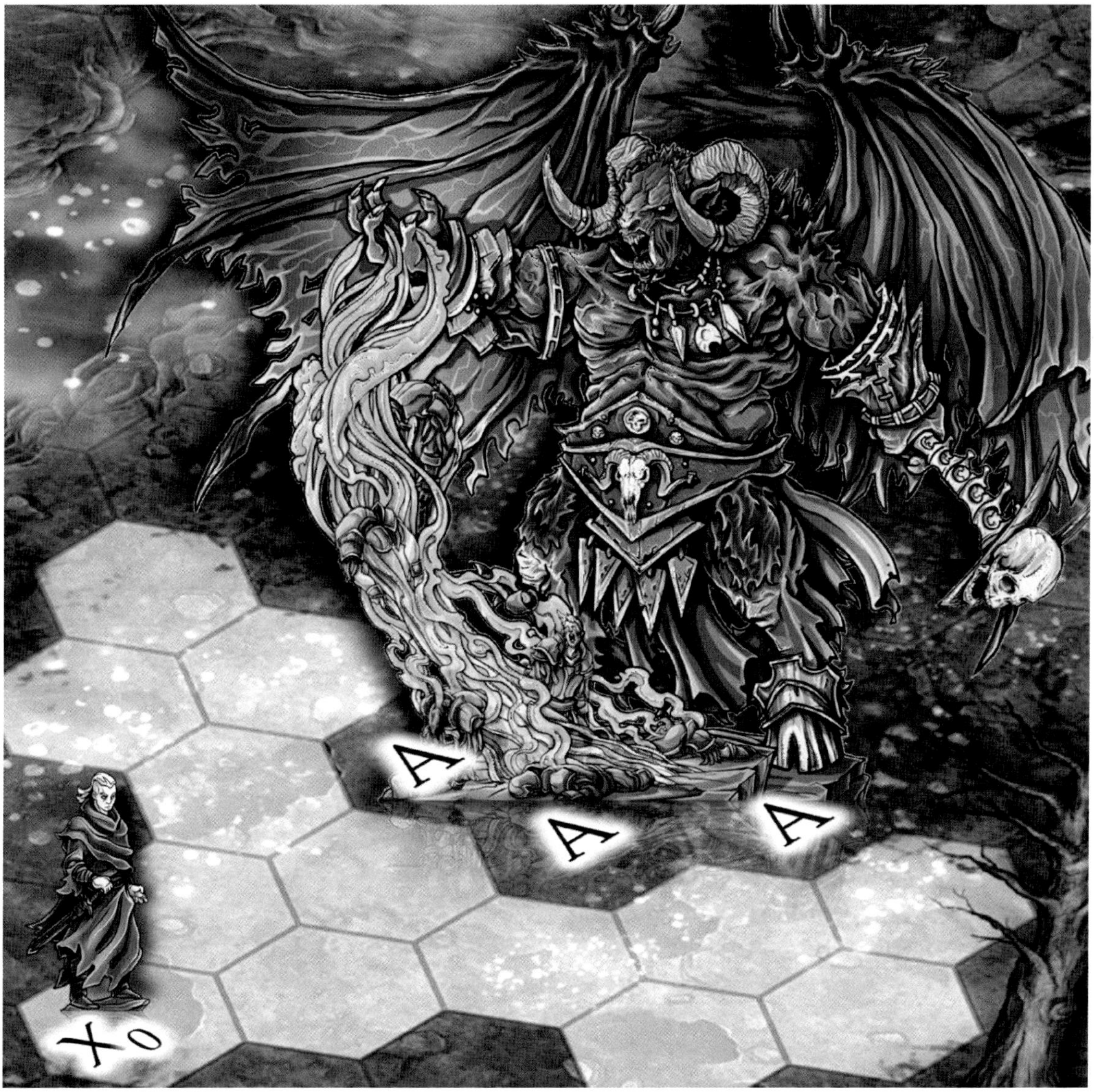

*Si Vestar es derrotado, pasa a la 227. Si acaba la **Ronda 3** y **no consigues el objetivo**, pasa a la 224. Finalmente, si **consigues el objetivo matando al demonio mayor**, marca en la 199 y luego pasa a la 199.*

Ronda 1 / 2 / 3

-2 -1 +0 +0 +1 +2

Nacido en las calles

Mover 2	Atacar 2 a distancia 3	Defender 2 a cualquier distancia *Tras recibir un ataque, tacha para anular 2 de daño.*

Vida de pillaje

Mover 3	Atacar 3	Inmovilizar a distancia 3 *Impide que el enemigo se mueva 1 turno.*

Golpe de mar

Mover 2 Atacar 1	Atacar 2 a todos los enemigos adyacentes	Atacar 1 Herir *Suma 1 a los siguientes ataques que hagas al enemigo.*

Marea creciente

Venganza 1 a cualquier distancia *Tras recibir un ataque, tacha para hacerle 1 daño directo al atacante.*	Mover 2	Atacar 4

Soy la noche

Estando adyacente a un enemigo, transpórtate a cualquier otra casilla adyacente a ese enemigo (no se considera acción de Mover).	Defender 3 a cualquier distancia *Tras recibir un ataque, tacha para anular 3 de daño.* Después, quedas ***HERIDO***.	En este turno, considera que tu fuente de azar siempre sale: ⚅

*Copia los **OBJETOS** de Vestar (si los hay) desde el lateral de la página 195 al panel de objetos de esta escena.*

*Si vienes de **FASE I** ó **II**, copia los corazones rellenos de la fase anterior (menos 1) de la secuencia normal enemiga.*

Trébol de la suerte	Anillo de fase	Flor latente	Colgante de ópalo
Tacha para repetir una tirada de azar.	Tacha para sumar *+1* a un movimiento.	Tacha para sumar *+1* distancia en un ataque a distancia.	Tacha para ignorar un estado que te inflijan.

Raspador de pescado	Daga curva	Daga ritual	Gladius
Al hacer un ataque, tacha para sumar *+1* (**antes** de azar).	En todos tus ataques, convierte los ⚂ ó ⚃ en *+1*.	Al hacer un ataque, tacha para sumar *+1* (**después** de azar).	En todos tus ataques, suma *+1* cuando salga ⚄ ó ⚅

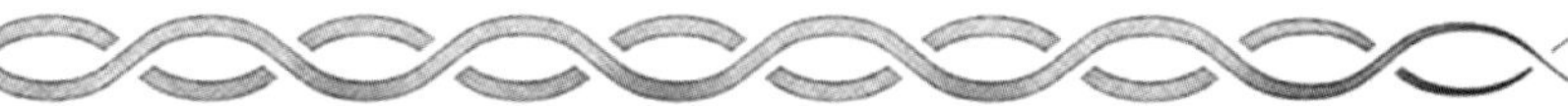

-3 -2 -1 +1 +2 +3

En las Cenizas (III)

Objetivo: mata al demonio mayor.

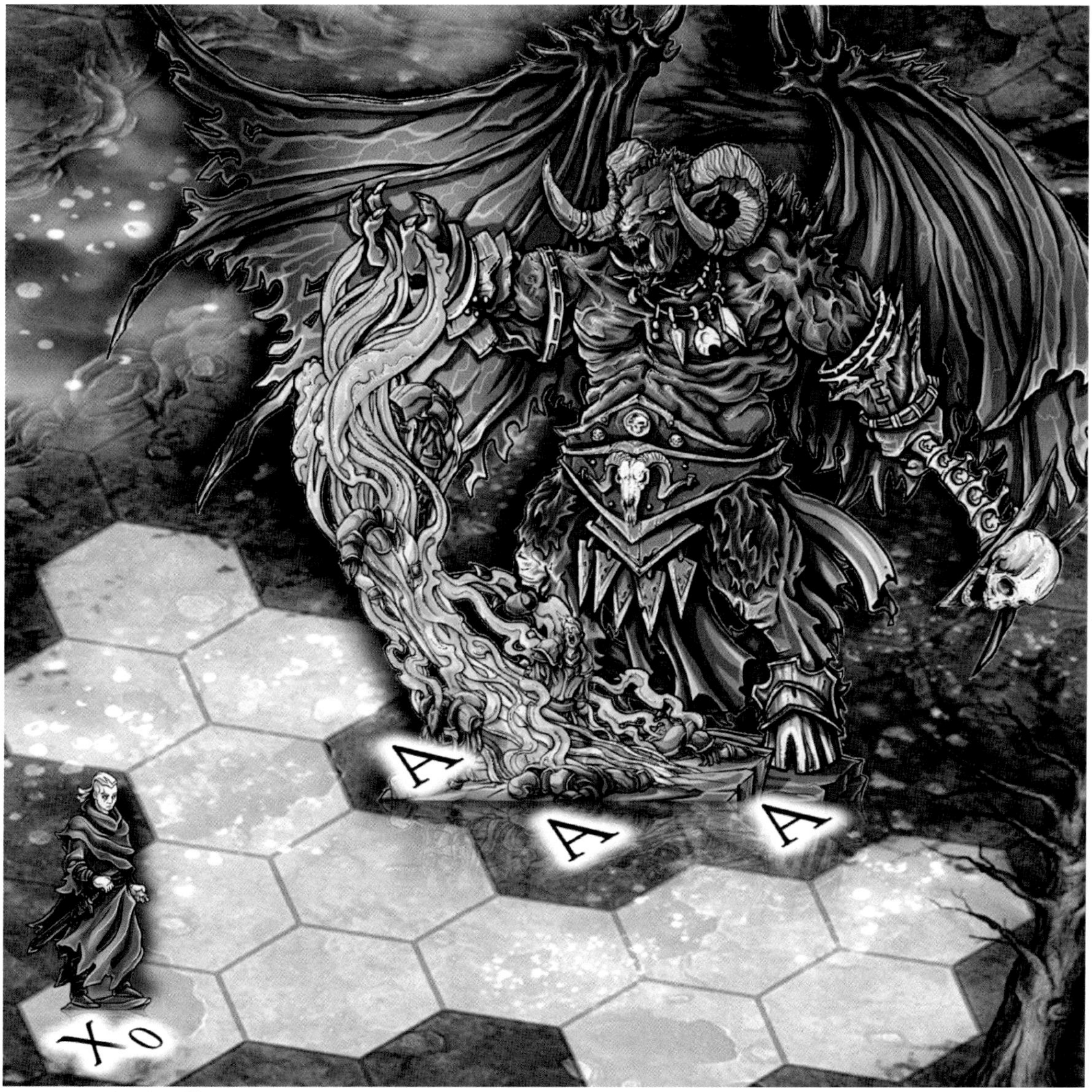

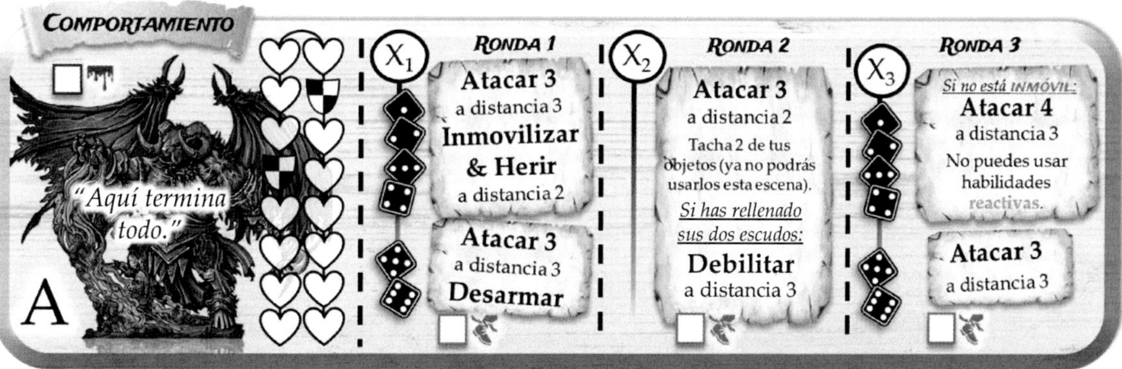

Si Vestar es derrotado, pasa a la 227. Si acaba la ***Ronda 3*** *y* ***no consigues el objetivo****, pasa a la 224. Finalmente, si* ***consigues el objetivo matando al demonio mayor****, marca en la 199 y luego pasa a la 199.*

RONDA 1 / 2 / 3

⚀	⚁	⚂	⚃	⚄	⚅
-2	-1	+0	+0	+1	+2

NACIDO EN LAS CALLES

Mover 2	**Atacar 2** a distancia 3	**Defender 2** a cualquier distancia *Tras recibir un ataque, tacha para anular 2 de daño.*

VIDA DE PILLAJE

Mover 3	**Atacar 3**	**Inmovilizar** a distancia 3 *Impide que el enemigo se mueva 1 turno.*

GOLPE DE MAR

Mover 2 Atacar 1	**Atacar 2** a todos los enemigos adyacentes	**Atacar 1 Herir** *Suma 1 a los siguientes ataques que hagas al enemigo.*

MAREA CRECIENTE

Venganza 1 a cualquier distancia *Tras recibir un ataque, tacha para hacerle 1 daño directo al atacante.*	**Mover 2**	**Atacar 4**

EVISCERAR

Mover 2 Lanza fuente de azar y añade al movimiento el modificador que salga.	**Atacar 3** a distancia 2	Multiplica x2 (antes de aplicar objetos y azar) tu siguiente ataque este turno.

Copia los **OBJETOS** *de Vestar (si los hay) desde el lateral de la página 195 al panel de objetos de esta escena.*
Si vienes de **FASE I** *ó* **II**, ***copia los corazones rellenos de la fase anterior (menos 1)*** *de la secuencia normal enemiga.*

TRÉBOL DE LA SUERTE
Tacha para repetir una tirada de azar.

ANILLO DE FASE
Tacha para sumar *+1* a un movimiento.

FLOR LATENTE
Tacha para sumar *+1* distancia en un ataque a distancia.

COLGANTE DE ÓPALO
Tacha para ignorar un estado que te inflijan.

RASPADOR DE PESCADO
Al hacer un ataque, tacha para sumar *+1* (**antes** de azar).

DAGA CURVA
En todos tus ataques, convierte los ⚂ ó ⚃ en *+1*.

DAGA RITUAL
Al hacer un ataque, tacha para sumar *+1* (**después** de azar).

GLADIUS
En todos tus ataques, suma *+1* cuando salga ⚄ ó ⚅

En las Cenizas (III)

Objetivo: mata al demonio mayor.

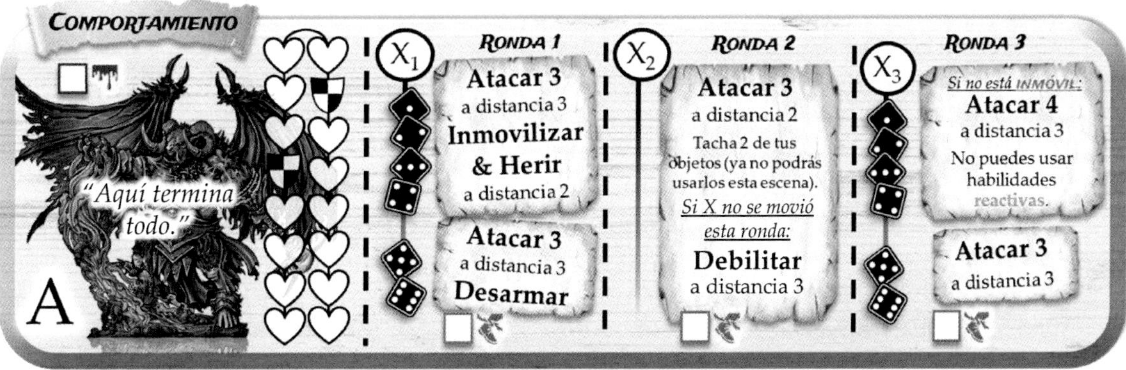

Si Vestar es derrotado, pasa a la 227▼. Si acaba la ***Ronda 3*** *y* ***no consigues el objetivo****, pasa a la 224. Finalmente, si* ***consigues el objetivo matando al demonio mayor****, marca en la 199▼ y luego pasa a la 199▼.*

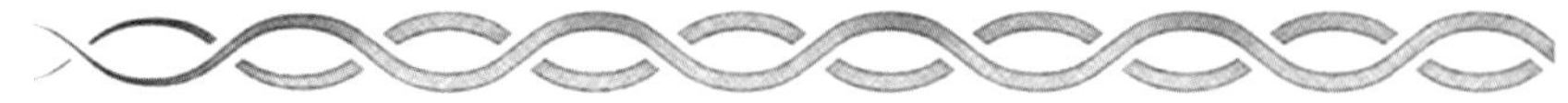

Han pasado dos años desde los incidentes del cráter.

Una irrefrenable ansia asesina engulle y pervierte el mundo. Por todo el continente, el caos prolifera mientras engendros de otros mundos se adentran en el nuestro. Interminables columnas de personas, ahora convertidas en sectarios, se dirigen como carcasas sin voluntad hacia las grietas de las que sale una repugnante niebla violácea. Al llegar allí, se arrojan al interior para seguir alimentando el festín de las profundidades. La imagen es de una belleza espeluznante.

En las pocas ciudades habitadas, hiede a muerte. El tejido de la realidad se desgarra. Solo se oyen gritos despavoridos de quienes huyen de los demonios. Risas cómplices de quienes se unen a su carnicería. De fondo suena una melodía funesta, como una flauta de notas imposibles que impide hallar descanso a aquellos que todavía intentan huir.

Si NO está marcado, **dale la vuelta** y lee. En cambio, si está marcado, **sigue leyendo tras la imagen**.

Tienes una última oportunidad para intentar de nuevo el **ACTO IV**. *Para ello, vuelve a la página 195 y marca en la parte superior, en lugar de la* **CLASE ÉPICA** *original de tus personajes, las otras* **CLASES ÉPICAS** *dentro de la misma* **ESPECIALIZACIÓN** *(está al lado de la que ya tienes marcada). Esta vez haz la marca con un círculo, para saber que la que está con la cruz fue de tu intento original. Ahora marca en* ***esta página (224)*** *antes de volver a la 195.*

Y, de algún modo, sientes que has sido culpable de todo esto. ¿Qué te hace pensar que no estaba ya todo planeado? ¿Hay alguna evidencia de que no has sido usado como una marioneta para llegar este fatídico desenlace? Desde ahí, sentado cómodamente en tu trono, segando vidas con tu lápiz mientras unos pobres desgraciados se jugaban la vida para salvar el mundo, en una carrera desesperada hacia el cráter. Segando el destino de los que confiaban en ti, cada vez que abrías el lateral de una página y hacías una marca. Eligiendo tus nuevas habilidades como si fuese algo trivial. Seguro que, dentro de ti, algo se revuelve diciéndote que cualquiera de esas decisiones decantó la balanza hacia este resultado. ¿O no es así? ¿Acaso era inevitable? Sintiéndote el rey en solitario de este mundo blasfemo que ahora yace bajo el asedio del mal, miras a la balda maquinando cuál será el siguiente universo que llevarás a la ruina.

Unos años después, la humanidad finalmente alcanza su aciago destino, como lo hicieron tantas otras razas antes de que el hombre y la mujer habitasen este mundo. Fuimos una simple perturbación frente a los planes de entidades primordiales a quienes ni siquiera importamos.

FIN.

▲ Garath y Solmund contemplaron cómo el demonio mayor se derrumbaba sobre el suelo. La arquera y el druida se miraron, sin poder creer que habían conseguido acabar con el monstruo. Además, el cilindro no había sufrido durante el combate y seguía en su poder.

De pronto, un bramido infernal salió de la grieta. Al asomarse, descubrieron horrorizados que decenas de demonios escalaban hacia la superficie. Algunos pequeños y viscosos. Otros tan grandes como el demonio mayor que acababan de derrotar. Los héroes se miraron y, contemplando el cilindro de ébano, comprendieron que tenían que tomar la decisión más difícil de sus vidas.

Si Solmund se sacrifica, marca en la 229, y luego ve a la 228 ▼.
Si Garath se sacrifica, marca en la página 229, y luego ve a la página 226 ▼.
Si ninguno se sacrifica, ve a la 224.

▼ Vestar, frente al cadáver del demonio mayor, abrió el mecanismo que protegía el líquido del interior del cilindro. Dudó por un momento, pero sabía que no le quedaba tiempo. Se acercó a una de las alas del monstruo y recogió una de las gotas de esa sangre viscosa y negra que goteaba de las membranas. El cilindro de pronto comenzó a vibrar. Se hizo muy pesado, como si la mezcla tuviera una densidad imposible, y Vestar lo miró fascinado. Salió de su estupefacción cuando se dio cuenta de que más y más demonios subían de la grieta del fondo del cráter. Sabía lo que tenía que hacer.

Los últimos pensamientos de Vestar le ayudaron a encontrar la paz. Pensó en las noches en alta mar, mirando las estrellas. Pensó en las veces que había subido al acantilado, y donde sentía que el destino tenía grandes planes para él. Pensó en que por fin había encontrado su cometido, su razón de ser. Pensó en que, después de todo, dejaba un mundo mejor de lo que se encontró.

Bebió todo el contenido del frasco de un trago, y todo sucedió muy rápido. Su ser se transformó en un vórtice de energía que lo devoraba todo. Lo primero en convertirse en polvo fue el propio Vestar. El vórtice, con cada vez mayor voracidad, devoraba como un remolino cualquier vestigio de presencia demoníaca. Sellaba las grietas como el fuego sella la carne de una cicatriz mal cosida por un barbero. El efecto se extendió implacable por toda la isla. Y después, silencio y oscuridad.

Ahora pasa a la página 229.

▲ Vestar y Solmund contemplaron cómo el demonio mayor se derrumbaba sobre el suelo. El marinero y el druida se miraron, sin poder creer que habían conseguido acabar con el monstruo. Además, el cilindro no había sufrido durante el combate y seguía en su poder.

De pronto, un bramido infernal salió de la grieta. Al asomarse, descubrieron horrorizados que decenas de demonios escalaban hacia la superficie. Algunos pequeños y viscosos. Otros tan grandes como el demonio mayor que acababan de derrotar. Los héroes se miraron y, contemplando el cilindro de ébano, comprendieron que tenían que tomar la decisión más difícil de sus vidas.

Si Vestar se sacrifica, marca en la página 229, y luego ve a la página 225 ▼.
Si Solmund se sacrifica, marca en la 229, y luego ve a la 228 ▼.
Si ninguno se sacrifica, ve a la 224.

▼ Garath, frente al cadáver del demonio mayor, abrió el mecanismo que protegía el líquido del interior del cilindro. Dudó por un momento, pero sabía que no le quedaba tiempo. Se acercó a una de las alas del monstruo y recogió una de las gotas de esa sangre viscosa y negra que goteaba de las membranas. El cilindro de pronto comenzó a vibrar. Se hizo muy pesado, como si la mezcla tuviera una densidad imposible, y Garath lo miró fascinada. Salió de su estupefacción cuando se dio cuenta de que más y más demonios salían de la grieta del fondo del cráter. Sabía lo que tenía que hacer.

Los últimos pensamientos de Garath le ayudaron a encontrar la paz. Pensó en las canciones que compondrían los bardos sobre sus hazañas. Pensó en aquella granja en la que fantaseaba retirarse cuando las piernas le fallasen, dentro de muchos años. Pensó en las malas decisiones que había tomado, pero también en las buenas. Pensó en que, después de todo, podía decir que había vivido.

Bebió todo el contenido del frasco de un trago, y todo sucedió muy rápido. Su ser se transformó en un vórtice de energía que lo devoraba todo. Lo primero en convertirse en polvo fue la propia Garath. El vórtice, con cada vez mayor voracidad, devoraba como un remolino cualquier vestigio de presencia demoníaca. Sellaba las grietas como el fuego sella la carne de una cicatriz mal cosida por un barbero. El efecto se extendió implacable por toda la isla. Y después, silencio y oscuridad.

Ahora pasa a la página 229.

▲ Garath y Vestar contemplaron cómo el demonio mayor se derrumbaba sobre el suelo. La arquera y el marinero se miraron, sin poder creer que habían conseguido acabar con el monstruo. Además, el cilindro no había sufrido durante el combate y seguía en su poder.

De pronto, un bramido infernal salió de la grieta. Al asomarse, descubrieron horrorizados que decenas de demonios escalaban hacia la superficie. Algunos pequeños y viscosos. Otros tan grandes como el demonio mayor que acababan de derrotar. Los héroes se miraron y, contemplando el cilindro de ébano, comprendieron que tenían que tomar la decisión más difícil de sus vidas.

Si Vestar se sacrifica, marca en la página 229, y luego ve a la página 225 ▼.
Si Garath se sacrifica, marca en la 229, y luego ve a la página 226 ▼.
Si ninguno se sacrifica, ve a la 224.

▼ Esta historia termina donde empezó, al borde de un abismo.

De una mano ensangrentada cayó un cilindro de ébano, que rodó pendiente abajo hasta precipitarse en la grieta. Nunca se volvió a saber del recipiente, ni se pudo atestiguar si las leyendas sobre sus propiedades eran ciertas. Con el último de los héroes demasiado herido, las esperanzas de la humanidad frente a esta amenaza terminaban abruptamente. Los luchadores cayeron en el olvido.

El demonio mayor soltó un bramido desde sus entrañas. El sonido no pudo ser escuchado por ningún humano en la cordillera, pero un temblor preocupante llegó hasta las poblaciones de la costa. La buena gente de Innisfell tardaría unas pocas horas en sufrir el horror en su piel. En los siguientes días, grietas se fueron abriendo por toda la isla, devorando casas y granjas y haciendo aflorar a la superficie toda clase de monstruos salidos de las profundidades.

Ese enfermizo color violeta rodea todo lo que un día amaste. Los pocos que resisten desean que acabe pronto su agonía. Pronto, criaturas más grandes y grotescas hacen acto de presencia en la superficie. Hiciste todo lo posible para evitar este día, pero no fue suficiente. Hoy, la sangre parece más roja y el olor a muerte más intenso que nunca.

Ahora pasa a la página 224.

▲ Garath, Vestar y Solmund contemplaron cómo el demonio mayor se derrumbaba sobre el suelo. La arquera, el marinero y el druida se miraron, sin poder creer que habían conseguido acabar con el monstruo. Además, el cilindro no había sufrido durante el combate y seguía en su poder.

De pronto, un bramido infernal salió de la grieta. Al asomarse, horrorizados que decenas de demonios escalaban hacia la superficie. Algunos pequeños y viscosos. Otros tan grandes como el demonio mayor que acababan de derrotar. Los héroes se miraron y, contemplando el cilindro de ébano, comprendieron que tenían que tomar la decisión más difícil de sus vidas.

Si Vestar se sacrifica, marca y en la página 229, y luego ve a la página 225 ▼.
Si Solmund se sacrifica, marca y en la 229, y luego ve a la 228 ▼.
Si Garath se sacrifica, marca y en la página 229, y luego ve a la página 226 ▼.
Si ninguno se sacrifica, ve a la 224.

▼ Solmund, frente al cadáver del demonio mayor, abrió el mecanismo que protegía el líquido del interior del cilindro. Dudó por un momento, pero sabía que no le quedaba tiempo. Se acercó a una de las alas del monstruo y recogió una de las gotas de esa sangre viscosa y negra que goteaba de las membranas. El cilindro de pronto comenzó a vibrar. Se hizo muy pesado, como si la mezcla tuviera una densidad imposible, y Solmund abrió su único ojo sano para mirarlo con fascinación. Salió de su estupefacción cuando se dio cuenta de que más y más demonios salían de las grietas. Sabía lo que tenía que hacer. Los últimos pensamientos de Solmund le ayudaron a hallar la paz. Pensó en su familia, de la que aún tantos años después tenía recuerdos muy vívidos. Pensó en los años felices junto a su hija, con la que pronto se reuniría. Y, sobre todo, pensó en que se había hecho justicia.

Bebió todo el contenido del frasco de un trago, y todo sucedió muy rápido. Su ser se transformó en un vórtice de energía que lo devoraba todo. Lo primero en convertirse en polvo fue el propio Solmund. El vórtice, con cada vez mayor voracidad, devoraba como un remolino cualquier vestigio de presencia demoníaca. Sellaba las grietas como el fuego sella la carne de una cicatriz mal cosida por un barbero. El efecto se extendió implacable por toda la isla. Y después, silencio y oscuridad.

Ahora pasa a la página 229.

Han pasado dos años desde los incidentes del cráter.

La mayoría de la gente no sabe mucho de lo sucedido, y sólo han oído hablar de los extraños incidentes de la isla de Obor como macabras historias de marineros que se van distorsionando de boca en boca. Al final, la muchedumbre se queda con los detalles más escabrosos, las desapariciones, las luces en el cielo y las sangrientas matanzas que se llevaron a cabo durante aquellas semanas.

Podría decirse que todo sigue igual, pero no es así. Ha surgido una nueva orden paramilitar de inquisidores que persigue y castiga cualquier actividad arcana fuera de lo común. No responden ante nadie y desaparecen tan rápido como aparecen allí donde alguien juguetee con las runas.

De los siguientes párrafos, lee ***sólo aquellos que estén marcados****.*

En el archipiélago del norte cuentan historias de un marinero de tez pálida y piel llena de cicatrices, que ha sido encerrado en el gélido sanatorio de la isla de Itulie, la más septentrional de todas. No se relaciona con los demás internos, pero los cuidadores pegan el oído a su celda cada noche para oír como narra relatos inconexos de bestias, montañas y acantilados. La seguridad en el edificio es básica, por lo que de vez en cuando consigue fugarse. Cuando sucede, cuentan que ha sido visto en un acantilado frente al mar, quién sabe con qué funestas intenciones. Cualquier día no volverá, aunque por ahora ha regresado siempre por su propio pie a su fría celda.

Dicen que han visto a un anciano tuerto vagabundeando por los pueblos costeros del continente. Cuentan que perdió su ojo y una pierna en la guerra, por lo que siempre va acompañado por su bastón. Sobrevive gracias a la ayuda de los niños, que le traen comida a cambio de que él les cuente historias fabulosas y los maraville con pequeños trucos de prestidigitación. Cuando nadie lo ve, acude a un bosque cercano a buscar setas exóticas, sobre todo cuando la luna está creciente. Sin embargo, cuando alguna partida de inquisidores llega al pueblo, el extraño desaparece y los lugareños no vuelven nunca a saber de él.

Parece que ha sido vista caminando hacia el interior del continente. Cualquiera diría que se dirige a su pueblo natal, aunque va dejando detrás de sí un reguero de ejecuciones sin juicio previo. No obstante, cuentan que ya no sabe distinguir a aliados de enemigos, a trileros de hechiceros, y a culpables de inocentes. Su piel blanca como la nieve y su marca de nacimiento en la cara sólo se disimulan cuando se tapa completamente por una vieja capucha de un color entre violeta y anaranjado. Siempre deja una flecha clavada en sus víctimas, para que otros malhechores sepan quién ha sido, y que ellos pueden ser los siguientes.

Y, como un relámpago, por todo el mundo se propagan rumores sobre la aparición de extrañas cuevas que antes no estaban ahí y se tragan a todo aquel que se interna en ellas, así como pequeñas grietas que se van abriendo en la tierra y de las que emerge un nauseabundo color violáceo.

Libro de Arte

APÉNDICES

Si te está gustando la experiencia de **EN LAS CENIZAS**, *te agradezco que dejes ★★★★★ en Amazon. Eso no solo ayudará a otros jugadores a disfrutarla, sino que me permitirá sacar nuevo contenido del juego.*

MODOS ALTERNATIVOS DE JUEGO

Además del **Modo Normal** *(el que juegas habitualmente, sin ningún cambio), dispones de modos alternativos:*

- **Modo Fácil**: *al principio de cada escena, rellena un corazón de cada secuencia de cada enemigo.*
- **Modo Difícil**: *al principio de cada escena, rellena un corazón de tu vida.*
- **Modo Pesadilla**: *se añade al* **Modo Difícil**. *Si existe el cuadro de* **herido** *junto a tu vida, márcalo al empezar.*
- **Modo Destino**: *los enemigos no tienen modificadores a sus ataques (ignora los dados negros sobre el* **Objetivo**).
- **Modo Cacería**: *tras terminar tu 1ª campaña (o la 2ª, si planeas jugarla), puedes abrir cualquier escena limpia (sin dibujos) del libro y jugarla como evento aislado, sin campaña. Al entrar, marca un* **objeto** *de cada tipo.*

SEGUNDA CAMPAÑA

Una vez termines tu primera campaña, ***puedes volver a jugar otra campaña****. Para ello empieza el Acto I. Además:*

- *Si un número de página* ***tiene asterisco (*), suma 10*** *a ese número.*
- *Debes tomar decisiones diferentes a las que tomaste en la primera campaña. Esto implica:*
  - *Cuando se te ofrezcan* ***varios caminos, elegir uno distinto*** *al original.*
  - *Al escoger* **especialización, *elegir la que no tuviste*** *en tu primera campaña. Así tendrás disponible dos* **clases épicas** *nuevas al llegar al máximo nivel.*
- *Los cuadros* ***marcados con una X en los símbolos al margen de las hojas se consideran vacíos****. En esta segunda campaña, los cuadros se marcan* ***rellenando completamente*** *la casilla.*

CASILLA:	NO MARCADA	MARCADA
1ª CAMPAÑA	☐	☒
2ª CAMPAÑA	☐ ó ☒	■

Guardar y Retomar la Partida (Opcional)

- Guardar la Partida -

En esta página puedes, <u>de manera opcional</u>, "guardar y retomar la partida" en el caso de que plantees estar un tiempo sin jugar (o no te fíes de tu memoria). Recuerda que **el momento recomendado para guardar es al comenzar una escena,** *justo tras haber seleccionado tus objetos. Para ello simplemente marca, en las tablas bajo estas líneas,* **la página de la escena que estás a punto de jugar**: *haz una X en la casilla correspondiente a la <u>página</u> (indicada por la columna) y el <u>objeto</u> que tienes equipado (indicado por la fila). Si no tienes objetos, pon la X en la cabecera (fila con números de página).*

Acto I

Tienes dos tipos de objetos. Es posible que debas poner una marca en dos casillas cada vez que guardes (esas dos casillas deben caer en la misma columna).

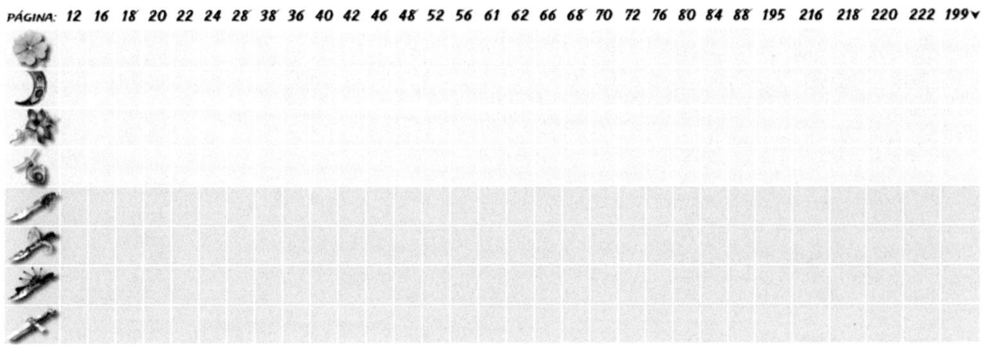

PÁGINA:	12	16	18	20	22	24	28	38	36	40	42	46	48	52	56	61	62	66	68	70	72	76	80	84	88	195	216	218	220	222	199▾

Acto II

PÁGINA:	94	96	97	98	100	104	114	116	110	112	118	122	127	128	130	132	134	136	195	208	210	212	214	199▾

Acto III

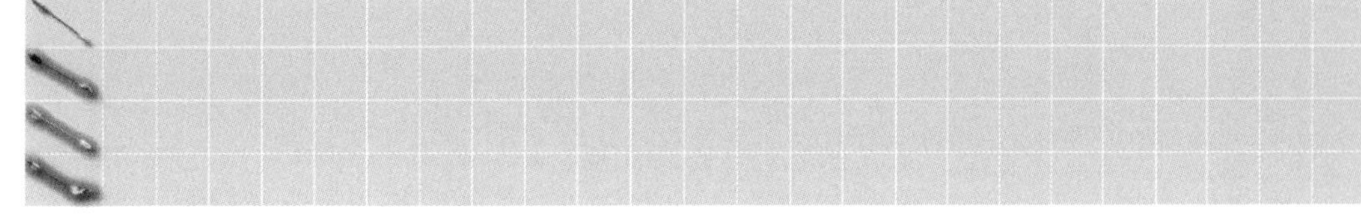

PÁGINA:	144	146	147	148	150	154	161	166	168	172	176	181	182	164	184	186	188	190	195	200	202	204	206	199▾

Acto IV:

Utiliza las últimas 4 columnas de las **tablas anteriores** *(dependiendo del personaje que lleves).*

- Retomar la Partida -

1. *Ve a la tabla del* **Acto** *que estás jugando y busca la casilla tachada más* **a la derecha de toda la tabla**.
2. *La* **fila** *de la casilla tachada se corresponde con el objeto (o los objetos) que tienes equipado (si hay).*
3. *La* **columna** *se corresponde con <u>la página a la que debes ir</u>. Marca los objetos en cuanto entres en ella.*
4. *Si entras en una escena, tu* **ESPECIALIZACIÓN** *o* **CLASE ÉPICA** *será la del icono superior izquierdo de la escena (si existe). Recuerda que una vez elegida, no puedes cambiarla (a menos que se te indique).*

Dedicado a Elena, Pablo, Alma y Elena por aguantarme mientras cumplía este sueño. Les debo mucho tiempo.
Agradecimientos: Jesús, Ramón, José, Arturo, Ale, Pablo.

A

Estas maderas húmedas que os rodean no logran prenderse. La túnica de Thorval arde con pequeñas llamas. Aplica+1 al ataque y luego haz 1 daño a una seta adyacente a Thorval.

B

El fuego quema los restos del material de trabajo de la mina. Aplica +1 al ataque. Luego aplica +1 adicional si la cazadora está en el borde del tablero (al lado de una casilla no clareada).

C

No hay ni rastro de vida vegetal bajo tierra. Anula el ataque por completo.

D

Thorval observa como la seta junto a él se pudre por efecto de la runa. Aplica +X al ataque, donde X es el daño que elijas hacer a tus setas (tú eliges cómo repartirlo).

E

Al tratarse de un ataque humilde, la runa se propaga directamente hacia tu enemigo. Aplica +1 al ataque.

F

La cazadora está concentrada y tiene claro su objetivo. Aplica -2 al ataque.

G

No hay lugar donde resonar, así que la runa penetra en el manto de nieve y crea un bloque de hielo. Aplica -2 al ataque. Luego, tacha completamente dos casillas del tablero a tu elección. Estas casillas son un obstáculo a partir de ahora (no se puede entrar ni calcular distancias a través de ellas).

H

Aplica -1 al estar a punto de iniciar un movimiento. Si has usado tu objeto en esta escena, aplica otro -1 al ataque.

I

La seta junto al demonio mayor se pudre. Aplica +X al ataque, donde X es el daño que elijas hacer a tus setas (tú eliges cómo repartirlo).

J

Tu runa devora las defensas mágicas del enemigo. Aplica +1 al ataque. Trata como un corazón el primer escudo que encuentres. Pero si no rellenas al menos un escudo al aplicar el daño a la secuencia, hazte 2 de daño a ti mismo.

K

El eco resuena por todas las minas, amplificando el sonido, aunque parte se escapa por las aberturas. Aplica +2 al ataque.

L

Esta runa se revela al aplicarse sobre un ataque tan insignificante. El ataque falla.

M

La runa resuena con el vapor que sueltan tus setas. Añade +1 al ataque por cada seta junto al enemigo (en su casilla o adyacente).

N

Thorval invoca una runa de defensa, pero palidece al ver tu movimiento de pies y manos. Tu runa rompe su conjuro. Trata como un corazón el primer escudo que encuentres en este ataque. Pero si no fueras a encontrar escudos al rellenar daño en la secuencia, anula el ataque.

O

Se levanta una polvareda que confunde a la cazadora. Aplica +1 al ataque y puedes repartir el daño hecho entre ella y los corazones de la pared del fondo.

P

Los árboles y arbustos muertos bajo la nieve no responden. No queda vida en este páramo. Aplica -1 al ataque.

Q

Esta voraz runa no acepta órdenes con ataques tan humildes. Aplica +0. Si no encuentras un escudo durante este ataque, ignora la acción **Herir** *posterior de esta carta.*

R

Aunque la distancia no es muy grande, la runa cumple su cometido. Aplica +1 al ataque.

S

Se levanta algo de fina nieve en forma de polvo, pero la humedad destroza el encantamiento. Aplica -2 a este ataque.

T

La runa no encuentra varios enemigos para propagarse. A la desesperada, rebota entre varios obstáculos antes de desvanecerse. Aplica -2 al ataque.

U

Si no te has movido este turno, aplica +1 a ataque. Si ya has usado tu objeto en esta escena, el alcance del ataque se reduce a distancia 2.

V

Estáis solos en esta cavidad, y además empieza a entrar luz por las aberturas. La runa falla y el ataque queda anulado.

W

La grieta ayuda a modular la runa, pero el eco se pierde en la inmensidad de la llanura. Aplica -2 al ataque.

X

La flecha de la cazadora sale ardiendo mientras está en sus manos. Aplica+0 a este ataque y el enemigo queda HERIDO.

Y

Los sentimientos de Thorval se revuelven entre el remordimiento y la codicia. Te repugna intentar comprender qué está pensando, pero sabes que es necesario para maximizar este ataque. Aplica +1 al ataque.

Z

No se produce ningún eco. El ataque falla. Si quieres, la acción de **Mover 2** *posterior de esta carta se convierte en* **Mover 3**.

A

Aplica +1 sólo si no te has movido este turno. Puedes aplicar el total de daño hecho a cualquier grupo de corazones del fondo del escenario, pero sólo si no has usado tu objeto todavía esta escena.

B

Estas maderas carbonizadas que os rodean no logran prenderse. Una pezuña de la bestia arde con pequeñas llamas, pero no parece dañarlo. Haz 1 daño a una seta adyacente al demonio.

C

El cetro metálico de Thorval se pone al rojo vivo y le produce quemaduras en la mano. Aplica +1 al ataque.

D

La runa intenta desesperadamente buscar vida vegetal alrededor, pero sólo encuentra árboles inertes. Aplica -2 al ataque.

E

No hay apenas vida vegetal dentro de la cavidad. Aplica +1 al ataque, pero después mata 1 de tus setas.

F

En el cráter se produce un eco antinatural, como el de miles de gargantas gritando a coro. A pesar de que es desagradable, esto ayuda a modular la runa. Aplica +1 al ataque.

G

Te concentras. Si no te has movido en este turno, aplica +1 al ataque. No obstante, si ya has usado tu objeto en esta escena, ignora la acción **Herir** *posterior de esta carta.*

H

El eco resuena en el silencio de las minas, rompiendo algunos tablones. Aplica +1 al ataque y luego tacha 1 corazón a tu elección de la pared del fondo.

I

Los árboles y arbustos carbonizados en el cráter no responden. Aplica -1 al ataque.

J

La runa se amplifica por el eco en el cráter e impacta directamente sobre el pecho del demonio mayor, aturdiéndolo. Aplica +2 al ataque.

K

Aunque estás a una distancia prudencial, desgraciadamente has cometido el error de invocar esta runa frente a una bestia del inframundo con alas, cuernos y piernas de carnero. Aplica -2 al ataque y hazte 1 daño.

L

Aplica +1 sólo si no te has movido este turno. Después, si ya has usado tu objeto en esta escena, quedas **HERIDO**.

M

Tu ego te ha traicionado, intentando potenciar un ataque potente con una runa humilde. Aplica -2 al ataque.

N

El fuego quema algunos tablones que protegen la salida de la mina. Aplica +1 al ataque y luego tacha 1 corazón a tu elección de algún grupo de la pared del fondo (en cualquier línea).

O

La runa resuena con las cenizas del cráter, levantando una polvareda que te hace toser y durante unos segundos impide la visibilidad dentro de la hondonada. Añade +1 al ataque por cada seta junto al demonio mayor (en su casilla o adyacente).

P

Debes aprender a controlar tu poder, pues esta runa no es capaz de resonar con ataques fuertes. La próxima vez, intenta aplicarla con un ataque más humilde. Aplica -2 al daño.

Q

Te sacude un torrente caótico de energía al intentar entrever las emociones del demonio mayor. Sus impulsos son inconcebibles para una mente humana. Percibes un letargo de millones de años bajo tierra, esperando su momento. Tira un dado negro y aplica los modificadores del enemigo (sobre el **OBJETIVO***) a este ataque.*

R

La runa se muestra vacilante al no tener claro quién es amigo o enemigo. Aplica +0 al ataque, pero la seta junto al objetivo sufre 1 daño.

S

La runa impacta directamente sobre el pecho de Thorval, aturdiéndolo. Aplica +2 al ataque.

T

Se levanta una polvareda que confunde a la cazadora. Aplica +1 al ataque y atraviesa escudos en la secuencia (si los hay).

U

La humedad del manto nevado confunde a la runa. Aplica -2 al ataque.

V

El eco resuena en la cavidad, haciendo temblar la tierra con unas vibraciones enérgicas. Aplica +2 al ataque.

W

Capturas uno de los rayos y lo diriges recto hacia tu atacante. Añade +X al ataque, donde X es el número de casillas vacías entre tú y Thorval (+0 si está adyacente, por ejemplo).

X

El ataque falla, ya que no hay oscuridad suficiente a pesar de los nubarrones, y que tu enemigo no está acompañado de otros esbirros.

Y

La runa se muestra vacilante al no tener claro quién es amigo o enemigo. Percibes una disonancia en su propagación hacia el objetivo. Aplica +0 al ataque, pero una de tus setas sufre 1 daño (a tu elección).

Z

Solo estáis tu y ella en la sala, por lo que la runa sufre una disonancia. Estás en peligro. Sin embargo, gracias a la oscuridad, este ataque queda contenido. Aplica -1 al ataque.

A

Los mercenarios no lo ven venir, y el ataque abre profundos cortes en su carne. Los enemigos quedan **HERIDOS** *tras el ataque.*

B

No hay plantas vivas cerca de ti, por lo que la runa se cobra su precio de tus setas. Puedes hacer 1 daño a una de tus setas para aplicar +1 al ataque.

C

La mayoría del polvo que levantas proviene de restos de huesos. El enemigo objetivo de este ataque se confunde y no hará su próxima acción (tacha esa carta del enemigo). Aplica +0 al ataque.

D

Te confundes y trazas una runa desconocida. La bestia ruge de rabia. El ataque falla.

E

El fuego se propaga, dañando al owingo. Afortunadamente, estás a distancia suficiente como para que no te afecte. Aplica +1 al ataque.

F

La oscuridad te confunde. Aplica -1 al estar pensando en tu siguiente movimiento. Si has usado tu objeto en esta escena, aplica otro -1.

G

El condenado suelta un grito desgarrador. Te aprovechas de su dolor y añades +2 al ataque.

H

El bosque susurra mientras ejecutas tu danza solemne. Si te has movido este turno, aplica -1 al ataque. Si no te has movido este turno, consigues concentrarte y aplicas +1 al ataque.

I

Ha sido mala idea aplicar esta runa sobre una bestia tan grande. Una de tus setas sufre 1 de daño. Además, aplica -1 a tu ataque al no haber respetado la distancia.

J

Al estar pensando en tu siguiente movimiento, este ataque falla. Anula el ataque. Si has usado tu objeto esta escena, sufres 1 daño.

K

Si no te has movido este turno, el ataque gana +1. Si además no has usado tu objeto en esta escena, el ataque gana otro +1 adicional.

L

Tus hongos se mueven al ritmo hipnótico de tus pies golpeando sobre el suelo. El ataque gana +1.

M

La energía se propaga entre las lápidas. Los enemigos adyacentes al objetivo sufren este ataque. Añade +1 al ataque.

N

No hay flora cercana para extraer la energía que necesita esta runa. Notas en tu zurrón cómo tus setas se marchitan. Marca **MARCHITAS** *en la página 142. Cuando todo parece perdido, las primeras luces del alba destierran a los condenados. Vuelve a la página 108 y sigue la historia.*

O

Intentas modular los sonidos de la noche, pero no se produce ningún eco. Aplica -1 al ataque.

P

Esta peligrosa runa incendia el majestuoso plumaje de la bestia, pero también a las setas que estén junto a ella. Aplica +2 al ataque y luego provoca 1 daño a cada seta junto al enemigo.

Q

La runa multiplica todo el dolor acumulado durante décadas por aquellas almas condenadas. Alzan el vuelo hacia las estrellas, lejos de aquella tierra maldita por la traición y la codicia. Vuelve a la página 108 y sigue la historia.

R

El polvo del desfiladero se levanta y confunde a la bestia. Aplica +1 e ignora los escudos que encuentres este ataque.

S

El espectro desata su ira al presentarse frente a una runa tan blasfema. Añade +2 al ataque, pero después aplica -1 al movimiento posterior de esta acción.

T

Los guardias gritan de dolor cuando el hechizo abre profundos cortes en su carne, bajo su ropa. El ataque gana +2.

U

Lo intentas, pero no se produce ningún eco. No tuviste en cuenta el entorno abierto. Aplica un -2 al ataque si no te has movido este turno, o un -1 si te has movido.

V

Los zapatos de los mercenarios empiezan a arder. El ataque gana +1, pero si estás junto a alguna casilla no clareada (borde del escenario), tú te quemas el brazo y quedas **HERIDO**.

W

Una runa certera y directa que impacta en el objetivo. Aplica +2 al ataque.

X

Mirando a los ojos de la bestia, trazas la runa con la mente clara. Aplica +2 al ataque sólo si no te has movido este turno.

Y

Mirando a la bestia, trazas la runa con la mente clara. Aplica +2 sólo si no te has movido este turno. Pero si ya has usado tu objeto esta escena, quedas **INMÓVIL**.

Z

No hay plantas vivas cerca de ti para potenciar la runa. Puedes matar una de tus setas para aplicar un +2 al ataque.

A

Las plantas rechazan un ataque tan potente. La disonancia de la runa provoca un -2 a este ataque.

B

El eco resuena por todas las minas, amplificando el sonido. Además, por tu movimiento, aplica +3 al ataque.

C

Levantas un vendaval de polvo del desfiladero, aturdiendo a la bestia. Su próximo aterrizaje será desde el nido (B, C, D) que tú quieras.

D

Enfocándote en el hechizo desde una distancia considerable, trazas la runa con presteza. Aplica +2 al ataque si no te has movido en este turno, o bien +0 si te moviste.

E

Aunque antaño fueron mineros, estos condenados por la traición de sus semejantes hace tiempo que dejaron todo vestigio de humanidad. Aplica +0 al ataque, aunque tú quedas **HERIDO**.

F

Las plantas del bosque resuenan con la runa sobre un ataque tan humilde. El ataque gana +2.

G

En un entorno tan seco, la runa encuentra las condiciones idóneas para brillar. Aplica +2 al ataque.

H

Intentas trazar una runa compleja, pero los vaivenes del vuelo te hacen perder la concentración. El owingo te suelta, cansado por tu peso. La gran altura te hace daño. Marca **COSTILLA ROTA** *en las páginas 110 y 112. Después vuelve a la 103 para seguir.*

I

Ha sido mala idea aplicar esta runa sobre la bestia. Una de tus setas sufre 1 de daño. Sin embargo, al mantener la distancia, el ataque gana +1.

J

La runa confunde a los condenados, haciendo que se ataquen entre ellos. La violencia va en aumento y acaban desmembrándose. Al terminar, sólo quedan unos jirones de tela raída. Vuelve a la página 108 y sigue la historia.

K

Al estar pensando en tu siguiente movimiento, este ataque falla por completo. Anula el ataque.

L

Te cuesta concentrarte. Pensando en tu inminente movimiento, tropiezas y la runa no surte efecto. Aplica +0. En cambio, si en esta escena ya usaste tu objeto, el ataque queda anulado.

M

La cazadora está concentrada y tiene muy claro su objetivo. Dada su experiencia contra hechiceros, es capaz de volver contra ti parte del efecto de la runa. Aplica -1 al ataque. Y luego hazte 1 daño.

N

El owingo brama de dolor mientras sus plumas arden. Instintivamente, te suelta y te golpeas contra las paredes del acantilado. Caes sobre uno de los nidos, bastante magullado, pero a salvo. La bestia se pierde entre las copas de los árboles del pantano en busca de agua. Vuelve a la página 103 para seguir la historia.

O

A pesar de que no hay eco, tu movimiento logra estabilizar la runa y evita el desastre. Aplica +0 al ataque.

P

Ha sido mala idea aplicar esta runa sobre una bestia tan grande. Una de tus setas sufre 1 de daño. Si no estás junto al owingo, aplica +1 a tu ataque.

Q

Las paredes del desfiladero modulan el eco. Aplica +1. Si te has movido este turno, aplica +1 adicional.

R

El polvo que levantas proviene de restos de huesos. El ataque gana +0. Puedes hacerte 1 daño para que este ataque también afecte a los enemigos que no están junto a una seta.

S

Esta runa no se debe utilizar sobre bestias. Además, al no haber respetado la distancia, el ataque queda anulado.

T

La energía de la runa sale de ti en todas direcciones. Todos los enemigos hasta los que se pueda trazar una línea recta desde tu casilla sufren el ataque.

U

Si has usado tu objeto en esta escena o te has movido este turno, el ataque falla. Si no, aplica +2 al ataque.

V

En un entorno tan húmedo y exuberante, la runa apenas surte efecto. Aplica +0 al ataque.

W

En pleno vuelo, se te ocurre vaciar tu odre sobre sus ojos y trazar una runa. El líquido se cristaliza al contacto con el polvo y la bestia te suelta, haciéndote caer en una repisa del barranco. Marca **SEDIENTO** *en las páginas 110 y 112 y vuelve a la 103 para seguir la historia.*

X

Poco queda inflamable entre los huesos y harapos de los condenados. Las fantasmagóricas figuras se ríen de tí. Aplica -1 al ataque y haz 1 daño a una de tus setas, que sí sale ardiendo.

Y

Tu movimiento entre las paredes del desfiladero consigue que la runa resuene. Aplica +1 al ataque.

Z

Un rayo de energía se propaga en la noche, formando arcos de luz que iluminan la fantasmagórica escena. Añade +2 al ataque.

- BÁSICAS -

- **Mover**. Traza sobre el tablero el movimiento de tu personaje (o enemigo), desplazando la figura un número de casillas igual o inferior al número indicado junto a Mover. Escribe su letra y el número de ronda en la casilla donde termine el movimiento la figura. Cualquier figura únicamente puede moverse por casillas que están clareadas y que además no tienen ninguna otra figura (con letra mayúscula) en ella. **Los enemigos se mueven por defecto** hacia tu casilla (a menos que se indique otro objetivo) por el camino más corto (a tu elección, si hay varios). Las casillas con letra minúscula sí se pueden pisar por figuras.
- **Atacar**. **Por defecto es adyacente**. Elige un objetivo (o varios, si es un ataque múltiple). Suma al daño indicado el modificador obtenido por tu fuente de azar (y otros modificadores). Después, tacha los corazones (o escudos) según el daño que haya hecho el ataque. Los enemigos tienen secuencias de vida.
    - Al Atacar a un enemigo, empieza a colorear por cualquier extremo de cualquier secuencia vacía. Pero **una vez comenzada a recorrer en una dirección**, ya no puedes rellenar esa misma secuencia por el otro extremo. Si acabas una secuencia y **te queda daño por aplicar**, puedes seguir por otra.
    - Si hay **varias secuencias**, puedes cambiar entre ellas a voluntad (en ataques diferentes, no dentro de un mismo ataque), pero respetando la dirección en la que estás avanzando (dentro de cada secuencia). *Por ejemplo, puedes comenzar rellenando una secuencia verde desde arriba, luego en otro ataque pasar a la secuencia azul desde la derecha, y en tu último ataque volver a la verde en el sentido que llevabas.*
    - Recuerda que los **escudos**, una vez tachados, detienen tu avance por esa secuencia para ese ataque (por mucho daño que te haya salido). *Por ejemplo, si haces 5 de daño en un ataque y en la secuencia toca rellenar dos corazones y un escudo, lo haces y ahí termina el ataque. Los 2 de daño restantes se pierden.*
    - Si rellenas toda la secuencia de un enemigo, es derrotado. Sus acciones posteriores no se ejecutarán, y su casilla vuelve a estar disponible (tacha su letra en la casilla en la que cae para indicarlo).
- **Daño directo:** algunas habilidades hacen daño sin ser un ataque (no uses azar ni te pares ante escudos).
- A la mayoría de las acciones se le puede añadir "a distancia" u otras frases para indicar a qué distancia máxima de la casilla objetivo se puede ejecutar dicha acción. Las casillas con el símbolo ⅄ indican que **no se puede entrar en ellas, pero sí se pueden calcular distancias** a través de ellas.
- Existen acciones de enemigos que sólo se ejecutan si se cumple una condición (inmediatamente superior y subrayada) especificada en la propia carta. Si no se da la condición, no se ejecutan esas acciones.
- Si un enemigo ocupa **varias casillas**, puedes atacar cualquiera. Él ataca desde la que esté más cerca de ti.

- AVANZADAS -

- **Soltar seta:** Dibuja una seta adyacente, con el símbolo correspondiente (para recordar qué hace). A partir de ese momento y mientras la seta siga viva, las casillas **junto a la seta obtienen efectos especiales**: pueden ser bonificadores para ti, o penalizadores para los enemigos. El término "junto a la seta" se refiere **tanto la propia casilla de la seta (en la que se puede entrar) como las adyacentes** a esta.
- **Poner trampa:** Dibuja una trampa en una casilla a distancia 3. A partir de ese momento, cualquier figura que entre en esa casilla sufre 3 de daño directo (sin azar e ignorando escudos). Después, tacha la trampa para indicar que ha desaparecido del tablero. A la hora de moverse, un enemigo **siempre elegirá el camino más corto** hacia su objetivo, aunque eso implique pisar una trampa. Incluso **si tiene varios caminos igual de cortos** hacia el objetivo, puedes elegir que camine por aquel que le lleva a la trampa.
- **Hostigar:** Es una acción enemiga. Tacha con línea vertical la mitad (izquierda o derecha, tú eliges) de las columnas **que quedan en tu cuadro de azar**. Si en un ataque tu lápiz toca un dado de una columna tachada, falla. *La 1ª vez que te hostiguen en una escena, tacharás las 12 columnas de la mitad izquierda o derecha del cuadro. La 2ª vez, tacharás 6 columnas (la mitad izquierda o derecha de las 12 restantes). Y así sucesivamente.*

- Reactivas -

Las cartas **reactivas** se eligen en tu turno (resigue su borde para activarlas), pero se ejecutan (táchalas) en otro momento. Aquellas que dañan, **hacen daño directo** (no usan fuente de azar y no se detienen ante escudos).

- **Defender**. **Puedes** ejecutarla para **anular el daño indicado** al recibir un ataque. A cualquier distancia.
- **Venganza**. **Puedes** ejecutarla para **infligir el daño indicado** al recibir un ataque. A cualquier distancia.
- **Tormento**. **Puedes** ejecutarla para **infligir el daño indicado** cuando un enemigo quede adyacente a ti.

Resumen de Estados

Las acciones **Herir**, **Inmovilizar**, **Desarmar**, **Aterrar**, **Debilitar** y **Condenar** infligen distintos estados. Por defecto son adyacentes (a menos que se indique). Si una figura **se inflige a sí misma un estado momentáneo durante su turno**, se aplica en el turno actual (el que está jugando) o en el siguiente (a tu elección).

- Duraderos -

- ***Herido***: marca en el panel enemigo (o junto a tu vida) el icono . Durante el resto de la escena (o de la fase, si es un boss), cada ataque que reciba el afectado hace 1 daño adicional.
- ***Débil***: marca en el panel enemigo (o junto a tu vida) el icono . Durante el resto de la escena (o de la fase), en cada ataque que haga el afectado, usa 2 veces la fuente de azar y quédate con el menor resultado.
- ***Condenado***: marca en el panel enemigo. Por sí sólo no hace nada, pero algunas habilidades sólo se aplican a objetivos que estén condenados. Dura todo el resto de la escena (o de la fase, si es un boss).

- Momentáneos -

- ***Inmóvil***: marca en el panel enemigo (o junto a tu vida) el icono inmediatamente posterior al momento en el que es infligido. Impide acciones de **Mover** ese turno marcado. Dura sólo un turno.
- ***Desarmado***: marca en el panel enemigo (o junto a tu vida) el icono inmediatamente posterior al momento en el que es infligido. Impide acciones de **Atacar** ese turno marcado. Dura sólo un turno.
- ***Aterrado***: marca en el panel enemigo (o junto a tu vida) el icono inmediatamente posterior al momento en el que lo infliges. Te permite hacer su próximo **movimiento a tu voluntad**. Dura un turno.

Fuentes de Azar

Modifican el daño al **Atacar** (y otras cosas). Son obligatorias (no puedes no aplicarlas, a menos que se indique).

- ***Vestar:*** abre una página al azar y mira el dado blanco que ha salido en la esquina superior de la página izquierda. Luego mira el **modificador a aplicar** en tu barra superior de la página izquierda de la escena.
- ***Solmund:*** decide la runa que vas a aplicar para modificar el ataque, en función de lo que has estudiado en el ***Grimorio*** de la página 240. Después, **ve a la página y apartado que se especifica bajo la runa** y lee la breve descripción que hay junto a la letra del apartado. Luego vuelve a la escena que estabas jugando para aplicar el modificador (o efectos). No puedes consultar el ***Grimorio*** (página 240) mientras estás en una escena, sino únicamente **entre escenas** (y si no se te está dando a elegir entre runas).
- ***Garath:*** Cierra los ojos y lleva el lápiz contra tu pecho. Luego acerca la punta hasta tocar el cuadro de azar. Abre los ojos y observa el dado obtenido. Si el lápiz ha tocado fuera de la zona de dados, **el ataque falla. Colorea por completo el dado elegido:** si el lápiz vuelve a tocar ese dado coloreado en otra ataque de esta escena, falla. Finalmente, aplica el modificador al ataque según se indique en tu barra superior.

Los dados negros de la esquina superior de la página derecha se usan para determinar el **daño enemigo.** También suelen usarse para determinar el comportamiento impredecible de ciertos enemigos, o incluso de forma puntual para algunas mecánicas del tablero (se explicarán en cada escena concreta).

Las fuentes de azar de Vestar y de los enemigos se puede **sustituir por dados físicos** si así lo prefieres.

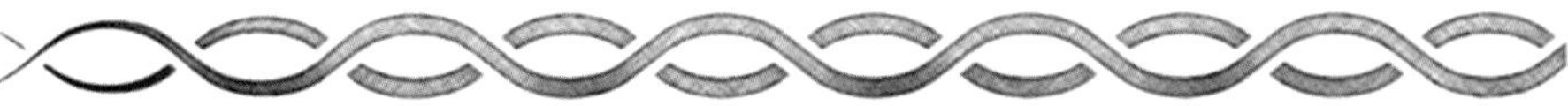

Resumen de Reglas

- Entre escenas -

- Lee las páginas con normalidad, como si estuvieras en la piel del personaje.
- Al final de cada página, normalmente deberás tomar una decisión **para seguir** en una página u otra.
- Cuando veas un **recuadro gris**, normalmente indica aclaraciones de reglas, consejos del tutorial, párrafos que debes leer bajo ciertas condiciones, o bien decisiones a tomar.
- Cuando obtengas un **nuevo objeto**, decide si quieres equiparlo (y descartar el que ya tienes). Sólo puedes tener un objeto de cada tipo equipado. Entre escenas deberás recordar qué objeto de cada tipo tienes.
- Si en una página que estás leyendo aparece un **símbolo marcado en el lateral**, lee el mensaje correspondiente cuando llegues a esa línea y aplica lo que te diga. Pueden ser párrafos boca abajo.

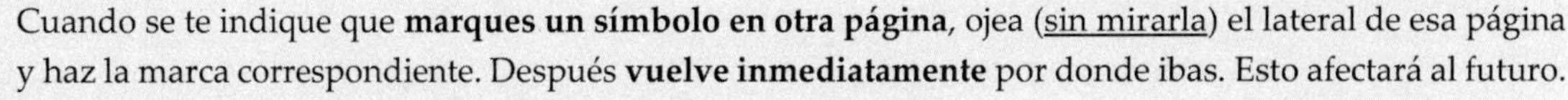

- Cuando se te indique que **marques un símbolo en otra página**, ojea (sin mirarla) el lateral de esa página y haz la marca correspondiente. Después **vuelve inmediatamente** por donde ibas. Esto afectará al futuro.
- Después de cada boss, normalmente subes de nivel. Esto hace que elijas ***especialización*** (cuarta fila de cartas), y después ***clase épica*** (quinta fila de cartas). Debes recordar tu elección (no se apunta).

- Dentro de una escena -

1. Preparación de la escena:

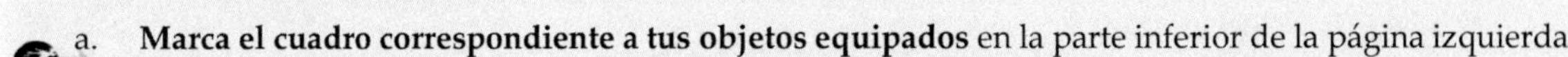

a. **Marca el cuadro correspondiente a tus objetos equipados** en la parte inferior de la página izquierda.

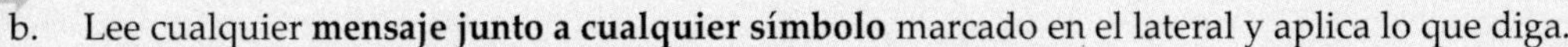

b. Lee cualquier **mensaje junto a cualquier símbolo** marcado en el lateral y aplica lo que diga.

c. Si tu personaje usa dados, escribe arriba tus **modificadores** (los valores de referencia están bajo ellos).

d. Lee el **objetivo en la página derecha**. Así sabrás cómo superar la escena (puede haber varias formas).

e. Si una escena tiene varias ***fases*** (sucederá cuando te enfrentes a un boss):

I. Si es la **primera *fase***, actúa como en cualquier escena.

II. Si es una ***fase* posterior**, la fase empieza limpia (sin estados, sin cartas seleccionadas, sin objetos utilizados, sin ventajas por secuencias completadas, etc.), excepto:

Mantén el estado de tu vida (corazones rellenos) de la fase anterior, **excepto el último que hayas rellenado.** Haz **lo mismo con la secuencia de vida normal** (no las de colores, que serán nuevas) **de los enemigos.** Si lo último rellenado es un escudo, al pasar de ***fase*** no estará lleno.

f. Es el momento recomendado para **guardar la partida** (recuerda o marca esta página y cierra el juego). **Opcionalmente**, puedes apuntarlo en la página 231 junto con tus objetos y tu ***especialización/clase***.

g. Si encuentras un número oculto en el tablero de una escena, puedes ir a esa página **inmediatamente**, leer el apartado correspondiente, y **luego volver** a la escena en la que estabas. Se trata del ***Cuaderno de campo de Xyrxaris***, una antigua guía para viajeros con curiosidades que te ayudarán.

2. Desarrollo de la escena por rondas. En cada ronda:

a. Estudia el panel de ***Comportamiento*** y las acciones enemigas. Fíjate si te toca primero a ti, o a ellos.

b. **Elige tus 3 cartas a jugar** siguiendo la *"regla de oro"*: Las 3 cartas no pueden compartir fila, ni columna, ni haber sido elegidas en rondas anteriores (ya estarán marcadas con número). Escribe el número de ronda en el círculo de la esquina superior izquierda de las cartas elegidas.

c. Es posible que algunas de tus cartas habituales hayan mutado. Las detectarás porque **tienen un color más vivo**. Tendrán acciones específicas para esta escena (o fase) concreta.

d. Si hay dados negros verticales en la ronda (panel de ***Comportamiento***), tira un dado (fuente de azar) para ver qué carta enemiga es válida. **Tacha las cartas enemigas que NO se van a ejecutar esa ronda.**

I. En tu turno:

1. **Repasa tus objetos y símbolos** marcados en el lateral: pueden modificar tus acciones.
2. **Ejecuta** tus tres cartas **en el orden que quieras**.
   a. Las cartas normales se ejecutan (tachan) aplicando sus acciones. Si hay varias acciones dentro de una carta, estas acciones se ejecutan de arriba a abajo. Ver páginas 236-237.

   b. Las cartas **reactivas** (borde verde) **se activan (resiguen) durante tu turno, pero se ejecutan (tachan) más adelante** cuando se cumpla cierta condición (indicada).

   c. **Aplica los estados** correspondientes en el panel de ***Comportamiento*** enemigo (página derecha). Algunos estados duran toda la escena y otros sólo una ronda.
3. En **un ataque**:
   a. Elige un objetivo (o varios, si es una ataque que afecta a varios objetivos).

   b. Cuenta el daño que haces (junto a la palabra "Atacar") y suma el **modificador** obtenido por tu fuente de azar. (*puedes repasar la **fuente de azar de cada protagonista** en la página 237*). Si el ataque afecta a varios objetivos, aplica **una fuente de azar a cada uno**.
   c. Elige una secuencia y **tacha los corazones o escudos** correspondientes al daño hecho.

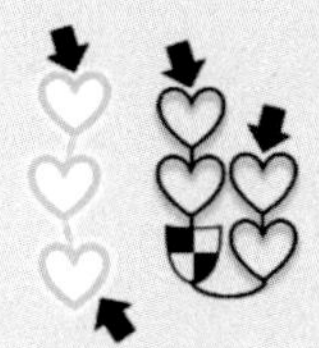

   d. Empieza a tachar por **cualquier extremo de una secuencia** (excepto la normal si está bloqueada 🔒). Pero una vez comenzada a recorrer la secuencia en una dirección, ya no puedes cambiar y rellenar desde el otro extremo. **Si hay varias secuencias, puedes cambiar entre ellas** (en diferentes ataques, nunca dentro del mismo ataque). No obstante, debes respetar siempre la dirección en la que estás avanzando (dentro de cada secuencia). Si terminas una secuencia y **te queda daño por aplicar**, sigue por otra.
   e. La **secuencia normal (sin color) puede estar bloqueada** (🔒) o desbloqueada (🔓 ó 🔒̸):
      i. Si está bloqueada, debes rellenar todas las secuencias de colores para desbloquearla.
      ii. Si está desbloqueada, puedes rellenar la normal. **Tacha el candado** para indicarlo.

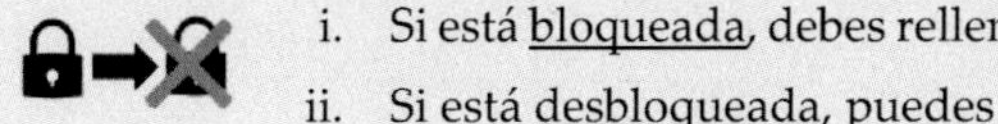

   f. Al completar una secuencia de color, generalmente recibes una **ventaja**. Tacha el cuadro. En raras ocasiones, esa ventaja (*en cursiva*) afectará a la ***FASE II*** de la escena.
   g. Los **escudos**, una vez tachados, detienen tu avance por la secuencia para ese ataque.
   h. Un enemigo es **derrotado** cuando se rellena su secuencia normal. No actuará más.

II. En el turno de los enemigos: Resuelve los enemigos, uno por uno, **de arriba a abajo**.

1. **Si había azar** (dados negros verticales) en esta ronda, ya **tendrás cartas tachadas** en el panel de ***Comportamiento*** enemigo para esta ronda (*ver* ***2***.d *en la página 238*). Esas cartas NO existen, y en su lugar se ejecutarán las cartas correspondientes al resultado que SÍ salió.
2. **Aplica las acciones** de la carta enemiga, de arriba a abajo.

-2 -1 +0 +0 +1 +2

   a. Si un **enemigo ataca**, aplica sus modificadores según su fuente de azar (dados negros).

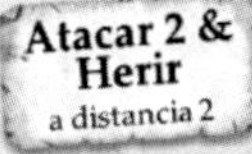

   b. Si un enemigo tiene acciones unidas por **&**, la **distancia** indicada aplica a **ambas**.
   c. Hay acciones que se ejecutan sólo **si se cumple cierta condición** (subrayada).
   d. Si se da el caso, **aplica los *estados*** que te inflijan junto a la vida de tu personaje.

3. Desenlace de la escena:

a. Lee la parte inferior (texto en gris) de la página derecha **para saber cómo seguir**.
b. La escena puede **terminar** al final de la última ronda, o de forma más prematura.
c. Se te puede pedir que **marques un símbolo** en determinada página. Ojea (sin mirarla) el lateral de esa página y haz la marca correspondiente. Después **vuelve inmediatamente** por donde ibas.
d. Acabe como acabe la escena, cuando salgas de ella **recuperas** toda tu vida para la siguiente escena.
e. Puedes **cambiar la dificultad** mirando la sección ***Modos Alternativos de Juego*** en la página 230.

Grimorio de Runas

Consulta esta página sólo si no estás jugando una escena (ni se te está dando a elegir entre varias runas).

Esta runa libera toda la energía ígnea a su alrededor, incendiando tejido y carne de criaturas cercanas. Suele provocar daño y terror a seres con cierta inteligencia. Se advierte al invocador que se utilice con precaución si hay objetos inflamables cerca.

Esta runa potencia cualquier ataque sobre humanoides, pero no se recomienda utilizar sobre bestias o seres sobrenaturales. Si no se hace a cierta distancia, los efectos son impredecibles: se han reportado casos de hechiceros que han acabado provocándose daño a sí mismos.

Esta runa exige una gran concentración, y por ello sólo debe aplicarse cuando el hechicero está quieto. Cuando se usa correctamente, potencia casi cualquier ataque que se realice. No obstante, debe trazarse directamente con las manos sin utilizar objetos para el dibujo.

Esta runa es ideal para potenciar ataques débiles, pero tiene el efecto contrario si se aplica sobre un ataque potente. Extrae su fuerza de la flora a su alrededor, por lo que sólo se recomienda utilizar si hay vida vegetal cerca.

Esta runa utiliza el polvo cercano para provocar un gran malestar a los enemigos, aunque es poco probable que los dañe. Usar en entornos secos, ya que se han observado efectos adversos si hay masas de agua cerca.

Esta runa sólo funciona en cavidades de interior o donde se pueda producir eco. El invocador modula y amplifica el sonido de forma que su ataque se ve potenciado, sobre todo si se ha desplazado justo antes o después de atacar.

Sólo disponibles tras elegir **ESPECIALIZACIÓN***:*

Esta runa despliega todo su potencial cuando se aplica contra seres que sufren un profundo pesar. Si se aplica sobre alguien emocionalmente estable, será inefectivo. Se suele trazar con todos los dedos de la mano de forma simultánea.

Cuando el hechicero está rodeado por varios enemigos, esta runa puede serte de mucha utilidad. Si se traza en un entorno de oscuridad, permite aplicar un ataque a varios enemigos en lugar de enfocarse en una única amenaza.

Sólo disponible tras elegir **CLASE ÉPICA***:*

Esta poderosa runa se alimenta de las defensas del objetivo, tanto físicas como mágicas. Es por ello que sólo debe usarse sobre ataques que vayan a encontrar resistencia (escudos) en el enemigo. Además, no se recomienda ejecutar sobre ataques de poca intensidad. Repito: ¡usar sólo con ataques potentes!

Made in the USA
Monee, IL
26 July 2022

680d1430-21bc-4be8-bfad-fe5aaa0d23bfR01